한국근대 자유시의 원리 틀

## 지은이

**박슬기** Park, Seulki

연세대학교 인문학부를 졸업하고 서울대학교 대학원 국어국문학과에서 박사 학위를 받았다. 한림대학교 인문학부 국어국문학 전공 교수를 거쳐, 현재 서강대학교 국어국문학과에 재직하고 있다. 한국 근대 자유시의 기원에 대해 탐색한 『한국 근대시의 형성과 율(律)의 이념』(소명출판, 2014)을 출간하였으며, 비평가로서의 작업을 모은 비평집 『누보 바로크』(민음사, 2017)와 한국시에서의 리듬을 이론적 측면에서 조명한 『리듬의 이론』(서강대 출판부, 2018)을 출간하였다.

### 한국 근대 자유시의 원천과 그 실험들 최남선에서 김억까지

**초판인쇄** 2024년 6월 5일  **초판발행** 2024년 6월 15일

**지은이** 박슬기

**펴낸이** 박성모  **펴낸곳** 소명출판  **출판등록** 제1998-000017호

**주소** 서울시 서초구 사임당로14길 15 서광빌딩 2층

**전화** 02-585-7840  **팩스** 02-585-7848

**전자우편** somyungbooks@daum.net  **홈페이지** www.somyong.co.kr

값 24,000원  ⓒ 박슬기, 2024

ISBN 979-11-5905-904-9 93810

한국 근대 자유시의 원천과 그 실험들

최남선에서 김억까지

박슬기 지음

이 책은 대략 10여 년 동안 한국 근대시의 기원적 지점을 탐구하고자 했던 성과를 정리한 것이다. 이는 기왕의 한국 근대시 발전론을 재고하고, 자유시로서의 근대시를 인식하고 실험하던 1900년대에서 1920년대까지의 다양한 양상을 살펴봄으로써 한국 근대시가 전통시가의 인식과 새로운 시에 대한 인식이 교차하고 갈등하는 와중에 생성되어 온 과정을 확인하고자 하는 것이다.

이를 위해서는 한국의 근대시는 자유시라는 인식 자체를 점검하면서 당대 근대시 담론을 근대문학 및 근대성 담론의 지평에서 재구성할 필요가 있었다. 그러나 근대성이란 프레드릭 제임슨이 지적했듯 시대의 성격을 가리키는 것이기도 하지만 동시에 이 시대를 새롭게 출현한 시대로 규정하게 하는, 즉 전 시대와 단절된 시기로 규정하게 하는 수행성을 지닌 개념이다. 말하자면 근대성이란 개념의 내포가 본래 있었던 것이라서 새로운 시대적 현상을 설명하는 데 적용되는 것이 아니라, 이 현상들을 근대성으로 규정함으로써 스스로 자기의 내포를 만들어가는 것이기 때문이다. 그리고 이 내포는 다시 현상들에 적용된다. 근대성의 이러한 자기지시성 혹은 자기규정성은 근대문학, 더 좁게는 근대시 개념에도 적용될 수 있다. 즉 자유시는 당대의 다양한 시적 현상들 속에서 만들어진 개념이며 동시에 시적 현상들을 규제하면서 스스로를 유일무이한 근대시로 정립시킨 결과이기 때문이다.

통상적으로 한국 근대시사 연구가 근대시 인식과 발생을 둘러싼

문학 개념의 변화나 매체적 변화 등을 다루지 않았던 것은 아니지만, 논의의 중심에는 언제나 근대 자유시를 근대시의 최종적 형태로 전제하는 의식이 놓여 있었다. 그러나 자유시는 시 창작과 수용을 둘러싼 모든 변혁적 조건들 속에서 그것의 구조적인 효과로서 출현한 것이며, 동시에 그 효과 안에 구조가 존재하는 내재성의 형식이다. 따라서 자유시는 당대의 조건들을 떠나서는 결코 설명될 수 없다. 자유시의 선언과 지향, 완성에 관한 당대의 열망은 역설적으로 자유시 개념과 형식 자체가 완성될 수 없는 것이었기 때문에 발생한 것일 테다. 이러한 차원에서 근대 자유시는 뛰어난 개인들의 성취에서가 아니라 아직 완성되지 못한 실험들 속에서, 이상과 창작의 괴리 속에서 살펴져야 한다. 그것이 이 책에서 개화기에 주목하는 이유다. 개화기가 일종의 과도기라고 한다면 이는 근대시의 발전 과정에서 덜 발달된 시들이 탄생한 시기이기 때문이 아니라, 근대시의 내적 토대와 외부적 인식이 충돌하면서 전통시가와도 서구 시가와도 다른 한국 근대시가 소용돌이처럼 생성되고 있었던 시기이기 때문이다. 그러므로 개화기는 과도기가 아니라, 한국 근대시가 생성되는 원천적 장이다.

최남선의 신시 실험과 산문시, 김억의 시가詩歌 담론은 한편에서는 시조를 비롯한 전통시가 담론과 다른 한편에서는 서구와 일본의 자유시 담론과 마주치고 결별하며, 통합되고 분리되면서 한국의 고유한 근대 자유시 담론을 만들어가고 있었다. 이러한 모든 실험들은 세련되고 이상적인, 자유시의 이념에 걸맞는 위대한 시의 산출로 귀결된 것은 아니며 미숙하고 졸렬한 작품을 낳았을 뿐이다. 그러나 바로 그러하기 때문에 이들의 실험은 어떤 '원천의 인장'을 간직하고 있다. 벤야민이 지적했듯, 현상들 가운데에서도 가장 특이하고 가장 기괴한 것에서 혹은 가장 무기력하고 가장 졸렬한 실험들에서 그것은 발견되는 것이기 때문이다.

이 책에 수록된 글을 쓰는 동안 두 권의 책을 출간하였다. 하나는 노래의 전통과 한국 근대시의 관계에 대해 서술한 것이고, 또 하나는 한국 근대시에서의 리듬을 이론적으로 해명해보고자 한 것이다. 이 책에 수록된 글은 한국 근대시의 원천적 장의 여러 실험들을 보다 미시적인 관점에서 들여다본 것이다. 따라서 이 책은 두 책의 각론에 해당한다고도 볼 수 있다.

그러나 이 글들은 사실은 썼다기보다는 쓰인 것이다. 이 점은 다시 한 번 강조하고 싶다. 근대시의 기원과 자유시 이념에 매달려 있던 그 기간 동안에, 어떤 글들은 아무리 노력해도 쓰이지 않았고 어떤 글들은 크게 노력하지 않아도 쓰였다. 글쓰기의 수동성에 직면하면 인간은 글과 말의 진정한 주인이 될 수 없다는 점을 새삼 실감하게 된다. 한갓 논문 쓰기가 그러할진대 시 쓰기란 얼마나 큰 운명을 짊어지고 있는 것일까.

전통적인 노래의 형식과 결별하고 새롭게 주어진 말과 문자로 새로운 시를 쓰고자 했을 때 그들이 대면했던 것은 아마도 압도적인 부자유성이었을 것이다. 자유시란 하나의 이념으로, 언어적 형식을 통해 온전히 재현할 수 있는 것이 아니다. 더구나 이제 막 언문일치의 노력을 통해 정돈되고 있던 조선어문으로 이 이념에 닿기란 여간 어려운 일이 아니었으리라. 이 책에서 다룬 것은 이들이 직면한 곤경과 이를 헤쳐 나가기 위한 가열찬 노력의 극히 일부분에 해당한다. 이를 전체적으로 조망하지 못한 것도, 그 흐름을 세밀하게 파악하지 못한 것도 저자의 미숙함 탓이다.

부끄러움을 무릅쓰고 또 새로운 책을 낸다. 부족한 글을 세상에 내보내 주신 소명출판의 박성모 사장께, 그리고 난삽한 글을 들여다보며 조언을 해주신 전온유 편집자께 감사드린다. 대체로 야무지지 못하고 허술하여 늘 걱정을 끼치지만 그럼에도 오래 곁을 지켜주고 있는 모든 사랑하는 사람들에게도 감사한다.

2024년 6월

박슬기

# 차례

## 서론 자유시라는 기호, 기원의 은폐 혹은 상징화
### 근대 자유시에 관한 두 담론

## 제1장 교호하는 장, 『소년』과 『청춘』의 장

# 자유시라는 기호, 기원의 은폐 혹은 상징화

## 근대 자유시에 관한 두 담론

# 1. 근대 자유시의 담론적 난국 '자유로운 형식'이라는 이율배반

주지하다시피, 한국 근대시의 발생은 자유시의 출현으로 귀결된다. 정확하게 어느 시점에 본격적인 자유시가 출현하여 전통적인 문학에서 벗어나 본격적인 근대문학이 출현했다고 확정하기는 어렵다.[1] 그럼에도 불구하고 한국 근대시사의 처음에 근대적 자유시를 놓는 대부분의 논의는 자유시가 '근대적 개인 주체가 자유로운 형식으로 자신의 내면을 표현한 것'이라고 하는 전제를 인정하고 있다고 보인다. 이 정의에는 두 가지 조건이 걸려 있는데 하나는 '근대적 개인 주체의 출현'이고 또 하나는 '자유로운 형식'이다. '근대적 개인 주체의 출현'은 역사적 변천 과정과 밀접한 관계를 가진다. 이는 정치, 사회, 문화 전반에 걸쳐 확인되며, 근대문학 역시 그 하나의 현상으로 이해될 수 있다. 그러나 '자유로운 형식'은 문학의 고유한 영역이다. 따라서 한국 근대 자유시의 형성과 발전 과정을 논의할 때, '형식'의 차원이 가장 중요한 논의의 출발지점이 되었던 것은 어떤 측면에서는 불가피한 일이었던 것 같다. 형태론은 장르론과 연결되어 있고, 전통적인 장르의 구별로부터 근대문학에서의 장르 구별로 이행하기 위해서는 형식에 대한 논의가 필수적이었기 때문이다. 자유시의 형식은 무엇인가? 어떠한 지표가 자유시를 전통시가와도 그리고 산문

---

[1]   그것은 두 가지 문제 때문인데, 일단은 '자유시'가 무엇인지에 대한 개념적 정의가 분명하지 않기 때문이다. 또 하나는, 이는 첫 번째 문제의 결과인데, 개념에 합당하게 부응하는 현상을 밝히기 어렵기 때문이다. 따라서 자유시가 무엇인가, 자유시는 언제 출현함으로써 한국 시사가 전근대적인 전통적 맥락에서 새로운 근대적 문학으로 이행했는가 하는 문제는 결코 해명되기 어려운 것이다.

이나 소설과 같은 다른 문학 장르와도 다르게 하는 것인가? 한국 근대시의 형성과정은 자유율 혹은 내재율을 핵심 개념으로 하는 자유시 형태론에 집중되고 있었다.[2]

그러나 '자유로운 형식'이란 사실 이율배반적인 개념이다. 어떤 장르에 고유한 형식이란 창작자들의 내면을 규제하는 구속력을 지니는 것이기 때문이다.[3] '형식'을 '자유롭게 선택'할 수 있다는 것은 장르적 구속력의 영향에서 벗어나 있다는 것을 의미하고, 그렇게 창작된 작품은 그 어떠한 장르로도 규정할 수 없다. 또한 자유란 어떤 구속으로부터의 일탈을 의미하므로, 자유로운 형식이 성립하기 위해서는 구속적인 형식이 이탈 가능한 지점으로서 존재해야 한다. 말하자면 '자유로운 형식'이란 그 출발지점을 무의식적으로 상정하고 있는 개념인 것이다. 근대 자유시 형성을 논의할 때 형태론이 부딪치게 되는 가장 큰 문제는 '장르적 구속'과 '구속으로부터의 자유'라는 모순적인 상황이 자유시의 장르적 형식을 규정하는 것을 완전히 불가능하게 만든다는 점이다. 자유시의 형식을 그 자체로서는 정의할 수

---

2 전통적인 양식으로서의 정형률과 이에서 이탈한 자유율의 획득은 전통시가에서 과도기적 개화기 시가를 거쳐 근대적 자유시의 성립으로 이어지는 한국 시사의 발전 과정을 설명하는 중심축이었다. 이와 관련한 논의는 박슬기, 『한국 근대시의 형성과 율의 이념』, 소명출판, 2014, 11~18쪽 참조.

3 기왕의 장르에서 벗어난 어떤 작품들이 탄생하면 이론적 관점은 기왕의 정돈된 장르 형식을 바탕으로 이를 설명하고자 하고, 그렇게 합의됨으로써 장르의 성격은 확정된다. 이러한 계보적인 형태의 장르란 축적된 경험에 바탕을 두고 합의된 것이므로, 독자에겐 읽기의, 작가에겐 쓰기의 규범으로서 작동하게 된다(J. Culler, "Lyric, History, and Genre", *The Lyric Theory Reader : A Critical Anthology*, ed. Virginia Jackson & Yopie Prins, Baltimore : Johns Hopkins University Press, 2014, pp.63~64).

없으므로, 남는 것은 '자유시가 출발하는 지점', 즉 자유시가 이탈하는 정형시의 존재를 탐구하는 것이다.[4]

1910년대 말에서 1920년대 초반에 활발하게 일어났던 신시 담론 역시 자유시를 근대시의 장르적 전범으로 놓고, 어떻게 자유시를 성

---

4  출발 지점에 대한 탐구는 결국 기원에 대한 탐구다. 한국 근대시사의 논의는 이러한 질문에 부딪쳐서 두 가지 방향으로 진행된 것으로 보인다. 하나는 형식의 차원에서 그 기원적인 지점을 탐구하는 것이다. 또 하나는 자유시 형식이 아니라 자유시 담론 그 자체의 기원을 찾아나가는 것, 즉 자유시 그 자체의 개념 혹은 장르적 전범의 기원에 주목한다. 그것은 외래적인 것이다. 첫 번째가 발전론이면서 동시에 한국 시사의 연속성에 토대하는 것이라면, 두 번째는 이식론이면서 외래성에 의한 시사적 단절을 강조하는 것이다.

물론 한국 근대시사를 총체적으로 이해할 때, 이 두 가지 관점은 혼합되어서 진행되었다. 하나의 새로운 장르가 탄생하기 위해서는 내적 동인과 외적 동인의 동시적 작동이 필요하기 때문이다. 이러한 논의에서 결과적으로 한국 근대 자유시는 환경적 변화와 외래적 영향을 받은 전통시가 형식의 변화와 혁신 속에서 탄생한 것으로 여겨진다. 그러나 서구나 일본의 담론을 따라 자유시 담론이 전개되었다는 관점은 실제 창작에서 자유시 창작이 봉착했던 문제를 해결하지 못하며, 자유시를 형식적으로 이해할 때는 전통시가와의 완전한 단절감을 극복하지는 못한다. 여전히 자유시의 기원은 빈 공간으로 남겨지는 것이다. 예컨대 다음과 같은 문제제기는 바로 이러한 담론이 지니고 있는 고뇌를 드러낸다. "시가의 본령은 무엇보다도 형식의 중추인 운율에 놓여 있으므로, 운율 문제와 관련하여 시가사의 개신과 지속에 관해 생각해 본다면, 거기서도 두 가지 상반된 방향의 견해로 나뉨을 볼 수 있다. 정형과 자유, 두 가지 형태의 운율을 기준으로 중세 미학이 반영된 형태가 정형이며, 근대 미학은 자유율로 드러난다는 이분법이 우리 시(가)의 운율 문제를 주도해 온 실정이었다. 이러한 실정 속에서 전통시가의 가치는 몰각되고, 외래 양식의 영향이 강조되면서 근대시와 전통시가 사이에는 단절이 자리 잡고, 운율상으로 상호 관련이 없는 이질적 형태로 규정되었다."(윤덕진, 『전통지속론으로 본 한국 근대시의 운율 형성 과정』, 소명출판, 2014, 7~8쪽) 외래적 수용론의 관점에서 보더라도 한국 근대자유시의 성립은 이질적인 것이 되며, 전통시가와의 연속성에서 볼 때도 전통시가의 형식과 근대시의 형식은 아무런 관련이 없는 것처럼 보이기 때문에 결과적으로 자유시 형태론은 계속해서 문제가 된다.

취할 수 있을 것인가 하는데 골몰하고 있었다. 근대시는 자유시였고, 그것은 무조건적인 전제였다고 할 수 있다.[5] 그러나 신시운동은 그 담당자들 스스로에 의해 폐기되고, 그들은 1920년대 중반 민요와 시조와 같은 민족적 시가 전통으로 회귀하게 되었다. 조선어가 서구나 일본의 언어와 달라서 그들의 것과 같은 자유시를 창작할 수 없으며, 고전시가의 전통에는 엄밀한 의미에서의 정형시가 존재하지 않으므로 그를 바탕으로 한 조선적 자유시를 창작할 수가 없다는 인식이 신시 담론이 봉착한 난국이었다. 이 둘은 결과적으로는 자유시 형성 과정에 놓인 뿌리 깊은 문제, 즉 출발해야 하는 기원적 지점의 결여와 동시에 자유시 정의의 불가능성을 보여준다. 이 논의의 과정에서 시적 본질로서의 리듬 혹은 음악의 문제가 제기된다. 그 핵심에는 자유율과 정형율 혹은 내재율과 외재율의 관계가 있다.[6] 즉 시적 본질로

---

5   한국의 근대시를 자유시로 확정한 것은 황석우나 김억의 '선언'으로부터 비롯한다. 이들의 선언에는 서구 상징주의나 일본의 근대문학 담론 등의 외래적인 영향이 개입되어 있었겠지만, 중요한 것은 그들에게 근대시는 자유시라는 점이 논증이 필요 없을 정도로 자명한 것이었다는 사실이다. 자유시는 처음부터 자신의 고유한 성격을 규명할 필요를 가지지 않고 탄생했다(이와 관련한 자세한 논의는 제3장 제1절 참조).

6   그런 측면에서 신지연의 연구는 주목할 만하다. 신지연은 자유시 담론과 민요시 담론을 두루 검토하고 이를 일본의 자유시 담론과 비교하여 내재율이라는 개념을 중심으로 전도된 주체성의 개념으로서 내재율이 성립하였다는 점을 논의했다. 그의 논의에서 '내재율'은 근대 자유시 담론의 기원에 있는 타자성을 은폐함으로써 주체에게 나타나는 일종의 불안의 증상으로서 논의된다. 그는 주요한의 담론을 분석하면서, 자유시 담론의 성립자들에게는 보편문학으로서의 서구문학이 전범으로 존재하며, 조선문학 역시 이 지점으로 나아가야 하지만 이를 위해서 밟아야 할 서구문학의 전개 과정 전체가 존재하지 않았다는 점에서 문제적이며 이 결여된 역사 전체를 한꺼번에 재현해야만 하는 요구 속에서, 그 모든 역사의 담지로서의 '내재율'이라는 개념이 그들에게 상정되었

서의 리듬의 문제는 형태론의 차원에서 다루어지고, 형태론의 차원에 있을 때 문제는 다시 처음으로 되돌아오는 것이다.

표현하는 개인이 달라졌다면, 다시 말해 근대 사회의 성립이 문학의 형식을 근본적으로 변혁시켰다면 자유시는 어째서 산문이 되어서는 안 되는가. 운율 혹은 리듬을 시의 본질로 규정하고 이 본질로써 시의 형식을 구명하고자 한다면, 그 '자유'를 출발시킬 지점이 반드시 필요하며 그것이 바로 형태론이 집중했던 문제다. "시가의 본령이 운율"이라고 할 때, 그것은 '시의 본질은 리듬이다'와 동일한 말이 아니다. 운율이 형식의 차원인 반면, 리듬은 형식과 내용의 통일체로서의 시가 지시하는 대상에 해당하기 때문이다. 한국 시사에서 자유시는 일종의 상징 기호로서 작동한다. 내용과 형식의 의미적 통일체이자 '시의 본질'이라는 초월적 대상을 지시하는 기호이기 때문이다. 이러한 측면에서 형태론의 지평을 넘어서 시적 본질을 통합적으로 논의할 수 있는 시학의 지평으로 이동할 필요가 있다. 이러할 때 자유시 담론에 드러난 채 은폐되어 있었던 시가詩歌의 개념이 다시금 중요해지는데, 그것은 잃어버린 기원으로서의 노래를 지시하고 있는 것이기 때문이다. 그러나 그것은 다시 복권될 수 있는 것은 아니다. 다만 이 글에서는 자유시를 규정하고 혹은 나아가 그 개념을 창조하고자 했던 담론이 두 방향으로 진행되고 있었다는 점을 확인함으로써, 당대의 자유시론이 지니고 있었던 인식론적 곤경을 탐구하고자 한다.

---

다는 것이다(신지연, 『증상으로서의 내재율』, 소명출판, 2014, 76~83쪽 참조).

## 2. 자유시 형식의 문제 시의 내용과 형식의 통합 혹은 분리

자유시는 1920년대 후반, 신시담론에 이어 조선문학운동이 한 층 소강되던 시점에서 다시 근대시 담론의 중심으로 떠오르게 된다. 1928년 10월 13일, 문예가협회 주최의 강연회에서 주요한은 조선시형에 관한 연설을 했다.[7] 주요한의 강연 원고는 찾기 어려워 정확한 내용을 확인하기는 어렵지만, 요약하면 대체로 자유시로 이행했던 신시운동 전반에 대한 반성과 조선시의 형식에 관한 진단이었으리라고 여겨진다.

주요한의 연설은 두 가지 주목할 만한 반응을 이끌어 내었다. 하나는 "시단에 제일 죄 많은 사람"으로 지목된 김억으로, 그는 강연 5일 후인 10월 18일에 주요한의 강연에 대한 반박으로서 「「조선시형에 관하야」를 듯고서」를 『조선일보』에 발표했다. 김억의 즉각적인 반응에 비해 하나의 반응은 좀 늦게 나오는데, 그것은 1930년 2월 『신흥』에 발표된 도남 조윤제의 「시조자수고」이다. 김억은 자유시형의 전파로 조선시형을 왜곡시킨 범인으로 지목되었으므로 그의 즉각적인 반응은 일견 정당하다 할지라도, 당시 경성제대 조선어문학과의 학생이었던 조윤제가 주요한의 강연에 반응한 것은 다시 돌아볼 만한 사실이라 할 수 있다. 시조의 자수율을 확정한 최초의 논문이자, 이

---

7    『동아일보』에 수록된 광고 기사에 따르면, 주요한의 연설 제목은 '이상과 현실' 이었으나, 김억의 회고에 따르면 '조선시형에 관하여'라고 한다. 김억이 회고한 제목은 '이상과 현실'의 부제였을 가능성이 높다(「문예강연과 영화의 저녁 −13일 밤에」, 『동아일보』, 1928.10.12).

후의 한국시 음수율론의 기초가 되었던 이 논문은 조선시형에 관해 주요한이 제기한 문제에서 출발하였기 때문이다.

㉮ 시가라는 것은 결코 시형의 완전에서만 되는 것이 아니외다. 시적 요소가 있은 뒤에야 비로소 시가가 되는 것이니 군의 말씀한 조선어에는 일고일저─高一低도 없고 압운할 수가 없어 저 영시나 한시 모양으로 완전한 시형을 가지기는 어렵다 한 것은 조금도 의미 없는 이야기였습니다. (…중략…) 나는 어떠한 시형의 정형이 있다 하더라도 자유시형은 언제까지든지 존재할 가치가 있음으로 굳게 믿고 의심하지 않을 뿐만 아니라 (…중략…) 시가다운 시가가 있으면 시형 같은 것은 문제될 것이 없다 합니다. 왜 그런고 하니 우리가 구하는 바는 시가다운 시가일 뿐이요 결코 시형이란 깍대기가 아니기 때문이외다.[8]

㉯ 이와 같이 조선어의 각 음의 음량은 중국 혹은 일본의 그것과 같이 일정하지 못해서 이로 표현되는 운문은 운율을 자수로 제한하기 어렵게 된다. (…중략…) 그러나 우리는 좀 더 나아가 일견 혼돈하고 부정돈하여 보이는 시조에서 정확한 그 자수는 얻기 어렵다 하더라도 시조 자신이 가지고 있는 운율 상 방불한 이념idea이라고도 할 만한 자수를 파악할 수 없을까 만약 그렇게 할 수 있다면 그는 시조 형식론 상 빼지 못할 한 시험일 줄 생각한다.[9]

---

8    김억, 「조선시형에 관하야를 듣고서」, 『조선일보』, 1928.10.19~20(여기서는 박경수 편, 『안서 김억 전집』 5, 한국문화사, 1987, 377~379쪽에서 인용).

김억과 조윤제는 주요한의 전제, 조선어로서는 완전한 시형을 추구하기 어렵다는 점을 인정한 지점에서 출발한다. 또한 완전한 시형이란 서구나 일본의 것과는 다른, 동시에 전통적인 것과는 다른 새로운 근대적 시의 형식일 것이나 현재 조선의 상황에서 이 완전한 시형을 구하기가 어렵다는 점에 의견을 같이 한다. 이들이 결정적으로 달라지는 지점은 '시형'의 필요성에 대한 태도다.

주요한의 논점에는 자유시가 어떤 정형시에서의 일탈에서 나오는 이상, 거기에는 정형시라는 전제가 필요한데 자유시 이전의 시형에서는 정형시라고 할 만한 것이 없었다는 점이 전제되어 있다. 조선의 재래 민요조를 기조 삼아서 조선시형을 만들어보면 어떨까 한 뒤에 천재의 출현이 아니고서는 방도가 없다고[10] 했기 때문이다. 김억이 볼 때 주요한은 조선시형의 형성에 대한 구체적인 비전을 제시하지는 않으면서, 조선의 구래의 형식 역시 개조가 불가능한 것으로 여겨 오직 한탄만을 하고 있는 것처럼 보인다. 따라서 김억은 완전한 시형이 곧 이상적인 시가와 일치할 수 없음을 지적하고, 현재의 조선의 시가는 "시가다운 시가"를 추구하는 데 있는 것이지 완전한 정형시형을 창출하는 데 있는 것이 아니라고 주장한다.

김억은 '시형'의 문제를 완전히 떠나 '시가'의 문제를 제기한 것이고, 여기에는 정형시라고 하는 일종의 기준점이 필요하지 않다는 지적이 깔려 있다. 자유시는 이전 단계의 정형시가 존재하든 존재하

9    조윤제, 「시조자수고」, 『신흥』, 1930.2(여기서는 도남학회 편, 『도남조윤제전집』 4, 태학사, 1988, 134~135쪽).

10   김억, 앞의 글, 380쪽.

지 않든 그 가치를 지니는 것이다. 왜냐하면 자유시란 "시인 자신의 사상과 감정을 까탈스러운 구속 없이 여실하게 그대로 내생명內生命을 내재율에 의하야 표현하지 아니할 수 없는 필연한 요구에서 생긴 것"[11]이기 때문이다. 김억이 격조시형을 추구한 것은 사실이지만 격조시형은 '완전한 시형'의 필요 때문이 아니라 '내 생명을 여실하게 표현한 유일한 형식'이기 때문에 추구된 것이다. 이 지점에서 김억은 시가가 형식과 내용의 이중적 구조로 되어 있다는 점을 지적함과 동시에 이 둘의 통합체로서 시를 사유하고 있다.[12]

조윤제는 "삼사 년 전 문예가협회 주최 강연회에, 주요한 씨의 조선 시형에 대한 강연이 있었다"고 하며 주요한의 강연을 요약하였다. 그는 주요한이 조선어에는 악센트가 없어 영시나 한시와 같이 압운을 할 수 없고, 모음으로 마치게 되는 특성상 일본어의 경우처럼 자수율을 추구할 수밖에 없다고 주장한 것을 그대로 받아들인다. 그러나 조윤제는 여기서 한 걸음 더 나아간다. 조선어는 일본어와 달라서 정확한 지수를 세어 제한하기 어려운데, 왜냐하면 주요한이 주장한 바와 달리 조선어는 일본어처럼 모음으로 마치기도 하지만 자음으로도 마칠 수 있기 때문이라는 것이다. 주요한이 조선어의 한계로 지적한 부분을 좀 더 엄격하게 다루어서, 조선어로는 자수율을 추구하는 것도 불가능하다고 한 것이다.

---

11  위의 글, 376쪽.
12  이러한 일원론적 관점은 시형과 시상의 일치라는 자유시 담론의 특징적인 측면이다. 황석우와 현철의 신시논쟁이 보여주었던 바, 시형과 시상의 일치체 혹은 혼연한 조화라고 하는 것은 단순한 시형의 문제로 환원되기 어렵다. 이에 대해서는 박슬기, 앞의 책, 126~138쪽 참조.

그럼에도 불구하고 조윤제는 시조에서 조선적 정형시의 원형을 찾으려하며 이는 조선적 정형시의 '정형'을 창조하겠다는 뜻에 지나지 않는다. 즉 그는 시가의 본질적 문제에 대해 논하기 보다는 정형시의 전통을 확립하고자 한다. 정형적 형식이라는 전통이 존재하지 않는다면, 그와 '방불한' 형식론을 찾으면 된다. 「시조자수고」의 출발점은 이러한 정형적 형식의 창출이고, 그것이 원칙적이고 현상적으로는 불가능하다는 것을 알면서도 그는 최소한 '이념적이고 이상적인 형식'을 찾아내고자 한 것이다. 물론 그가 여기서 사용한 이념이라는 개념은 시조 형식의 완전한 이상체를 의미하는 것은 아니다. 현상적인 편차를 인정하고도 유지되는 최소한의 형식, 구체적인 실현의 토대가 되는 가장 기본적인 구조를 의미한다.[13]

조윤제는 일종의 랑그로서의 형식을 창안하고자 한 것이다. 시형과 내용이라는 이원론을 거론하는 대신에, 현상으로서의 형식과 이념으로서의 형식이라는 구도를 다시 제시한다. 여기서 시가의 내용이란 중요한 탐구 대상이 되지 못한다. 즉 조윤제는 시형과 내용이라는 구도에서 내용을 삭제하고, 시형을 '현상으로서의 형식과 이념이라는 형식'으로 이원화시킨다. 현상으로서의 정형시는 존재하지 않지만 그 정형적 형식을 창출하는 근본적인 토대이자 불변하는 구도인 이념이라는 형식의 존재를 제시하고자 한 것이다.

---

13　이는 물론 형식과 이념을 등가로 간주했다고 하기는 어렵지만, 류준필이 지적한 것처럼 단순히 이론적인 추론의 의미로 사용된 것은 아니다(류준필, 「형성기 국문학연구의 전개양상과 특성」, 서울대 박사논문, 1998, 48쪽). 이념화되는 것은 아니지만, 무수한 사례들 속에 존재하는 구조, 결코 현상적으로 완전히 표현되지 못하는 근본적인 토대를 의미하는 것이기 때문이다.

물론 조윤제가 이 글에서 목표로 한 것은 정확한 조선시형을 제시하는 데 있지 않았다. 『조선시가사강』의 서에서 그는 "시가 자체에 있어서도 이를 추상적 내용의 성질과 구체적 형식 특징 두 가지로 구분할 수 있으나, 내용으로 구분한 것은 직각적으로 시대를 파악하기 어려운 점도 있으니, 여기서는 순전히 구체적 형식 방면으로 구분"[14] 하여 기술하겠다고 쓴다. 그에게 내용은 추상적인 것이었으나 형식은 구체적인 것이고, 그 구체성은 시대의 성격을 구별할 수 있을 만한 것이었던 것이다. 그는 형식을 통해 시가사를 재구성하는 것을 목표로 하고 있었고, 그에게 시가사는 오직 형식을 통해서만 재구가 가능한 것이었기 때문이다. 이러할 때 그에게 시가사를 구성하는 근본적인 질문인 시가란 무엇인가는 중요한 문제가 아니다. 김억에게 시형보다 시가의 본질이 더 중요한 문제였다면, 조윤제에게는 '시가사를 구성할 수 있는 명확한 근거', 즉 형식이 중요했던 것이다. 그러나 「시조자수고」에서 보이듯, 현상적 형식은 너무나 다양하여 그것을 구체적으로 구별하기 어렵다. 실제로 도남이 한 것은 외려 형식의 절대화, 그리고 이를 통한 형식 방면의 역사 구성이었던 셈이다.

둘은 주요한의 문제제기에 완전히 다르게 대응한다. 김억의 경우, 시형의 완전이라는 과제는 시가다운 시가와 동일하다. 형식의 문제는 정형에 있는 것이 아니라, 내용과 형식의 온전한 조화에 있다. 김억은 「작시법」에서 이 시가다운 시가를 다음과 같이 정의했다. "내용과 그릇이 조화되지 아니하고 각각 분리되면 소위 조화로 생기는 미

14    조윤제, 「조선시가사강」, 『도남조윤제전집』 1, 3쪽.

가 없어지는 것과 마찬가지로 시가에 대하여서도 형식적 정의인 '시가는 운문이다' 할 것이나 내용적 정의인 '시가는 감정의 고조된 소리이다'한 것도 결국 다 같이 시가의 정의를 형성함에는 떨어져 있을 것이 아니고 하나이 될 것입니다."[15] 그의 정의에서 시가는 운문으로서의 형식과 감정으로서의 내용으로 구별되지만 그 내용이 감정의 소리라는 점에서 사실상 형식과 내용은 구별되지 않는 것이다.

그러므로 여기서 김억은 시가와 시형을 위계적 관계로 재구성한다. 자유시와 정형시는 시가의 한 다른 양상이라는 점에서 서로 독립적이다. 그에게 시가로서의 근대시는 시적 본질을 지시하는 상징이다. 그러나 조윤제는 선후적 구도를 설정한다. 정형시가 있어야만 이에서 탈피하는 형식으로서의 자유시가 나올 수 있다. 이중적 기호를 단 하나의 요소, 즉 형식으로 환원함으로써 그는 시가사의 연속성 속에서 근대시의 지위를 규정할 수 있었다.

1928년부터 1930년에 이르는 이 논의는 조선적 근대시 혹은 근대적인 조선시형의 논의였다. 그러나 이 시점에 자유시는 왕성히 창작되고 있었고, 이미 근대시로서의 지위를 확고하게 한 시점이었다. 그렇다면 왜 조선적 근대시의 형식이 문제가 되는가. 그것은 자유시가 개념적으로 정의되기 어려운 것이었기 때문이다. 자유시 형식의 불명확함, 산문과 구별되지 않는 시에 대한 반감 등이 조선적 근대시 혹은 근대적인 조선시형의 탐구로 이끌었던 것이다. 즉 1920년대 초 자유시 담론에서 처음에 제기했던 문제인 '시형과 시상의 일치'라는

---

15  김억, 「작시법(2)」, 『안서김억전집』 5, 290쪽.

자유시의 정의는 언제나 조선의 시인들에게 무엇인가를 계속해서 결여하고 있다는 느낌을 준 것이다. 형식은 이렇게 다시 논의의 중심에 선다. 김억은 시형은 중요하지 않으며, 시가의 본질이 중요하다고 하였지만 그는 결국 격조시형으로 돌아선다. 반면에 조윤제는 이 형식을 이념적으로 창출함으로써 시가사를 재구성할 수 있었다. 즉 자유시가 한국 근대시사에서 조선어로 된 시의 지위를 차지하기 위해서는 정형시의 전범이 필요했고, 이는 율격의 문제로 운위된다.

## 3. 근대문학으로서의 자유시 규정 음악의 상징화 혹은 음악의 삭제

양주동은 「시란 어떠한 것인가」에서 "시란 우리 사람의 자연이나 인생에 대하여 느낀 바와 정서를 개성과 상상을 통하여 가장 단순하고 솔직하게 음률적 언어로 표현한 것"[16]이라고 정의했다. 이어지는 논의를 통해 '개성과 상상'을 시의 내용으로 그것의 표현 형식으로서 '음율적 언어'를 제시한다. 음율적 언어에 대해서는 "시의 음악적 요소―이것이 즉 시의 소위 리듬rhythm, 음조이라는 것이올시다. 리듬이란 요컨대, 시의 숨결이외다. 감정의 활동이외다"[17]라고 보충하여 설명한다. 이러한 점에서 보면 양주동은 리듬 혹은 음률을 내용의 언어적 표현형식으로 간주한 것 같다. 그러나 자유시의 설명에서 그는 혼란

---

16   양주동, 「시란 어떠한 것인가」, 『금성』 2, 1924.1.25(여기서는 양주동전집간행
     위원회 편, 『양주동 전집』 11, 동국대 출판부, 1998, 8쪽).
17   위의 글, 9쪽.

에 빠진다. 시에는 문자의 형식으로 표현되지 않았을지라도 리듬의 고저, 장단, 억양이 포함되어 있으며, 시와 산문의 구별이 그 형식에 있지 않고 그 '내용의 포함된 리듬'에 있다고 하는 것이다. 이때 리듬은 내용의 요소에 해당하는 것이다.

이 파격의 불규칙한음수율시로보아서 자유시는, 물론 자수의 제한이 없기는 합니다마는, 그것이 시인 이상, 역시 무슨 운율이 없지는 않겠습니다. 그러면 음수율 대신되는 것은 무엇이냐 하면, 그것이 즉 다음에 말하려는 내용적 운율혹은 내용율, 내재율, 심율입니다. 형식 운율이 전습적, 형식적 음율임에 반하여, 내용 운율은 개성적, 내용적입니다. 내용율은 곧 시인 그 사람의 호흡이오, 생명입니다.[18]

조윤제가 내용을 형식으로부터 완전히 분리하고, 형식을 언어의 배열 양상으로 한정한 반면에 양주동에게 운율은 언어의 표현 형식인 동시에 내용의 요소다. 그리고 이러한 양주동의 견해는 양주동의 개인적인 견해라기보다는 1920년대 초 자유시론에서 일반적으로 공유되고 있는 견해였다. 그들은 다른 장르와 구별되는 시의 핵심적 자질을 음악으로 간주하고, 이의 언어적 형식을 운율로 간주한 것이다. 그렇다면 여기서 문제는 시적 언어다. 언어를 내용의 표현 도구로 볼 것인가 혹은 내용 그 자체로 볼 것인가 하는 문제인 것이다.

내용과 형식으로 구별했지만, 그 내용과 형식이 언어에서 결합되

---

18    양주동, 「시와 운율」, 『양주동 전집』 11, 27쪽.

고 있다는 사실은 언어가 어떤 내용을 지시하고 있다는 것을 의미한다. 그것은 표현이자 지시인데, 리쾨르에 따르면 그것은 이중 구속에 사로잡힌 것이다. 즉 기표와 기의가 결합할 때 그것은 의미화를 만들어내는데, 이는 기호 및 의미의 구조적 이중성과 동시에 기호와 대상의 이중성을 동시에 감추고 있다는 것이다. 즉 기호와 의미라는 이중성, 기호와 대상이라는 이중성이다.[19] 소쉬르가 지적했듯, 의미를 만들어내기 위해서는 언제나 이 두 개의 요소가 결합하는 순간에만 가능하다.[20] 순간적이고 유동하므로, 소통 가능한 것이 되기 위해서는 랑그의 체계 즉 순간적이고 유동적인 것을 고정시켜주는 체계가 필요할 수밖에 없다. 말하자면 언어의 순간들은 랑그를 통해 규제되고, 그러한 차이의 체계를 통해서만 언어는 무엇인가를 표현하고 의미할 수 있기 때문이다. 이러한 논리를 시적 언어의 내용과 형식의 차원에 적용한다면, 시적 언어에서 내용은 개성과 상상일 것이며 형식은 음률적 언어인 것이다.

양주동의 "내용 운율" 즉 "내용율"은 내용과 형식이 결합된 자리에서 성립하는 것이었지만, 양주동 자신에게서도 결합의 결과는 분명하지 않았다.[21] 그는 이 글에서 내용율을 구성하는 언어적 요소를 어

19  P. 리쾨르, 김동규·박준영 역, 『해석에 대하여』, 인간사랑, 2013, 48~49쪽.

20  F. 소쉬르, 최승언 역, 『일반 언어학 강의』, 민음사, 1990, 130~131쪽.

21  그는 어음에 관해서는 "흰, 히-안, 하-얀 같은 말을 보더라도 백(白)이란 형용사의 본뜻은 동일하나, 그 백(白)의 강도에는 경정(逕庭)이 있습니다"라거나 "운다"와 "통곡한다"가 같은 뜻이지만 "우리에게 주는 기분이 대단히 다르다"라고 설명하고 있다. 물론 이는 호게츠의 어음과 어세의 구별에서 영향을 받은 것인데, 호게츠는 『신미사학』에서 어음의 성격이 어의와 조응하도록 하는 것을 어세로 이해하고 있다. 이는 각 음에서 고립적으로 창출되는 것이 아니

音語音과 어세語勢로 보았지만, 이 두 요소는 언어의 음흡이 갖는 본질적 차이를 설명하지 못한다. 실제로 자신의 시를 예로 들어, "일진광풍"은 어세가 급한 곳, "난대 없는"은 어세가 완만한 곳이라는 식으로 설명하는데, 한국어의 예사소리와 거센 소리가 주는 음성적 차이는 예외로 하더라도, 이러한 어세가 내용과 밀접하게 관계를 맺고 있다고 보기는 어렵다. 나아가 그것이 '시인의 호흡이자 생명'에 도달하는 것으로 보기도 어렵다.

그러나 여기서 문제가 하나 더 드러난다. 언어는 그냥 언어가 아니라 음률적인 언어, 즉 음악의 언어화이기 때문이다. 그렇다면 시적 언어는 시인의 개성이라고 하는 지시 대상과 더불어 음악이라고 하는 지시 대상을 또 가지게 된다. 여기서 음악은 언어에 이중적으로 내포된다. 언어의 음성적 배열의 효과인 동시에 언어가 그렇게 배열되어야 하는 원인이기 때문이다. 다시 말해 목적이 곧 기원인 것이며, 시적 언어는 자기의 기원을 목적으로 하는 언어다. 그것이 개성이나 생명, 혹은 음악이라는 차원에 있는 한 언어를 벗어나는 기원, 언어 바깥에 있는 기원인 것이다. 음악의 표현은 바로 이 지점에서 해결 불가능한 문제를 가지게 된다. 언어의 조탁이란 그 언어의 음성적 결과인 것이지만 그것이 내용이 될 수는 없기 때문이다.

김억은 앞서 "시가다운 시가"를 논의하면서, 언어의 음악적 성격을

---

라, 다른 단어들과의 조화 속에서 창출되는 것이다. 이러한 점에서 호게츠에게 어음과 어세는 명백히 단어의 배치, 즉 수사법의 차원에서 논의되는 것. 그러나 양주동이 자신의 시를 중심으로 설명하는 것을 보면, 그는 이를 각 음의 성격으로 보고 있다는 점에서 양주동은 이 형식의 차원을 내용의 차원과 완전히 구별하고 있다. 이에 대한 설명은 박슬기, 앞의 책, 140~141쪽 참조.

통해서 내용을 정의했다. "시가는 감정의 고조된 소리다"라는 정의나, "시가라는 것은 고조된 감정정서의 음악적 표현"[22]이라고 한 것이 그 예다. 김억은 여기서 음악적 표현을 단순한 언어의 형식의 차원이 아니라, 형식과 내용의 일치체로 간주하고 있는 것이다. 그러나 김억에게도 이 음악이란 결코 현상적으로 나타날 수 없는 것이다.[23] 그것은 운문 혹은 운율이라고 하는 언어의 배열이 지시하는 대상이자 동시에 그것의 의미이지만, 그것이 운율로 운위되는 순간 음악은 사실상 지시할 수 없는 대상으로 밀려난다. 여기서 시가의 본질적 측면, 즉 본래적 음악은 일종의 이중 구속된 상징이 된다. 그것은 언어의 배열 형식으로서는 온전히 지시할 수 없는 것이다.

이러한 논의를 바탕으로 할 때, 시와 동등한 가치로 사용되었던 용어인 시가詩歌에 대해 생각해 볼 필요가 있다. 시가는 전통적인 시와 노래를 통칭하는 용어다. 시가 대체로 율격을 갖춘 언어의 형식이자 그것이 율시나 절구와 같은 구체적인 장르로 구별되어 있는 장르로

---

22  김억, 「작시법(1)」, 『안서김억전집』 5, 288쪽.

23  "리듬(律)이란 영어의 rhythm으로 일정한 박자 있는 운동의 뜻입니다(김억, 「작시법(2)」, 『안서김억전집』 5, 291쪽)"라고 정의하며, 이 리듬을 '운동성'으로 이해한다. 이 운동성은 대우주와 자연의 조화, 흐름을 추동하는 원리다. 그러므로 그에게 리듬이란 시의 영역에 국한된 것이 아니라, 보편적 자연의 원리인 음향이자 "대우주의 자연적 운동"으로 이해된다. 그러나 시적 언어는 "침묵하는 문자"(위의 글, 292쪽)로 주어진 것이므로, 이 리듬을 완전히 담아서 표현하기는 어렵다. 김억에게 언제나 언어는 자연의 음악을 표현하기에는 부족한 것으로 간주되었다. 음향을 수단으로 삼는 음악, 몸짓을 수단으로 삼는 예술은 언어에 오염되어 있는 것이 아니다. 그것은 인간의 언어로 표현하지 않기 때문에 아마도 가장 자연의 본질에 가깝게 다가갈 수 있을 것이다. 그러나 시가에 주어진 것은 언어이며, 더구나 음향이 없는 문자, 소리를 낼 수 없는 문자에 해당한다는 것이다. 이와 관련한 자세한 논의는 박슬기, 앞의 책, 164~170쪽 참조.

간주되었다면, 시가는 시와 노래를 합친 말로서 주로 사용되었던 것 같다. 김억에게 시가는 이상적인 시에 가장 적합한 용어였다. 지금은 거의 사용되지 않는 이 용어는 근대문학론의 성립과정에서 전통 장르를 지칭하는 것으로서 배제되었으나, 자유시의 기원인 음악의 흔적을 간직하고 있는 용어라는 점에서 중요하다.

『조선시가의 연구』[1947]에 수록된 「가사문학론」에서 조윤제는 자신이 『조선시가사강』에서 가사를 시가문학으로 규정한 것은 잘못이었다라고 술회하고, 가사의 장르를 다시 규정하고자 했다. "그런데 가사歌辭문학이 그 명칭으로 인해 단순한 시가문학으로 간주된다는 것은 '가사'를 歌詞가사라 표기하였다는 그 '詞사'에 있는 것이 아니고 사실은 그 '歌가'에 있는 것이다. 즉 歌가라 하니까 곧 詩歌시가다 이렇게 단순히 생각하고 무비판적으로 歌라는 문자에 끌리어 그 문학의 성격을 규정하고 말았다"[24]라는 구절에서 핵심은 한글로 된 가사를 '歌詞가사'로 표기할 경우, 詞사의 성격에는 집중하지 않고 오직 歌가에 의지하게 된다는 것이다. '가'에 집중하다 보니 가사를 무조건 '시가문학'으로 규정하게 되었다는 것이다. 이는 또한 시가문학의 중요 조건을 노래하는 것에서 찾았다는 뜻이기도 하다.

이러한 반성에서 출발한 「가사문학론」은 가사가 시가문학이 아니라는 증거를 찾아가며 전개되어야 할 텐데, 조윤제의 논의를 살펴보면 오히려 시가문학이라는 규정을 강화하는 방향으로 전개되고 있다. 그의 논리 전개 과정은 상당히 의아한 부분이 있다. 그는 운문의

---

24    조윤제, 「가사문학론」, 『도남조윤제전집』 4, 118쪽.

형식으로 보나 고려의 장가로부터 발생했다는 발생론적 차원에서 보나 가사는 시가라고 할 수 있다고 규정한다. 모든 측면을 고려해볼 때 가사는 시가문학이지만, 왠지 그렇게 정의하기에는 불안하다는 것이다. 왜냐하면 가사를 시가로 규정하는 이유는 그것이 운문으로 되어 있다는 것 외에는 확실한 근거가 없기 때문이다. 그는 시가는 운문일 수 있지만, 운문은 시가가 아닐 수 있다며 「귀거래사」의 예를 든다. 「귀거래사」는 훌륭한 운문의 형식이지만, 시가라 하지 않고 사辭라 하였다는 것이다. 여기서 조윤제가 발견하는 것은 '사사조의 운율체'라고 하는 운문 형식 자체의 헐거움, 그 규정의 허약함이다. 사사조의 운율로 편지를 쓸 수도 있으며 이는 편지일 것이지 시가라고 하기는 어려우며, 견문을 기록할 수도 있으며 이를 기행문이라 하지 시가라 할 수 없기 때문이다.

　말하자면 조윤제는 「가사문학론」에서 운문의 가장 중요한 형식적 규정인, 운율 혹은 조의 허약함을 발견한다. 시는 시율의 존재가 있으므로 그 형식의 통제가 가능하나, 시가의 경우는 그렇지 않다. 시가의 최소 조건은 사사조이지만 사사조가 시가를 충분히 규정할 수 있는 것은 아니다. 조윤제는 결과적으로 가사란 형식적으로는 운문이고 내용적으로는 문필이라고 하여, "시가와 문필의 양성격을 동시에 구유한 특수한 형태문학"이며, "운문적 형식을 쓰면서 문필적 내용을 표현 묘사하는 문학"[25]이라고 하면 더욱 명확해질 것이라고 설명한다. 그러나 이러한 정의는 앞서 가사는 시가적 내용과 문필적 내

---

25　위의 글, 127쪽.

용을 표현하는 것이라고 지적한 것에 반대된다.

조윤제의 「가사문학론」에서 가사는 끝내 노래하는 것으로서 규정되지 않는다. 그는 가사가 시가문학이라는 점을 인정하면서도 결과적으로는 그 노래의 성격을 인정하지 않는 방향으로 가사 장르를 규정했다. 그것은 바로 근대문학이 지니고 있는 텍스트적 속성 때문인데, 노래를 환기하는 용어인 가사歌詞를 부정하고 가사歌辭로 구별한 것은 "국문학에 있어서 시와 가를 구별하는 문제"[26]가 매우 중요했기 때문이다. 이는 노래의 성격이 문학의 성격 규정 속에서 삭제되어 가는 과정을 보여준다.

## 4. 자유시의 은폐된 혹은 결여된 기원을 찾아서
### 개화기의 시사적 의의

지금까지 논의한 것은 자유시란 무엇인가에 대한 두 가지 담론적 방향이다. 김억과 양주동을 비롯한 1920년대 자유시론자들은 노래로서의 시를 문자로써 실현하는 것에 관심을 두었다. 자유시를 창안하려던 그들에게 전통적인 정형시는 크게 논의할 만한 사항이 아니었다. 그러나 조윤제는 정형시에서 자유시로 이어지는 근대시사의 발전과정을 명확하게 설정했다. 그것은 그가 서구의 근대문학의 발전 과정에 비추어 한국의 시가 발전 과정을 설정하고자 했기 때문이

---

26   위의 글, 121쪽.

다. 전통시가 정형시가 아니라면 정형시를 발명하면 된다. 그리고 조윤제의 담론이 이후의 한국 근대시사의 성립에 가장 큰 영향을 미친 것으로 판단된다. 그러나 위에서 살핀 바처럼 정형시도 자유시도 그것을 개념적으로 규정하는 순간 그 규정을 빠져나가버린다.

자유시란 그 기원적인 면에서 늘 결여된 것으로 보였다. 그것은 전통시가에서 이탈한 것이라는 점에서 문제였지만, 더 중요한 것은 그 이탈의 근원 또한 없어 보였기 때문이다. 말하자면 정형시가 없었으므로 자유시는 출발할 지점을 출발하기 전부터 상실했던 것이다. 그런 측면에서 자유시 담론은 언제나 '자유시의 역사적 기원'을 창출할 수밖에 없다. 자유시가 이식되었다는 것은 그 기원이 외래적인 것이지 없다는 것은 아니다. 자유시의 역사적 기원을 시가사의 연속적 과정에서 놓는 것 역시 마찬가지다. 자유시는 그 자체로 존재할 수 없는 장르였기 때문이다.

그러한 차원에서 근대문학이 본격적으로 성립했다고 보이는 바로 그 이전 지점, 개화기로 되돌아갈 필요가 있다. 자유시가 무엇인가를 탐구하는 과정은 결국 그 기원적 지점에서 은폐된 지점을 마주치게 된다. 그것이 노래라는 전통이고, 시여詩餘다. 근대적 과정 속에서 노래에 존재했던 시와 음악의 관계는 상실되고 음악은 상징으로서만 남게 된다. 음악적 언어를 운율, 즉 언어의 형식적 측면에서만 다루면서 본래적 음악은 은폐된다. 언어에 내포된 음악을 지시하고자 창안했던 내재율이라는 용어는 오히려 내용과 형식의 결합이 불가능하다는 점만 드러낸다. 내재율은 더 이상 분석할 수 없는 최소 지점인데, 그것은 다른 모든 장르와 구별되는 자유시의 장르적 변별 자질이기 때문이다.

이러한 점에서 자유시 개념은 근대시 담론에서 일종의 상징 기호가 된 것이며, 자유시가 상징하는 음악은 자유시의 개념을 구성하는 제로 기호로서[27] 남게 된다. 음악은 사라졌지만 사라지지 않은 텅 빈 기호가 된 것이다. 시가사의 연속적인 과정 속에서 언제나 형식, 즉 운율이 문제가 된 것은 바로 그러한 점 때문이다. 음악은 언어의 바깥에 있는 것이므로 사실상 논의될 수 없는 것으로, 율격론이라는 형태론의 관점에서만 논의될 수 있었다. 이는 동시에 근대문학이라는 개념이 지니는 난점과 결부된다.

그런 차원에서 이 책에서는 1900년부터 1920년까지의 통상 개화기로 불리는 시기를 다루었다. 1919년의 자유시 선언이 나오기 전까지, 개화기는 확실히 근대적 자유시가 발생한 원천적인 장場이다. 그것이 개화기가 '과도기적 시기'라고 하는 것의 진정한 의미다. 그러나 이것은 개화기가 시간적으로 앞서 있거나 자유시를 성립시키기위한 준비 기간이기 때문이 아니다. '새로운 문학'을 세우려는 지식인들의 의지가 '기왕의 문학'이 점유하고 있었던 토대와 마주치면서

---

27   이것은 야콥슨의 개념이다. 그는 소쉬르가 언어는 '어떤 것'과 '아무것도 아닌 것' 사이의 대립이라고 했다는 점에 주목하여, 이 '아무것도 아닌 것'이 제로 사인이라고 정의한다(R. Jakobson, "Zero Sign", *Russian and Slavic Grammar : Studies, 1931~1981*, ed. by. L.R. Waugh and M. Halle, Berlin : Walter de Gruyter, 1939. 여기서는 F. Stijernfelt & P. F. Bundgaard, ed. *Semiotics : Critical Concepts in Language Studies* vol.2, New York : Routledge, 2011, p.45). 소쉬르가 음운론에서 전개했던 것을 야콥슨은 문화적이고 관습적인 차원에까지 확대시키는데, 제로 사인은 최초에 성립한 변별적 차이가 사라졌음에도 사라지지 않고 체계 전체를 변화키는 것이다.

전통적인 것과 새로운 것이 만나고 생성되는 장이었기 때문이다.

한국 근대시의 기원을 역동적인 생성의 장으로 주목하기 위해서는 최소한 세 가지 차원의 담론적 조건에 주목해야 한다. 첫 번째로는 근대시는 근대문학의 한 장르이므로 근대문학 인식의 발생과 함께 이해해야 한다는 것이다. 이를 위해서는 당대의 매체적 변화, 즉 근대문학 탄생과 변이를 가능케 하는 창작／수용의 제반 조건을 탐색해야 한다. 두 번째로는 형식의 자율화와 함께 서정적 주체의 내적 지향이라는 창작 주체의 차원을 통합적으로 이해해야 한다는 것이다. 이를 위해서는 정형률, 자유율과 같은 형식적 차원에서 시학적 차원으로 지평을 전환시킬 필요가 있다. 세 번째로는 근대시의 인식은 전통시가를 전면 부정하면서 탄생한 것이 아니라 전통시가의 인식을 계승하고 변주하면서 탄생했다는 점이다. 이를 위해서는 근대 시론자들이 어떻게 전통시가를 인식하고 실현하고자 했는지 살펴볼 필요가 있다. 이러한 세 가지 담론적 조건은 사실상 하나의 조건으로 수렴되는데, 그것은 자유시로서의 근대시의 인식과 실험은 근대문학을 탄생시킨 문화적 변화 속에서 이해되어야 한다는 점이다.

그러한 점에서 이 책은 개화기의 시적 실험들과 문학적 장의 출현이 근대문학이라는 기존의 관념에 균열을 내는 지점을 포착하고자 한다. 『소년』과 『청춘』이 보여준 문체적, 문학적 실험은 근대문학이 성립하는 장에서 주체가 탄생하는 지점을 보여준다. 제2장에서는 자유시에 결부된 노래와 음악의 문제를 어떻게 문자로 실현하고자 했는지를 다룬다. 산문시의 개념과 최남선의 실험을 검토하면서, 한국 근대시사의 발전과정에서 예외였거나 실패한 시도로 간주되었던 최남선의 시적 실험이 한국 근대 자유시가 성립하고 생성하는 원천적 인식을 보여준다고 설명할 수 있다. 제3장에서는 그런 차원에서 자유시가 음악과 본격적으로 연결되는 지점을 다룬다. 이러한 과정을 살펴봄으로써, 이 책은 결론적으로는 자유시가 그 기원을 은폐함으로써 혹은 결여된 기원을 회복하려고 함으로써 생성하고 발전해 온 과정으로 파악한다. 자유시는 근대시의 한 하위 장르로서 규정될 수 없으며 그것은 다만 한국의 근대시가 성립하고 발전해 온 원천적 개념이자 그 전체 과정 자체인 것이다.

# 교호하는 장,
# 『소년』과 『청춘』의 장

# 1. 편집자 최남선과 『소년』이라는 매체—심급

## 1) 편집자 최남선과 『소년』이라는 파라텍스트

한국 근대문학과 문화의 성립기인 1910년대에 최남선이 담당했던 역할의 중대성은 부정하기 어렵다. 그는 1910년대의 사상, 정치, 문화, 문학의 광범위한 네트워크의 중심점이었다. 그러나 무엇보다 중요한 것은 그가 '출판물로 구성된 문화'로서의 '근대'를 생성하는 데 중추적인 역할을 담당했다는 사실이다. 물론 여기에는 출판사 신문관의 역할을 빼놓을 수 없다. 개화기 지식인의 '사상'은 광범위한 대중에게 '출판물'의 형태로 전달되었고, 신문관은 다양한 기획물을 통해 대중을 '독자 대중'으로 성립시킴으로써 근대적 지식의 공동체를 형성하는 데 큰 역할을 담당한 것이다.

물론 경영과 편집이 엄격히 구별되어 있었다는 측면[1]에서 신문관의 출판 활동을 전적으로 편집자 최남선의 의도로 귀속시키기는 어렵다. 그럼에도 신문관의 '출판 활동'과 최남선의 '편집 활동'을 완전히 구별하기는 어려운데, 최남선의 편집자로서의 역할이 다만 '책 꾸미기'에 그치지 않았기 때문이다. 신문관의 여러 시리즈물은 그의 편집자로서의 의식에 바탕을 두고 기획된 것이었다. 당시 독서계에 미친 신문관의 압도적인 영향력은 물량에 바탕을 두기도 한 것이지만, 무엇보다도 그가 선정했던 수많은 기획 때문이기도 하다. 말하자면 신문관의 기획물이 독자의 기호에 부응하는 내용적 질을 가졌던 것

---

1    권두연, 『신문관의 '문화운동' 연구』, 연세대 박사논문, 2010, 16쪽.

이라기보다는, 편집자 혹은 출판업자 최남선의 '이름'이 신문관의 출판물에 '읽을 만한 가치'를 부여했기 때문이다. 예컨대 "처음에는 소설이기 때문에 아니 보려 하였"지만 최남선의 붓끝에서 나온 것이라 반드시 사연이 있을 것이라 하여 읽게 되었다는 『청춘』 독자의 말[2]은, 최남선이라는 이름 자체가 실질적인 영향력을 발휘하고 있었다는 점을 보여준다.

말하자면 '무엇'이 가치가 있었기 때문이 아니라, 최남선이 선정한 것이기 때문에 가치를 지니는 것이다. 최남선의 '이름'에 이러한 권위를 부여한 것이 『소년』이며, 『소년』은 편집자 최남선과 출판사 신문관을 연계시키며, 편집자 최남선의 역할을 강화하는 역할을 했다. 『소년』에 실린 많은 글들이 신문관에서 단행본으로 출판되기도 하였거니와, 단행본 출간 계획을 언급[3]하거나 단행본의 광고를 싣는 등

---

2　「대예외를 발견함(「불상한 동무」의 독자에게서)」, 『청춘』 14, 1918.6(이경현, 「1910년대 신문관의 문학 기획과 한국 근대문학의 형성」, 서울대 박사논문, 2013, 126쪽에서 재인용).

3　『소년』에 수록된 많은 글은 결국에는 신문관에서 단행본으로 출간될 것들이었다. 지면이 제한된 잡지에서는 일부만 소개하고 단행본에서 전모를 갖추고자 했던 것은 잡지의 독자들이 자연스럽게 단행본의 구매자가 될 수 있도록 유도하기 위해서였을 것이다. 예컨대 "본편에는 서언이 있었으나, 얼른 완결하기 위하여 타일, 단행본으로 발간할 때에나 삽입할 차로 이 잡지에는 본문으로부터 게재하오"라는 부기를 단 「나폴네온대제전」(『소년』 1년 2권, 1908.12, 13쪽)과 같은 예나 "「페터대제전」은 이미 고결하였은즉 누락된 사실과 논평을 증보하여 불원에 단행본으로 출간(「편집실통기」, 『소년』 2년 2권, 1909.2, 56쪽)"과 같은 예를 들 수 있다. 또한 단행본으로 출간한 『수신요령』을 많이 구매하고 전파해달라는 요청(「편집실통기」, 『소년』 2년 4권, 1909.4, 64쪽) 등으로 볼 때 『소년』은 독자를 신문관의 출판물로 유입시키기 위한 일종의 통로 역할을 한 것으로 보인다.

신문관 출판물과 끊임없이 연동되어 있었다는 점을 고려하면 그러하다. 말하자면 그가 편집자로서의 강력한 아이덴티티를 바탕으로 작업했던 『소년』은 저자-독자의 네트워크라는 현실적 장을 실질적으로 구성하고 있었던 셈이다.[4]

　이러한 측면이 『소년』과 『소년』의 편집자 최남선을 재조명하고자

---

[4]　실질적으로 『소년』이 어느 만큼의 독자를 창출했는가에 대해서는 의심할 여지가 없지는 않다. 최남선은 잡지 발간 초기에 독자가 너무나 없다는 점을 한탄하기도 했지만(「편집실통기」, 『소년』 1년 2권, 80쪽), 1년 후에는 200여 명의 독자를 얻게 되었다고 하고 있다(「제일기념사」, 『소년』 2년 10권, 1909.11, 6쪽). 문학 텍스트 유통의 측면에서 고찰한 윤석환은 『소년』이 종간 즈음에는 1000여 부 정도 발행했으며, 대중지향성, 발행기간, 문학 비중의 측면에서 『소년』에 견줄 만한 잡지는 없었다고 지적한다(윤석환, 「근대문학 시장의 형성과 신문·잡지의 역할」, 성균관대 박사논문, 2013, 45쪽). 그러나 진짜 중요한 것은 담론적 영향의 크기며, 그것은 실증적인 수치로 완전히 증명될 수 있는 것이 아니다. 『소년』은 청년학우회의 기관지가 되기도 했으며, 무엇보다도 신문관의 출판물과 독자를 매개하고 있었다. 『소년』은 독자와 일대일 관계를 맺는 잡지가 아니라, 출판사 신문관과 신문관의 독자들이, 그리고 다양한 사회문화적 단체들이 교류하는 장의 중심에 있는 하나의 지점이다. 만약에 이 위치가 지니는 실질적인 영향력을 실증하기 위해서는 『소년』이 맺는 모든 관계의 양방향에서 증명되어야 할 것이다. 이는 사실상 불가능할 뿐만 아니라, 가능하다 하더라도 실증적 수치가 제시되는 순간 『소년』의 영향력은 잘못 실체화된다. 『소년』의 지닌 중심적 위치는 실체적인 것이 아니라 가치적인 것이기 때문이다. 많은 실증적 연구들이 간과하는 것은 이러한 지점이다. 얼마나 팔렸는가, 몇 명의 독자가 읽었는가 하는 문제로 영향력을 검증할 수는 없고 그것은 다만 그 가능성만을 표시할 뿐이다. 실제로 무엇의 영향을 받았으며, 무엇에 실제로 영향을 주었는가 하는 문제 또한 중요하지만 그것이 근대적인 담론 체계 구성에 본질적으로 작동하는 것은 아니다. 말하자면 근대적인 담론은 각 항목들의 '실체'들의 합으로 설명될 수 없으며, 이 항목들을 실체화하려 할 때 이들이 근본적으로 다른 항목들과의 차이를 통해서만 규정될 수 있다는 점이 망각된다. 이러한 점이 이 글에서 매체를 언어 기호와 동일한 성격을 지닌 것으로 보는 이유이다.

하는 이유이다.[5] 1900년대의 잡지들이 체계화된 근대 지식을 구축하고 이를 사회적으로 보편화하고자 했으며,[6] 『소년』 역시 근대적 지식의 설계자가 되면서 근대적 지知의 공동체를 형성했다는 점은 일반적으로 받아들여지고 있다. 그러나 『소년』이 담고 있었던 '지식'이 정확히 무엇을 의미하는지는 명확하지 않다. 한기형은 이 지식이 '도구적 지식'과 '민족적 지식'의 종합이며,[7] 이는 최남선이 명시한 바

---

5    최남선이 저자이며 동시에 번역자이자 편집자였다는 점은 일반적으로 잘 알려져 있다. 그러나 편집자로서의 의식을 적극적으로 조명한 시도는 거의 없었는데, 1차적으로는 '최남선 = 편집자'의 도식이 너무나 당연하게 받아들여지는 사실이었기 때문일 것이다. 더 중요한 것은 『소년』을 비롯한 여러 잡지들 혹은 신문관의 출판 기획에 나타난 편집자의 '결과물'들 속에서 편집자적 의식보다는 저자, 번역자, 사상가 등으로서의 의식을 추적하려고 했기 때문일 것이다. 『소년』에 수록된 텍스트들 사이의 일관된 관계, 번역물에 드리워 있는 원본의 실체, 지식들을 관통하는 의도 등을 파악하려는 시도들은 편집된 것의 총체로서의 책 자체보다는 그 속의 텍스트의 실체에만 초점을 맞추는 것이다. 편집자에 주목한 경우가 아예 없지는 않은데, 예컨대 박진영은 최남선이야말로 한국에서 처음으로 전문성과 기획력을 갖추고 등장한 번역가이자 편집자라며, 이 번역자 및 편집자로서의 주체성을 원본의 수용자이자 사본의 전달자인 동시에 새로운 원본의 생산 주체라고 평가했다(박진영, 「신문관의 대장정과 젊은 편집자의 초상」, 『책의 탄생과 이야기의 운명』, 소명출판, 2013, 176쪽). 그러나 그의 평에 걸맞은 존재는 번역가로서의 최남선이며, 그 글에서 편집자로서의 최남선은 잡지의 발간과 유지를 위해 노력한 행적으로만 조명된다. 그러나 번역자와는 달리 편집자의 결과물은 하나의 완결된 텍스트가 아니라, 수집되고 배치된 텍스트의 인쇄물이자 출판물인 '책'이라는 물질 그 자체다. 편집자의 의식은 물질적 형태로서의 책을 현실 속에서 어떤 방식으로 존재하게 하는가하는 문제에 집중된다. 따라서 편집자의 의식은 편집자 그 자신의 의도에서 찾아질 수 있는 것이 아니라, 그가 파라텍스트로서 새겨진 책이라는 물질에서 발견되는 것이다. 이는 본문에서 논의하고자 한다.

6    한기형, 「근대잡지와 근대문학 형성의 제도적 연관」, 한기형 외, 『근대어·근대매체·근대문학』, 성균관대 대동문화연구원, 2006, 274쪽.

7    위의 글, 283쪽.

와 같이 '세계적 지식'의 함의를 지닌다며 그것은 세계에 대한, 세계에 의해 상대화된 한국에 대한, 그리고 근대 과학문명과 근대제도에 관한 지식 등으로 이해될 수 있다고 지적하였다.[8] 그러나 그렇다면 이 '지식'은 사실상 모든 것이다. "세계적 지식을 취득함은 세계를 지知하려함이 아니라 곧 우리 대한을 지知함이오 타인에게 박학다문을 과시코자함이 아니라 곧 자기가 사리물정에 암매暗昧하지 아니하려함"[9]이라고 쓸 때 '앎을 추구하는 이유'는 다만 '알기 위해서'다. 말하자면 지식의 구체적 실체는 알고 배워야 한다는 계몽적 의지에 압도되며, 남는 것은 이 의지 자체일 뿐이다. 즉 『소년』이 제시한 모든 '지식'은 알아야 할 것으로 제시되었기 때문에 '지식'이다.[10] 최남선이라는 편집자가 제시한 것이므로 '알아야 할 것'이다. 최남선의 의지는 지식과 동일해진다.

창간 일주년 기념사에서 최남선 자신이 밝혔듯,[11] 『소년』은 최남선이 온전히 혼자 힘으로 만들어 낸 잡지였다. 그는 외국 동화나 소설의 번역자였을 뿐 아니라 시와 역사론, 시론時論 등을 쓴 저자이기도 했다. 자연 과학적 지식을 전달하거나 역사론을 쓸 때는 학자이자

---

8   한기형, 「최남선의 잡지 발간과 초기 근대문학의 재편」, 한기형 외, 앞의 책, 314쪽.

9   「세계적 지식의 필요」, 『소년』 2년 5권, 1909. 5, 4쪽.

10  신문관의 출판 활동을 방대한 자료를 통해 검토한 이경현은 신문관의 출판 기획을 근대 학제와 민간의 출판이라는 조건과의 상호연계성 속에서 고찰할 때, 신문관은 조선 지식, 문화의 장 전체와 상호의존적 관계를 형성하면서 "근대지식"이나 "문학"의 모습을 실체화시킬 수 없게끔 만들었다며, "문학"은 어떠어떠한 장으로 규정되지 않으며 그보다는 '文'을 생산하는 모든 종류의 장에 부단히 참여하려는 하나의 실천적 입장에 가깝다고 지적했다(이경현, 앞의 글, 106쪽).

11  「제일기기념사」, 앞의 책, 5쪽.

논평자의 역할을 맡았다. 이 모든 역할들은 세계의 지식과 그를 담은 사진, 전달할 지식을 '취사선택'하는 수집가이자 수집된 지식을 '배치'하는 편집자의 역할들로 수렴된다. 그는 『소년』 내에서 자신을 드러낼 때는 '집필인'이라는 호칭을 사용했는데, 이는 말 그대로 글을 쓴 사람을 의미할 뿐 근대적인 의미에서 저자 혹은 작가를 의미한 것은 아니었다. 왜냐하면 『소년』에 수록된 대부분의 글이 발췌 번역이거나 수집된 지식을 재구성한 텍스트였기 때문이다.

『소년』은 독자가 '배워야 하며, 알아야 한다'는 점을 끊임없이 강조했지만,[12] 이는 『소년』이 독자에게 '전달'하고자 했던 '내용'이 정확히 무엇인가와는 별개의 문제다. 그럼에도 불구하고 잡지 『소년』이 저자와 독자의 네트워크라는 현실적 장을 창출했다는 점은 사실이다. 『소년』은 저자와 독자 네트워크의 현실적 장 속에 놓여 있으며, 이 속에서 독자와 저자를 동시에 창출하면서 현실의 장을 만들어가고 있었다. 그것은 최남선이라는 편집자가 『소년』에 부여한 가장 강력한 의도이기도 하다. 대한 제국이 세계 문화에 담당할 책임이 크며 이를 감당할 '대국민'을 양성하기 위해 『소년』을 창간했다는 내용의 창간 선언은 이를 명백하게 보여준다. 편집자이자 출판인으로서의 최남선은 『소년』을 대한제국이라는 현실의 장 위에 위치시키고, 이것을 읽을 독자를 호명함으로써 이 잡지를 '읽는 대중'과의 관계 속에 놓았다.

---

12  이는 『소년』 전반에 깔려 있는 메시지이지만, 「세계적 지식─현세계상에 속지 갑부는 뿌리탠국」(『소년』 2년 6권, 1909.7, 54~56쪽)을 둘러싸고 있는 제언에 명백하게 표현되어 있다. 각 면의 상단에 배치한 경구의 형식으로 최남선은 "다만 지식과 모범을 힘써 세계에 구하라"(59쪽)라든가 "힘써 배우라 힘써 하라 힘써 시험하여 보라"(62쪽)등의 글을 새겨 놓고 있다.

말하자면 독서 공동체, 지식의 네트워크 속에서 『소년』을 고려하는 것은 그것이 담고 있는 '내용'이 무엇인지 묻는 것이 아니라, 그것의 '장소'를 묻는 것이다. 이 장소란 지식의 전파와 수용이라는 네트워크 사이, 연쇄적으로 이어지는 흐름을 잠시 고정시키는 일종의 누빔점이다. 『소년』에 담겨 있는 편집자 최남선의 '지식'은 『소년』이라는 매체에 담겨 제시되었으며, 이 지식은 『소년』이라는 매체에 담겨 있었기 때문에 '지식'으로서 받아들여졌다. 『소년』은 언어의 기호처럼 이 장場 속에 위치하며 그 장을 창출한다. 『소년』은 지식의 전파와 수용이라는 시스템을 만들었고, 이 시스템의 형성이라는 역할보다 더 중요한 것은 없다. 따라서 중요한 것은 『소년』은 어떻게 이러한 시스템을 형성하는가 하는 것이다. 그런 의미에서 『소년』은 쥬네트가 말한 파라텍스트의 차원에서 이해해야 한다. 쥬네트는 파라텍스트란 일종의 문지방으로서, '읽는 독자'의 세계와 텍스트의 세계를 매개하는 장소라고[13] 설명했다. 화려한 삽화, 그림, 글씨체와 같은 것들은 파라텍스트를 구성하는 한 지표들일 뿐으로, 이것만으로는 파라텍스트의 본질적 기능을 논의할 수 없다. 오히려 텍스트를 둘러싼 편집자의 논평, 서언, 후기와 같은 것들이 더 중요하다. 파라텍스트들은 텍스트를 현전하게 하는 것, 즉 말 그대로 텍스트를 이 세계 속에 존재할 수 있도록 하는 것이다. 다시 말해 책의 형태로 그것을 수용하고 소비할 수 있도록 하는 것이다.[14] 편집자 최남선은 파라텍스트로서의 『소년』

---

13　G. Genette, *Paratexts : Thresholds of Interpretation*, trans. J. Lewin, Cambridge University Press : New York, 1997, p. 2.

14　Ibid., p. 1.

을 창출했고, 이는『소년』에 수록된 텍스트와 그 바깥의 세계, 즉 광범위한 대중 독자 네트워크를 '매개'하는 역할을 담당했다는 의미다. 『소년』은 물질적 매개material medium[15]로서 이해해야 하는 것이다.

『소년』을 매체의 물질성의 측면에서 논의한다는 것은 일반적으로 그래왔던 것처럼 시각적 효과를 중심으로 논의한다는 것이 아니다.『소년』이 언어의 기호처럼 시니피앙의 기호 속에서 자리 잡은 것이되, 기호 체계를 지배하는 문자의 심급의 차원이라는 점을 논의하는 것이다. 따라서 독자 대중의 획득과 문자 공화국의 형성에서『소년』이 지녔던 파급력을 논의하기 위해서는 그것을 완전히 순수한 물질적 도구로서 간주해야만 한다. 이는『소년』이라는 잡지-책을 문자 그대로의 의미에서 매체media이자 형식 그 자체로서, 현실적 장에서의 그것의 존재론적 위치를 탐구하고자 하는 것이다. 이 글에서는 야콥슨의 소통 도식을 원용하여 지식의 송신자와 수신자, 그리고 매체이자 메시지로서의『소년』의 관계를 살펴봄으로써 논의를 전개하고자 한다.

## 2) 독자의 창출과『소년』의 자기 지시적 기호로서의 '소년'

1900년대 지식계가 대중을 독자로서 성립시키며 이들을 계몽하고자 했다는 점을 감안할 때, 최남선의 「해에게서 소년에게」가 대한

---

15   이 용어는 라깡이 시니피앙의 연쇄를 작동시키는 문자의 역할에 대한 논의의 맥락에서 사용하는 것이다. J. Lacan, "The Instance of the Letter in the Unconscious, or Reason Since Freud", *Écrits*, trans. B. Fink, New York : W. W. Norton & Co. 2005, p.413.

의 '소년'에 진취적 기상이나 미완의 존재, 혹은 앞으로의 발전 가능성이 무궁무진한 미래적 국민으로서의 정체성을 부여했던 것은『소년』의 가장 중요한 업적이라고 할 것이다. 소년이라는 막연하고 중립적이었던 기표는『소년』에서 비로소 새로운 미래를 열어 갈 책임 있는 주체라는 의의를 얻게 되는 것이다. 그러한 측면에서『소년』이 9~15세 전후의 보통학교 생도 및 졸업생[16]을 대상으로 할 수 있었던 것은『소년』이 '소년'을 매우 구체적인 실체로서 그려내고 있었기 때문이다. 편집자 최남선은 창간 선언에서 '소년'을 '대국민'으로 지칭하고『소년』은 '소년'과 '대국민'을 일치시킴으로써 소년으로서의 독자에게 시대적 사명을 부여했다. 그는 대중을『소년』의 독자로 호출하며, 그렇게 함으로써 그 자신을 '전달해야 할 내용'의 송신자로서, 대중을 그 내용의 수신자로서 자리매김했다. 그러나 이러한 '소년'으로서의 독자는 정확히 누구를 가리키는 것일까.

　금今에 아제국我帝國은 우리 소년의 지력知力을 자資하야 아국역사我國歷史에 대광채를 첨添하고 세계문화에 대공헌을 위爲코려하나니 그 임任은 중하고 그 책責은 대大한디라.

　본지는 차책임을 극당克當할 만한 활동적 진취적 발명적 대국민을 양성하기 위하야 출래한 명성明星이라. 신대한의 소년은 수유須臾라도 가리可離치 못할지라.[17]

---

16　권보드래,「'소년'・'청춘'의 힘과 일상의 재편」, 권보드래 외,『소년과 청춘의 창』, 이화여대 출판부, 2007, 166쪽.
17　「표지」,『소년』1년 1권, 1908.11.

나는 이 잡지의 간행하는 취지에 대하여 길게 말씀하지 아니하리라. 그러나 한마디 간단하게 할 것은 「우리 대한으로 하여금 소년의 나라로 하라 그리하려 하면 능히 이 책임을 감당하도록 그를 교도하여라」 이 잡지가 비록 적으나 우리 동인은 이 목적을 관철하기 위하야 온갖 방법으로써 힘쓰리라. 소년으로 하여금 이를 읽게 하라 아울러 소년을 훈도하는 부형으로 하여금도 이를 읽게 하여라.[18]

『소년』의 표지를 넘기는 순간 마주치는 것은 월계관에 둘러싸인 『소년』 제호와 제호의 양 옆에 새겨진 창간 선언이다. 창간 선언은 2년 4권까지 매 호 수록되었다. 여기에서 그는 창간 목적을 명확히 밝혔는데, "활동적 진취적 발명적 대국민을 양성하기" 위한 교과서라는 것이다. 그리고 이 잡지를 읽을 독자는 "신대한의 소년"이다. 이러한 목적은 권두언에서 또한 반복된다. 『소년』 발간 기간 내내 강조했던 권두언에서 그는 "소년으로 하여금 이를 읽게 하라"라고 함으로써 그 독자를 '소년'으로서 호명했다. 권두언에서는 그 목적 또한 밝히고 있다. "우리 대한으로 하여금 소년의 나라로 하라 그리하랴 하면 능히 이 책임을 감당하도록 그를 교도하여라"라는 말이 그것이다. 창간 선언에서 이 잡지를 읽어야 하는 존재를 "신대한의 소년"으로 규정한 것을 감안하면, 잡지 『소년』의 독자는 "신대한의 소년"이다.

그런데 이 '소년'의 존재는 좀 이상해 보인다. 『소년』의 독자는 소년이되, '신대한의 소년'이다. 이때 '신대한'은 대한이 발전되어 도달

---

18 「권두언」, 『소년』 1년 1권.

하게 될 대한의 미래태라는 점에서 소년은 미래의 존재다. 말하자면 현재의 대한은 미래에 '신대한'이 될 것이고, 그렇게 되게 하기 위해 『소년』은 노력할 것이라는 말이다. 그렇다면 현재 『소년』의 독자는 아직 도래하지 않은 것이다. 그럼에도 그는 1년 2권에 수록된 편집 후기에서 또한 "우리 신대한소년계에서는 별로 반향이 없음을 보고 우리는 목을 놓아 울지 아니치 못하였소"라고 하며 『소년』의 독자 없음을 한탄하고, 독자로 하여금 주변에 『소년』 읽기를 권하여, "아무조록 이 잡지로 하여금 우리 신대한 소년계에 일대 노력이 되도록 극력 주선하야 주시옵기를 천만"[19]바란다는 말을 덧붙이고 있다.

그러므로 편집자 최남선은 "신대한 소년"을 미래태이자 동시에 현재태로 사용하고 있는데, 이는 지금은 무지한 독자가 『소년』을 읽고 신대한 소년으로 거듭나는 것을 의미하는 것이 아니다. 『소년』을 읽는 독자가 신대한 소년이며, 이 소년은 아직 출현하지 않았음을 가리키고 있는 것이다. 말하자면 『소년』의 독자는 신대한 소년이며, 『소년』을 읽어서 미래에 신대한 소년이 되는 것이 아니라 신대한 소년만이 『소년』의 독자가 될 수 있다.

이는 두 가지 중요한 문제를 지닌다. 하나는 이미 완성된 형태의 "신대한 소년"이라면 『소년』을 읽어서 계몽될 필요가 없다. 독자 계몽의 의도는 성취되지 못하는 것이다. 두 번째는, 여기에서는 두 번째가 더 중요한데, 『소년』의 독자만이 "신대한 소년"이고 오직 "신대한 소년"만이 『소년』의 독자가 될 수 있다는 일종의 자기지시적인 관

---

19 「편집실통기」, 『소년』 1년 2권, 80쪽.

계가 성립한다는 점이다. 말하자면 『소년』이 없으면 '소년'은 존재하지 않는다.

이는 그가 대중을 "밥버레와 담배구덕이"와 "소년"을 나누어 상정하고 있다는 점에서 방증된다. "우리가 가장 미워하는 사람은 건달보다도 난봉보다도 밥버레와 담배구덕이"[20]라고 했으며 그는 무기력하고 의지 없는 사람이다. 그들은 아무 것도 할 수 없고 자신의 미래를 긍정적으로 바꿀 수 없는 존재다. 반대로 소년은 "용감호장한 대동남아의 기백이 있"[21]는 자이다. 신대한의 소년만이 새로운 미래를 열어갈 능력을 지니고 있는 것이다. 대중 계몽의 의도를 성취하고자 한다면, 이 "밥버레"들을 "소년"으로 계도할 방법을 제시하는 것이 보다 효과적일 것이다. 그러나 『소년』에서 이러한 의도는 보이지 않는다. 본래 게으른 천성을 타고난 자들은 변하지 않는다는 확신을 보여주고 있으며, 나아가 자신의 본성을 넘어서는 욕심을 부려서는 안 된다는 주장을 곳곳에서 펼치고 있다. 특히 1주년 특집호에 실린 「소년시언」은 이러한 모순된 지점을 선명하게 보여준다.

◎ 본색

일이나 물건이나 제일 아니된 것은 그 본색을 잃는 것이라 바꾸어 말하면 평범을 탈출함이니라. 간장은 어디까지든지 간장대로 있어야 하나니 된장이 되어도 못쓰는 것이오 청국장이 되어도 못 쓰는 것이라. 그 성性과 미味와 질質이 어디까지든지 간장이라야 할지니라. 이런 것을 일

---

20 『소년』 2년 1권, 1909.1, 42쪽.
21 「이런 말삼을 드러보게」, 『소년』 2년 2권, 41쪽.

부분의 세인世人들은 간장으로 있어 간장에서 뛰어나기를 힘쓰지 말아서 헛되이 아까운 정력과 광음光陰을 없애니 애닯지 아니하냐. 간장이거든 간장의 성, 미, 형, 질로 더 좋고 더 낫도록 있는 대로 힘을 쓰고 애를 들일지어다. 그러나 행여 간장까지 면하려고는 생각지 말지어다. 이는 너에게 화가 될지니라.

◎ 본색이란 무엇이뇨

일이나 물건의 본색이란 무엇이뇨? 우리나라 말에 '다운'이라는 것이 곧 그것이라. 사람은 어디까지든지 사람답고 개는 어디까지든지 개다울 지어다. 늙은이는 어디까지든지 늙은이답고 어린이는 어디까지든지 어린이다울 지어다. 더욱 소년은 어디까지든지 소년다울 지어다. 또 더욱 신대한의 소년은 어디까지든지 신대한의 소년다울 지어다.[22]

요점은 이렇다. 모든 사물이나 존재들은 자신의 "본색"을 가지고 있으며, 이는 간장이 간장이고 된장이 된장이듯 타고난 천성에 해당한다. 이 타고난 천성을 변화시키는 일은 불가능할 뿐만 아니라 시도해서도 안 된다. 간장으로 태어났으면 더 나은 간장이 되도록 노력해야지, 된장이 되어서는 안 된다는 것이다. 이는 곧 사람, 개, 늙은이, 어린이의 본색으로 이어진다. 사람은 사람다워야 하고, 늙은이는 늙은이다워야 하며 어린이는 어린이다워야 한다. 소년은 역시 소년다워야 한다. 그렇다면 소년은 어떤 본색을 지니고 있는가. 이 권의 표

---

22  「소년시언」,『소년』 2년 10권, 14~15쪽.

지에서 그는 "소년다운 소년"의 요소로 '기운, 마음, 몸의 꿋꿋함'[23]을 들었다. 이는 아무리 근대적인 지식을 습득하고, 자신을 수양한다고 해서 얻어지는 것이 아니다. 더구나 그것이 타고난 천성이라면 더욱 그러하다. 이를 '밥버레'와 '소년'의 대립에 적용시켜보면, 밥버레는 아무리 노력해도 소년이 될 수 없다. 그리고 소년은 아무리 타락해도 밥버레가 될 수는 없을 것이다.

이 지점에서 창간 선언은 무색해지지 않을 수 없다. 『소년』이 겨냥하는 독자는 "신대한의 소년"이지만, 이는 『소년』에 수록된 지식과 강령을 습득하고 수양을 통해 도달하는 상태가 아니다. 이미 완성태로 지금 존재하는 독자이다. 그러나 그 독자는 동시에 지금 존재하지 않는다. 『소년』의 독자는 『소년』과 동시에 출현하며, 동시에 존재하는 자이다. 오직 『소년』을 읽음으로써 출현하는 자인 것이다. 최남선이 「로빈슨 크루소」를 번역 소개할 예정이라는 광고를 내면서, "신대한의 소년으로 이를 읽지 않는 자 있을까? 우리는 결단코 없으리라 하노라"[24]고 확신할 때 이 자기 지시적 관계는 명확해진다. 독자 '소년'은 이렇게 『소년』의 자기 지시성이자 현실에 투사된 『소년』잡지 그 자체다. 이렇게 이해할 때 권두언의 선언은 또한 명확해진다. "우

---

23　표지의 내용은 다음과 같다.
　　우리는 어디까지든지 소년다운 소년이 되리라. 소년은 기운의 꿋꿋함을 이름이니 우리 두 어깨에는 제 나라 제 시대 얹기가 튼튼하여야 하며, 소년은 마음이 꿋꿋함을 이름이니 어떠한 곤란이든지 어떠한 시험이든지 꼭꼭 익혀 나아가기가 튼튼하여야 하며, 소년은 몸이 꿋꿋함을 이름이니 일평생 동안 하루 한시라도 빼는 틈 없이 노동역작하기가 튼튼하여야 하느니 우리는 이 세 가지를 잘 보존해가져서 장 소년다운 소년이 되어야 하느니라(『소년』 2년 10권, 표지).
24　「로빈슨무인도절표류기담」 광고」, 『소년』 1년 2권, 42쪽.

리 대한으로 하여금 소년의 나라로 하라"는 소년이라는 독자의 나라
가 아니라 잡지『소년』의 나라가 되라는 것이다. 독자 소년은 이렇게
『소년』의 심급 속에서 사라지고, 말 그대로의 문자 공화국으로서의
『소년』 대한이 남는다.

### 3) 저자의 소멸과 자기 준거적 지식으로서의 『소년』

소년이라는 독자는 『소년』의 현실태이며 『소년』은 독자 소년을 지
시하는 관계가 성립하는 것이라면, 소년은 더 이상 『소년』에 실린 메
시지를 수신하는 자가 아니다. 애초에 수신자는 성립하지 않기 때문
이다. 그러나 송신자의 입장도 역시 마찬가지인데, 『소년』에 실린 지
식의 송신자 역시 존재하지 않기 때문이다.

『소년』이 포괄하고 있는 위인의 일화나 역사, 지리, 자연, 과학에
대한 지식들은 독자 소년이 알아야 할 것으로 전제되어 있다. 그러
므로 이 지식이 『소년』에 수록된 텍스트의 내용이 될 것이다. 그러
나 『소년』의 텍스트는 텍스트 바깥에 산재해 있는 지식들을 편집자
가 취사선택하고 발췌 번안하여 재구성한 텍스트라는 점에서 이 텍
스트의 저자의 권위를 인정할 수 없게 된다. 텍스트들은 대부분 최남
선이 "좌수左手로는 휘잉한 머리를 버티고 우수右手론 이 신문 저 잡지
뒤지면서"[25] 역출한 것으로, 원저자의 의도나 원저의 구성은 찾기 어
려운 상태로 『소년』에 수록된다.

『소년』에 번역 수록된 대부분의 텍스트가 그러한데, 단적으로 2년

---

25  「최신 남극탐색가—신호걸 사굴돈 참위의 위대한 공적」, 『소년』 2년 6권, 52쪽.

9권에 실린 「스마일쓰 선생의 용기론」이 그 예이다. 이 글은 그가 밝힌 바, "그 명저 『성행론』 중에서 역출한 것"[26]이다. 이는 새뮤얼 스마일스의 *Character*를 번역한 것이다. *Character*는 총 12장으로 구성된 책으로, 「용기론」은 제5장인 "Courage"를 번역한 것이다. 몇 개의 격언으로 시작하는 원문의 구성을 따르고 있으며, 번역어를 상황에 맞게 바꾼 것이나 짧은 내용을 조금 더 풀어서 번역한 것 외에는 상당히 충실하게 번역되어 있는 것으로 보인다. 그러나 원문 내용의 상당 부분을 생략함으로써 내용을 완결적으로 제시하지는 않는다. 다소 생소한 인명이나 어휘에 주석을 달고, 내용의 전개 과정 중에 독자들의 이해를 돕기 위해 요약 설명을 하는 등 원문의 내용을 충실하게 전달하려 하면서도, 불필요하다고 생각하는 부분을 과감히 삭제하는 발췌 번역을 추구하고 있다는 점을 알 수 있다. 이러한 번역자의 개입은 다음과 같은 부분에서 선명하게 드러난다.

지금 세상은 정권을 행하는 자가 다수의 인민인 고로 교언영색으로 그들에게 아유阿諛하난 풍습이 점점 자라가난도다.차하(此下)에 1절 생략

(대저 유로파 제국諸國은 거의 다 입헌국인 고로 대의사代議士의 권력이 크고 또 대의사는 일반 인민이 투표 선거하난 것인고로 대의사 선거 시에 후보자들이 일표라도 가득加得하려하야 시비선악 간是非善惡間에 민지民志의 취향을 순順히 함으로 정견을 삼아 그 환심을 사기도 하고 또 친히 빈민궁호貧民窮戶를 역방歷訪하야 미媚를 납納하고 첨諂을 헌獻하야 투표를 간청하난 폐습이 잇스니 이 절부터는 이를 말함이니라.)[27]

인용에서 생략되었다는 1절은 원문에서 2개의 문장으로, 가치를 가지지 않은 대중이 부당하게 가치를 가진 것으로 간주되며 따라서 대표자들은 진리에 의해서가 아니라 동정에 호소함으로써 정책을 이끌어가게 된다는 내용으로 새뮤얼 스마일스의 민주주의 체계 자체에 대한 회의를 담고 있는 내용이다.[28] 그러므로 사실상 번역하지 않았을 뿐이지 최남선이 요약한 내용과 크게 다르지는 않다.

의외로 꼼꼼하게 원문의 내용을 따라가는 이 「용기론」의 번역 경향에 비추어볼 때, 단지 2개의 문장을 번역하지 않은 것은 의아하다. 두 가지 가정이 가능할 것이다. 원문이 번역하기에 까다로웠거나 번역만으로는 내용이 충분히 전달되지 않을 것이라고 본 것이다. 두 가지 가능성은 둘 다 확실성을 얻기 어려운데, 최남선은 생소한 용어나 보충 설명이 필요한 부분마다 주석을 달았기 때문이다. 가장 간단한 방법은 2개의 문장을 번역한 후에 주석을 다는 것일 텐데도 번역하지 않은 의도를 확실하게 짐작하기 어렵다. 그러나 확실한 것은 이 지점에서 번역자 최남선은 원저자 스마일스의 발언을 충실하게 전달하는 것을 넘어서, 원저자보다 권위 있는 주석가로서 독자에게 다가가게 된다는 점이다. 남는 것은 '정확한 원문 이해'에 근거한 주석가 최남선의 권위이며, 독자는 이 주석에 의해서 원저자보다는 주석가이자 번역가인 최남선의 권위에 의지하게 되는 것이다.

작품의 내면성immanence의 근거이자 독자에게 작동하는 저자의 권

26    「스마일쓰 선생의 용기론」, 『소년』 2년 9권, 1909.10, 5쪽.

27    위의 글, 25쪽.

28    S. Smiles, *Character*, The Pioneer Press, 1889, p.154.

위는 원저자 스마일스에서 최남선으로 이행함으로써, 저자는 사실상 사라지게 된다. 최남선은 저자의 권위를 소멸시킨 자리에 저자의 '이름'을 배치했다. 『소년』에 수록된 무수한 격언들은 바로 이러한 지점을 보여준다. 『소년』은 「소년훈」, 「소년금광」이라는 형식으로 격언을 나열한 것 외에도, 위인의 「어록」이나 「알아두어야 할 것」이라는 형식으로, 혹은 제목 없이 격언, 속담, 어록과 같은 짧은 경구들을 수록했다. 또한 「소년시언」과 같은 논설 또한 격언 모음의 형식을 취하는 경우도 적지 않다. 경구의 형태가 아니라 짧은 이야기로 제시되는 「언행의 본」이나 「각훈일화」과 같은 경우까지 고려하면, 짧은 경구의 비중은 『소년』 전체의 내용에 비해 결코 적지 않은데, 이렇게 많은 격언을 수록한 이유는 아마도 권두연이 지적한 바와 같이 위인들의 삶의 철학을 압축적으로 담고 있는 격언을 통해 완전한 인격체이자 이상적인 삶의 형태를 전달함으로써 독자들에게 교훈을 주고자 했기 때문일 것이다.[29]

그러나 경구가 본래 그러하듯, 삶의 태도나 철학을 압축적으로 제시할 뿐 그것이 온전한 앎의 대상이 되기는 어렵다. 더구나 격언이 수십 개씩 나열되는 경우라면, 이 격언을 관통하는 주제의식이 있어야만 독자들이 격언을 통해 '무엇을 배워야 하는가'가 명확히 드러날 수 있기 때문이다. 그나마 배우고 따라야 할 위인을 명확히 정하고, 그들의 말의 총체를 전하려 한 「신시대 청년의 신호흡」의 경우에는 격언을 둘러싼 앞뒤 맥락을 제공함으로써 위인의 삶의 태도를 배우

---

29  권두연, 앞의 글, 125쪽.

고 그를 바탕으로 좌우명과 격언을 이해할 수 있도록 하고 있다. 그러나 대부분의 경우에는 격언과 그 말을 한 사람의 이름만 나열하고 있다.

○ 뜻이 서지 않으면 천하에 되는 일이 없으니 백공 기예라도 다 지촌에 처하지 않는 것이 없소. 뜻이 서지 못하면 돛대 없는 배와 굴레 안 쓴 말과 같이 이리로 둥실둥실 저리로 허둥허둥 그칠 바가 없을 것이오.<sup>왕양명</sup>

○ 오늘 할 수 있는 일을 내일까지 미루지 마오.<sup>영국 속담</sup>

○ 어진 것을 보거든 그와 같이하기를 생각하고 어질지 못한 것을 보거든 제 마음을 돌아보오.<sup>공자</sup>

○ 의심스러운 일이 있거든 이를 묻기를 부끄러워 말고 그릇된 일이 있거든 바로 잡기를 부끄러워하지 마시오.<sup>에라쓰마쓰</sup>

○ 착한 것이 적다고 하지 말고 악한 것이 적다고 하지 마시오.<sup>한조열</sup>

○ 성년盛年이 거듭 오지 않고 하루에 두 번 새벽 되지 않으니 제 때에 할 일을 다하시오. 세월은 사람을 기다리지 아니하오.<sup>30</sup>

△ 기회는 아무 때고 있으니 낚시를 늘이고 준비하고 계시오, 아마 잡히지 않을 걸 하는 곳에 매양 고기가 있소.<sup>오비드</sup>

△ 지혜로운 사람은 기회를 찾아내는 것보다는 흔히 만들어 내오.<sup>뻬이콘</sup>

△ 위험을 면하는 제일 좋은 방법은 민첩하게 이를 해내는 것이오.<sup>로오체</sup>

---

30 「소년훈」, 『소년』 1년 1권, 57쪽.

△ 한 사람은 속일 수도 있고 속을 수도 있소. 그러나 한 사람이 만 사람을 속일 수 없으며 만 사람이 한 사람을 속일 수 없소.호오놀

△ 의무는 매일 아침에 우리들과 함께 일어나고 매일 밤에 함께 자는 힘이오.끌내드스톤

△ 한번 의무를 마치거든 다시 이를 극진克盡할 준비를 하시오.어느 해군사관에게 한 편지에-윌리엄 4세

△ 과단이여 이것이 개혁의 비결이로다.쎈트, 쩌쓰트

△ 허물과실이 청년에게는 매우 좋소, 그러나 늙어서까지 끌고 가지 마시오.괴테[31]

여러 번 게재된 「소년훈」, 「소년금광」 등은 위인의 일화나 어록 등은 제외하고 격언을 모아놓은 글이다. 문제는 이 격언을 모아 두는 데 아무런 원칙이 없다는 것이다. 인용에서 보다시피 이 격언들을 관통하는 주제의식은 존재하지 않는다. 굳이 헤아려 보자면 「소년훈」의 경우, '뜻을 먼저 세우라', '오늘 할 일은 오늘까지 하라', '어진 마음을 가져라', '올바른 마음으로 잘못된 일을 바로 잡으라', '선악을 가리고 선한 일을 하려 하라', '제때에 할 일을 다하라'는 등의 내용으로 정신과 태도의 수양에 관련된 교훈이라고 볼 수 있다. 그러나 「소년금광」의 경우, '미리 준비하여 기회를 잡으라', '의무를 성심껏 다하라', '허물을 바로 잡으려 노력하라'와 같은 개인적 수양에 관련된 교훈과 함께 '만인을 속일 수는 없다'나 '사회 개혁을 이끌어 내는 결

---

31 「소년금광」, 『소년』 3년 3권, 1910.3, 41쪽.

단의 가치' 등 일반 현상에 관한 판단까지 섞여 있다. 총 64개에 이르는 「소년훈」의 교훈과 72개에 이르는 「소년금광」의 격언들을 살펴보면 이 '위인'의 '말'은 산만하게 흩어져서 배열되어 있다.

이 무수한 경구들의 집합에서 배워야 할 대상은 텍스트의 내용이라기보다는 위인들의 이름이며, 위인들이 이런 교훈적인 말을 했다는 사실 그 자체다. 앎의 진정한 대상으로서의 지식은 사라지고 지식의 껍데기만이 남는다. 지식은 오로지 위인의 이름으로서만, 그리고 이 위인의 이름이 보증하는 권위 있는 텍스트라는 형식으로 남게 된다.

그러나 이 격언들은 또한 소년들이 배워야 할 대상으로 전제되어 있다. 『소년』의 텍스트에는 저자에서 연원하는 내적 근거가 존재하지 않으며 저자의 이름만이 이 텍스트가 '배울 만한 가치가 있음'을 증명하는 것이다. 즉 텍스트의 내용이나 작품성과 같은 것들이 아니라 텍스트의 존재 자체만이 책의 형태로 나타나 있고, 이 존재 형식 자체가 또한 독자로 하여금 배우고자 하는 행위를 야기하게 한다. 앎의 대상으로서 지식이 원래 있어서 그것을 전달하는 것이 아니라 편집자 최남선이 재구성하고 배치한 지식만이 남게 되는 것이다. 그렇다면 매체 『소년』은 텍스트의 원저자의 메시지를 독자 소년에게 전달하는 역할을 하는 것이 아니라, 텍스트 자체를 산출하면서 독자가 알아야 할 대상을 창출하는 역할을 하고 있다. 즉 『소년』이 창조된 지식이자 배워야 할 대상 자체가 된 것이라면, 『소년』 안에는 전달하고자 하는 내용이 존재하는 것은 아니다.

이러한 점은 자연과학적 지식이나 세계사적 지식의 경우에도 마찬가지다. 『소년』에서 다루는 자연과학적 지식은 천문학, 지구과학, 생물학, 물리학 등 광범위한 분야를 포괄하지만 이 지식들은 체계적이지 않으며 무엇보다도 왜 그것을 얼마만큼 배워야 하는지에 대한 의식 없이 배열되어 있다. 매 호 사진을 싣고 이 사진에 대한 해설을 통해 세계지리적, 세계사적 지식을 전달하는 것도 마찬가지다. 지리에 관한 주요 저술 중 하나인 「봉길이 지리공부」는 서언에서 "봉길이 지리공부는 계통적으로 질서정연하게 배워가는 것이 아니라 때와 형편을 따라 이 어른 저 어른께 얻어 들은 것을 똑 수첩에 기록하여 가는 것이니" 다양한 종류의 이야기들이 있으나 "읽는 사람을 유익하게하는 데는 다 일반이니 지리학이란 어떻게 요긴한 것인지 어떻게 중대한 것인지 어떻게 자미滋味로운 것인지 알려하면 정신 들어 이 글을보시오"[32]라고 쓰고 있다. 요컨대 무엇이든 여기 있는 내용은 배울 만한 것이며, 이를 통해 알게 되는 것은 지리학의 필요성이라는 것이다.

꽃에 관한 지식을 종합적이고도 전면적으로 제공하고자 마련했던 2년 5권의 특집은 다른 호에 비해 상대적으로 체계적인 구성을 갖추고 있다. 절기를 소개하던 다른 호의 표지 달력과는 달리 이 호의 달력에서는 절기에 피는 꽃을 소개한다. 전면 사진으로는 「세계의 화도花都 프랑스국 파리부」를 제시하고, 이후로 「세계 건축의 화花」, 「각국 역사의 화花」, 「기예 진보의 화花」라는 제목으로 세계의 건축이나 역사 유적의 사진을 제시한다. 「소년이과교실」과 같은 위상의 「화학花學교실」을 마련하여, 꽃에 관한 지식을 교과서의 형태로 제시하고 있

32 「봉길이 지리공부」, 『소년』 1년 1권, 65쪽.

다. 「소년이과교실」이 보통과, 고등과, 전문과, 보습과의 등급으로 나뉘어 구성되었던 것처럼 「화학교실」에서도 네 개의 등급을 구별하여 지식을 구별하고 있다. 여기에 더하여 창작시 「꽃두고」뿐만 아니라 「꽃에 관한 동화」나 「꽃에 관한 풍습」을 수록하는 등 그야말로 '꽃과 관련된 모든 교양'을 습득할 수 있도록 구성한 셈이다. 보통 잡지의 맨 끝에 삽입하던 「편집실통기」를 목차 바로 뒷면으로 옮겨, "금번에는 본지도 또한 춘복春服을 장彛하야 화류 세계에 섞여볼 차로" "화사花事에 관한 일절 요긴한 지식을 망라"[33]하려고 하였다고 밝힌 바대로, 이 특집호는 꽃에 관한 박물적 지식을 망라하고 있는 것이다.

이 체계를 잘 살펴보면, 전면의 사진은 식물로서의 꽃이나 꽃에 대한 관습이나 풍습이 아니라 '절정'이나 '최고점'을 의미하는 은유로 사용된 것들이다. 여기에 나열되어 있는 사진들은 임의로 선택된 것으로, 엄밀하게 검증된 지식이라고 보기는 어렵다. 「화학교실」에 제시된 지식 또한 형식 구성에 비해 체계적인 것이라고 보긴 어렵다. 보통과의 식물의 생태나 고등과의 식물의 생물학적 분류에 이어, 전문과에서 제시한 개별 꽃에 대한 전문적 지식은 과연 전문성을 지니는 것인지 의문스럽다. 이를 전문적 지식으로 인정하더라도 왜 '도화, 이화李花, 행화, 이화梨花, 장미화, 모단화, 화창포, 연자화, 계손, 매화' 9개의 꽃만을 배워야 하는지에 대해서는 아무런 설명이 없다. 내용 또한 선행 학습을 거쳐 습득해야 할 전문적 내용이라고 보기 어려운데, 예컨대 도화에 관한 설명은 "도화는 그 경梗이 매우 짧고 악蕚,꽃받침은

---

33  「편집실통기」, 『소년』 2년 5권.

열은 잔 모양으로 되어 다섯에 찌여지고 화관은 오변五辨으로 이루었으며 빛은 대개 연붉은 이른바 도홍색이오 또 심홍한 것, 순백한 것, 자색 띤 것 등도 있소. 웅예雄蕊는 허다한데 약葯에 착생하고 그 중심에 웅예 하나가 있고 자방子房에는 세모細毛가 밀생密生하였는데 성숙한 뒤에도 오히려 과실에 붙어 있소. 과실은 곧 복숭아니 그 종류가 매우 많으오"[34]라는 정도로 아주 초보적인 것이라고 볼 수 있다.

사실 이러한 내용이 고등 지식을 습득한 후에야 습득할 수 있는 것이라고 하더라도 중요한 것은 이러한 지식이 전문적인가 아닌가 하는 문제는 아니다. 여기에 실린 지식이 전문적인 것임을 보증하는 것은 이 지식의 전문성이 아니라, 전문과 앞에 수록된 제언인 "본과는 본교실 보통, 고등 양과를 완수한 『소년』 애독자로서 더욱 춘말 하초에 관한 화花의 형태에 관하여 전문으로 연구코자 하는 자를 수용하기 위해 설하니"[35]라고 적은 편집자의 말이기 때문이다. 말하자면 독자들은 꽃과 관련된 이런 저런 지식을 얻게 되지만, 이 지식들이 궁극적으로는 어떠한 앎에 기여하는지는 모르는 채로 얻게 된다. 더 중요한 것은 이러한 지식이 전문적이며, 이 지식을 알면 꽃에 관한 전반적 지식을 알게 된다는 전언을 얻게 된다는 것이다. 여러 일반 상식을 전달한다는 측면에서는 문제가 없을 수 있지만, 교과서를 지향하는 『소년』에서 제시하는 지식이 단순 잡식에 불과하다면 그 지식은 어느 만큼의 의미를 얻을 수 있는지 의구심이 들지 않을 수 없다.

문제는 더 있다. 『소년』의 지식은 이미 존재하는 지식을 완결적으

---

34 「화학교실」, 『소년』 2년 5권, 28쪽.
35 위의 글, 26쪽.

로 재구성하여 나온 것이 아니며, 앎의 완성은 끝없이 지연된다. 그 것은 『소년』이 월간 발행의 잡지 형식으로 존재한다는 점에서 방증된다. 가령 『소년』이 기획한 대표적인 연재물인 「봉길이 지리공부」와 같은 것들은 한 권을 읽는다고 해서 완결된 지식을 습득할 수 없다. 부족한 설명을 다음 호로 미루는 경우가 많고, 무엇보다 몇 달치를 읽어야 그 주제가 끝나기 때문이다. 그리고 많은 경우에 다음 호를 읽으면 이 주제에 대해 더 깊이 알 수 있다거나, 다음 호가 더 재미있을 것이니 꼭 읽기를 바란다는 말 또한 말미에 붙어 있는 경우가 많다. 예컨대 「갑동이와 을남이의 상종」의 첫 번째 연재물의 말미에 붙은 "이 자미滋味 있고 유조有助한 이치를 알려하면 아무리 어려워도 내월까지 기다려야 하겠소"[36]라는 말이나, 「거인국표류기(1)」의 말미에 "걸리버가 이 거인국에서 무슨 영특한 일을 당하였는지 그 자미滋味는 이 다음에"[37]와 같은 말들이 대표적이다. 이는 물론 다음 호를 구독하게 하려는 의도일 수 있다. 그러나 문제는 이렇게 연재가 지속되면서, 독자의 앎의 완성을 지연시킨다는 것이다. 『소년』에서 추구하는바 지식의 전파와 독자의 배움은 하나의 텍스트를 읽는 것으로 완결될 수 없는데, 이 텍스트가 완성되지 않은 채로 제시되어 지식의 완성은 끝없이 지연되기 때문이다. 각 권의 말미에 붙은 「편집실통기」는 대부분 기획물을 못 싣게 되었던 이유나 다음 호에는 꼭 싣겠다는 약속으로 채워져 있는데, 이는 이 완결된 지식의 습득이 불가능하다는 점을 의미하고 있다.

---

36  「갑동이와 을남이의 상종(1)」, 『소년』 1년 1권, 23쪽.
37  「거인국표류기(1)」, 『소년』 1년 1권, 47쪽.

그렇다면 남는 것은 수록된 내용이 무엇이든 그저 『소년』을 읽으라는 전언뿐이다. 『소년』은 무엇이든 상관없이 '배우기만 하면 된다'는 점을 표나게 강조했다. '무엇'을 배워야 하는가가 아니라 '배우는 행위'만이 강조된다면, 이 행위를 유발시키는 것만 남기면 된다. 그 무엇이든 상관없기 때문이다. 말하자면 『소년』에 수록된 모든 것이 배움의 대상이 된다. 『소년』의 지식에는 그것이 왜 요청되어야 하는지에 대한 근거가 없고, 있다하더라도 그 근거는 『소년』의 바깥에 존재하지 않는다. 지식은 오로지 『소년』 안에서 탄생하고, 그것 자체다. 독자 소년이 배워야 할 모든 것은 『소년』에 있으며, 이는 『소년』 자체가 독자의 앎의 대상이 되었다는 것을 의미한다. 『소년』이 제시하는 지식은 완결되지 않고 완성을 유예하므로 오직 독자의 수행을 촉발시키는 역할만을 한다. 지식의 송신자는 『소년』 자체가 앎의 대상이 됨으로써 사라진다. 『소년』은 지식이라는 메시지를 담은 전달 도구가 아니라 메시지 그 자체로서, 지식의 자기 준거적인 형식으로서 존재하게 되는 것이다.

## 4) 지식의 공동체와 『소년』이라는 심급instance

1910년을 전후하여 『소년』은 지식의 전파와 수용이라는 시스템을 만들었고, 이로써 책을 읽는 '독자 대중'을 창출하여 지식의 공동체를 형성했다. 확실히 편집자 최남선은 『소년』을 통해 이 속에 수록된 텍스트와 그 바깥의 세계를 매개하는 역할을 수행했다. 그것이 저자로서의 송신자와 독자로서의 수신자 사이에 놓여 있는 『소년』이라는 매체의 역할이다.

그러나 최남선은 지식의 수집자로서, 수집된 지식을 책이라는 물질에 배치하고 채워 넣은 편집자로서 오히려 이 매체를 텅 빈 것으로 만들었다. 이를 통해 발견되는 것은 『소년』이라는 잡지 혹은 책의 물질성 그 자체다. 그런 의미에서 푹스에 대한 발터 벤야민의 평, "그는 개척자였기 때문에 수집자가 되었다"[38]는 말을 패러프레이즈하여, 최남선에게도 같은 평을 할 수 있을 것이다. 그는 개척자였기 때문에 편집자가 되었다. 푹스가 예술에 대해 했던 것처럼 최남선은 지식을 그것이 놓여 있던 연속성으로부터 떼어 놓았고, 그것을 담은 책을 물질 그 자체로서 간주될 수 있게 했기 때문이다.

나아가 송신자와 수신자는 모두 『소년』이라는 매체 속으로 소멸되며, 물질 그 자체로서 지식의 공동체를 컨트롤하는 중심적 지위를 차지한다. 『소년』은 텅 비어 있는 메시지이자, 메시지의 형식으로서 이 저자-독자 네트워크라는 현실의 장場을 창출한 것이다. 그런 측면에서 『소년』이라는 매체-책이라는 물질 그 자체는 라깡이 말했던 문자의 권위에 다가간다. 아무것도 전달하지 않으면서 그 장소에 '있음'으로서 네트워크 전체를 지배하는 중심 자리에 위치함으로써 말이다.[39] 그런 측면에서 『소년』은 근대적 지식을 전달하는 도구가 아니라 독자의 정체성을 규정하고 삶 자체를 창조하는 원인이자 물질material로서, 순수하게 비어 있는 이 현실 장場의 최종 심급인 것이다.

---

38  W. 벤야민, 최성만 역, 「수집가이자 역사가 에두아르트 푹스」, 『역사의 개념에 대하여 외』(발터 벤야민 선집 5), 도서출판 길, 2008, 257쪽.
39  P. 라쿠 라바르트 & J. L. 낭시, 김석 역, 『문자라는 증서』, 문학과지성사, 2011, 34쪽.

## 2. 계몽의 빈틈, 근대적 주체성의 장소

『소년』지에 나타난 문체의 혼종성의 의미

### 1) 『소년』에 나타난 문체의 혼종성, 국한문체의 바깥

근대 어문의 성립 과정을 추동하는 것은 언문일치의 이상이며, 이는 국가와 민족의 경계를 형성하는 언어적 토대의 문제와 밀접한 관계를 맺는다. 일반적으로 이 과정은 한문과 국문의 대립 구도 속에서 국한문체를 거쳐, 국문체의 일반화로 귀결되는 것으로 정리된다.[40]

---

40  이 과정은 한문체와 국문체의 관계를 어떻게 설정하느냐에 따라 다르게 이해되었다. 국문체가 한문체를 대체했다고 보는 관점에서는, 한문체에 결부된 전통적 인식 방식에서 벗어나 근대적 인식으로 이행하면서 조선어문이 국문체로 확립되었다고 본다. 이 관점에서는 근대 어문의 성립과정을 한문체에서 국한문체, 그리고 순국문체로 이어지는 발전적 과정으로 이해한다. 이 관점을 비판하며 나타난 두 번째 관점에서는 한문체와 국문체가 선명한 대립 구도를 형성하지는 않았던 점, 순한문체와 순국문체가 병존하고 있었던 시기가 있었다는 점, 순국문체 대신에 국한문체가 계몽기의 지배적인 문체로 자리 잡았다는 점, 1920년대에 들어 국문체가 국한문체를 기반으로 하여 성립하였다는 점 등이 거론되었다. 이를 종합할 때 근대 어문의 성립 과정은 한문체와 국문체가 그 지배적 위치를 바꿔가는 발전적 과정을 거쳤다기 보다는 한문체의 세계 인식과 국문체의 세계 인식이 갈등하고 통합되는 과정을 거친 것으로 이해할 수 있다. 1910년대 문헌들에 나타나는 문체적 혼종 상황은 한문체와 국문체의 갈등과 통합 양상을 보여주고 있다고 할 수 있다. 이에 대한 연구는 크게 세 가지 차원에서 이루어졌다. 하나는 문체의 선택이 지식의 전파와 독자의 수용 가능성에 달려 있었다고 보는 것이다. 『독립신문』이나 『대한매일신보』가 순문체를 선택했던 이유는 한문 해독의 어려운 대중 독자를 계몽하기 위해서였다. 이런 경우 문체의 선택은 매체의 성격과 밀접한 관계를 맺게 된다(김영민, 『문학제도 및 민족어의 형성과 한국 근대문학(1890~1945)』, 소명출판, 2012, 206~207쪽). 두 번째로는 언어가 정체성의 형성에 관여한다는 점에서 민족과 국가의 정체성을 구축하려는 필요성이 국문체를 요청하였다는 것이다. 이는 타 민족어와 조선어 사이의 차이를 발견하고, 이 차이를 매개로 자국어를

이러한 관점에서 최남선의 『시문독본』을 비롯하여 『소년』과 『청춘』의 문장들은 국한문체의 특징과 가능성을 보여주는 중요한 연구 대상으로 자리매김 되어왔다. 특히 『소년』의 국한문체는 문장 구조의 정비, 표기의 일관성, 국주한종의 실현 등의 측면 외에도, 한문의 압축적 양상을 벗어나 국문만으로 보다 다양하게 글쓰기를 구사했다는 점에서 그 의의를 평가받았다.[41] 『소년』은 한문의 문맥에서 벗어난 국문 글쓰기의 모범을 보여주었고 이를 잡지의 문체로 활용함으로써 국문 글쓰기가 지닌 매체로서의 가능성을 크게 확장했다.[42] 그런 차원에서 『소년』의 문체를 결과적으로는 『시문독본』으로 정리될 최남선의 시문체 실험과 국한문체의 일반화의 한 과정으로 간주하는 것은 문체론의 당연한 귀결인 것처럼 보인다.

정돈하려는 번역의 수행성과 결부되어 논의된다(황호덕, 『근대 네이션과 그 표상들』, 소명출판, 2005, 435쪽). 그러나 매체의 성격과 민족 정체성의 형성이라는 두 차원은 사실 분리되기 어려운 것인데, 매체의 요청은 결국 독자 주체를 형성하는 것이기 때문이다. 이 독자 주체는 자신의 시대의 특수성과 보편성을 동시에 가로지르며 세계를 시공간적으로 전유하여 특정 시간대의 절대화를 이루어낸다(한기형, 「매체의 언어 분할과 근대문학」, 임형택 외, 『흔들리는 언어들』, 성균관대 대동문화연구원, 2008, 245쪽). 세 번째로는 근대문학의 언어 문제이다. 이는 사실 매체의 성격과 민족 정체성의 형성과 무관한 것은 아니나, 주로 신소설과 근대 소설의 문체를 중심으로 논의되었다. 이 점에 대해서는 본문에서 논의하고자 한다.

41  임상석, 『20세기 국한문체의 형성과정』, 지식산업사, 2008, 286쪽.
42  『소년』이 보여준 문체가 중요한 이유는 한국어 통사구조를 충실하게 따르는 글쓰기를 비교적 일관되게 견지했기 때문이다. 이러한 일관된 글쓰기를 가능케 했던 것은 '소년과 그 부형'을 독자층으로 설정하고 이들의 소비 욕망에 부응하는 편집 체제를 유지한 것이다(정선태, 「번역과 근대 소설 문체의 발견 ─잡지 『소년』을 중심으로」, 『대동문화연구』 48, 성균관대 대동문화연구원, 2004, 82쪽).

그러나 『소년』에는 한문체와 순국문체 역시 많이 나타나는데, 이들은 한문체로도 순국문체로도 명쾌하게 정의할 수 없는 혼종된 문체들이다. 국한문체로도 볼 수 없는, 그 어떠한 문체로도 명쾌하게 환원할 수 없는 문체적 지표들이 『소년』의 문장에 드러나고 있다는 점은 『소년』의 문체에 대해 다시 생각해볼 여지를 제공한다. 『소년』이 최남선의 1인 잡지였다는 점에서 여기에 수록된 대부분의 글의 저술자는 최남선이지만 그는 '저자'가 아니라 '편집자'였다. 대부분의 글이 발췌 번역이거나 수집된 지식을 재구성한 것이었기 때문이다.[43] 따라서 문체의 혼종은 원문의 성격과 일차적으로 관련되어 있을 것이다. 그런데 '저자 최남선'의 글 즉, 논설문이나 기행문에서도 문체는 일관성을 가지지 못하는 경우가 많다. 더라체와 다체를 번갈아가며 사용한다든가, 전형적인 한문 수사를 사용하면서도 순국문의 수사를 사용하는 등 문체는 하나의 글 안에서도 통일되지 못한다.

물론 『소년』은 이 모든 혼종성에도 불구하고 국한문체를 견지해나갔고,[44] 최남선은 이를 시문체로 명명하여 근대문학의 언어로 삼았

---

43  제1장 제1절 참조. 최남선이 『소년』의 '편집자'였다는 사실은 중요하다. 그는 지식을 『소년』의 지면에 배치하는 자이자 이를 통해서 근대적 지식의 전달-수용의 장을 설계하는 자이지, 저자 즉 글 쓰는 자가 아니라는 점이다. '우리가 알아야 할 모든 지식'은 사실은 『소년』에 수록된 모든 지식이라는 점에서 이 지식은 결과적으로 『소년』 자체며, 『소년』은 텅 비어 있는 물질성으로서 이 저자-독자의 네트워크라는 현실적 장을 창출한다.

44  『소년』이 지키고 있는 국한문체의 원칙은 띄어쓰기나 철자법 등 세세한 영역에 이르는 것이었고, 이는 최남선의 문체 의식이 상당히 강력하게 『소년』에서 구현되고 있었다는 점을 의미한다(권두연, 「『소년』, 문체 실험의 장」, 『민족문학사연구』 36, 민족문학사학회, 2008, 125쪽). 권두연은 이미 국문체로 간행된 단행본들이 『소년』에 수록될 때는 국한문체로 변형되었다는 점을 들어, 『소

다. 그렇다면 『소년』의 글들이 보여주는 문체의 혼종성은 어떻게 설명해야 할 것인가? 그것은 세계 인식의 틀로서의 국한문체가 지니고 있던 어떤 균열의 지점을 보여주는 것은 아닌가. 이는 문체론으로는, 즉 국한문체 내부에서는 설명될 수 없다. 그것은 문체 이전에 성립되어 있어야 할 '글 쓰는 자', 즉 자신의 말과 생각을 문장으로 만들어 낼 주체에 걸려 있는 문제이기 때문이다.

국한문체의 한글 버전인 국문체가 근대문학의 문체이며, 이것이 이후 한국문학의 지배적인 문체가 되었다면[45] 그것은 『소년』 이전의 순국문체, 즉 『독립신문』의 문체와 같은 것이 아니다. 『독립신문』의 문체는 고전적인 구어체를 그대로 활자화한 것이되, 여전히 전근대적인 인식의 흔적을 떨쳐내지 못한 것이었다. 그것은 '쓰인 글'이었다기보다는 '발화된 말'의 영역에 있었기 때문이다. 언문일치는 '말의 인쇄'를 의미하는 것은 아니며, 또한 '말의 문자화'가 곧바로 근대적 문장 쓰기로 이어지는 것은 아니다.[46] 언문일치가 일종의 제도라고 할 때, 그것은 세계를 인식하는 방법론이자 그에 따른 자기 내면의 구성 방법이다. 가라타니 고진이 지적했듯, 언문일치란 '언'의 발

---

년』의 국한문체는 매우 견고한 원칙으로 작동하고 있음을 지적했다.

45  임형택, 「소설에서 근대어문의 실현 경로」, 임형택 외, 앞의 책, 235쪽.

46  이러한 측면에서 『소년』이 윤치호의 연설을 띄어쓰기 없이 순국문체로 수록한 것은 주목할 만한데, 권두연을 이를 두고 최남선이 구어와 문어에 대한 예민한 감각을 지녔다고 평가했다. 그는 『대도』에 실린 원문을 굳이 띄어쓰기 없이 늘어놓은 것은 '눈으로 읽히는 글이 아닌 음성으로 전달되는 말의 일부로 간주했다'는 것이며 이는 '국한문이 묵독형 문자이며 문어문에 사용되고 순국문은 음독형 문자이며 구어문에 사용된다는 구분 의식'을 드러낸다고 설명한다(권두연, 앞의 글, 130쪽).

명이며, 이때 '언'은 자기의 의식 즉 내면으로, '문'이란 그것을 베껴서 얻는 것이기 때문이다.[47] 그러나 동시에 내면은 그것을 표현하기 위한 언어가 발명되어야 존재할 수 있다.[48] 말하자면 내면과 그 표현으로서의 문장은 발생의 선후 관계에 있는 것이 아니다. 완전히 새로운 지평 위에서 자기와 자기의 바깥세계, 대상, 그리고 언어가 새롭게 관계를 맺은 결과이기 때문이다.

그러한 차원에서 국한문체는 음성-문자 혹은 한문-국문의 관계를 넘어서서 주체와 그의 현실의 관계를 구성하는 틀로 간주될 수 있다. 이때 한문과 국문은 재현의 가능성의 측면에서 대비된다. 조선의 말을 본뜬 조선어 문체가 구체적 현실 세계를 좀 더 그럴듯하게 재현할 수 있을 것이기 때문이다.[49] 그러나 이 지점에서 류준필이 다산의 문장론을 분석하며 제기한 문제는 의미 있게 받아들여져야 한다. 한자를 표기 수단으로 삼아 조선어의 소리를 재현하는 것은 반드시 실패하는데, 이는 소리가 인간의 언어 바깥에서 언어의 안으로 들어올 때 결코 의미화 될 수 없기 때문이다. 구체적인 조선의 현실을 재현하는 언어를 추구할 때 문제는 의미와 음성 사이의 관계에서가 아니라 오히려 인위인간와 자연 사이에서 생겨나며, 정약용이 한문 문장에서 본 것은 자연자연스러운 조선어 현실이 한문의 바깥에 잉여로서 남아있다는 것이다.[50]

47   가라타니 고진, 김경원 역, 『마르크스 그 가능성의 중심』, 이산, 1999, 176쪽.
48   가라타니 고진, 박유하 역, 『일본근대문학의 기원』, 민음사, 1997, 55쪽.
49   신지연, 『글쓰기라는 거울』, 소명출판, 2007, 25쪽.
50   류준필, 「근대 계몽기 어문 현실과 정약용」, 임형택 외, 앞의 책, 196~198쪽.

요컨대 국한문체 성립에 걸려 있는 것은 음성과 문자의 관계가 아니며, 나아가 '음성으로서의 조선어'와 '의미로서의 한문'의 대립과 통합 관계가 아니다. 류준필의 논의에서 중요한 것은 문자의 영역에서 배제되어 있는 조선어의 세계가 한문체 속에서 그 '잉여'로서 나타났다는 구도 자체다. 그것은 결코 재현될 수 있는 것이 아니며, 언문일치의 이상 역시 이를 재현하려는 것은 아니었다. 언어가 현실을 '재현'하는 관점에 강고하게 입각한다면, 국한문체와 그의 주체 '나'가 처한 난국이 포착되지 않는다. 그것은 '나'와 '세계'사이의 구도에서 발생한 난국이자 지식을 배치하며 형성하는 계몽의 장 속에서 글 쓰는 '나'가 위치하는 '장소'의 문제이다. '나'가 처한 난국은 구체적으로『소년』의 문체적 혼종성에서 살펴볼 수 있다.

그러한 차원에서 문체의 혼종성이 특히 기행문에서 많이 발견된다는 점은 주목할 만하다.『소년』소재 기행문들은『소년』에서 예외적으로 최남선이라는 한 개인의 경험을 드러낸 서술로 주목받았다. 「반순성기」와 「평양행」을 분석하면서 문성환은 풍경을 관찰하고 일상적 경험을 서술하는 1인칭 주어의 출현을 지적했다.[51]『소년』에 수록된 기행문의 양식을 통해 '일상적 개인'의 출현과 '시선의 탄생'을 지적한 연구들은 기행문이 식민지 근대인의 심상지리를 드러내는 경험적 글쓰기임을 지적함으로써, 텍스트에서 드러나는 문체의 혼종성을 문명 / 미개로 통칭될 수 있는 두 개의 대립적인 구도 속에서 이해한다.[52] 이에 따르면 최남선의 '나'는 문명에 대한 그리고 이 문

---

51    문성환,「최남선의 글쓰기와 근대 기획 연구」, 인하대 박사논문, 2008, 67~68쪽.
52    곽승미,「『소년』소재 기행문 연구-글쓰기와 근대문명 수용 양상을 중심으

명이 실현되지 못한 조선의 현실에 대한 '식민지 근대인의 자의식'을
내보이는 자에 해당한다.

일상적 경험의 서술, 발화 행위자 '나'의 출현과 같은 특징들은 『소
년』지에서 상당히 예외적인 것으로 보인다. 이는 근대문학의 고백적
인 '나'의 출현을 선취하고 있는 것이기 때문이다. 그러나 이 '최남선'
이라는 '나'를 세계를 인식하는 주관성이자 그 주체로서의 '나'와 곧
바로 연결시킬 수 있는가 하는 문제는 여전히 남는다. 이는 『소년』에
서 인칭 대명사 '나'와 그의 서술형 '~다'가 완전히 일치하고 있지 않
기 때문이며, 라체와 다체가 혼종적으로 사용되고 있기 때문으로, 여
전히 환원 불가능한 지점들이 남아 있기 때문이다. 이러한 측면에서
윤영실은 그의 경험적 글쓰기가 식민지 근대인의 내적 모순을 드러
내지만, 다른 이들의 기행문과는 달리 문명 자체의 모순을 보며 그
것은 제국과 조선 사이, 문명과 비문명 사이의 구도 속에 포섭되지
않은 '여백'에서 비롯된다고 지적했다.[53] 어쩌면 근대적 주체로서의
'나'는 라체와 다체의 '사이'에 놓인 이 구도의 비어 있는 중심이 아닐
까. 이 글은 라와 다의 관계를 고찰하면서 다와 결부된 '나'의 흔적을
따라가 보고자 한다. 이를 통해 근대적 글쓰기의 주체로서의 '나'가
『소년』의 문체 속에 어떻게 드러나는지를 살피고자 한다.

---

로」, 『현대문학이론연구』 46, 현대문학이론학회, 2011. 최남선의 지리적 관심
과 기행을 통한 영토와 민족의 경계 형성이 글쓰기를 통해 실현되었음을 논증
한 윤영실의 논의 역시 이러한 논의의 맥락에 있다(윤영실, 「최남선의 근대적
글쓰기와 민족담론 연구」, 서울대 박사논문, 2009).

53    윤영실, 「'경험'적 글쓰기를 통한 '지식'의 균열과 식민지 근대성의 풍경」, 『현
대소설연구』 38, 한국현대소설학회, 2008, 240쪽.

## 2) 편집자의 라체에 포섭된 '나'의 다체

근대문학 문체의 성립에는 우리말 통사구조, 문장의 종결 형태의 변화와 같은 문제가 결부되어 있다. 종결 형태를 문제 삼는다면, '~었다'체가 근대문학의 문체로 확립된 것으로 이해할 수 있을 것이다. 그러나 김동인이 이를 두고 순구어체의 실현이라 자평한 것에 대해 김병문은 '~었다'체가 구어에 더 가깝다는 증거는 전무하며 오히려 실제 발화에서 사용되기는 어려운 말투라는 점을 지적했다.[54] 앞서 논의한바 언문일치체 문장은 구어의 재현이 아니라 세계를 인식하고 묘사하는 '나'의 언어다. '나'가 세계를 인식론적으로 재구성하는 자라면, 그의 서술형은 그의 동사다. 즉 '나'의 수행성이 서술형에 반영되어 있는 것이다. 근대적 주체의 문장이 언문일치체라면, '자기' 혹은 근대적 '나'는 어떤 서술형을 필요로 하는가. 그것이 더라체로 대표되는 국문체와 근대적 국문체 다체에 걸려 있는 문제다.

일반적으로 고전 소설에서 이어진 더라체는 초월적 서술자의 문체이며 다체는 구체적 관찰자의 문체라는 점이 지적되고 있다. 결과적으로는 다체가 더라체를 대체하고 근대문학의 언어로 자리 잡게 된다고 할 수 있다. 신소설에서는 고전 소설에서 이어 받은 더라체와 근대적 다체가 동시에 나타난다. 이때 다는 순수한 현재로서의 ㄴ다와 과거형 었다로 분화될 수 있다. ㄴ다는 현재형으로서 지금 여기의 사

---

54 김병문, 『언어적 근대의 기획―주시경과 그의 시대』, 소명출판, 2013, 81쪽. 그는 이러한 지적을 통해 언문일치체 문장이 무엇인가는 중요하지 않으며, 언문일치라는 관념이 상정했던 언어란 어떤 것이었는가에 대한 문제로 초점을 옮겨야 한다는 점을 지적하고 있다.

건에 대해 관찰하는 자를 출현시키고, 여기서 '지금-여기'라는 구체적 현실성이 휘발된 다는 1인칭 화자의 내면이라는 보편성을 반영하는 것으로, 내면을 고백하는 문체가 될 수 있다. 이러한 다의 보편성은 었다라는 과거형으로 대체 / 고정되는데, 그것은 보편적이고 관념적인 발화자의 내면에서 벗어나 소설의 구체적인 현실성을 확보하게 되는 역할을 하게 된다.[55]

---

55  권보드래는 신소설에 나타난 더라체와 다체의 양상을 분석하면서 다체가 시공간적으로 특정된 묘사를 담당하고 있다는 점에 주목한다. 이때 다체는 서술자의 초월적 성격이 지워지고 단순한 관찰자로서의 면모가 부각되는 순간 출현하는 것이라는 것이다. 이는 다체가 지닌 추상적이고 보편적인 성격에 의거하는데, 하대하는 형태인 다체는 일상에서의 관계의 흔적을 지운 것이며, 일상어의 존대 체계 자체를 떠난 새로운 언어 질서야말로 다체가 목표로 한 바였다는 것이다(권보드래,『한국 근대 소설의 기원』, 소명출판, 2000, 244~245쪽 참조). 그러나 김병문은 이에 대해 더라 역시 반말체이기는 마찬가지며, 다체가 반말체라고 하여 다가 관계의 흔적을 지우는 문체임을 지적할 수는 없다고 반박했다. 그는 오히려 이 두 개의 문체에 걸려 있는 '발화의 현실'을 문제 삼는데, 명제 내용과 청자에 대한 화자의 태도 등이 드러나는 더라체가 배제된 후 선택된 것이 었다체였다고 주장하며, 두 개의 문체에 걸려 있는 '발화의 현실'과 '문체의 주체의 성격'을 문제 삼았다(김병문, 앞의 책, 85쪽). 그러나 여기에서 김병문은 순수한 현재인 다체가 아니라 ㄴ다체를 논의함으로써, 다체를 현재 시제를 담고 있는 것으로 치환했으며 었다체로서의 과거형을 다체의 현실로 내세우고 있다.
  다소 복잡한 논의를 간단하게 해보자면, 권보드래는 1인칭 주어의 서술형과 3인칭 주어의 서술형을 구별하고 각각의 주어-서술형의 문장이 만들어내는 효과에 주목한다. 그의 논의는 언표가 수행하는 문학적 지평에 관계되는 것이다. 반면에 김병문은 언표와 언표 주체의 관계에 주목한다. 권보드래의 논의에서 다체가 지금 현재의 관찰 속에서만 드러난다는 점에서 '지금'이라는 특정한 현재 시제를 담고 있는 것은 사실이지만 이 시제는 영원히 현재인 시간으로 시간성이 휘발된 순수한 시제로 발전될 가능성을 담은 것이다. 그리고 이러한 무시간의 시제는 1인칭 발화자의 내면의 보편성을 담아낼 수 있는 것이다. 명시적으로 언급되지는 않았지만 1인칭 주어가 지닌 두 개의 서술형, ㄴ다와 다의 분

다소 간략한 이 정리에서 주목되는 부분은 종결 어미의 주어로서의 '나'가 발화 주체인 나와 정확히 일치하는가 하는 문제다. 김동인에게 있어서 었다의 주어는 3인칭이었으며, 이는 사실상 3인칭 주어의 행동을 묘사하는 초월적 '나'의 존재가 숨겨져 있다는 점을 가리킨다. 말하자면 서술자는 문장에 전혀 등장하지 않는다. 그렇다면 이 었다의 초월적 서술자가 더라의 초월적 서술자의 지위와 어떻게 다른지 의문이 생긴다. 김병문이 지적했듯, 어쩌면 문제는 특정한 종결형을 지닌 문장의 '주어'와 특정한 종결형을 발화하거나 쓰는 문체의 '주체'의 문제로 되돌려져야 할 것이다. 그리고 이를 논의하기 위해서는 다와 라의 관계로 되돌아 갈 필요가 있다.

이러한 측면에서 검토할 때, 『소년』의 종결형은 대부분 '~라'이거나 '~노이다'라는 점에 주목할 수 있다. 단적으로 창간 선언에서 그는 "나는 이 잡지의 간행하는 취지에 대하여 길게 말씀하지 아니하리

---

화를 염두에 두고 있는 것으로 보인다. 이에 비해 김동인에게서 확정된 었다체는 과거형으로 3인칭 주어와 연결된다. 이에 대해 권보드래는 현재형 다체가 현실화의 순간에 맞추어 모든 사건을 제시한다면, 었다체에서 사건은 과거로서 현재에 되살아나며, 이는 독자의 현재적 시점과 서술자의 과거적 시점이라는 두 개의 시점이 마주치는 원근법적 입체를 만들어낸다며 이 속에서 소설의 현실성이 확보될 수 있다고 설명하고 있다(권보드래, 앞의 책, 254면). 그러나 김병문의 경우, 주어-서술형의 문장을 언표로 간주하고 이 언표와 언표 주체의 관계에 주목한다. 그는 확정하고 있지 않지만, 더라체가 상정하는 발화자와 청자의 관계를 지워버린 문체, 즉 담화의 현실태를 제거한 것이 다체라며 그것을 언문일치체로 간주한다. 담화의 현실적 맥락은 '언표 행위의 주체'를 보증하는 것으로, 언표 행위의 주체를 보증하는 담화의 현실적 맥락이 소거됨으로써, 언표 이전에 언표 행위가 있었다는 사실 자체가 망각되고 결과적으로는 언표만 남게 되는 상황이 언문일치의 문장이라는 것이다(김병문, 앞의 책, 86쪽).

라"⁵⁶라고 쓰고 있다. 또한 「소년시언」과 같은 논설문에서나 지식을 소개하는 글에서나 대체로 라체를 쓰고 있다.⁵⁷ 라체가 초월적 서술 자의 위치를 보여준다는 점에서, 『소년』에서 이러한 라체를 주로 사용한 이유는 짐작하기 어렵지 않다. 그것은 『소년』의 편집자였던 최남선이 지식의 전달과 수용의 장 전체를 관할하는 초월적 자리에 놓이고자 했기 때문이다. 그가 대부분의 서술에서 '우리' 혹은 '오인吾人' 이라는 주어를 사용한 것은 『소년』과 자신, 그리고 『소년』과 독자 소년을 일치시키고 있었기 때문이다.⁵⁸ 이러한 측면에서 라체는 지식의 전달과 수용이라는 장 전체를 확장된 평면으로 만드는 종결형이다. 이는 『소년』에 배치된 다양한 조선의 혹은 세계의 지식을 하나의 공시적 평면으로 만드는 데 기여하기도 한다.

그런데 이 라체가 '나'라는 1인칭 대명사와도 종종 결합된다는 점은 주목할 만하다. 이때 라와 결부되어 있는 주어 '나'를 개인 주체로 보기는 힘들다. 이때 '나'는 나이자 너, 동시에 우리를 가리킨다. 기행문에서의 '나'에 대한 논의와는 달리, 풍경의 관찰과 '나'의 등장이 필연적인 관계를 맺는 것은 아니며, 이러한 '나'의 출현이 경험의 글쓰기에서만 나타나는 것은 아니다. 예컨대 『소년』 2년 4권에 실린 「동

---

56  「권두언」, 『소년』 1년 1권, 1908. 11.
57  이 라체가 더라와 얼마나 다른지는 그렇게 중요한 문제가 아닌데, '~라'는 자의 주관적 의도를 나타내는 선어말 '오 / 우, 리, 니, ㄹ씨, 더 / 러, 과 / 와, 로, 소, 애 / 에, 노, 이'와 결합하는 화자의 주관적 의도를 나타내는 종결어미 '라'의 결합이기 때문이다(이광호, 「후기 중세국어의 종결어미 '~다 / ~라'의 의미」, 『국어학』 12, 국어학회, 1983, 154쪽).
58  『소년』과 자신, 『소년』과 독자의 일치에 대해서는 제1장 1절 참고.

물계의 수류양왕」이라는 글은 고래의 형태나 소용, 산지 등을 소개하는 글인데, 이 글의 말미에 자신이 울산에서 배를 타고 나갔다가 일본의 포경 장면을 구경한 경험을 덧붙여 놓고 있다.

본문과 구별하기 위해 본문보다 작은 글씨체로 적은 이 글은 "여余 -객하客夏에 울산근해를 과過하다가 별안간에 포향砲響이 파波를 진震함을 문聞하고 괴아하야 선인에게 문한즉 차는 포경선에서 방放하난 포경포라하야늘 급히 갑판상에 등하야 망견望見한즉 멀니 수천방불水天彷彿한 제際에 수다한 대소선大小船이 혹완혹질或緩或疾히 일진일퇴하난데 가만히 본즉"[59]과 같이 '여'로 자신을 가리키며 글을 시작하여 그 자신이 듣고, 본 것을 서술하고 있다. 물론 여기서 경험은 다만 발전된 일본과 낙후된 조선의 차이를 독자들에게 전달하고, 이를 통해 그들의 각성을 이끌어내려는 장치에 불과한 것이다. 그가 보았더니 대부분 일본의 배일 뿐 조선의 배는 없어서 "차를 관觀함에 새로히 아국민我國民의 기업용企業勇의 적음과 이원개발利源開發의 사상이 업슴에 대하야 무한한 한탄을 발하고"[60] 일본이 이익 추구에 기민하고 모험에 능한 것을 감탄했다는 것이다. 이 지점에서 그는 개인으로서 보고 듣는 자가 아니라 선각자이자 지도자로서 보고 듣는 위치에 있다. 그러면서 단박에 경험의 구체적 현실을 뛰어 넘어 지식의 세계로 향하고 지식의 세계를 바탕으로 다시 현실을 규정한다. 그는 현실에 의아함을 느끼고 조선과 일본의 포경사업보고서를 비교 검토한다. 또 풍부한 수산 자원을 지닌 울산 근해는 노르웨이 근해에 비견될 수 있음

---

59  「동물계의 수류양왕」, 『소년』 2년 4권, 1909. 4, 34쪽(띄어쓰기는 인용자).
60  위의 글, 35쪽.

을 확인한다. 조선이 낙후되었다고 통곡한 이유는 이러한 지식에 기반한 것이다.

물론 포경하는 배를 보고 '느끼고 생각한 바'가 조선의 암울한 현실일 수 있다. 그리고 조선에 대한 한탄과 일본에 대한 경탄이 이 경험에서 촉발된 '개인의 감정'일 수는 있다. 그러나 이 글에서 문제적인 지점은 조선인과 일본인의 '포경사업보고서'를 비교하고, 울산 근해와 노르웨이 근해를 비교하는 지점, 즉 경험을 곧바로 지식의 체계로 편입시킴으로써 계몽의 담론 지평으로 환원시키는 점이다. 그가 직접 '본' 일본의 포경선은 '포경사업보고서 속의 일본'으로 바로 등치된다. 그가 배를 타고 '지나갔던' 울산 근해는 생산성의 지표로 환원되고 이 지식을 매개로 노르웨이 근해와 등치된다. 여기서 그의 경험의 실제성은 사라지고, 남는 것은 포경선으로 환기된 일본과 조선의 차이인 것이다. 이를 가능하게 하는 것은 라체이며, 여기서 그 경험의 주체인 '나' 또한 사라진다.

이런 측면에서 다체가 '나'와 결합하는 장면, 그럼에도 라체 속에 포섭되는 장면은 이 '~다'와 주어 '나'의 위치를 살펴볼 수 있는 문제적인 지점이 될 것이다.

㉑ 나는 너에게 감사한다. 장성일면長城一面에 용용溶溶한 물과 대야동두大野東頭에 점점點點한 산은 내가 시인의 입으로 평양의 조흠을 알고, 「삼정승원三政丞願을 말고 평안감사원平安監司願을 하소」는 내가 여객의 글노 평양의 조흠을 알고, 단기양조이천년도읍檀箕両朝二千年都邑터로는 내가 역사로 인하야 평양을 생각하고, 관해양서육십칠주중심

지關海両西六十七州中心地로는 내가 지리로 인하야 평양을 생각하고 돌팔매·밧기론 평양의 풍습을 익히듯고, 기생대자妓生帶子론 평양의 특산을 오래듯고, 을밀대·칠성문으론 고전장古戰場 밟을 생각이 간절ㅎ고, 연광정練光亭·부벽루浮碧樓론 금수강산 볼 마음이 그윽하고, 그림으로 보아 대동문을 웃지하면 보고, 말노 드러 함종률을 웃지하면 먹나하며, 모통이 모통이 평양구경의 생각이 소사나와서 평양이란 뉘집 낭자는 얼마ㅅ동안 나의 상사인러버이러라 그러나 오백오십리 머나먼 길을 일순천리一瞬千里 나르난듯한 기차가 생긴 뒤에도 때를 맛나지 못하야 평양성도팔첩병平壤城圖八帖屛을 대할 때마다 「상사불견相思不見 이내진정眞情」만 탄식歎息하더니 네가 나에게 무슨 갑흘 은혜가 잇관댄 나를 천일방天一方 우리님의 곳에 실어다가 매친 마음을 푸러주겠다 하나냐. 오냐 이것저것 무를 것 업다 잘만 태워다다고 시로 글노 말노 일노 듯기만 하야 가삼이 타던 못 본 우리님이 얼마나 잘낫나 시원하게 눈으로 좀 보자. 이러케 고마운 너에게 말노만 감사하겠나냐 약소하기는 하다마는 사원삼전 주난 것이니 소례小禮를 대례大禮로 알아 한참 주차酒次나하여라. 나는 다시 너에게 감사한다.

⑭ 성넘어로 혹 머리만 혹 허리까지만 혹 길고 혹 짜르게 혹 흐릿하고 혹 드러웁게 혹 쏫죽하고 혹 펑퍼짐하게 혹 푸르고 혹 붉게 송악의 연봉連峯이 날늠날늠 기웃기웃하난 것을 도라다 보면서 출발ㅎ야 오리허五里許에 잇난 일천일백팔십팔척一千一百八十八呎의 긴 통도洞道를 쌔져 토성역에 이르니

㉴ 서흥천에 이르러서는 차가 가만가만히 가난데 양산兩山이 서로 쩌안으려고 미거안래眉去眼來하난 사이를 쌔져나간즉 푸른필 비단 갓혼 내가 쏘 노엿고 사면에 치송稚松이 소담스럽게 덥힌 산이 병풍 모양으로 둘넛난데 산은 물을 씨고 잇고 물은 산을 겻해 흘너 별노 한 건곤乾坤을 자성自成한 중, 벼가 누우럿케 닉어 황금이 일면一面에 쌀니 백로가 틈틈이 나르난 곳에 쏘한 운치 잇게 나무로 집웅을 이은 집이 자연에 조화하야 헤여져 잇고 곳곳이 허리긴 황해도소가 풀을 쯧고 잇서 오래 자연의 미를 주렷던 눈을 한쎄번에 배불으게 만드러 황홀히 잘 그린 유화를 대하난듯 신성한 영계靈界에 드러온 듯하니 아모리 몰풍류한 내기로 여긔야 그져 가난 수 잇나냐

㉮ ~ ㉴는 「평양행」[61]에서 뽑은 것이다. 「평양행」은 여러 정황으로 볼 때, 최남선이 평양의 대성 학교를 방문했던 여정의 기록으로 보이며, 그렇다면 그의 경험과 매우 밀접한 관계가 있을 것이다.[62] 그런데 이 기행문은 도산과 청년학우회의 관계자로서 계몽적인 의지를 보이는 것으로 시작하지 않고 늘 그리워하던 평양에 드디어 가보게 된다는 기쁨을 내보이면서 시작하고 있다. 이는 매우 개인적인 감정이 아니라 할 수 없는데, 서두와 ㉮의 말미에 놓인 '나는 ~ 감사한다'는 이러한 감정과 연결되어 있는 것으로 보인다. 이 문장은 완전히 근

---

61  「평양행」, 『소년』 2년 10권, 1910.11. ㉮ 133~134쪽, ㉯ 142쪽, ㉴ 144쪽.
62  평양역에서 내린 후, "얼른 인력차 한채를 불너 타고 먼저 ▢▢학교를 차져가기로 하다"라고 쓰고 있어서 이 평양행의 목표가 업무 관련이었음을 보여준다. 『소년』 2년 10권이 발행되던 시기에 그는 일본에 있었으므로, 이 기행문은 그 이전의 여행 기록인 것으로 보인다.

대적인 문장으로, 『소년』 전체를 통틀어 볼 때 극히 예외적인 문장이라 할 수 있다. 그런데 이 두 개의 '나는~감사한다' 사이에 있는 문체는 전통적인 한문체와 번역투가 뒤섞여 나타나고 있으며, ⊕와 ⊕는 기차 여행 중의 감상이나 비평 등 개진하는 내용에 따라 다른 문체가 뒤섞이는 양상을 보여준다.

두 개의 '나는 ~ 감사한다'의 문장 사이에는 평양을 가보고 싶었던 이유, 기차의 발명이 준 편리함 등이 서술되어 있다. 평양을 가보고 싶었던 이유는 습득된 지식의 차원에 있다. 시인의 입으로, 여객의 글로, 역사적 지식으로, 지리적 지식으로 평양에 대해 알고 있었기 때문에 평양에 가고 싶었다는 것이다. 역사, 지리, 풍습, 특산물 등 열거되는 지식은 평양이 사랑의 대상이 되는 원인이기도 하다. "시로 글노 말노 일노 듯기만 하야 가삼이 타던 못본 우리님"이라는 사랑의 대상이되, 대상에 대한 지식은 대상에 대한 사랑으로 전이된다. "나는 너에게 감사한다"가 열어놓은 장면이 '내면의 고백'이라면 이 내면이란 온갖 지식이 배치되어 채워진 세계가 아닐 수 없다. 나의 '생각'이나 '감사'와 같은 고백을 이끌어 내는 것은 축적된 그리고 배치된 지식의 세계이며, 평양에 대한 사랑은 역시 지식의 차원에서만 발견되는 것이다. 말하자면 평양은 그에게 실제로서 '자기 밖의 세계'가 아니다. 이때 호명되는 청자 '너'는 이 사랑의 대상을 "얼마나 잘낫나 시원하게 눈으로 좀 보"게 해줄 수 있는 고마운 기차가 된다. 그러할 때 이 발화자 '나'가 만드는 담화의 현실은 자기 밖의 평양이라는 세계가 아니라 그것을 가능하게 하는 청자 '기차'와 '나'의 관계로 대체되며, '나의 감사'는 이 청자를 향해 발화되는 특징을 지니게 된다.

온갖 관념과 지식이 채워진 내면을 고백하는 것이라면, 이를 고백의 문체로 볼 수 있는가? 일본의 근대 소설이 작가의 고백에서 가능해졌다고 하는 것은 근대 소설의 성격을 내면 탐구에 둔 탓이다. 김윤식은 자기의 모습을 작품의 중심에 놓는 일을 떠나면 근대 소설의 특성인 내면 탐구가 되지 않는다고 지적했다.[63] 이러한 지적은 이렇게 다시 말해볼 수 있을 것이다. 근대적 개인의 주체를 내면의 보편성을 가진 자로 확정할 수 없다. 일인칭 대명사 '나'와 순수 현재 '다'가 결합한 문장의 출현을 두고 원근법적 시선의 중심점으로서의 주체의 출현과 등치시키기도 어렵다. 나아가 '나'가 지금 현재의 관찰이라는 경험적 글쓰기의 주체라는 점도 확신하기 어렵다.

서두에 제기한 이 고백의 문체를 지나치면, 그 다음 여정의 기록은 온갖 것의 집합체로 볼 수 있다. 객차 안의 사람들의 묘사, 객차의 창문으로 보이는 외부 풍경에 대한 묘사와 함께 지나치는 지역에 대한 지리적 혹은 역사적 설명과 기차 설비에 대한 상세한 설명 그리고 예전에 여행했던 경험 등 두 개의 문체로 혼재되어 나타난다. ㈐의 경우는 송도를 출발하여 토성역에 이르는 여정에 지나치는 풍경에 대한 묘사이며, ㈑의 경우는 서흥천을 끼고 있는 황해도 평야에 대한 묘사이다. 연속적으로 나타나는 산봉우리를 '혹'이라는 연결어를 사용해 연쇄적으로 묘사하고 있는 ㈐는 그것이 실제로 발화자가 보고 있거나 보았던 풍경이라 할지라도, 판소리계 소설에서 많이 나타나는 묘사와 다르지 않다. ㈑에서의 황해도 평야는 전형적으로 한문의

63    김윤식, 『한국 근대소설사 연구』, 을유문화사, 1986, 97쪽.

관습에 의해 묘사된다. 평야를 "한 건곤" 혹은 "신성한 영계"로 간주하는 것이나, 한문적 관습을 나열한 후에 시조를 덧붙여놓는 것 등을 볼 때, 이러한 묘사들이 겨냥하는 대상을 구체적 경험 혹은 개인의 시선에 의해 발견된 풍경으로 보기는 어렵다.

여기에서 주어 '나'는 드문드문 나타나지만 이 '나'가 풍경을 관찰하는 현재적 시선의 주체라는 점은 확인하기 어렵다. 이 기행문에서 예외적으로 나타나는 다체의 경우, "그이후 몟백년ㅅ동안 지나의 여객이 이곳을 위하야 금수錦繡를 앗기지 아니한 승지勝地도 이제와서는 폭약은 그 배를 뚤코 철로가 그 밋흘 쇠여 악마의 닙김과 갓흔 매연이 주야로 더러힘을 생각하고 위하야 일탄一歎을 발하다"[64]나 "전일에 보지 못하던 외국인의 상전商廛이 거의 정제整齊하게 시가를 이른 것을 보고 새삼스럽게 놀남을 금치 못할쑨 외에 더욱 이 철도의 일노 여러 가지 감개를 억제치 못하다"[65]의 경우에서처럼 과거의 일과 현재의 일을 대비하는 지점에서 나타난다. 그 외에 기차의 설비를 소개하거나 그 지역에 대한 지리, 역사적 설명, 기차 안과 밖의 풍경을 묘사하는 데 있어서는 여전히 더라체를 사용하고 있다.

말하자면 "나는 너에게 감사한다"와 "나는 다시 너에게 감사한다"는 청자 기차와 화자 나 사이의 관계 속에서 나타나며, 이후의 서술 속에서 이 '나'는 점점 사라지는 것이다. 즉 『소년』에서 나타나는 라와 다의 혼재를 통해 드러나는 바는 라체의 배열과 배치 속에서 점점 사라지고 있는 서술 주체다. 최남선은 자기를 명백하게 드러낼 때는

---

64  「평양행」, 『소년』 2년 10권, 143쪽.
65  위의 글, 148쪽.

'집필인'이라는 호칭을 사용했는데, 이는 일종의 가면 놀이에 가까운 것이다. 「소년이과교실」을 시작하면서, 그는 여쭈는 말씀으로 "나는 아모것도 안다고 할 것은 업소", "나도 또한 안다난 사람이 한번 되어 보려 함이오"[66]라고 쓰고 있다. 이 '나'는 당연히 편집자 최남선이다. 그러나 그 밑에 그는 "「소년」이과교실 주임 식"으로 써놓음으로써, 자신을 '소년이과교실 주임'으로 대체해 놓았다. 말하자면 그의 문장에서 이 문장을 발화하는 혹은 쓰는 주체 그 자신은 언제나 다른 이름으로 지칭되면서 사라지며, 그러할 때 다시 지배적이 되는 것은 가면 놀이를 하는 주체, 다시 말해 『소년』을 편집하고 배치하는 '편집자' 그 자체다. 편집자는 서술자가 아니며, 그는 다만 『소년』이라는 기호 뒤에 숨어 있는 존재다.

### 3) 가면 쓰고 말하기, 초월론적 주체이자 제로 기호로서의 '나'

이 지점에서 문장의 주어 '나'와 그 말을 발화하는 주체와의 구별 문제를 재고해 볼 필요가 있다. 데카르트의 코기토에서 연원한 근대적 주체란 언제나 '생각하다'는 동사와 관계를 맺는다. 그러나 '생각하다'는 사실 모호한데, 이 동사와의 관계에서 주체를 성립시키는 방식은 두 가지가 있기 때문이다. '생각하다'가 지식의 형성에만 관여할 때, 그것의 주체는 인식론적 주관에 해당한다. 그러나 '생각하다'가 실천 일반의 문제와 연결된 하나의 행위일 때 그것의 주체는 실천적 주체에 해당한다. 사카이 나오키는 이러한 구별로부터, 주체를 인

---

66 「소년이과교실」, 『소년』 1년 2권, 1908.12, 19쪽.

식론적 주관으로부터 구별하는 것은 먼저 주체의 실천적 성격이며, 그 성격 때문에 주체는 주관–객관이라는 대립구도에서 벗어나 있다고 설명했다.[67]

최남선의 '생각하다'는 그러한 측면에서 문제적이다. 「쾌소년세계주유시보」의 서술자는 서흥에도 내리고 싶고 황주에도 내리고 싶고, 평양도 들리고 싶었지만 외국 구경 가는 길에 너무 제 나라 땅을 구경하느라 많은 날을 허비하는 것은 합당치 못한 듯하여, 의주로 직행하기로 한다. 밤중의 기차 안에서는 더 구경할 것도 없으니, 명상에 잠기게 되는데 다음은 그 인용문이다.

① 기차는 나가난대로 어두음은 더하고 어두음이 더할사록 창 밧게 보이난 것은 주니 밤ㅅ중의 기차에서는 할 일이라고는 숙수熟睡가 아니면 명상이라 이에 소생小生은 씀벅씀벅하난 석유ㅅ등을 벗허야 눈을 쩟다 감앗다 하면서 한거름 한거름 명상계로 들어가노이다.

그러나 소생 갓흔 어린 아해가 명상이라고한들 무슨 씀찍한 것이오릿가 걸인의 쑴에는 왕자도 잇슬난지 몰으거니와 소아의 생각에는 경천위지經天緯地 · 제세안민濟世安民의, 재조업시 못될 생각도 업고, 주지육림酒池肉林 조운모우朝雲暮雨의, 째안되면 몰을 생각도 업고, 더군다나 우주니 인생이니하난 심오고대深奧高大한 생각은 거림자까지 업스니 우리의 명상은 그 범위가 좁고 그 대상이 갓갑소이다.

---

67   사카이 나오키, 후지이 타케시 역, 『번역과 주체』, 이산, 2005, 157쪽.

② 눈을 한번 감으니 생각이 억그적께 학교 뜰에서 윤길이 수동이와 술네잡기하던 모양이 쌈쌈하던 중 명랑한 한복판에 현연顯然하게 써 나왓다. 금시에 씨슨듯하게 업서젓다. 집에서 써나올 째에 부모 두 분은 염려하시난 중에도 어린 아해로 그런 생각 잇난 것이 기특하게 아르셔 매우 이 길 써나난 것을 깃버하시난 듯 하야 화和한 목소리로 여러 가지로 압길에 대한 훈유訓諭를 주시난데 멋업난 삼촌숙 한 분 이 넙헤서 이러니저러니 되지 못한 소리로 써날 임시臨時에 방주을 놋난 모양이 써나왓다. 또 금시에 업어젓다. 맛치 활동사진의 영화 판映畫板일다. 정거장에서 여러 사람이 반갑게 작별하난 중에 둘재ㅅ 동생 경일이가 『언니 나하고 갑시다』하기에, 가자고 손을 내밀엇더 니 어마님 품으로 고개를 살짝 돌니면서 『엄마도 가야지하지, 괴안空 然히 젓도 못먹게』하던 어엿분 모양과, 차를 타고 안질 째에 장거수 掌車手가 한일인韓日ㅅ을 분간하야 이리 타라 저리 타라하던 아니쇼운 꼴과 기타 처음으로 넓은 세상에 나와 보고들은 경상景象이 밧구어 차기로 써나온다.

③ 모자가 다 씨그러지고 몬지가 켜켜이 안진 갓을 뒤통수에 제쳐 쓰 고, 압자락에 뭇은 째가 거의 격이 이러날 쯧한 두루막을 옷고름을 느직하게 매여 닙고, 석쇠집신에 솜이 쉬역쉬역 나오난 버선으로 보 기도 실케 걸어안자서, 기다란 담배ㅅ대에 닙담배를 담어서 요모조 모 눌으면서 쓰억쓰억 목젓이 써러질뜻하게 쌜다가 넙헤 잇던 일 녀日女 한아가 눈을 씽그리면서 『난쏘 오오끼싸나 기세루 다로오, 아레다쎄까 수우데 시마우쏘 잇지니써 구라이와 시라누마니 구레

루데 쇼오네』하고 갓히 안진 놈팽이 한아와 서로 도라보고 웃다가 손ㅅ가락으로 그 사람의 무릅을 쑥쑥 씰으면서 『담베 마시 종고시요』하니 그 사람 고개를 끄썩거리면서 『녜, 녜, 쑬맛 한가지오 사탕 한가지요』하더니 이 말 하난 틈에 불이 죽게 되얏던지 주머니 솟헤 달닌 범의 발톱 갓히 생긴 쇠갈구리로 담배 화봉에 침<sup>針</sup>을 두세번 주고서 볼을 내밀고 옴으리면서 담배ㅅ불을 내불고 드리불고 하난 서슬에 공교하다 불똥이 쒸여 도화ㅅ빗 고은 그 계집의 쌤에 싹근한 맛을 보인지라 얏고 좁은 그 성품, 독살이 발ㅅ근 나서 『이놈아, 요보야, 안되겟다, 무슨일이 잇서』하고 담배ㅅ대를 쎄아스려하니 그 사람은 무상<sup>無上</sup>한 죄나 범한드시 황공무지<sup>惶恐無地</sup>하야 어느째 배와 두엇던지 고개를 끄썩끄썩하면서 『억개미상, 잘못햇서, 응, 잘못햇서, 응, 안되겟서 말이햇서, 내 저쪽으로 대고 먹으쎄까에』하고 불이낫케 내 압흐로 돌녀대이난 모양.

이것은 용산에서 수색으로 오난 동안에 기차 안에서 본 쑬악운이.<sup>68</sup>

여기서는 최소 세 개의 시공간이 변환된다. 하나는 송도에서 의주로 향하고 있는 밤기차 안이라는 현실①, 또 하나는 출발하기 전의 과거에 있었던 가족들에 대한 명상②, 세 번째는 기차를 탄 후 용산에서 수색으로 오는 동안의 기차 안 풍경③이다. 첫 번째는 현재이며, 두 개의 장면은 과거다. 현실의 공간①에서 그는 기차가 어두우므로 명상에 잠기되, 자신이 어린 아이라 "우리의 명상은 그 범위가 좁

68 「괘소년세계주유시보 – 제오보」, 『소년』 3년 3권, 1910.3, 53~55쪽.

고 그 대상이 갓값소이다"라고 쓴다. 그러므로 ②와 ③은 둘 다 명상 속에서 떠올린 장면으로, 현재 서술자가 보고 있는 현실의 장면은 아닌 것이다. 현재의 서술①에서 **노이다체**를 쓰고 있으며, 과거에 대한 명상②에서는 **다체**를 쓰고 있다. 그리고 과거의 기차 안 풍경에 대한 묘사③에서는 "모양", "꼴악운이" 등 명사로 종결하고 있다. ②와 ③의 문체가 매우 대립적인 것은 주목할 만하다. ③에서는 단 한 문장으로 기차 안 풍경을 모두 묘사하고 있으며 이는 고전 소설에서 묘사하는 것과 같이 장황하고 상세하다. 만약에 구체적인 묘사의 영역에서 다체가 적극적으로 사용된다고 한다면, 그것은 ③에서 훨씬 적극적으로 사용되어야 할 것이다. 그러나 "모자가 다 찌그러지고 먼지가 켜켜이 앉은 갓을 뒤통수에 제껴 쓰고 앞자락에 묵은 때가 거의 격이 일어날 듯한 두루막을 옷고름을 느직하게 매여 입고"와 같은 인물에 대한 묘사가 구체적이고 생생한 현실을 실현하는 것은 아니다.

최남선의 기행문이 여정을 따른다면, 글은 출발 전 풍경에서 용산-수색 사이의 기차 풍경, 그리고 송도-의주 사이의 기차 안이라는 순서로 진행되어야 할 것이다. 그러나 이 글은 현재에서 먼 과거, 가까운 과거 순서로 진행된다. 중요한 것은 현재라는 객관적 시간의 흐름에 먼 과거, 가까운 과거가 끼어든다는 점이며, 이 ②와 ③이라는 과거와 ①의 현재의 연속성을 보증하는 것은 '나'라는 것이다. 이 ②의 명상에 이어, 용산-수색 사이의 기차에서 발견한 조선인의 모습이 등장한다. 말하자면 ③은 객관적인 외부 풍경을 묘사한 것이 아니라, 여전히 서술자의 생각 안에 있는 것이다. ②의 연장이되, '나'의 생각 안의 풍경이다. 이 지점에서 '나'의 생각은 시간성을 내재화한다. 인용문에서 시간은 객관적으로 흐르는 것이 아니라, 나의 의식 안에서 흐른다. 나의 시간의 흐름 속에서 그것은 과거이기도 현재이기도 하다. 이 모든 시간선을 동일하게 지각하는 유일무이한 동일성인 '나'가 여기에 존재하는 것이다.

그렇다면 여기서 '생각하다'는 자신의 외부에 있는 객관적인 풍경을 발견하면서 동시에 그것과 분리된 존재로서 자신을 자각하는 것이 아니다. 여기에서 생각은 훨씬 실천적이다. 자신의 명상으로부터 구질구질한 조선인의 현실을 발견해 내는 것, 자기의 안에서부터 자기의 바깥으로 나아가고 그것을 다시 안쪽으로 지향시킨 일종의 역전도에 해당하는 것이기 때문이다. 이는 이중의 주관화이며, 이중의 주관화를 실행시키는 것이 초월론적인 주체이자 장 전체의 전도를 주관하는 주체다. 만약에 주체를 객관적인 풍경을 바라보는 원근법적 중심으로 간주한다면, 그것은 인식론적인 주관과 객관의 평면 속에 위치된 것이다. 이 장은 인식론적으로 배치되는 세계라는 점에서 '나'는 이 배치를 가능하게 하는 배후에, 즉 초월론적인 자리에 있다.[69] 그러한 측면에서 이 주체는 **더라체**의 주체와는 다르다. 앞서 살펴보았듯, **더라체**가 대상을 주관화하며, 담화의 현장 자체를 지배한다면 '나'는 청자로서의 '너'에 대해 초월적인 지위를 지닌다. 주관이 인식한 것에 대한 판단을 청자에게 기대하지 않기 때문이다.[70] 그러

---

69  가라타니 고진, 송태욱 역, 『트랜스크리틱』, 한길사, 2005, 134~135쪽 참조.

70  '~더라'는 화자 자신이 의식했거나 판단한 사실을 반드시 청자에게 전하는 것으로, 단절되었던 인식 내용을 다시 의식하기 위해서는 화자의 주관적 의도가 개재될 수밖에 없다. 다시 말해 화자가 주관적으로 다시 인식한 사실이 청자에게 '참'으로 받아들여지건, '거짓'으로 받아들여지건 화자는 그 결과에 개의

나 ②의 다체는 ② 문단 전체를 일관하면서, ③ 역시도 지배하는 것으로 간주할 수 있다.

우선 중요한 것은 이러한 주관의 형식이 언제나 '나'라는 표상을 필요로 한다는 것이다. 그것은 코기토 명제가 일인칭 화자를 문장의 주어로 삼는 것과 마찬가지이다. 그러나 완전한 근대 문체로 볼 수 있는 ②에서 문장의 주어 '나'는 등장하지 않는다. "눈을 한번 감으니 생각이 엊그제 학교뜰에서 윤길이 수동이와 술래잡기하던 모양이 깜깜한 중 명랑한 한복판에 현연하게 떠나왔다"의 문장에서 주어는 생각이다. 이는 바로 이어지는 문장인 "금시에 씻은듯하게 없어졌다"에서도 마찬가지다. 여기서 문장의 주어는 생각이지만, 이 행위의 주체는 나다. 그러나 문장에서 나가 표상되지 않는다면, 그것이 나라는 점을 보증할 수 있는 확실성은 없게 된다.

이러한 측면에서 코기토의 확실성이 '나'에 있는 것이 아니라, '생각하다' 자체에 있는 것이라는 점은 주목할 만하다. 코기토의 확실성을 증명하는 것은 문법적 주체는 1인칭이며, 시제는 현재이며, 그 동사는 주체를 활성화하는 심리적인 동사 그룹 중 하나다[71]라는 것이다. 그러나 '나는 생각하다'가 확실한 것으로 간주되기 위해서는 '생각하는 나코기토'를 '생각하는 나'가 코기토의 배후에 또 있어야 한다. 이때 코기토를 보증하는 것은 그 배후에 있는 '생각하는 나'인데, 이 '나'는 확실하지 않으므로 유일하게 확실한 것은 생각하고 있다는 사

---

치 않는다는 것이다(이광호, 앞의 글, 151쪽).

71  A. Banfield, "The Name of Subject : The 'Il'?", *Yale French Studies* no. 93, 1998, p.135.

실 그 자체다. 말하자면 코기토의 확실성은 '나'에 있는 것이 아니라 '생각'에 있으며, 그러므로 더 정확하게 말하면 '나'도 아니고, 다른 그 어떤 무엇도 아닌 '무엇'이 '내가 생각하고 있다'를 확신한다는 것이다. 그러한 측면에서 코기토의 확실성을 정확히 표현하기 위해서는 그 주체는 '생각하고 있는 중이다'로 표현되어야 한다.[72]

블랑쇼는 이러한 측면에서 글쓰기 혹은 발화의 주체는 '주체와 객체 사이의 중립적인 무엇'이며, 이는 나도 아니며 비인칭도 아닌 것이라고 설명했다.[73] 그러나 코기토의 확실성을 보증하는 것이 '나'가 아니라 '생각하다'라면, 생각하는 행위를 하는 주체는 그 자명성을 상실한다. '나'라는 인칭 대명사는 이 행위의 차원을 언표의 차원에 고정시키고, 언표의 차원에서 발화하는 나가 존재하고 있음을 보증하는 언어적 지표이기 때문이다. 데카르트의 코기토가 '나'를 증명하는 것이 아니라 '생각한다는 행위' 자체가 존재한다는 것을 증명하는 것이라면, 이 '생각되는 과정에서의 생각'은 발화 행위를 필요로 하지 않는다. 인칭 대명사 '나'는 다만 그것의 언표적 형식을 제공하기 위해 제시된 것일 뿐이기 때문이다.

②에서 주어 '나'가 사라지는 지점은 담화의 구체적 공간이 소멸되는 지점이다. 물론 정차장에서 둘째 동생 경일이가 서술자를 환송하면서 하는 행동이나 직접 인용된 그의 말은 현실적이면서도 구체적인 담화 공간을 나타낸다. 그러나 이것은 명상, 즉 생각이 만들어내

---

72  Ibid., p.138.

73  M. Blanchot, *Thomas the Obscure*, trans. Robert Lamberton, New York : David Lewis, 1973, p.112(여기서는 Ibid., p.134에서 재인용).

는 관념적이면서 보편적인 장 속에서 사라져버린다. 그리고 이러한 지점, 즉 '나'가 사라진 공간에서 '나'는 이 문단 전체를 지배하고 그 것을 실천하는 주체로서 등장한다. 발화자 나는 대명사 '나'가 사라 지는 지점 속에서 그 배후에 등장하는 것이다. ③에서 객차 안의 여 러 인물들의 모습이나 행위를 두루 묘사한 다음에 비로소 '나'는 문 면에 등장한다. "내 앞으로 돌려 대이는 모양"이 그것인데, 인물이 자 신의 앞으로 육박해 오는 장면을 현장감 있게 묘사하는 앞에서만 '나'는 비로소 마치 원래 없지 않았던 것처럼 출현하는 것이다. 그리 고 그는 "이것은 용산에서 수색으로 오는 동안에 기차 안에서 본 꼬 락서니"라고 서술하며, 이 지나온 모든 문면들이 '나'의 생각이자 '나' 의 관찰이었음을 드러낸다.

그러한 차원에서 「쾌소년세계주유시보」가 처음에는 '방년 15세의 학생 최건일'의 여행기로 설정된 것은 주목할 만하다. 최남선은 그 에게 '작년에 보통과를 졸업하고, 영어, 일어, 중국어를 공부한 진취 적인 소년'이라는 구체적인 약력을 부여했는데, 그렇다면 그의 여행 기의 서술자는 최건일이 된다. 그가 여행기를 보내오면 『소년』에 신 기로 하면서 최남선은 "본집필인은 이와 갓흔 쾌소년이 속속 출래하 야 소년한반도의 명예를 전세全世에 선양하고 이와 갓흔 쾌문자를 익 익기송益益寄送하야 「소년」지상에 광명을 대가大加하기"[74] 바란다고 적 고 있다. 다른 많은 글들과 마찬가지로 이 여행기도 최남선의 집필이 었지만, 그는 '최건일'이라는 인물을 설정하고 그와 구별되는 '집필

74 「쾌소년세계주유시보 — 제일보」, 『소년』 1년 1권, 1908. 11, 72쪽.

인'으로서의 자신을 나누어 놓은 것이다. 어쨌든 독자에게는 이 여행기의 서술자는 최건일이므로 이하의 서술자는 최건일로 받아들여진다. 「쾌소년세계주유시보」의 제5보에 와서는 사실상 서술자 최건일의 목소리는 사라지고, 최남선의 서술로 바뀐다고 평가되지만, 이 서술자가 '최남선'이라는 보증은 그 어디에도 없다. 서술자의 이름이 최건일인 이상, 제5보의 서술자 역시 '최건일'로 간주되어야 하기 때문이다. 그러나 최건일이 가상의 인물이라는 점, 결국에는 세계로 나아가지 못하고 송도에서 여정을 멈춘 점, 그 여행기가 구체적인 경험 없이는 쓰일 수 없다는 점에서 사실은 이 서술자는 최남선이라고 보아야 할 것이다.

그렇다면 '최남선'은 '최건일'의 이름을 빌려 말하는 중, 가면을 쓰고 말하고 있는 중인 셈이다. 이는 달리 말하면 이러한 담화의 보편성, 확실한 주체성의 표출이 가능하기 위해서는 '거짓된 이름'이라는 가면이 필요하다는 것이다. 그것은 '나'라는 일인칭 대명사의 불확실성을 보완하기 위한 장치에 해당하는 것이다. 일인칭 대명사는 언제나 구체적인 담화의 환경을 필요로 한다. 화자가 자신의 주체성에 대응하는 별개의 호출 부호를 매번 사용한다면 큰 혼란이 생겨날 것이므로, 언어는 유일하지만 유동적인 기호 '나'를 설정함으로써 이 위험에 대비하는데, 이 기호는 매번 자기 자신의 담화의 현 실태를 가리킨다는 조건하에서만 각 화자에게 인수될 수 있기 때문이다.[75]

그렇다면 주체는 언제나 이 담화의 현실 속에서만 '나'로 나타나고, 곧 사라진다. 발화의 현실에서도 그러할진대, 쓰기의 상황에서는 '나라고 쓰는 나가 나라는 사실'을 보증할 수 있는 것은 아무것도 없다. 그러므로 '나'는 언제나 담화의 현실을 가정해야만 등장할 수 있게 되는 것이다. 가령 서술자 최건일은 "여러분이여 길 떠남에 임하야 나는 한마듸 부틸 말이 잇소이다"[76]라고 쓰면서, 담화의 공간을 설정했다. '너'와 '나'가 배치되어 있는 이 공간 속에서만 '나'는 '여러분에 대응하는 나'이자 '여러분에게 할 말이 있는 나'로서 존재할 수 있다. 그리고 이 "붙일 말"에 의해서만 후술되는 문장이 모두 서술자의 발화임이 추정될 수 있다.

이는 중요한 사실을 가리키는데, 주체는 언제나 그것 자체와 동시적으로 발생하지 않는다는 것, 주체란 그것을 알지 못하는 채로 허구에 의해 날조되기도 한다는 것, 즉 '쓰인 것'이라는 사실이다.[77] 바로 이 가면 속에서만 주체는 빈 공간으로 여기에 등장한다. 주체에 남아 있는 것은 '텅 빈 형식'으로서의 '나', '나의 표상에 동반'되는 일종의 잉여이기 때문이다.[78] 그것은 아무런 내용도 가지고 있지 않다는 점에서, 제로 기호zero-sign이지만 이 제로 기호가 없으면 세계는 구성될 수 없다. 그리고 이 '빈 공간'이자 일종의 '틈'에 의해서만 '나'와 '세계'는 분리되어 등장할 수 있는 것이기 때문이다.

## 4) 근대적 '나'의 장소, 계몽의 장이 균열되는 지점

『소년』의 문체를 국한문체의 실천이자 근대적 문체를 선취한 것으로 본다면, 『소년』에 나타난 문체의 혼종성은 결국에는 『시문독본』으로 정리될 문체의 과도기적 실험의 결과로 보인다. 언문일치가 결

---

75   E. 벤베니스트, 황경자 역, 『일반 언어학의 제문제』, 민음사, 1992, 366쪽.
76   「쾌소년세계주유시보-제일보」, 앞의 책, 74쪽.

국 언어라는 내면과 그것의 표현으로서의 문을 일치시키는 것이라면, 표현이 가능해지기 위해서는 내면이 먼저 생겨야 한다는 점을 의미한다. 그러나 언어가 없으면 또한 그 내면 또한 발견되지 않으므로, 둘은 사실은 동시에 출현하는 것이다. 근대적 문장에서 확인되는 것은 내면을 가진 '나'는 자기의 서술어로 다체를 가진다는 점이다. 고전적 초월적 서술자의 더라체를 대체한 근대적 주체의 다체는 이러한 측면에서 근대적 주체의 탄생과 그의 수행을 보증하는 것으로 간주되었다. 국한문체의 특징과 국문체의 특징을 논의하는 과정에서도, 더라체와 다체의 논의 과정에서도 이 '근대적 주체의 탄생'은 이 모든 문체의 자명한 전제로 간주되었다. 그러나 『소년』의 문체가 보여주는 바는 이 '나'가 사실은 너무나 불안정하다는 점이다.

최남선은 『소년』의 대부분의 글에서 더라체를 사용했다. 그것은 그가 수많은 지식들을 배치하여 지식을 전달하고 유통하는 장을 형성하고자 했기 때문이며, 그 중심에 스스로를 놓았기 때문이다. 그러나 『소년』이 지식 형성과 전달의 현실적 장을 작동시키는 심급이라는 차원에서 그는 『소년』 자체와 분리되기 어렵다. 따라서 그가 자신을 드러낼 때는 언제나 나라는 인칭 대명사 대신 '집필인'이라는 호칭을 사용하거나 혹은 다른 이름을 내세울 수밖에 없었던 이유는 그 '나'가 분명히 존재하지 않았기 때문이다. 내면을 지닌 근대적 주체

---

77 P. Lacoue-Labarthe & Jean-Luc Nancy, *The Literary Absolute*, trans. P. Barnard and C. Lester, Albany : State University of New York Press, 1988, p.30.

78 P. Lacoue-Labarthe, *Typography,* Stanford : Stanford University Press, 1989, p.136.

는 배치된 지식의 체계 속에서는 자신의 표상으로서의 나라는 인칭 대명사를 가지지 못한다. 그러할 때 '나'를 주어로 한 다체가 나타나는 것은 몇몇 기행문들에서다. 그러나 최남선의 기행문을 채우고 있는 것은 그 개인의 경험적 서술이 아니다. 객차 밖의 풍경을 묘사할 때도, 객차 안의 승객들을 묘사할 때도 이 서술자가 원근법적 중심으로서의 시선의 주체의 지위를 차지하지 못하는 것으로 보인다. 한문체와 순국문체를 뒤섞어서 풍경에 대한 묘사와 지식의 나열을 뒤섞어놓은 이 글들에서 '나'와 다체는 이 문체들의 틈새, 지식들의 틈새속에서 잠깐 나타났다 사라지는 것이다.

『소년』은 세계의 지식이 배치되는 장소, 즉 조선과 제국이, 비문명과 문명이, 그리고 전근대와 근대가 하나의 지식 기호로서 배치되는 장소며 이 배치를 수행하는 자는 편집자 최남선이다. 그런데 이 배치가 불가능한 지점, '깜깜하여 아무것도 할 수 없는'「쾌소년세계주유시보 제5보」 시점에야 비로소 다체가 등장한다. 근대적 주체이자 자기의 내면을 가진 자로서 '나'는 이 배치의 틈새 속에서, 배치의 잉여로서 등장하는 것이다. 그러나 작은 틈새는 압도적인 계몽의 장이 균열되는 지점이자 인식론적 전도가 일어나는 지점이다. 배치의 언어들 속에서 '나'는 자기의 표상을 가질 수 없고, 그것이 최남선이 끊임없이 다른 이름을 사용했던 이유이다. '나'는 다른 이름을 대신 사용해야만 계몽의 장 속에 놓여 있을 수 있기 때문이다. 그런 차원에서 근대적 주체로서의 '나'는 이 틈새 그 자체, 균열된 지점에 놓인 '이름 없는 장소'로 출현하는 것이다.

## 3. 『청춘』의 문학, 근대문학의 전도된 기원

자본주의적 교환 체계의 문학적 반복

### 1) 『소년』과 『청춘』의 장, 근대문학의 '자기'가 위치하는 장소

당연한 말이겠지만, 근대문학이라는 개념은 근대의 문학들을 의미하지 않는다. 사회 정치적 근대성이 성취된 시대에 등장한 문학 현상의 총체를 가리키는 것이 아니라 근대성의 표상이자 근대 그 자체의 언표 기호에 해당하는 것이기 때문이다. 수없이 지적되어 온 것처럼 근대성은 근대적 주체, 즉 세계의 원근법적 중심으로서의 주체의 성립과 궤를 같이한다는 점에서 근대문학은 주체의 발화 텍스트이다. 이 점에서 근대문학은 전근대문학의 대응항이거나 전근대문학의 발전태가 아니라, 문학 그 자체다. 그러므로 (근대)문학이 성립하기 위해서는 발화 텍스트의 주체인 '자기'가 성립되어야 한다. 자기란 이해 불가능한 것으로서의 세계를 자기의 인식론적 지평으로 환원시키는 자이며, 그러한 환원의 중심점으로서의 내면을 가지고 이를 고백하는 자이다. 무엇보다도 (근대)문학은 자기의 담론 속에서 자기의 표상으로서 나타나는 것이다. 그러므로 (근대)문학의 탄생은 발전론적으로 이해하기 어렵다. (근대)문학은 가라타니 고진이 지적한 바, 내면이 그리고 고백이 그러했던 것처럼 일종의 원근법적 지평의 전도 위에서 마치 원래 있었던 것처럼 탄생한 것이기 때문이다.

1920년대 동인지문학에서 한국의 근대문학이 본격적으로 성립되었다고 보는 문학사적 상식은 이 '자기혹은 개인, 주체'의 확고한 자리매김에 기반하고 있을 것이다. 이광수가 예술의 한 종으로서의 문학을 선언하고 문학을 기왕의 문文의 개념과 결별시키기는 했으나, 이때 그는 문학을 "특정한 형식 하에서 인人의 사상과 감정을 발표한 자者"[79]이라 하면서 '나'의 개념을 돌출시키지는 않았다. 문학의 주체이자 근대적 주체인 '나'는 『학지광』의 자아 담론을 거쳐, 1920년대 동인지문학에서 절대화되었던 것이라고 할 수 있다. 이광수가 보여주었던 문학의 심미성[80]은 그에게 정情이 선善의 근거였다는 점에서 심미적이면서 동시에 공리적인 성격을 지니고 있었고, 결국에는 도덕을 중심으로 인생과 예술을 도덕과 일치시키는 과정으로 이어진다는 점[81]에서 아직 미의 절대성에는 이르지 못하는 것이었다. 낭만주의문학이 주체를 사유의 중심이자 세계의 명실상부한 중심으로서 철학을 대신한 것으로 간주했을 때, 이 주체의 지위는 미를 중심으로 한 진 / 선 / 미의 일치, 즉 예술의 절대성을 통해서 가능했던 것이다. 자아의 절대성을 미의 절대성과 보편성에 기대어 획득하고, 동시에 자아의 절대성을 통해 문학의 초월적 지위를 확보한 것은 동인지문학에 이르러서이다.[82]

『소년』을 이어 받아 1910년대 계몽 담론을 이끌었던 『청춘』은 1918년 9월호를 마지막으로 더 이상 발간되지 않았다. 그리고 1919년 2월에 『창조』가 동경에서 등장했다. 우리가 아는 것을 대중도 알

---

79    이광수, 「문학이란 하오」, 『매일신보』, 1916.11.10(여기서는 『이광수 전집』 1, 삼중당, 1971, 548쪽).

80    황종연, 「문학이라는 역어」, 『동악어문논집』 32, 동악어문학회, 1997, 477쪽.

81    박슬기, 「이광수의 문학관, 심미적 형식과 '조선'의 이념화」, 『한국문학이론과 비평』 30, 한국문학이론과비평학회, 2006, 281~284쪽 참조.

82    박슬기, 「1920년대 초 동인지 문인들의 예술론에 나타난 예술과 자아의 관계」, 『개념과 소통』 12, 한림과학원, 2013, 49~50쪽 참조.

아야 한다는 계몽주의적 외침은 어느덧 "우리 뜻을 알아주시는 적은 부분의 손을 잡고 나아가려"[83] 한다는 문학적 선언으로 덮였다. 그들은 전대의 소위 계몽문학,『소년』과『청춘』의 문학을 보고 자랐으면서도[84] 이광수, 최남선을 거부하면서 그들의 문학을 만들어 갔다.[85] 그렇다면『소년』과『청춘』으로 대표되는 계몽의 담론장은 근대문학이 성립하기 위해서는 부정하고 이탈해야 했던 대상이었던 것인가? 『소년』과『청춘』이 보여주었던 문학에 대한 인식이란 근대지近代知의 일부로서 문명과 지식의 전달 매체로 간주하는 것이며[86]『소년』과『청춘』이 보여주었던 수많은 지식들 속에서 문학은 아직 근대문학에 이르지 못했던 것일 테다. 그렇다면 동인지문학은 이 두 잡지가 형성하고 있었던 문-학적 네트워크와는 별개로『학지광』과 1910년대 후반에 나타난 자아의 담론적 성숙을 바탕으로 탄생한 것일까? 그러나 그렇다 하더라도『소년』과『청춘』의 장은 무의미하지 않을 것이다. 단적으로「소년문단」소년을 이어받은「현상문예쟁선공모」청춘가 문학 훈련의 장을 만들었다는 점이나 이광수, 현상윤, 진학문 등의『청춘』 그룹의 글쓰기가 이후의 작가들에게 큰 영향을 끼쳤다는 점 등을 고려할 때,『청춘』은 1920년대의 문인들의 훈련에 의미 있는 역

---

83 「편집후기」,『창조』1, 1919. 2.

84 청춘의 독자 형성에 관해서는 권두연,『신문관의 출판 기획과 문화운동』, 고려대 민족문화연구소, 2016, 396~399쪽 참조.

85 이광수의 문학관에 반발하는 박영희의 글 등에서는 이러한 갈등 관계가 잘 드러나 있다. 이에 대한 논의는 박슬기,「1920년대 초 동인지 문인들의 예술론에 나타난 예술과 자아의 관계」, 52~54쪽 참조.

86 한기형,「최남선의 잡지 발간과 초기 근대문학의 재편」,『대동문화연구』45, 성균관대 대동문화연구원, 2004, 230쪽.

할을 담당한 것으로 보이기 때문이다.

그렇다면 이 (근대)문학의 '자기'는 어디서 탄생한 것인가? 미리 말하자면 문-학적 장 자체, 세계와 조선의 다양한 항목들이 '알아야 할지식'으로 전환되게 하는 이 장 자체의 성립 속에서, 그 장의 한 중심점으로 위치하면서 탄생한 것이다. 『소년』이 제시하는 지식은 내용 없는 기호들이었으며 이를 새로운 세계의 구성 요소로 전환시킨 것은 『소년』이라고 하는 매체 그 자체였다. 말하자면 『소년』은 '지식을 담고 있는 책'으로서가 아니라 분류되지 못한 여러 항목들을 인식론적으로 배치시키는 중심으로서, 텅 비어 있는 메시지이자 메시지의 형식으로서 현실의 장을 창출한 것이다.[87] 그러한 점에서 『소년』은 근대적 주체성의 본질적 자기 지시성을 보여주는데,[88] 당연한 일이었겠지만 이는 『소년』이 담고 있는 내용에 집중하는 동안에는 알려지지 못했던 것이다. 『소년』이 중요한 것은 그것이 담고 있는 내용 때문이 아니라, 비어 있는 그 자체의 물질성이 '근대라고 믿어지는 장'을 구성하기 때문인 것이다.

이 점은 중요하다. 근대적 주체, 혹은 근대문학의 '자기'란 어떤 내용이나 실체를 가진 것이 아니라 다만 '장소'만을 가지는 것이기 때

---

87 제1장 제1절 참조.

88 최현희, 「해석자의 과거, 편집자의 역사—최남선의 『소년』과 매체의 물질성」, 『사이間SAI』 20, 국제한국문학문화학회, 2016, 136쪽. 최현희는 『소년』을 근대지를 전파하여 근대를 형성하는 수행적 역할을 했다고 강조하는 것은 결국 『소년』의 해석자가 『소년』이라는 텍스트로부터 자기의 현재를 읽어내려고 할 때에만 가능하다며, 『소년』의 근대지란 그에 대한 해석자의 욕망과 결부되어 있다는 점에서 비판한다.

문이다. 『소년』은 편집자 최남선의 목소리를 전달하는 것이 아니라 그냥 『소년』 자체였다. 최남선은 『소년』에서 단일한 발화자로서의 '나'의 지위를 점유하지 못하며, 그는 다른 이름으로 자신을 호명할 때에만 그 텍스트 속에서 발화자로 등장할 수 있다. '나'는 그토록 불안정하고 텅 비어 있는 것이며, 오로지 어떤 배치된 체계 속에서 체계 속의 한 장소를 '점유'하고 있다는 상태로서만 나타난다.[89] 그리고 동시에 이 사실이 잊힘으로써만, 근대문학의 주체는 근대문학의 기원으로서 나타날 수 있다.

## 2) 세계문학과 문명, 자본주의적 교환 체계의 성립

『청춘』은 창간호에서 두 개의 특별 부록을 기획했다. 본 잡지 분량의 절반에 이르는 방대한 양으로, 하나는 「세계문학개관」이라는 제하에 소개된 번역소설 「너 참 불상타」이고, 또 하나는 기행 창가인 「세계일주가」이다. 세계문학의 번역 / 소개와 함께 세계 지리와 역사에 대한 지식을 담은 창가를 창간호에 동시에 내세웠다는 점은 특별한 주목을 요한다. 최남선이 『소년』에서 강조했던 '세계적 지식'의 연장이면서 동시에 지식의 배치 체계라는 장을 '세계'라는 지표로서 명확히 한 것이기 때문이다. 『청춘』이 발간사에서 강조한 '다 같이 배우고 더 배우고 더 배워야 할[90] 어떤 무엇은 '세계'라는 기호의 지평 속에서 새롭게 시작한다.

「세계일주가」는 『경부철도노래』처럼 기차의 여정에 따라 그 지역

---

89  제1장 제2절 참조.
90  『청춘』 1, 1914.10, 5쪽.

의 특징이나 역사를 설명함으로써 조선과 세계에 대한 지식을 창가의 형식 속에 담아 낸 것이다. 두 노래는 상당히 유사하지만 「세계일주가」에서는 여행자의 경험이 전혀 나타나지 않는다.[91] 그것이 완전히 지식의 여행이었다는 점에서, 이 모든 여정은 기호의 연쇄에 지나지 않는다. 김동식이 지적했듯, 최남선에게 철도는 거대한 글쓰기이자 세계의 표면에 그려진 선들인 것이며,[92] 「세계일주가」는 기행의 결과가 아니라 기행을 위한 지도인 것이다.

그러나 단지 세계에 대한 지식을 전달하기만 하려 했던 것만은 아니다. "세계지리역사상 요긴한 지식을 득하며 아울러 조선의 세계교통상 추요樞要한 부분임을 인식케 할 주지로 배치排次"[93]했다고 밝힌 점을 볼 때, 가상의 지도 속에 '조선의 장소'를 표기하기 위해서인 것이다. 경의선을 타고 출발하여 러시아를 지나 유럽을 일주하고 배를 타고 미국으로, 다시 배를 타고 일본으로 돌아와 조선으로 돌아오는

---

91 「경부철도노래」의 광고에서 "남반부의 지리상 형편과 역사상 사실을 교시코자"(「소년구가서류」 광고, 『소년』 1년 1권) 한 발간의 목적 등을 볼 때, 이 두 노래는 모두 지식의 전달에 그 목적을 두고 있었다는 점에서 공통점을 지닌다. 또한 기행의 성격을 띠고 있다는 점에서 여행자의 수행에 따라 지식을 지정학적으로 배치하려는 의도 또한 지니고 있었다고 보아야 할 것이다. 그럼에도 두 노래는 상당한 차이를 지닌다. 「경부철도노래」가 객차 안의 사람들의 모습을 어느 정도 담아내고 있는 점에 비해, 「세계일주가」에서는 여정을 따라 이동하는 주체의 경험이 전혀 나타나지 않는다. 또한 「경부철도노래」는 『소년』 발간 전에 별도의 책으로 간행되었으며 『소년』에는 그 일부만 실렸지만 「세계일주가」는 『청춘』의 창간호에 그 전문이 실렸다. 이러한 점에서 「세계일주가」는 『청춘』 자체의 발행 목표와 매우 밀접한 관계가 있어 보인다.

92 김동식, 「철도의 근대성—「경부철도노래」와 「세계일주가」를 중심으로」, 『돈암어문학』 15, 돈암어문학회, 2002, 60쪽.

93 최남선, 「세계일주가」, 『청춘』 1, 부록 37쪽.

이 여정의 제시는 지식의 가상적 여행이기도 하지만 동시에 출발점이자 도착점으로서 조선이 이 지도 속에 하나의 당당한 장소로서 자리 잡고 있음을 강조하는 것이다.

그런데 이 여정은 "금일 세계대세에 핍절한 관계있는 방국"을 도는 여정, 즉 문명국을 돌아보는 것이다. 이 방국들이란 문명국들이기 때문이다. 물론 최남선은 문명국들과 연결되는 중심 자리에 '조선'을 놓으려고 했고, 그 의도란 조선의 세계로의 진출 혹은 문명화의 가능성을 알리려는 데 있었을 것이다. 그러나 이 여정의 기록 속에서 발견되는 것은 문명 도시들의 화려한 문화와 역사, 예술들에 비해 열등한 것으로 간주되는 조선의 현재, 즉 차이다. 따라서 「세계일주가」라는 글쓰기는 일종의 체계 구축인데, 문명국을 하나의 항으로 연결하되 그 항들 사이 속에 배치되는 또 하나의 항으로서 '조선'을 제시하는 것이다. 즉 「세계일주가」는 세계를 인식론적으로 배치했으며, 그것은 모든 항들이 문명이라는 유의 하위 항목으로 배치되는 한에서 성립하는 차이의 체계인 것이다.

「세계일주가」에서 인식론적 지평이 '문명'이라는 동일성을 통해 구축된다면, 「세계문학개관」은 '세계문학'이라는 보편성의 개념을 제시한다. 『소년』의 세계문학 번역이 다소 비체계적으로 진행되었던 데 비해, 『청춘』은 나름의 체계를 갖추어 세계문학을 번역했으며 여기에는 일종의 '세계문학의 정전'에 대한 관념이 개입되어 있었다는 점은[94] 이미 지적된 바 있다. 『소년』에서는 매 호의 기획에 따라 그에 적합한 세계문학을 편성했으나, 『청춘』에서는 이들을 '세계문학개관'이라는 제호 하에 분류했기 때문이다. 말하자면 번역된 소설이 무엇이든 「세계문학개관」에 수록된 것은 '세계문학'으로 간주될 수 있다는 것을 강조하고 있다.

물론 선별의 원칙이 있었는지 선별된 작품에 정전으로서의 가치가 있는지 혹은 제대로 번역되었는지 하는 문제가 제기되기는 하였으나 중요한 것은 '세계문학'이 무엇인가가 아니다. 박진영이 지적했듯, 번역의 실상이 중요한 것은 아니다. 개관의 형태나 머리말이 세계문학으로 접근하는 기본 얼개가 되었다는 것,[95] 다시 말해 중요한 것은 「세계문학개관」이라는 이름표를 단 것은 '세계문학'이라는 언명이다. 이때 세계문학은 의미가 없는 기호다.[96] 『청춘』의 편집자가 '세계문학'이라 규정한 것은 그것이 무엇이든 '세계문학'이며, 그 자체로 "차편으로 유하야 여러분이 그 대문호의 대저작을 친자親炙하는 계제階梯를 득하게"[97]되는 것, 즉 우리가 배우고 익힐 것으로 제시되는 것이다.

물론 『청춘』에 세계문학만 제시되는 것은 아니다. 한편에 세계문학이 있다면, 또 한편에는 고전문학이 배치된다. 「섭렵소초」라는 제하에 수록된 한문 소설들이나 「녯글새맛」이나 「망이한초」라는 제하

---

94  박진영, 「편집자의 탄생과 세계문학이라는 상상력」, 『민족문학사연구』 51, 민족문학사학회·민족문학사연구소, 2013, 427쪽.

95  위의 글, 431쪽.

96  이 작품들이 '근대적 인간의 내적 가치와 연관'되거나 혹은 '인간의 내면에 주목하고 개인의 내적 갈등'을 다루고 있다는 점이 지적되고 있으나(전용숙, 「세계문학의 탄생과 『청춘』의 문학적 기획」, 『우리말글』 59, 우리말글학회, 2013, 6쪽), 이 작품들에 붙어 있는 서문들을 검토해 볼 때 특별히 뚜렷한 원칙이 있었던 것 같지는 않다.

97  최남선, 「세계문학개관-너참불상타」, 『청춘』 1, 1914.10, 부록 1쪽.

에 수록된 고전시가나 산문은 이 문학의 체계 한쪽에 배치된 또 다른 기호들이다. 여기에 수록된 고전 작품들 역시 어떤 기준이나 원칙을 가지고 선정되었던 것 같지는 않다. 다만 차이가 있다면, 세계문학은 「세계문학개관」 하나의 항으로 제시되었다면 고전문학은 다양한 이름표를 가지고 있다는 점이다.

『청춘』은 『소년』과는 양적으로 비교할 수 없을 만큼 많은 '문학들'을 제시했다. 산발적으로 흩어져 있는 한시나 시조 등을 포함하면 사실 『청춘』은 공간적으로 먼 세계의 문학과 시간적으로 먼 과거의 문학이 보이지 않는 선으로 연결되어 있는 성좌처럼 보이는 것이다. 그러므로 『청춘』이 수행하는 것은 세계문학과 고전문학들로 구성된 체계의 구축이다. 이 둘 사이에 시간적 / 공간적 차이가 존재하지만 그것은 결국 보편문학이라는 동일성의 상이한 측면들이며, 이 둘은 의미가 없는 기호들이지만 가치를 가지고 가치를 가진 후에야 비로소 의미를 지닌다. 가치는 이 체계 속에서 탄생한 차이를 통해서 생겨나며, 기호의 의미란 이 차이의 관계항이기 때문이다.[98] 그렇다면 여기서 세계문학이란 차이의 체계를 만들어내는 동일성의 개념이며, 그런 의미에서 초월론적 가치라고 부를 수 있을 것이다.

세계문학이란 무엇인가. 최근의 세계문학에 대한 담론을 비판하면서 이은정은 세계문학은 민족 / 지역 / 국민문학의 협소성을 탈피한 보편문학이 아니라, 그 개념의 기원인 괴테에게서조차 '문명이 최고로 발달한 민족의 문학'[99]이었음을 지적한다. 그는 여기서 세계문

---

98    F. 소쉬르, 최승언 역, 『일반언어학 강의』, 민음사, 1990, 133쪽.
99    이은정, 「세계문학과 문학적 세계 I」, 『세계문학비교연구』 55, 세계문학비교학

학이 이념화될 때, 더 정확히는 세계문학의 이념이 진화론과 결합할 때 문명화의 사명과 같은 이념으로 제시된다고 지적하고 있다. 이러한 비판은 사실 『청춘』의 세계문학 지도에 대해서도 적용할 수 있을 것이다. 최남선에게 세계문학이란 문명국의 문학이며, 이는 「세계일주가」에서의 문명국이 갖는 지위와 다르지 않기 때문이다. 그러나 『청춘』의 문학 지형도에서는 세계문학이라는 보편성을 지향해야 하는 지역문학, 즉 세계문학의 종적 하위 개념들로서 지역문학이라는 구도가 성립되어 있지는 않다. 이들은 모두 어떤 측면에서는 동일한, 또 다른 측면에서는 차이 나는 기호들이기 때문이다. 그런 점에서 세계문학에 관한 괴테의 개념을 조금 더 돌아볼 필요가 있을 것이다.

따라서 모든 나라의 문학들이 지향하고 있는 것이야말로 바로 개별 국민문학들이 배우고 익혀야 할 것이라는 말이 된다. 각 국민문학의 특수성들을 존중하고 그럼으로써 그 국민문학과 서로 교감하기를 원한다면 우리는 우선 그 특수성을 알고 배우지 않으면 안 된다. 왜냐하면 한 나라의 특성들이란 그 나라의 언어나 동전과도 같아서, 언어를 알고 동전을 갖고 있어야 서로 쉽게 의사소통을 할 수 있고 오고 갈 수 있기 때문이다. 그렇다, 특수성이야말로 비로소 완전한 소통을 가능하게 만드는 것이다. (…중략…) 이렇게 모든 번역가는 이 보편적이고도 정신적인 무역의 중개자로 애를 쓰면서 교환을 촉진하는 것을 업으로 삼는 사람이라고 볼 수 있다.[100]

회, 2016, 24쪽.

100　괴테, 안삼환 역, 「『독일의 설화시』」, 『문학론』, 민음사, 2010, 234~235쪽.

여기서 "모든 나라의 문학들이 지향하고 있는 것"이란 인용문 앞에서 "보편적으로 인간적인 것", 즉 "보편적 동일성"으로 제시된 것이다. 그것은 어떠한 지역에서 산출한 문학이든 그것이 지니고 있는 모범적인 것들, "항상 아름다운 인간이 그려져 있"는 고대 그리스문학이라는 모범[101]을 지닌 "인류의 공동 재산"[102]으로서의 문학이다. 그러므로 그에게 세계문학이란 "개별 국민문학들이 배우고 익혀야 할" 문학인 동시에, 사실은 모든 문학들이 지녀야 할 보편적인 정신인 것이다. 이러한 문학은 모든 지역문학들의 총합도 아니고 특수문학의 대응항으로서 보편문학도 아니라, 특수하면서도 보편적인 문학이라는 유개념이다. 그리고 이 유개념은 그 하위의 모든 특수한 문학들의 분류를 가능하게 하는 종적 체계를 형성하는 것이 아니라, 종들의 상호 평등한 교환 관계 속에서 출현한다. 괴테가 '특수성을 존중하고 특수성과 교감하려면 특수성을 배워야 한다'고 할 때, 그리고 이 특수성이 '완전한 소통'을 가능케 한다고 할 때, 세계문학은 이 특수성의 교환 관계 속에서, 정확히는 '완전한 교환' 속에서 성립하는 무엇인 것이다. 이렇게 볼 때 세계문학은 지역문학이 없었다면 나타나지 않을, 그리고 이 지역문학이 상호적으로 교환되지 않는다면 성립할 수 없는 것이다. 그것은 지역문학들에 내재해 있는 가치, 즉 교환을 가능하게 하는 가치이되 지역문학들의 사회적 관계의 결과이지만 등장하자마자 교환의 원인이 되는 것이다. 화폐가 그러하듯 말이다.

---

101  위의 글, 324쪽.
102  괴테, 장희창 역, 「1827년 1월 31일 수요일」, 『괴테와의 대화』 I, 민음사, 2008, 323쪽.

괴테가 여기서 특수한 문학들의 교환을 "정신적인 무역"으로, 번역을 "교환을 촉진하는 것을 업으로 삼는 사람"인 중개자라 할 때, 그는 이 세계문학의 장이 상품 교환의 장과 유사하다는 것을 알아보고 있다. 혹은 상품 교환의 자본주의적 세계 시장을 '문학'의 이름으로 형성시키고 있는 것이라 말할 수도 있을 것이다.[103] 말하자면 세계문학이 화폐로서 작동하는 문학들의 체계는 자본주의 교환 시스템에 유비적이다. 마르크스가 자본의 세계 시장이 성립한 후에 "수많은 민족적 지역적 문학으로부터 하나의 세계문학이 등장한"[104]다고 말했던 그대로 말이다.

『청춘』창간호의 특별 부록이 보여주는 것은 이러한 교환의 체계며, 그것은 근대적인 체계이자 자본주의 교환 시스템과 다르지 않다. 세계문학 개념을 중심으로 한 문학의 지형도나 세계 문명국을 돌아보는 문명의 지형도나 그 체계를 구성하는 각각의 항목이 무엇이든지 간에 그것은 아무런 의미를 가지지 못하는 것이다. 그것들은 그 자체로서가 아니라 체계 속의 장소이며, 그러한 차원에서 이는 언어 기호와 같은 것들이다. 각각의 언어 기표들이 그에 상응하는 의미를 가지는 것이 아니라, 기호들 사이의 차이를 통해서 의미를 획득하는

---

103  이근호는 괴테는 작가였던 동시에 바이마르 공국의 재무장관이었으며, 그가 경제전문가로서 접했던 자유주의 시장 경제의 이론들은 그의 문학관에 개입되어 있다고 논의하고 있다. 그는 괴테의 세계문학 개념의 구상에도 자유주의 시장 경제의 경제관이 투영되어 있다는 점을 지적한다(이근호, 「독일 고전낭만 시대의 경제적 변혁과 그 문학적 반영」, 『뷔히너와 현대문학』 45, 한국비휘너학회, 2015, 19쪽).

104  마르크스·엥겔스, 권화현 역, 『공산당 선언』, 펭귄클래식코리아, 2010, 233쪽.

것처럼 말이다. 따라서 차이로 이루어진 체계가 먼저 생기지 않으면 기호들의 의미나 가치는 생겨나지 않는다. 세계문학이라는 체계, 이 보편적 공시성의 세계가 먼저 생겨나야만 그 안에서 다양한 문학들이 의미와 가치를 가지고 생겨날 수 있기 때문이다.

이러한 체계가 자본주의적 교환 체계와 동일한 이유는 상품의 상호 관계에서 비롯된 화폐가 이 모든 상품의 가치를 규정하는 초월론적 가치를 지니게 되는 것과 같은 이유에서다. 세계문학은 문학들의 사회적 관계이지만, 탄생하는 순간 세계문학이라는 실체가 되며, 문명은 또한 문화들의 차이 체계 속에서 강대국이라는 실체로 드러난다.[105] 이러한 차원에서 『청춘』 8호에서 마지막 「세계문학개관」 바로 뒤에 아무런 제호를 달지 않고 진학문의 번역 소설, 「더러운 면포」가 실렸다는 점은 주목을 요한다. 세계문학이라는 기호를 달 필요가 없는 번역문학이 등장한 것이기 때문이다. 그것은 문학이 성취할 세계문학이라는 실체다. 또한 「세계일주가」에서의 한양도 마찬가지다. 출발할 때는 "한양아 잘있거라 / 갔다오리라 / 앞길이 질펀하다 / 수

---

105 윤영실, 「'경험'적 글쓰기를 통한 '지식'의 균열과 식민지 근대성의 풍경―최남선의 지리담론과 『소년』지 기행문을 중심으로」, 『현대소설연구』 38, 한국현대소설학회, 2008, 227~228쪽. 윤영실은 『소년』에서 이미 이러한 자본주의적 교환 관계가 하나의 인식론적 세계를 구성하고 있다는 점을 지적했다. 그는 최남선의 지리담론은 언제나 'nation'과 함께 '세계'를 표상하는데 힘썼으며, 그 '세계'는 무엇보다 교환으로 촘촘하게 얽힌 자본주의적 세계였다고 설명하고 있다. 「세계일주가」가 모든 문명국을 선들로 이어놓을 수 있었던 것은 화폐 교환으로부터 비롯된 '등가성의 환상'을 반영하고 있으며, 이는 '문화'들 사이의 다양한 차이를 '문명'이라는 단일한 위계로 환원하는 근본 원리라는 것이다. 『소년』에 수록된 기행문들에서 윤영실이 발견하는 것은 이 문명의 구도 속에서의 '경험'이 만들어 내는 빈틈과 균열이다.

류십만리"라 하여 단지 출발 지점 이름이었던 '한양'은 마지막 연에서 "그립다남대문아 / 너잘있더냐 / 아무래도볼수록 / 기쁜제고장"이라 하여, '기쁜 제 고장'이라는 가치를 획득한다. 이는 이 문명국들의 기호의 연쇄 끝에 도달한 조선이 지닐 미래적 가치다. 세계문학을 성취한 문학이나 문명국과 동등한 조선, 이 기호들은 체계로 인해 탄생한 '나의 장소'이자 '나의 표상'으로서 '나'의 문제를 제기한다.

### 3) 근면, 예술과 문명의 등가 교환을 가능케 하는
### 초월론적 가치

그렇다면 이 체계의 작동 속에서 주체는 어디에 위치하는가? 이렇게 물을 때 아직 대답할 거리가 충분하지 않다. 교환 관계를 가능하게 하는 '나'가 초월론적으로 자리하기 위해서는 어떤 도약이 필요하기 때문이다. 그것은 자본주의적 윤리인 근면이 예술의 원리가 되는 지점에서 논의할 수 있을 것 같다.

오인吾人은 몬저 예술적 소지素地와 외위外圍를 조造하고 예술적 자각과 신념을 득하야 예술상으로 부활을 수遂하고 예술상으로 창조를 성成한 후에 비로소 세계 예술의 대무대에 병립幷立함을 득할 것이오 세계 문화의 대조류에 교류함을 득할 것이니 연즉然則 신래新來 예술가의 요要하는 근면이 차此에 비하야 여하히 다대하뇨 (⋯중략⋯) 그리한 연후에 비로소 생존의 권리를 강력으로 주장할지니 오호라 위대한 문명 소복지蘇復者여 출出하라 위대한 예술부흥자여 출出하라 이爾의 자족한 기회와 본부本富한 영능靈能으로써 항구적 근면-창조적 노력을 겸하면 포전

잉후包前孕後의 대예술로써 천고에 독립하기 실로 용이의 사事-아니뇨 조화를 탈奪하고 인교人巧를 극極함이 하난何難이 유有하료 사활관두死活關頭에 입立한 이爾에게 오흠-유일한 생문生門을 지시하노니 왈 근면하라! 근면하라! 근면하라!Work! Work! Work![106]

사실상 최남선의 예술론이라 할 수 있을 이 글은 12개의 절로 이루어져 있다. 1절과 2절에서는 예술을 정의한다. "예술이란 것은 곧 형태와 색채와 성향聲響과 계획界劃의 공장工匠으로써 조화의 미묘를 취하는 것"27쪽이라 하여, 예술을 한갓 사람의 기술적 가공물에 불과한 것이 아니라 이를 통해서 자연의 미묘한 조화를 드러내는 것, 즉 숭고한 지위를 지니는 것으로 정의한다. 이러한 예술의 지위를 성취하기 위해서는 '대공정大功程, 대근로大勤勞, 대정성大精誠'28쪽이 필요한데, 이를 갖추기 위한 방법으로 3절에서는 학문을 닦고 지식을 확충하는 것을, 4절에서는 인격을 도야하여 품격을 확보하는 것을 들고 있다. 말하자면 예술가는 박학하면서도 동시에 고상한 인격을 지닌 자여야 한다. 그러나 지식의 확충과 인격의 도야 그 자체로 예술을 성취할 수 있는 것은 아니다. 5절에서는 서양과 조선의 위대한 예술가들의 예술적 노력을 나열하는데 이러한 극진한 노력을 통해서만 예술을 성취할 수 있다는 것이다.

이 극진한 노력이 6절에서 강조하는 진정한 방법론으로서의 '근면'이다. 그는 여기서 "대개 진보는 근면의 형화形化니-소근면에서는

---

106   최남선, 「예술과 근면」, 『청춘』 11, 1917.11, 47~48쪽(이하 본문에서는 쪽수를 병기하여 표기함).

소진보-생生하고 대근면에서는 대진보-생生하며 근면이 무無하면 무론毋論 진보도 무無한 것이라 근면의 요要-하특何特 예술이리오마는 오직 진보로써 생명을 작作하는 예술은 진보의 원천인 근면을 요함이 우대尤大한 것"37쪽이라고 하여 예술의 원천은 진보이며, 진보는 근면의 형태화라 예술을 성취하기 위해서는 근면이 필요하다고 적고 있다. 예술과 진보, 근면이 어떻게 같은 차원에서 운위될 수 있는가 하는 의문은 일단 넘어가자. 중요한 것은 진보와 근면, 예술을 연결시키면서 자본주의적 비유를 사용하고 있다는 것이다. 재화를 모으는 것에 근검이 필요하듯 예술에도 근면이 필요하다며, 경제적 부와 예술적 성취를 동일선 상에 놓고 있기 때문이다. 여기서 작동하는 자본주의적 은유는 그러므로 경제적 부의 성취를 문명의 성취로 놓고, 문명의 성취는 곧 예술의 성취라는 환원을 가능하게 한다.

이어지는 7절에서는 조선의 고대 예술의 위대함을 찬양하며 "조선은 예술의 옥토오, 조선인은 예술의 천재라 하야도 결코 자만이 아니라"41쪽고 하면서도, 8절에서는 그럼에도 불구하고 현재의 조선은 예술이 퇴보된 상태에 있다고 지적한다. 위대한 예술적 재능을 가지고 있었고 이를 갈고 닦아 위대한 예술을 성취했던 조선에서 예술이 현재 완전한 쇠락 상태에 있는 이유를 두고 9절에서는 우리의 역사에 있었던 외적 어려움도 한 요인이지만 동시에 "외적 압력에 대한 내적 탄력의 넘어 부족"43쪽했던 탓이라며, 결국에는 우리의 찬란한 문명이 쇠락하고 "마침내 문명촌 중의 탕자가 된 것과 존영한 가계와 중대한 세보世寶까지 일병一幷 상실하야 문명현 내의 천맹賤氓된 것을"44쪽 통탄한다. 10절에서는 반면에 유럽의 경우 원래는 빈천한 곳이었으나 열심히 노력하여 문명을 성대히 이룩하였고 예술 또한 그렇게 성취되었다고 주장하고 있다.

이러한 논지의 전개 끝에 그는 11절에서 문명의 이룩과 예술의 성취가 선후 관계에 있다고 주장한다. "대개 예술은 모든 문화의 정화-라 고로 그 발달은 모든 문명에 후後하는 것이오 고로 가관可觀할 예술이 유有하면 그 문화의 정도를 족히 추측하는 것이오 고로 문화고文化高의 국國에만 고상한 예술이 유有한 것이오 고로 문화가 조벽早闢한 사회에라도 그 문화가 정체하는 시에는 반드시 그 예술이 타락하고 잔망殘亡하나니"45쪽라며, 예술은 모든 문화의 정수이므로 반드시 문명이 발달된 뒤에 수준 높은 예술이 나타난다는 것이다. 예술은 문화의 정도를 측정할 수 있는 일종의 기준이라서 문화가 높은 나라에는 고상한 예술이 있으며 문화가 일찍 피어난 곳이라도 그 발달이 정체되면 반드시 예술도 망한다는 것이다. 그는 이어서 사모아인들의 경우와 같이 문명이 없는 곳에서는 예술도 빈천하며, 유럽과 같이 강대한 문명을 가진 곳은 예술도 역시 위대하다는 논리를 펴고 있다.

이러한 논리에 따르면, 예술은 문명의 결과이므로 예술을 성취하는 것보다는 문명을 강대하게 이룩하는 것이 먼저인 것처럼 보인다. 물론 이러한 논의는 최남선이 지금의 세계를 "문명인의 세계"로, 즉 "문명인만이 생존의 권리를 향유하며 오즉 문명강인文明强人만이 존영과 위권威權을 보유하는 세계"45쪽로 진단하고 있기 때문에 나타난 것이다. 여기서 그는 문명의 발달에 진화론적 논리를 적용하고 있으며, 이러한 차원에서 문명이 발달되지 못한 나라에서는 그 어떠한 생존권도 주장할 수 없다는 극단적인 논리를 펼친다. 그러나 그렇다면 더 더욱 예술의 성취는 열심히 일하여 부를 축적하고 사회 / 정치적 제도를 발달시킨 후에야 가능해지는 것은 아닌가?

이어지는 논의는 더 이상해 보인다. 원래 위대한 예술을 가지고 있었던 조선이 이 대열에서 탈락한 것은 오직 우리가 '나태했기 때문'[46쪽], 즉 예술의 성취에 대대적인 노력을 하지 않았기 때문이라는 것이기 때문이다. 이는 앞선 논의에 비추어보면 원인과 결과가 바뀐 것인데, 여러 사회 / 정치 / 경제적 노력을 게을리했기 때문에 문명이 쇠락했고 그 결과로 예술이 타락한 것이 아니라, 예술적 노력을 게을리했기 때문에 예술이 타락했고 이는 결과적으로 문명의 쇠락을 가져온 것이기 때문이다. 어쨌든 이러한 논리를 그대로 승인하면, 서구의 강대국들과 같은 문명을 성취하기 위해서는 예술적 노력을 기울여야 한다. 이는 예술과 문명의 원인-결과 관계를 뒤집어 놓는 것이다.

따라서 마지막 절에서 그는 물질 정신의 양쪽에서 새롭게 나아갈 수 있기 위해서는 근면이 필요하며 예술은 모든 어려움을 극복한 후에 성취될 것이라 하면서도, 문명-예술의 관계에서 그가 주장하는 것은 예술에 먼저 노력하라는 것이다. 먼저 예술적 노력을 하고 그에 걸맞은 예술의 성취를 이룩하고 나서야 비로소 세계 예술의 대무대에 위대한 다른 예술들과 같이 서 있을 수 있으며, 그러한 후에야 세계 문명 상에 동등한 인이 될 수 있으며, 생존의 권리를 주장할 수 있다는 것이다. 이러한 논리적 전도가 가능한 것은 그가 예술과 문명을 완전히 등가 교환할 수 있는 항으로 놓기 때문이며, 이로써 예술적 노력과 문명 발전의 노력은 동일한 것이 될 수 있다. 완전히 상이한 이 두 항의 등가 교환을 가능하게 하는 것은 자본주의적 윤리, 근면이다. 그러나 예술적 성취를 위한 근면이 부를 축적하는 것은 아니며, 부를 축적하기 위한 근면이 예술적 성취를 보장하는 것은 아니다. 그럼에도 그가 근면을 두 영역의 등가 교환을 가능케 하는 것으로 놓을 때 여기에는 어떤 도약이 걸려 있다.

근면이 직업윤리로서 자본주의 정신의 핵심을 이루며, 동시에 프로테스탄티즘의 종교적 소명과 연결되어 있다는 점은 베버가 지적한 바 있다. 구원은 예정되어 있으며 이는 전적으로 신의 결정이기 때문에 사람은 스스로 구원받았다고 확신할 수 없다. 그러므로 사람이 할 수 있는 일은 자신의 소명인 직업 노동에 최선을 다하는 것이며, 매순간 최선을 다해 일하는 행위 그 자체가 신의 구원을 스스로에게 증명하는 자기 확인의 수단이라는 것이다.[107] 이러한 심리적 동인으로 인해 근대 기업가의 영리 활동도 그리고 노동자의 노동도 일종의 소명으로 성립한다. 근면의 결과로서 축적된 부는 신의 구원을 확신할 수 있는 증거가 되는 것이다.

말하자면 기독교적 소명의식이 자본주의적 부의 축적과 연결되며, 이에 따라 세속적인 부의 축적은 종교적 구원의 확증이 된다. 이 교환의 관계를 관통하는, 즉 현세와 내세를 관통하는 도약의 항으로서 근면은 나타난다. 근면은 부와 구원의 등가 교환을 가능하게 하는 것이다. 최남선이 여기서 예술과 문명의 등가 교환의 매개로 근면을 지적한 것은 이러한 논리와 연결된다. 오직 근면만이 예술과 문명을 교환하게 할 수 있고, 결과적으로 예술에의 근면이 문명의 성취를

---

107 베버, 박성수 역, 『프로테스탄티즘의 윤리와 자본주의 정신』, 문예출판사, 2006, 142쪽.

가능하게 해줄 수 있는 것이다. 이러한 차원에서 최남선이 "창조력"을 "부"로 치환한 것은 같은 논리로 보인다. "아등我等은 차세此世의 갑부라 하노니" 이는 조선의 돌과 나무가 보물이어서가 아니라 이 돌과 나무를 금은과 산호로 바꿀 "정신적 본소本素–절대한 독창력이 유有"[108]하기 때문이다. 창조력과 부를 교환하는 것, 그것을 가능하게 하는 도약의 핵심이 근면이기 때문이다.

그러므로 마지막 절에서 예술은 문명의 결과이기 때문에 강조되는 것이 아니다. 예술을 성취해야 문명을 성취할 수 있는 것도 아니다. 사실은 '근면'이 핵심인 것이다. 예술도 문명도 그 어떤 것도 중요한 것이 아니라, 오직 '근면하라'는 명령만이 여기에 남는다. 그것은 이 모든 관계를 치환할 도약의 가능성이 근면에 있기 때문이다. 여기서 근면은 세계문학과 문명이라는 배치를, 이 교환의 시스템을 성립시키는 일종의 화폐다.

## 4) 교환 체계의 문학적 반복으로서의 편지, '나'의 장소

그러나 근면은 행위의 양상이 아니라 마음의 상태다. 그것은 부라는 결과에 의해 사후적으로 확인되나, 어느 만큼의 부를 성취해야 근면이 확인되는지는 알 수 없다. 근면이란 구원을 확신하지 못해서 불안한 개인이 신의 구원을 확신할 수 있는 수단이자, 구원받지 못했다는 불안을 잠재우기 위해 행하는 것이기 때문이다. 구원의 확신이 불가능한 것처럼 근면의 확인도 불가능하므로 구원과 근면은 모두 내

---

108  최남선, 「아등은 세계의 갑부」, 『청춘』 7, 1917. 5, 61쪽.

적 확신을 필요로 한다. 이는 오직 최선을 다하겠다는 의지의 문제로 연결되는 것이다. 그러한 차원에서 근면은 일종의 윤리이자,『청춘』에서 강조하는 성심誠心 혹은 지성至誠과 완전히 동일한 개념이다.

　『청춘』에서 최남선이 이 마음의 윤리를 얼마나 중요하게 여겼는지를 확인하는 것은 어렵지 않다. 그는『청춘』의 창간호에「지성至誠」이라는 제목으로 실은 글에서, 남을 움직이지 못하고 일을 이루지 못하는 것은 오직 "성誠이 미지未至한고"[109]이며, 지성에 감동하지 않고 복종하지 않을 사람이 없으므로 천하에 "지성至誠보다 더 맹렬하고 또 강대한 힘"[110]은 없다고 주장한다. 그렇다면 얼마나 정성을 기울여야 그렇게 강대한 힘을 지닐 수 있을 것인가. 이는 그 자체로 판단할 수 없고 그 결과에 의해 사후적으로 확인된다는 점에서 근면과 동일한 것이다.

　그러나 문제는 또한 그 결과가 오직 정성의 문제로는 환원될 수 없는 것이라는 데 있다. 부가 근면의 척도가 아니듯, 성공은 또한 지성의 결과로 볼 수는 없다. 그러나 자신의 실패를 사회의 부패 탓으로 돌리는 청년들에게 자기의 실력과 성의가 충분했는지 돌아보라고 질타한다든가,[111] 자신을 돌아보고 알라고 하면서 "제가 서지 아니한 것은 생각하지 아니하고 남이 넘어뜨린 줄로 알며 제가 살지 못한 것은 깨닫지 못하고 남이 죽인 줄로 알아 저의 일을 생각할 때에 저를 빼는 것이 우리들이니 천하에 이에서 어리석은 것이 또 어디 있

---

109　최남선,「至誠」,『청춘』1, 7쪽.

110　위의 글, 8쪽.

111　최남선,「아관」,『청춘』7, 7쪽.

으리오"[112]라며 다른 이를 탓하거나 상황을 탓하기 전에 자기가 제대로 했는지를 돌아보라는 질타는 결국 그것이 '자기의 마음'의 문제로 환원되어야 한다는 점을 뜻한다. 이러한 점은 신지信地가 어디이든, 가는 길에는 여러 가지가 있겠으나 어쨌든 자기가 선택한 길로, 자기의 의지로 진행하면 어떻게든 신지에 도달할 수 있다고 주장할 때도[113] 강조된다.

말하자면 무엇을 어떻게 하든 마음을 다하여 노력하고, 환경을 탓하거나 다른 이를 탓하지 말고 자기의 노력과 성의를 돌아보아야 하며, 그러할 때 원하는 바가 성취될 수 있다고 하는 것이다. 이것이 근면이자 지성, 성심으로 말해지는 마음의 확신이다. 결과와는 무관한 이 마음의 확신은 왜 이토록 강조되는 것인가? 교회로부터 떨어져 나와 개인이 된 이들의 내적 고립이 개인주의의 뿌리가 되었다는 점에서, 근면은 결국 근대적 개인의 내면과 밀접한 관계를 지닌다.[114] 근면은 신과 단독적으로 대면하게 된 인간이 구원을 개인적인 차원에서 확신하기 위해 필요한 내적 동인이기 때문이다. 그러나 동시에 구원은 전적으로 자기 확신에만 기반한다는 점에서 일종의 절대적 불안함 또한 생겨난다. 구원을 확신할 수 없으며 자기의 구원을 확인해 줄 그 어떠한 증거도 찾을 수 없는 불안하고 고립된 개인이 여기에 나타난다. 근면은 이러한 '자기'를 확인하는 유일한 마음의 윤리이자, 마음의 형식인 것이다.

---

112  최남선,「아관」,『청춘』4, 1915.1, 16쪽.
113  최남선,「아관」,『청춘』6, 1915.3, 6~8쪽.
114  베버, 앞의 책, 80~82쪽 참조.

그러한 점에서 『청춘』의 현상 공모는 특별한 주목을 요한다. 『청춘』은 7호에서 두 개의 현상문예공모전을 내걸었는데, 하나는 '매호 현상문예'이고 또 하나는 '특별대현상'이다. '특별대현상'이 '매호현상문예'보다 특별히 더 까다로운 조건을 내세웠다는 점에서,[115] 이는 작가의 육성과 발견에 목적이 있었던 것은 분명해 보인다.[116]

一. 고향의 사정을 녹송錄送하는 문文 – 최육당 고선考選

자기 고향의 산하 풍토며 인물 사적 등 제반 사정을 재원在遠한 지인에게 보지報知하는 문文이니 문체와 의장意匠과 장단長短은 임의로 하되 장황치 아니한 중에 요령을 득하며 번쇄煩瑣치 아니한 중에 정취가 유有하도록 함이 가可하며 엇더케 하든지 모든 사실을 요리안배料理按排하야 통일과 조직 잇는 문장文章을 성成하여야함은 물론이니라

一. 자기의 근황을 보지報知하는 문文–최육당 고선考選

학생이면 공부 생활과 농인이면 경작 생활과 기타 엇더한 생활을 하는 이든지 자기가 최근에 경력經歷한 바 감상한 바 관오觀悟한 바 문견聞見한

---

115 '매호현상문예'에서는 운문 쪽에서 시조, 한시, 잡가, 신체시가를 모집하고 산문 쪽에서 보통문과 단편소설을 모집했다. 보통문의 형식은 규정하지 않았고, 다만 '순한문불취'라 하여 문체의 제한을 가했다. 단편소설 쪽에서 "한자 약간 섞은 시문체"를 요구한 것을 제외하면 사실상 문체의 제한도 없었던 셈이다. 시조, 한시, 잡가 등 당시 독자들에게 친숙한 양식을 내걸었다는 점, 보통문과 단편소설의 양식을 엄격히 제한하지 않았다는 점에서 '매호현상문예'는 '특별대현상'보다는 진입 장벽이 낮았던 셈이다. 그런데 '특별대현상'에서는 익숙한 운문의 공모가 없고, 까다로운 조건을 달고 세 분야의 산문을 모집하고 있다.
116 한기형, 앞의 글, 245쪽.

바 중 무엇이든지 정취 있는 필치로 묘출寫出하야 친지에게 보지報知하는 문文이니 아무쪼록 진솔을 수守하고 과허誇虛를 피함이 가可함

- 제한 1행 23자 100행 내외 / 순한문만 피하고 문체 임의
- 상급 1등 5원, 2등 3원, 3등 1원, 各若干人

一. 단편소설 - 이춘원 고선考選
학생을 주인공으로 하야 외잡猥雜에 류流치 아니하는 범위에서 체재, 의장은 임의로 할 것이며 골계미를 대帶한 것도 무방함
(이상 삼종 응모는 원고시면原稿始面에 반드시 독자증을 첨부貼付하시오)

- 제한 1행 23자 500행 이내, 서설체敍說體, 기술체記述體, 서한체書翰體 구무방俱無妨
- 상급 1등 10원, 2등 5원, 3등 3원, 各若干人

— 『청춘』 7호


'특별대현상'의 대상을 일반 독자와는 다르게 설정했다고 보이는 이유는 제출해야 할 글의 양식을 명확히 지정했다는 점, 글이 갖추어야 할 조건을 제시했다는 점, 그리고 심사자를 알려주었다는 점이다. 글의 양식과 조건에 부응하는 것은 '매호현상문예'에서 모집한 보통문보다는 더 숙련된 글쓰기 솜씨를 요구한다. 동시에 심사자를 알려준 것은 권위 있는 작가가 글을 보아 줄 것이라는 것, 즉 작가-독자의 관계에 심사자-응모자라는 관계를 도입하는 것이다. 그러므로 여

기에 응모하는 사람은 '매호현상문예'에 응모하는 사람보다는 창작자로서의 자각과 책임감을 더 가지고 글쓰기에 임하게 될 것이다.

그러므로 여기에는 감춰진 요건이 더 있는데, 이런 정도의 문을 보낼 수 있을 정도의 실력과 그 실력을 갖추기 위한 노력이다. 기대했던 것보다는 투고가 적었던 모양으로, 당선자 발표를 미룬다는 글에서 최남선은 그 요인으로 청년학생이 독자의 대부분이므로 시험 등 기타의 여러 사정이 있었겠지만 무엇보다도 "열심과 성의의 넉넉지 못한 것"[117]을 들기도 했고, 춘원은 단편소설 선후감에서 '정성'을 하나의 심사 요건으로 들기도 했다. 성의는 혹은 정성은 왜 여기서 중요한 것으로 간주되는가. 이를 논의하기 위해서는 먼저, 글의 양식을 논의할 필요가 있어 보인다.

각각 「고향의 사정을 녹송하는 문」<sup>고향·문</sup>과 「자기의 근황을 보지하는 문」<sup>근황·문</sup>으로 제시한 이 두 개의 문은 사실상 편지다. 즉 지인 혹은 친지로 받을 사람을 명확히 지정한 것이다. "순한문만 피하고 문체임의"라 하여 문체의 제한을 느슨하게 한 것은 '매호현상문예'의 보통문과 다르지 않지만 현상문예공모전에 편지 형식을 제안했다는 것 자체는 주의를 요한다. 문예공모전이라는 이름을 걸었으나, 최남선이 이 두 개의 문을 문예 혹은 문학이라 정확히 생각했던 것 같지는 않다. 당선 발표를 미룬다는 공고에서 그는 이들을 "양종 논문"[118]이라고 표현했기 때문이다. 이는 장르의 미분화의 문제라기보다는 그에게 문학이 아직 본격적으로 인식되지 못했기 때문으로 보인다.

117  '매호현상문예', 『청춘』 9, 1917.7, 126쪽.
118  위의 글.

그렇다면 그는 왜 '문예'를 공모하며 '편지'를 요구했는가.

일차적으로 편지는 발신자의 메시지를 받는 수신자가 존재하며 이들의 상호 관계라는 점에서 모든 글 중에서 가장 발화의 형식에 가까운 것이다. 물론 쓰인 편지가 말해진 발화와 완전히 동일해질 수는 없으므로, 편지는 말하기와 글쓰기 혹은 발화와 텍스트의 경계에 있는 것이다. 그러나 어쨌든 편지가 쓰이기 위해서는 발신자와 수신자가 존재해야 한다. 그것은 타인과 구별되는 나의 발견, 고립된 개인의 발견이 필수적이라는 점을 의미한다.[119] '나'로 시작하는 문장을 쓰기 위해서는 글 쓰는 나를 받는 사람과는 별개인 존재로 발견해야 하기 때문이다. 그리고 수신자를 설정함으로써, 나는 또한 '지금-여기'의 현재적 존재임을 강조할 수 있다.[120] 즉 인칭 대명사 '나'가 편지를 쓰고 있는 나라는 점을 보증하는 것이 수신자의 존재이며, 그를 설정함으로써 '나'와 나의 동일시가 가능해지는 것이기 때문이다.

그러므로 편지 쓰기는 나의 발견에 기여한다. 그리고 이러한 나는 그 자신이 살고 있는 현실 세계를 자기를 중심으로 재구성하는 나다. 「고향-문」에서는 자기 고향의 제반 사정을 이해할 나가 필요해지며, 「근황-문」에서는 경험한 것과 듣고 본 것을 감상할 수 있는 나가 필요해지기 때문이다. 그런 차원에서 나는 경험적 자아이며, 인칭 대명사 '나'는 나의 경험을 글 속에 드러내는 주어인 것이다. 따라서 공고문에서 요구한 "정취 있는 필치"는 문체의 정돈이나 수사법을 가리

---

119  노지승, 「1920년대 초반, 편지 형식 소설의 의미」, 『민족문학사연구』 20, 민족문학사학회, 2002, 360~361쪽 참조.
120  신지연, 『글쓰기라는 거울』, 소명출판, 2007, 277쪽 참조.

키는 것이 아니라, 나의 경험과 그에 따른 감상에 따른 '적절한 표현'
을 요구한 것이다. 나를 온전히 담아내는 표현, 이를 위해서는 나 자
체의 완성과 함께 이를 적절히 표현할 방법 이 두 가지가 동시에 충
족될 필요가 있다.

심사평에서 최남선은 「근황-문」에서는 "경우境遇와 지망志望의 현
격한 부조화로서 유래하는 고민오뇌苦悶懊惱의 성聲이니 시대의 변이
가 엇더케 청년자의 심리에 투영된 것을 짐작할 것"이며, 또한 "자기
개화에 대한 진지한 책려"[121]가 보인다고 적었다. 「고향-문」에서는
"자연을 활기活起하야 정조를 완미하는 마음과 지인상여地人相與의 제
祭를 심찰審察하는 눈이 부족함"[122]을 지적했다. 결국 둘 다 개인이 처
한 현실에 대한 인식과 그에 따른 자기 성찰을 문제 삼은 것이다. 「근
황-문」은 자기 자신을 전달하는 것이므로 여기서는 더 자신의 내면
을 드러내어야 할 것이며, 「고향-문」은 자기를 둘러싼 세계를 관찰
하고 거기에서 어떤 감상을 끌어내어야 하는 것이므로 여기서는 현
실을 파악하는 눈이 더 중요할 것이다. 전반적으로 「고향-문」에 대
한 평이 더 박한데, 투고된 양은 많으나 「근황-문」에 비해 수준이 떨
어진다며, 그 필치에서 "영활靈活의 취趣가 적음"[123]을 지적했다. 여기
서 드러나는 것은 나의 감상과 경험과 그것의 표현 사이의 일치다.
「근황-문」 공고에서 진솔하게 쓰되 공허한 과장을 쓰지 말라는 것은
마음과 그것의 표현 사이의 일치를 요구하는 것이기 때문이다.

---

121  최남선, 「양문고선의 감」, 『청춘』 11, 부록 39쪽.
122  위의 글.
123  위의 글.

마음의 상태와 그것의 표현이 일치하려면 일단 표현하려는 마음이 먼저 존재해야 한다. 이 마음은 또한 현실과 지망의 부조화에서 발견되는 '고민과 오뇌', 자연과 인간의 관계를 살펴보는 '눈'에서 발견될 감상이자 느낌, 달리 말해 '생각'이라 명명할 수 있는 것들이다. 이러한 마음은 그러나 미리 존재하는 것이 아니라 자기의 바깥과 함께, 바깥과의 차이를 통해 동시에 발견되는 것이다. 즉 편지가 보여주는 것 혹은 편지 쓰기가 수행하는 것은 자기와 세계를 차이의 지평 속에서 발견하는 것이다. 그러할 때 편지에 쓰인 '나'라는 인칭 대명사는 쓰는 자기, 이 차이의 체계 속에 자리 잡은 나의 언어적 위치를 보증한다. 따라서 편지 형식은 타자들의 지평<sup>타인과 세계</sup>을 자신의 시선을 소실점으로 하여 구성하는 자인 근대적 주체가 자신의 표상으로서의 '나'를 언술 속에서 확보하는 것으로 이해할 수 있다. 즉 이제 근대적 주체는 자신의 발화를, 텍스트를 가지게 된 셈이다.

그러나 실제로 이 글들은 친지나 지인에게 보내는 사적인 발화가 아니며, 수신자는 편지에 명시된 자가 아니라 심사자다. 말하자면 이 편지의 발신자는 '나'의 가면을 쓴 창작자이며 수신자는 '너'의 가면을 쓴 심사자인 셈, 전달되는 편지 = 메시지는 두 겹의 교환 지평에 놓여 있는 것이다. 편지는 결코 수신자에게 전해지지 않는데 이는 애초에 수신자를 목적지로 하지 않았기 때문이다. '나'와 분리되는, 즉 나의 거울로서의 타자인 수신자는 '나'의 출현을 위해 도입된 것일 뿐 이 편지를 받는 진짜 대상이 아니다. 그러한 측면에서 발신자가 수신자에게 전달하는 이 메시지는 수신자를 지향하는 메시지가 아니라 메시지 자체를 지향하는 메시지, 즉 문학적 언어인 것이다.

이러할 때, '나'라는 인칭 대명사 역시 앞서 논의한 역할을 할 수 없다. 언표의 주어이자 발화의 주체를 가리키는 이 1인칭 대명사는 그 의미를 확고히 가지지 않은 것, 그때그때 발화하는 나를 지칭하고 사라지는 전환사다. '나'가 '나'라고 말하는 발화자를 가리킨다는 점을 보증하는 것은 담화의 현실적 맥락뿐이다. 전환사는 발화하는 주체가 말 속에 표기되는 장소이며, 그런 차원에서 주체는 발화된 진술 수준에서 발생하는 의미 효과에 지나지 않는 것이다.[124] 발화의 현실적 맥락이 사라질 때, 즉 나가 쓰일 때, 이 '나'가 발화하는 혹은 쓰는 나라는 보증은 어디에도 없다. 그런 점에서 문학에서의 '나'는 다만 가면일 뿐, 나로 간주되는 '형상'에 해당하는 것이다.[125]

그렇다면 발화와 언표 사이에서 분열되는 나를 간신히 붙잡아 두는 것은 역설적으로 편지라는 형식 그 자체다. 이미 편지가 아니지만 편지라는 형식은 남아서 발신자와 수신자의 관계를 유지시키고, '나'를 발신자이자 발화자, 그리고 쓰는 자로서 나와 통일시키는 담화적 맥락을 부여해주는 것이기 때문이다. 이 맥락이 없다면 나의 발화는 인칭 대명사의 불안정성 속에서 흩어져버릴 것이다. 벤베니스트가 주장한 것처럼 주관성의 토대는 오직 언어적 실행 속에 있을 뿐, 자기동일성을 증명할 객관적인 증거는 없기 때문이다.[126] 이것이 편지

---

124  박슬기, 『리듬의 이론—시, 정치, 그리고 인간』, 서강대 출판부, 2018, 59~62쪽 참조.

125  글쓰기에서의 '나'와 그 '형상'의 관계와 주체가 처한 곤경에 대해서는 P. Lacoue-Labarthe, *Typograhpy*, Stanford : Stanford University Press, 1989, pp.136~138 참조.

126  E. 벤베니스트, 황경자 역, 『일반 언어학의 제문제』, 민음사, 1992, 375쪽; 박슬

쓰기가 수행하는 발화와 계몽의 발화와의 가장 큰 차이이며, 『소년』
에서 최남선이 취했던 발화 형식과 가장 큰 차이다.

계몽의 언술이란 '내가 아는 것을 너도 알아야 한다는 것'이다. 여
기서는 메시지를 받는 '너'가 존재하지 않으며, 그 때문에 메시지를
전달하는 '나' 또한 존재하지 않는다. 그러므로 계몽의 장은 『소년』
의 편집자 최남선이 아니라, 『소년』 자체가 작동시키는 것이었다. 계
몽의 발화자는 결코 '나'로서 언표될 수 없는데, '나'란 '너'와의 관계
속에서만 나타날 수 있기 때문이다. 최남선이 『소년』에서 다양한 이
름을 사용했던 것은 이러한 이유 때문일 것이다. 봉길이, 최건일 등
의 이름들은 인칭 대명사가 지닌 휘발성을 지탱하는 표지, 발화자
를 언표 속에 붙들어 매어 주는 고정된 장소다. 그러나 그것은 최남
선의 이름이 아니므로 형상이다. 이 가면 속에서만 발화자이자 쓰는
자로서의 주체는 드러날 수 있으나 동시에 가면 속에서 사라지는 것
이다.[127]

따라서 편지 형식이야말로 근대적 주체의 원근법적 전도를 가능
케 하는 문학적 형식이다. 편지를 쓰는 자는 '마음을 가진 자' 혹은
'마음을 표현하는 자'로서 자기를 표현하기 위해 편지를 쓰는 것 같
지만, 사실 그 자기란 이 메시지의 교환 체계, 발신자와 수신자의 차
이의 체계의 결과로 나타난 것이다. 그리고 나타나자마자 원래 있었
던 것으로 간주된 것이다. 그러므로 무엇을 표현하는지 그 표현이 얼
마나 '자기'의 재현에 가까운 것인지는 중요하지 않다. 중요한 것은

기, 앞의 책, 91쪽.

127   제1장 제2절 참조.

그렇게 표현하고자 하는 나가 존재한다는 사실을 글쓰기가 증명해 준다는 것이다. 나는 글쓰기를 가능케 하는 주체가 아니라 글쓰기의 결과이며, 편지라는 문학적 형식은 바로 그 나를 글쓰기를 가능케 하는 주체로서 자리매김할 수 있게 해주는 것이다.

그런 의미에서 근대적 주체성은 편지라는 문학적 형식이 만들어 낸 (나와 너의) 배치의 결과에 지나지 않는다. 근대적 주체로서의 나란 '나'라는 언어적 지표로서 텍스트 속의 어떤 장소를 점유하는 자이되 이 장소는 편지가 만들어낸 나와 너라는 배치의 체계의 틈이자 이 배치 체계를 가능하게 하는 배후다. 근대적 주체성, 즉 근대문학의 발생 지점은 비어 있는 장소에 지나지 않는 것이다.

그런 차원에서 시문체의 강조는 중요하다. 공고에서는 특별히 문체의 제한을 두지 않았는데, 심사평에서는 문체를 강조했다. 최남선은 심사평에서 두 문에 다 같이 부족한 점은 문장이라며, "문장연습이 어떻게 현대 청년에게 부족함을 볼 것이며 시문에 대한 용의가 시무한 시하 교육의 결함이 어떻게 심함을 깨달"[128]았다고 적고 있다. 시문체 연습이 필요하다는 것이다. 그런데 이런 미숙함은 단편소설에서는 그렇지 않았던 모양으로, 춘원은 단편소설 선후감에서 응모된 작품들의 면면을 보고 참으로 놀라운 진보를 느꼈다며, 그 첫 번째로 시문체의 완성을 들었다.[129] 부족한 감이 없지 않아 있지만, "대

---

128  최남선, 「양문고선의 감」, 앞의 책, 39쪽.
129  여기서 이광수는 자신의 감상을 다섯 가지로 제시했다. ① 모두 순수한 시문체로 씌었다는 점, ② 정성으로 쓴 점, ③ 전습적, 교훈적인 것에서 벗어나 예술적인 것으로 들어가는 기미가 있었다는 점, ④ 고대문학의 이상적인 것에서 벗어나 현실적인 것으로 돌아온 점, ⑤ 신사상의 맹아가 보이는 것이라는 점이

개는 자리 잡힌 훌륭한 시문"[130]이라는 것이다. 최남선은 단지 문장의 연습이 부족하다고만 언급했으나, 이광수는 제대로 된 시문체의 예를 세심하게 들어가며 강조했다. 이때 그가 강조한 것은 띄어쓰기, 문장부호의 표기법과 같은 것들인데, 이 문체적 표지야말로 발화와 구별되는 글쓰기의 양식이다. "일절 일절 절을 떼지 아니하고 처음부터 끝까지 단 절로 내려쓴 것"[131]을 무식한 것으로 치부한 이유는 발화의 양식이 아니라 텍스트의 양식에서는 문장을 분명하게 구별하여 쓰는 것이 중요하기 때문이다.

근대적 주체는 이러한 글쓰기의 결과다. 편지가 차이의 체계를 문학으로 반복하는 것, 즉 차이의 체계이자 체계의 배후에서 자기의 출현을 가능케 하는 유일한 문학적 형식이라면 이 편지는 사적인 발화의 차원이 아니라 오직 공개된 텍스트의 형식을 가질 때 가능해진다. 여기서 편지는 나의 재현이거나 나의 표현이 아니다. 실제적인 나를 텍스트 위에 가능케 하는 글쓰기 형식이다. 그러므로 이러한 나의 존재를 증명하는 유일한 길은 이 글쓰기를 정성껏 하는 것, 즉 글쓰기에 근면하는 것이다. 이러한 차원에서 이 '현상문예공모'에서 요구하는 진짜 핵심은 정성인 것이다. 그리고 그것이 '문학'이다.

나의 증명은 다시 나의 마음의 형식으로 되돌아온다. 이 지점에서 정성의 강조는 그대로 계몽의 윤리를 따른다. 최남선이 『소년』에서

---

다. 여기서 최남선과 동시에 강조하는 것은 '시문체'와 '정성'이다(이광수, 「현상소설고선여언」, 『청춘』 12, 1918.3).

130  위의 글, 97쪽.
131  위의 글.

강조했던 점은 무엇이든지 어떻게 하든지 '알아야 한다'는 것이었다. 『소년』의 '알아야 한다'는 명령은 『청춘』에서 '근면하라'라는 명령으로 전환된 것이나, 둘은 내용과 방법과는 무관하다는 점에서 동일한 것이다. 이것은 이 차이의 체계 속에서 주체가 차지한 텅 빈 장소, 근대적 주체성을 의미화하는 가장 중요한 가치인 것이다. 그리고 동인지문학은 이 나의 '형식'을 절대화시킴으로써 절대적인 '나의 문학'을 창출했다.

### 5) 계몽적 배치의 결과이자 원인으로서의
###    주체, 보편-문학이라는 상상

근대문학, 좀 더 범위를 좁힌다면 1920년대 동인지문학은 전대의 계몽주의 문학과 분명하게 단절하고자 했다. 계몽의 지평이란 내가 아는 것을 너도 알아야 하는 세계, 즉 나와 너가 차이를 가지지 않는 세계다. 물론 '먼저 아는 자'로서의 나, '아직 알지 못하는 자'로서의 너의 구별이 있으며, 따라서 이 체계에 따라 메시지가 전달된다고 생각할 수 있다. 그러나 무엇을 아느냐의 문제, 즉 지식의 내용과 범주를 묻는다면 그것은 내가 알고자 하는, 혹은 우리가 알아야 하는 '모든 것'이라는 점에서 사실상 아무것도 아니다. 그러나 동인지문학 역시 비슷한 언술을 사용한다. 김동인이 비평이란 감상력이 부족한 민중에게 감상법을 가르치는 것이라고 했을 때,[132] 이들 역시 '먼저 아는 자'로서 '아직 알지 못하는 자'를 계몽하려는 의지를 보인다. 계몽주의자들이 전달하는 것이 '지식'이며, 동인지 문인들이 전달하고자하는 것이 '문학'이라는 차이는 물론 중요하지만 결과적으로 그것이 둘 다 내용과 방법과는 무관한 순수한 형식 그 자체라는 점에서 다르지 않다.

그러므로 근대문학에서 계몽은 사라진 것이 아니라 갱신된 것이다. 계몽의 지평에서는 체계가 세워지고 작동한다. 『청춘』에서 발견되는 것은 이 체계가 자본주의적 등가 교환의 체계와 유비관계에 있다는 점이다. 문명과 문학 혹은 예술은 이 체계 속에서 교환 가능한 것으로 배치된다. 따라서 보편적 근대문학은 이 계몽의 체계에서 출현한다. 편지 형식은 이러한 계몽의 배치를 문학으로 수행한 것이다. 그러나 그것은 아직 근대적 주체의 문학, 나의 문학은 아니다. 근대적 주체가 초월적 지위를 획득할 수 있는 토대, 그것은 '근면' 즉 마음의 윤리다. 『청춘』에서의 '근면하라'라는 명령은 동인지문학에서의 '자기의 마음에 충실하라'로 전환된다. 그리고 그 명령에 충실한 자만이 문학을 근대적 보편문학으로서 세울 수 있는 주체이자, 그 자신이 진리의 재현인 자가 될 수 있다.[133]

근대적 주체는 계몽의 배치의 결과였으나 동인지문학에서 그것은 배치의 원인이자 중심으로서 전도된 것이다. 동인지문학에서의 나의 확실성, 즉 주체의 절대성은 이러한 지평의 전도로부터 출현했다. 1910년대 말과 1920년대 초에 성행했던 편지 형식의 소설들은 '근대문학'이 출현하면서 점점 사라져갔다. 이는 편지 형식이 더 이상 필요하지 않았기 때문일 수도 있다. 그러나 좀 더 직관적인 대답은

---

132   김동인, 「비평에 대하여」, 『창조』 9, 1921. 8, 55쪽.

133   P. Lacoue-Labarthe & Jean Luc Nancy, *The Literary Absolute,* trans. P. Barnard and C. Lester, Albany : State University of New York Press, 1988, p. 31 참조.

편지 형식이 전면화되어서는 안 된다는 데 있을 것이다. 편지 형식은 주체의 비고정성, 불안정성을 환기하고 그것이 자리하는 '나'라는 텅 비어 있는 언표를, 그리고 이에 연동된 내면이라는 허상을 환기할지도 모르기 때문이다. 낭만주의문학이 이 '텅 비어 있는 나'를 문학의 형식으로 대체했으며, 문학 형식의 미적 절대성에 기대어 자아의 절대성을 확보했다는 지적은 동인지문학에도 적용할 수 있다.[134] 그것은 아마도 낭만주의자들 자신도 알고 있었을지도 모르는데, 슐레겔이 낭만주의문학을 두고 "되어 가고 있는 보편문학"[135]이라고 했을 때, 이 보편문학은 영원히 성취되지 못할 문학이기 때문이다.

---

134  이에 대해서는 박슬기, 「1920년대 초 동인지 문인들의 예술론에 나타난 예술과 자아의 관계」, 58~59쪽 참조.

135  P. Lacoue-Labarthe & Jean Luc Nancy, op. cit., p.43.

# 제2장

# 개화기의 신시 의식과
# 시적 실험의 양상

# 1. 근대시의 인식과 언문풍월 국문으로 가능한 시詩의 모색

## 1) 개화기의 신시 의식과 언문풍월

한국의 근대시가 전통적인 문학의 개념과 연계하고 결별하는 과정을 거쳐 형성되었다고 할 때, 근대시의 형성 과정에서 개화기에 나타난 다양한 장르적 교섭 양상은 매우 중요한 의미를 지닌다. 정치사회적인 의미에서 근대성이 형성되고, 이러한 근대적 인식의 대두에 따라 문학의 장르 역시 근대적인 체계로 재편되었다는 관점에서 본다면 개화기의 장르적 교섭 양상은 일종의 과도기적 현상으로, 전통적 양식으로부터 '올바르게' 결별하는 것을 통해서 근대시가 발전론적으로 형성되었다는 증거로서 제출되곤 한다. 그러나 이러한 발전론적 문학관이 사실은 1920년대 이후의 자유시를 장르 진화의 최종점으로 설정하고 이를 위해서 전통시가의 양식을 규정한다는 점에서 한국 시사의 발전 노정을 사후적으로 재정립하려는 시도이자, 근대시의 기원을 발견한 것이 아니라 발명한 것에 가깝다. 그것은 1920년대 이후 조선-문학 정립의 필요성에 의한 것으로, 조선의 문학이 서구의 것에 뒤지지 않는 전통적 계보를 가진 것으로 설정될 필요가 있었기 때문이다. '문학'의 요건을 갖추고 있지 못한 것으로 보였던 전통시가를 '문학적 형식'을 갖춘 것으로 조정하고, 개화기의 다양한 장르적 혼종 양상은 '아직' 근대적 문학 개념이 정착되지 않은 미발전된 상태로 간주함으로써 조선문학은 유구한 역사와 전통을 가졌던 것으로 설정된 것이다.[1]

이러한 조선문학의 계보화의 욕망은 두 가지 문제점을 낳았다. 하나는 전통시가의 양식을 근대문학 형식에 걸맞은 것으로 재조정하고 전통시가를 문자 텍스트로 간주함으로써 전통시가의 양식에 결부되어 있는 향유의 방식을 배제했다는 것이다. 또 하나는 개화기라는 다양한 담론 충돌장의 역동성 속에 존재했던 다양한 문학 양식들의 탄생과 소멸의 동력을 설명할 수 없다는 것이다. 한국 근대시사의 측면에서 볼 때 이 두 가지 문제점은 하나의 결과를 낳는데, 이러한 발전론적 신화가 역설적으로 그 최종형태인 자유시 형식의 기원을 없거나 외재적인 것으로 발견하게 되었다는 점이다. 자유시가 전통시가의 장르적 구속성예컨대 정형률으로부터 이탈함으로써 성립했다면 자유시는 전통의 발전적 형태가 아니라 전통의 결여태로서 탄생한 것이라는 점에서 기원을 가지지 못한다. 그것이 새롭게 창안된 것이라 할지라도 여기에는 전통과는 무관한 외재적 요인만이 관여하게 된다는 점에서 그 기원은 외재적이다. 이러한 난점을 돌파하기 위해서는 개화기의 담론적 장 속에서 소멸하고 탄생했던 여러 '저급의 장르'들로 돌아갈 수밖에 없는데, 왜냐하면 벤야민이 말한 바 가장 무기력하고 가장 졸렬한 실험들 속에서, 장르의 진정한 내적 구조가 드러날 수 있을 것이기 때문이다.[2] 이 글에서 그것은 언문풍월이라고 본다.

---

1   도남의 가사(歌詞)와 가사(歌辭)의 용어 구별에서 보이듯, 이는 1920년대 이후 한국 고전문학의 정전화 작업의 일환으로 노래와 시라는 장르적 교착 현상에서 노래로서의 특징을 배제하고 한국의 고전시가를 '문학'으로 확립하고자 했던 시도였다. 이에 대한 자세한 논의는 박슬기, 『한국 근대시의 형성과 율의 이념』, 소명출판, 2014, 92~93쪽 참조.

2   W. 벤야민, 조만영 역, 『독일 비애극의 원천』, 새물결, 2008, 37쪽.

1919년의 자유시 선언이 나오기 전까지, 개화기는 확실히 근대적 자유시가 발생한 원천적인 장場이다. 그것이 개화기가 '과도기적 시기'라고 하는 것의 진정한 의미다. 그러나 이것은 개화기가 시간적으로 앞서 있거나 자유시를 성립시키기 위한 준비 기간이기 때문이 아니다. '새로운 문학'을 세우려는 지식인들의 의지가 '기왕의 문학'이 점유하고 있었던 토대와 마주치면서 전통적인 것과 새로운 것이 만나고 생성되는 장이었기 때문이다.

1909년에서 1910년에 제출된 두 개의 공고로부터 이 부딪침을 확인할 수 있다. 1909년 1월에 최남선은 『소년』2년 1권에 「신체시가대모집」이라는 제목을 걸고 '신체시'를 공모했다. 그가 내걸었던 조건은 네 개였는데, 그 중 양식적 조건은 "어수語數와 구수句數는 수의隨意", "아못조록 순국어로하고 어의가 통키 어려운 것은 한자를 방부傍付함도 무방"이다. 여기서 최남선이 '어수와 구수'를 언급한 것은 글자 수 맞추기나 대구법과 같은 전통적인 창작방법을 염두에 두고 있다는 점을 보여주며, 이를 수의로 하라는 것은 이를 바탕으로 하되 여기에 얽매일 필요는 없다는 점을 가리킨다. 이 글에서 더 중요한 것은 두 번째 항목인데, "순국어"로 하되 "한자"를 첨부해도 된다는 인식이다. 이는 개화기의 국문과 한문 사이의 갈등을 배경으로 하고 있는 것이다.[3] 그러나 어쨌든 이 "대모집"은 응모작이 한 편도 없어서 실패로 돌아가는데, 이는 1910년에 『매일신보』에서 공모한 한시가 대성황을 이루었던 것과 매우 대조적이다.

---

3   여기에 대해서는 박슬기, 앞의 책, 106~108쪽 참조.

『매일신보』에서는 1910년 12월 13일자 신문에 「신시현상모집」이라는 제목으로 '신시'를 모집했다. 신시라는 용어를 사용함으로써 『매일신보』의 편집자들이 전통적인 시가와는 다른 '새로운 시'를 모집하겠다는 의지를 보인 것으로 확언하기는 힘들다. 공고문을 순한문으로 써서 모집한 것은 "시체 절구·율시"였다는 점에서 실제로는 한시였기 때문이다. 또한 바로 그 다음 번 공모에서는 "과제 한월조매회寒月照梅花"만 제시하고 시체를 따로 공고하지 않았다. 이는 절구, 율시를 공모하겠다는 것이고 이 공고문에 "신년풍색新年風色에 적당한 음영吟詠이 유有ᄒ 시거던 투송投送"[4]하라고 덧붙이고 있다는 점에서 이들에게 신시 의식은 사실상 없었던 셈이다.[5] 이러한 측면에서 그들에게 신시란 다만 신년을 기념하는 시 혹은 신년을 주제로 하는 시에 불과했던 것일 수도 있다.

그러나 1910년의 시점에 이미 신시라는 용어는 '전통적인 시와는 다른 새로운 시'라는 당대적 함의를 지니고 있었으며, 그들이 신시를 공모하면서 "과제 한강조설寒江釣雪·전화"라고 하여, 전화라는 신문물을 시제로 제시하였다는 것은 『매일신보』 편집자들이 기왕의 한시와는 다른 시를 공모하고자 했다는 점을 보여준다. 「신시현상모집」은 『매일신보』가 독자를 대상으로 모집한 최초의 공모전이었다는 점, 또한 공모전이 독자의 창작을 규제하고자 하는 의도를 암묵적으로

---

4    「신시현상모집」, 『매일신보』, 1911.1.5.
5    실제로 12월 13일 공모의 당선작은 12월 22일 『매일신보』의 사조(詞藻)란에 게재된다. 당시에 사조란에는 전통적인 한문문학만이 수록될 수 있었다는 점을 고려하면, 이 '신시'란 한시를 의미한 것으로 보인다.

지니고 있다는 점을 고려할 때 『매일신보』의 신시는 새로운 시에 대한 편집자들의 의식이 반영된 용어였다고 할 수 있다. 요컨대 그들이 독자로 하여금 창작하게 하고 싶었던 신시란 전통적인 한시의 형식을 유지하면서 새로운 내용전환를 담은 것이었다.[6]

이 두 개의 공모에 대한 독자의 호응이 대조적이었던 것은 당대 독자들이 지니고 있었던 시에 대한 의식의 차이와 연결되어 있을 것이다. 그러나 중요한 것은 신시가 어떠해야 하는가가 아니라 이 공고에서 신시가 어떤 전통과 연계되고 결별하는가이다. 최남선의 신체시가 염두에 두었던 것은 한시였고, 『매일신보』의 공모는 한시를 유일한 시의 양식으로 간주했다. 여기에 신채호의 국시론이 놓인다. 그는 "『제국신문』에 일찍이 국자운날발갈·낭징싱 등을 현懸하고 국문칠자시를 구상購賞하였으니 차此칠자시도 혹 일종 신국시체가 될까?"[7]라고 언문풍월을 언급한다. 그는 국문칠자시가 한시를 흉내 낸 것에 불과하다며, 우리의 진정한 새로운 시는 "동국조선어, 동국조선문, 동국조선음으로 제製한 자"[8]여야 한다고 주장했다. 그는 여기에 우리 시의 전통으로 노래를 세워놓았으며, 그 노래에서 유래한 새로운 시는 '국문'으로 직조되어야 한다고 주장한 것이다.

이 세 개의 논의는 당대의 신시 의식이 적어도 세 가지 차원에서 비롯되었다는 점을 보여준다. 새로운 시가 전대의 전통의 토대로부

---

6    동시에 『매일신보』는 「고행시현상모집」(1911.3.8)을 공고함으로써 사실상 그들의 신시란 한시의 범주에 속해 있던 것임을 드러낸다.

7    신채호, 「천희당시화」, 『대한매일신보』, 1909.11.17.

8    위의 글, 1909.11.20.

터 구성될 수밖에 없다고 할 때, 여기에는 전통을 취사선택해야 하는 문제가 놓인다. 과거의 문학이 한문학에 종속되었다는 인식을 이들 모두는 공유하고 있었으며, 그럼에도 불구하고 그들에게 시는 한시이며 조선어 시는 노래였다는 인식 또한 작동하고 있었다. 이 지점에서 그들은 '쓰인 언어'와 '규정된 형식' 그리고 '담긴 내용'을 구별하여 계승할 것과 혁신할 것을 설정하고 있다.

신채호는 시와 가歌 중에 가를 동국시의 '규정된 형식'으로 보았으며, '쓰인 언어'와 '담긴 내용'을 혁신함으로써 새로운 시를 창안하고자 했다. '규정된 형식'을 한시로서의 시로 간주한다면, 세 가지 가능성이 남는다. 『매일신보』의 편집자들은 '쓰인 언어'와 '규정된 형식' 양쪽에서 전통으로서의 한시를 계승하고자 했고, '담긴 내용'을 혁신하고자 했다. 최남선의 신체시는 '규정된 형식을 파괴하되, 국한문체로 쓰인 시'라는 일종의 타협점을 내세웠다. '규정된 형식'은 준수하되 '국문으로 쓰인 시'는 결국에는 실패하고 소멸한 양식, 한시의 대용품이자 패러디 양식으로 평가된[9] 언문풍월 혹은 국문풍월로[10] 주창된 것이다. 명칭이 보여주듯, 여기에는 개화기의 국어국문 의식이 강조되어 있다. 이 글은 언문풍월의 융성과 소멸의 과정을 통해서

---

9    조동일, 『한국문학통사』 4, 지식산업사, 2005, 311쪽; 김영철, 「언문풍월의 장르적 특성과 창작 양상」, 『한중인문학연구』 13, 한중인문학회, 2004. 12, 53쪽.

10   언문풍월은 '국문풍월, 국문칠자시'라는 명칭으로 불렸고 1930년대에는 '한글풍월'이라는 명칭으로도 불린다. 이 모든 용어는 언문풍월이 '우리말로 창작된 7언 절구 / 율시'라는 점을 가리킨다. 후술하겠으나 각 명칭은 이 장르에 대한 인식을 반영하고 있다. 이 글에서는 '국문풍월'이 가장 적합한 명칭이라고 보지만 사실상 '언문풍월'이라는 명칭으로 확산되고 창작되었기 때문에 당대의 인식을 고려하여 '언문풍월'이라고 지칭하고자 한다.

'국어로서 가능한 새로운 시'에 대한 인식이 당대 독자들과 어떻게 마주쳤으며 그 과정 속에서 역설적으로 새로운 시형의 확립에 기여하게 되는지를 살펴보고자 한다.

## 2) 언문풍월의 양식 확립과 대중 교육

언문풍월이 개화기 이전에도 창작되지 않았던 것은 아니지만, 1900년 이후에는 한시의 대안으로서 제시되었던 것 같다.[11] 이는 한시의 음위율을 재현하고자 한 언문풍월의 양식 때문에도 그러하지만, 한시의 향유 방식 또한 차용하고자 했기 때문에 그러하다. 『황성신문』[1901.9.27]에 나타난 정황으로는, 달을 보며 풍류를 즐기는 연회에서 돌아가며 시를 읊어보되 "언문풍월이 우리의 본분"이니 이를 읊어보자고 제안하고 있다.[12] 여기서 제시된 언문풍월은 7언 절구의 형식으로 "눈섭쳐럼가는게 거울갓치둥굴다 / 져구룸만안끼면 자키붉고묽깃나"나 "팔월보름한가위 밤이붉아낫갓지 하누님이곰아와 우리놀기졍좃치"에서 보듯, 압운법을 어느 정도 지키고 있어 이후의 언문풍월 형식의 모범적 예가 된다.

그러나 1900년 이후의 언문풍월의 양식이 한시의 양식을 얼마나

---

11  이규호는 언문풍월을 조선 후기에 나타났던 변체 한시의 연장선에 있는 것으로 파악하고 있다. 이에 대해서는 이규호, 『개화기 변체 한시 연구』, 형설출판사, 1986, 73~89쪽 참조. 개화기 이전의 언문풍월과 육담풍월에 대해서는 진갑곤, 「언문풍월에 대한 연구」, 『문학과 언어』 13, 문학과 언어연구회, 1992 참조. 개화기 언문풍월과 시의식의 관계에 대해서는 박슬기, 앞의 책, 98~106쪽 참조.

12  이에 대해서는 박슬기, 앞의 책, 98~101쪽 참조.

충분히 재현하고 있는가는 한시 형식과의 엄격한 비교를 통해 검토해야 할 것으로, 이 글에서 중요하게 여기는 것은 당시의 언어유희 중의 하나였던 언문풍월이 어떤 과정을 거쳐 한시와 대등한 우리말 격조시로 자리 잡게 되었는지다. 언문풍월은 한편에서는 "되지도 못하는 어색스러운 앵도 장사"[13] 놀음으로 격하되기도 하였으나 한편에서는 당당히 "정조正調"[14]로 간주되기도 했다.

「천희당시화」의 언급을 감안할 때, 언문풍월의 명칭을 국문풍월로 확정하고 이를 '신국체시'로 격상시키고자 했던 최초의 매체는 『제국신문』이었다. 이 신문에서 제시된 것은 「눈」을 주제로, 운자는 "날, 발, 갈"로 하여 "눈은오고 치운날 / 빈창자와 버슨발 / 불태우고 떠난 후 / 집업스니 어데갈"이나 "유리세계 오늘날 / 청송록죽 흰눈발 / 저 눈이 곡식되면 / 구하세 동포기갈"[15]와 같은 작품이다. 이 신문이 문예 현상 모집의 일환으로 언문풍월을 공식적으로 모집한 정황은 현재 알 수 없으나, 1908년 2월 6일 신문에 「국문풍월모집예고」를 공고하였다는 기록으로 볼 때[16] 언문풍월의 창작과 확산에 『제국신문』

---

13  홍사용, 「민요 자랑―둘도 없는 보물 특색 있는 예술. 조선은 메나리 나라」, 『별건곤』 제12·13호, 1928.5, 174쪽.

14  전국에서 출품된 언문풍월을 모아 간행한 『언문풍월』(고금서해, 1917)의 끝에는 새로운 「언문풍월현상모집광고」가 실려 있다. 여기에서 언문풍월은 정조(正調)로, 변조(變調)인 보리치며하는노래(타맥요)와 구별되고 있다.

15  『제국신문』, 1908.1.1(여기서는 홍신선, 「국문풍월에 대하여」, 『기전어문학』 3, 수원대 국어국문학회, 1988, 186~187쪽에서 재인용).

16  위의 글 참조. 현재 영인되어 있는 『제국신문』은 1906년까지 간행된 분량이고, 나머지 분량이 공개되지 않아 1908년의 자료를 확인하지 못하였다. 언문풍월의 확립과 확산에 대해 『제국신문』이 어느 만큼의 역할을 담당했는지는 자료 확보와 검토 후에 본격적으로 논의될 수 있다.

편집진들이 적극적인 의지를 보였다는 점은 확인할 수 있다.

1908년경에 언문풍월이 국문풍월로 재명명되면서, 전대의 희작성을 극복하고 한시와 대등한 위상의 국시로 자리를 잡고 있었다는 사실은『태극학보』에 수록된 정황으로 알 수 있다.『태극학보』에「국문풍월」이라는 명칭으로 실린 작품들은 한시와 함께 사조詞藻란에 실렸고,[17] 신가新歌나 구조舊調 등의 명칭을 단 창가, 애국가, 타령과 같은 다양한 노래체들이 문예란에 실렸다는 점에서 이는 확인된다.

그러나『제국신문』이나『태극학보』의 편집자들의 의지가 당대 대중들의 인식과 완전하게 일치하고 있었는지는 알 수 없다. 다만 중요한 것은 구한말의 언문풍월 혹은 육담풍월이라는 변체 한시가 민중들 사이에서 많이 창작되고 있었다는 점을 고려할 때, 언문풍월을 대안적인 시의 양식으로 확정하고 이 새로운 국문시의 창작을 대중적으로 확산시킨 것이 상당히 의도적인 것이었다는 점이다. 이는 언문풍월이 현상공모제를 통해 확산되었으며, 공모문을 낼 때마다 "언문풍월 짓는 법"을 부기로 달아 시 창작을 '교육'했다는 점에서 알 수 있다.

---

17 「국문풍월삼수」(23호, 1908.7),「만슈성절을축흠」(24호, 1908.9),「국문풍월삼수」(25호, 1908.10).
『태극학보』의 체계의 변화는 당대의 문학 개념의 하위 분화를 잘 보여준다. 처음에는 기서(寄書), 사(詞), 가(歌), 시(詩) 등을 구별하지 않고 문학 작품들을 수록하다가 12호(1907.7)에서 문예란을 신설하고 여기에 문학 작품들을 수록하였다. 22호(1908.6)에서는 문예와 사조(詞藻)를 구별하고,「문예」에는 문예에 관한 글을「사조」에는 한시를 싣기 시작한다. 국문풍월은「사조(詞藻)」에 실렸으며,「문예」에 실린 가조(歌調)와 구별되어 있다는 점에서 국문풍월은 한시와 대등하게 인식되었음을 알 수 있다.

● 운즈韻字

七言四句칠언네구

○○○○○○아 ○○○○○○다
○○○○○○○ ○○○○○○나


○○○○○○○ ○○○○○○가
○○○○○○○ ○○○○○○다


례지글짓는격식

一. 고샹흔 리샹과 화량흔 운치와 뜻잇는 비유로 네구의 말이 런믹
샹통케홀 일

一. 한문음으로는 짓지 말고 우리나라 말노써 지으되 글뎨를 보지
안코 글만 보더라도 완연히 글뎨 뜻을 알게 홀 일[18]


▲ 샹데언문풍월

즈명죵칠언졀구

운즈 가, 나, 다

이언 문풍월이라는 것은, 즈명죵이라는 문뎨를 너어, 말을 만들되,
그 말은 반드시, 일곱 즈식, 네 쌱두구를 지으며, 그 첫즈 쌱, 둘지 쌱, 넷
지 쌱에 가쟝 긋 글쟈는, 이 우에 쓰인 운쟈를 한 쟈식, 차례로, 다라 지
으시오


---

18　「국문풍월현샹모집」,『신한민보』, 1910.3.9.

문쟈를 쓰는 것은 죳치 안코 아모죠록 보통 쓰는 말로, 일곱 자식 두 구를, 지여 보너시오[19]

최남선의 신체시 공모가 시 양식을 규정하는 내용을 포함한 것은 신체시가 독자 대중에게 낯설고 새로운 것이었기 때문으로, 그는 이 새로운 형식을 교육해야 할 필요가 있었다. 그러나 언문풍월의 경우 예부터 많이 창작되어 왔고 더구나 1910년 이전에 『제국신문』 등을 통해 확산되었던 것이라면 현상 공모에 창작법을 부기할 필요가 있었던 것인지 의문스럽다. 그러므로 공고문에서 창작법을 부기한 것은 언문풍월을 하나의 새로운 시적 양식으로 정립시키고, 이를 대중적으로 확산시키고자 하는 편집자들의 의도가 개입되어 있었던 것으로 판단할 수 있다.

『매일신보』에서 신문의 독자들을 상대로 모집한 현상 공모에서 이렇게 창작법을 부기한 것은 이 언문풍월 공모가 유일하다. 이는 언문풍월의 형식 자체가 공모를 통해서 완성되었다는 점을 알려준다. 『신한민보』와 『매일신보』에서 확인되는 공통점은 시의 형식으로서는 한시의 양식을 계승하되, 한문을 쓰지 말고 우리말로 쓰라는 것이다. 운자를 다는 위치를 규정한 부분은 절구의 형식에서 압운법만 수용했다는 점을 보여준다. 이 글에서 중요한 것은 그 언어를 한문이 아니라 조선어로서 규정한 것인데, 이를 『신한민보』에서는 "한문음으로는 짓지 말고 우리나라말로써 지으되"라고 하였고, 『매일신보』

---

19  「제5회 통속현상」, 『매일신보』, 1913.8.31.

에서는 "문자를 쓰는 것은 좋지 않고 아무쪼록 보통 쓰는 말로"로 지으라고 하였다.

이 공고의 요건을 지키는 것은 그다지 어렵지 않아 보이나, 실제로 이를 지켜 심사위원들을 만족시킬만한 작품은 적었던 것 같다. 『매일신보』의 경우 당선작을 발표하면서, 응모작이 800여 편에 이를 정도로 성황을 이루었으나 "특이한 응모작도 별로 없기에 일등은 뽑지 않고 한 사람이라도 입격이 많이 되도록 이등 네 사람을 정하"[20]였다고 적고 있다. 요컨대 공모할 때 의도했던 바를 충족시킨 작품은 없으나 다음 공모 때도 많이들 응모하길 바라는 마음에서 2등을 예정보다 많이 뽑았다는 것이다. 더불어 상외로 세 작품을 선정하여, 제5회 통속 현상은 총 7작품을 선정하게 된 것이다.

이등작과 상외의 작품을 살펴보면 압운법을 틀리게 한 작품은 없다. 다만 "두기바눌, 도라가. 글즈마다 치노나. / 쌍夕치는, 그소리 늙을로즈, 부른다"나 "우리님은, 어듸가. 밤깁흔줄, 모르나. / 열두덤을, 셩치니. 옥창명월, 기운다"의 "늙을로즈"나 "옥창명월" 등 한문을 사용한 경우를 발견할 수 있다. 이는 이 공고에서 무게 중심이 '한문문자를 쓰지 않는 것'에 기울어져 있었다는 점을 방증한다.

『신한민보』에서도 이러한 무게 중심을 확인할 수 있는데, 1910년 공고 당선작은 평 없이 실었으나[21] 이후에는 당선작을 실으면서 언문풍월 창작법과 함께 상세한 평을 달았다. 「글쓰는법」이라는 제목을 붙여 5개의 요건을 걸었는데, 그중에 주목할 만한 요건은 "우리

---

20    「제5회 통속현상 발표」, 『매일신보』, 1913.9.7.
21    「우등에 뽑힌 국문풍월」, 『신한민보』, 1910.5.25.

나라 국어가 보통 한문으로 되어 이를 피하기 심히 어려우며 또 한시에는 한문 보통문자가 들어야 재미롭지만은 이번은 단순히 국문을 취하기로 예정하였으니 한문문자 중에 보통 쓰는 말이라도 병으로 잡으며"[22]와 같은 것이다. 한문을 쓰지 않기는 어렵지만, 우리말을 쓴 것을 우선시하겠다는 것이다. 정확히 '국문으로 사용된 좋은 구절'이 어떤 것인지 알기는 어려우나, 작품에 대한 평에서 짐작해볼수 있다.

2등으로 당선된 작품은 "봄빗을즈랑ㅎ고 방긋이웃는틔도 / 희고도불ㄱ엇스니 그누가물들엿노"인데, 이 작품이 안타깝게도 2등에 랭크된 것은 "많지 않은 28자에 고사자가 둘이 들고 또는 위로 세 자씩 붙이게 함이 종시 글짓는 법에 합당치 않으며 태도 두 글자가 순전한 국문이 아닌고로 제2등에 붙"인다는 것이다. "봄빛을 자랑하고", "희고도 붉었으니"와 같은 한시의 관용구를 사용하고 있다는 것과 4자 3자의 결합이 아니라 3자 4자의 결합이라는 점, "태도"가 순국문이 아니라는 것이다. 4자와 3자의 결합을 강조한 것은 언문풍월이 한시의 칠언시를 계승하고자 한다는 증거라면,[23] 태도가 순국문이 아니라며 거부한 것은 국문 의식이 개입되어 있는 증거이다.

그러나 이러한 국문 의식은 상당히 교조화되어 있는 것이 아닐 수 없다. 이 정도의 요건이라면 『신한민보』의 첫 번째 당선작들 대부분이 걸러지게 된다. 이는 순조선문에 대한 의식이 점점 강고해지고 있

---

22   「당선흔국문풍월」, 『신한민보』, 1914.8.6.

23   이규호, 「황산 이종린편 언문풍월 연구」, 『인문과학연구』 33, 대구대 인문과학연구소, 2009, 71쪽.

다는 점을 의미하고 있다. 공고문에서 산발적으로 드러났던 양식적 조건을 하나의 창작법으로서 확정한 것은 『조선문예』의 창간호에 실린 「언문의 문예」다.

언문풍월, 짓ᄂᆞᆫ 법은, 다 아ᄂᆞᆫ 바 어니와, 네 귀도 짓고, 뒤 귀도 짓고, 한 글졔로 여러 귀도 짓ᄂᆞ되, 염은 보지 아니ᄒᆞ되, 운은 다라짓ᄂᆞ니, 가령 지이라든지, 가나라든지, 각낙이라든지, 갓흔 운으로만, 글귀ᄭᅳᆺᄌᆞ에, 다라짓고, 보통 쓰ᄂᆞᆫ 말노만 ᄒᆞ되, 말을 번역ᄒᆞ야, 한문 문ᄌᆞ가 될 것 갓흐면, 격에 맛지 아니ᄒᆞᆫ 것이니, (…중략…) 가령 '슈월동풍조흔날'이라ᄒᆞ면, 슈월동풍녁ᄌᆞᄂᆞᆫ, 한문 문ᄌᆞ이라, 그러면 언문풍월이라 ᄒᆞᆯ 거이 아니로다. 그러나, 언문풍월은 글과 갓지 아니ᄒᆞ나, 짓자 ᄒᆞᆯ지면 극히 어려운 바이라, 일복ᄌᆞ한귀에, 두 마듸 말노, 어울너말이 되도록 ᄒᆞᄂᆞᆫ듸, 우혜녁ᄌᆞᄂᆞᆫ, 쉬우나, 아릭셕ᄌᆞ가, 극난ᄒᆞ야말이 접속ᄒᆞ기 어려운지라[24]

이 글은 나중에 한글학회 기관지인 『한글』 7권 6호, 1939.6에 「언문풍월법」으로 재수록된다. 다만 이 글에서는 "네귀 짓는 법", "물명으로 운다는 법", "안팟작에 운달아 두귀만 짓는 법", "고시처럼 짓는 법" 등 다양한 작법의 예를 소개한 반면에 『한글』에 재수록된 글에서는 두 구와 네 구로 된 예만 소개하고 있다는 차이가 있다. 이는 언문풍월의 양식을 확립한 시기인 1917년과 그것이 교조화된 시기인 1939년에 나온 글의 차이라고 볼 수 있을 것이다.

---

24 「언문의 문예」, 『조선문예』 창간호, 1917.1, 74~75쪽.

이 글에서는 언문풍월이 시辭법을 잘 아는 궁녀 리씨로부터 유래되었으며, 기생들이 잘 지으나 경성에서는 짓는 사람이 없어서 짓는 법을 모르는 사람이 많으므로 이를 짓는 법을 자세히 알리고자 한다고 적고 있다. 물론 이는 1917년의 시점에서는 옳지 않은 말인데, 현상문예공모의 존재와 그에 응한 작품의 수를 볼 때 언문풍월은 대중적으로 상당히 확산되어 있었기 때문이다. 그러므로 이러한 내용은 짓는 사람이 없다는 것보다는 올바르게 짓지 않는다는 점을 문제 삼고 올바른 작법을 확립하려는 차원에서 쓴 것으로 보인다. 이 글이 확립하고자 한 원칙은 운법과 4자와 3자의 결합으로 된 국문이다. 다른 현상공모에 나타난 바와 마찬가지로 "염은 보지 않고 운은 달아 짓"는다는 압운법을 명시한 후에 국문의 원칙을 길게 강조하고 있다. "보통 쓰는 말로만 하되, 말을 번역하여 한문문자가 될 것 같으면 격에 맞지 않는 것"이라며 예컨대, '삼월동풍'은 한문문자이므로 써서는 안 된다고 말하고 있다. 또한 4자와 3자의 구조로 되어야 한다는 점 또한 덧붙이고 있다.

언문풍월이 "순조선문"으로 쓰여야 한다는 것은 언문풍월의 창안자들이 끝까지 지켰던 원칙이었다. 1927년의 『동아일보』는 천도교의 2대 교주 출생 백년을 기념하기 위한 행사를 전하고 있다. 서적종람관의 건축과 농촌잡지의 발행 계획과 함께 강습회를 열고 동시에 백년기념시도 모집한다고 하면서 "시체 순조선문의 칠언풍월"을 모집하고 있다.[25] 요컨대 언문풍월이 현상 공모를 통해 확립한 양식은 '순조선문으로 된 한시'이며 이는 당대의 독자들에게 제시하고 창작할 것을 권하면서 확대된 것이다.

### 3) 언문풍월의 실패와 '국문-시'로서의 시조

앞에서 살펴보았듯 언문풍월의 양식은 한편에서는 한시의 정교한 형식을 지향하면서도, 또 한편에서는 그것을 순조선문으로 실현하고자 했다. 순조선문이란 가장 극단적으로 나아갈 때는 한문을 배제한 순우리말의 사용이고, 더불어 한문식 구조가 아닌 조선문의 구조를 지향해야 한다는 것이다. 「언문의 문예」에서 말했듯, 그것은 너무나 어려운 일이었는데 왜냐하면 순조선어 혹은 순조선문이라는 것 자체가 언문일치의 이상이 낳은 관념적인 것이었기 때문이다. 이러한 측면에서 당시 언문풍월과 국어국문운동과의 관계를 검토하지 않을 수 없다.

이 지점에서 중요해 보이는 것은 "한문문자"와 "보통 쓰는 말"을 구별한 것이다. 이 "한문문자"는 앞서의 예에서 "삼월동풍"이나 "옥창명월" 등 한문의 관용구를 의미하기도 하였고, "태도"처럼 순우리말이 아닌 경우를 의미하기도 했다. 가용할 수 있는 한문의 범위를 엄격하게 하면, 일상어로 사용되는 한자조차도 배제하겠다는 의미다. 여기에는 문어로서의 한문과 구어로서의 우리말을 구별하고자 한 의식이 작동하고 있다.

대한제국 시기의 국어국문운동은 한문과 언문을 대립 구도로 놓고, 구어를 그대로 문자로 기록하고자 하는 언문일치운동을 주조로 하고 있었다. 그러나 언문일치의 난점은 구어와 문어가 완전히 일치할 수 없다는 사실에 있다. 언문일치란 구어에 맞도록 문어를 정돈하

---

25  「제이교주 백년제 기회」, 『동아일보』, 1927.3.20.

고, 이 정돈된 문어가 다시 구어에 영향을 미치는 과정을 통해서 실제로 일치시키는 것이 아니라 일치했다는 관념을 만들어 가는 것이다.[26] 그러나 그 전에 이것이 가능하려면 구어와 문어, 말하는 바로서의 조선어와 그것을 쓴 문자로서의 한글이 일치해야 하지만 실제로는 말하는 바와 쓰는 바가 일치하지 않는다는 자각이 선행되어야 한다. 그러므로 사실은 언문일치란 원래 있던 구어를 그대로 쓰는 일이 아니라, 외국어의 번역<sup>한문을 포함하여</sup>을 통해 만들어낸 문어체를 통해 구어를 규제하면서, 한문과 결별하는 '국어'의 창안으로 나아가는 일이었던 셈이다.[27]

이러한 측면에서 「국문론」<sup>『독립신문』, 1897.4.22~24</sup>에서 『국어문법』<sup>박문서관, 1910</sup>에 이르는 주시경의 국어국문운동은 언문일치운동의 전개 과정이 나아간 과정과 일치한다. 첫째는 문자와 관련된 것으로 이는 물론 한자로부터의 탈피, 그리고 국문의 대두를 말한다. 둘째는 문장의 통사구조와 관련된 것으로 고전 한문 문장으로부터 국어의 문장 형태로 전환하려는 노력이 여기에 해당한다.[28] 국어국문운동과의 관계에서 고려해 볼 때, 언문풍월이 제기했던 문제는 언문일치의 문장을 쓰는 데서 한걸음 더 나아간 '언문일치의 시 쓰기'다. '7자로 된 구 네 개'를 서로 어울려 말이 되면서도 시적인 풍취를 가진 것을 창작하고자 했던 것이다. 이 지점에서 언문풍월이 현상 공모제를 통해 창작법을 지속적으로 교육하고자 했던 의도를 짐작하게 된다. 다양한 문체

---

26  이에 대해서는 박슬기, 앞의 책, 108~111쪽 참조.

27  황호덕, 『근대 네이션과 그 표상들』, 소명출판, 2005, 462~463쪽 참조.

28  김병문, 『언어적 근대의 기획―주시경과 그의 시대』, 소명출판, 2013, 73쪽.

들이 경합을 이루는 개화기의 상황에서, '순조선문'이 지닐 수 있는 가능성의 한계치에 도달하고자 했던 것이다.[29] 이러한 실험이 창안자들의 의도였던 것인지는 정확히 알 수 없다. 그러나 『신한민보』가 국문풍월을[29] 모집하면서 "애독 제군의 재미를 이바지하며 또한 국문문학을 연구케 하기 위하여"[30]라는 의도를 내보인 것은 이를 암시하고 있다.

더구나 『제국신문』이나 『태극학보』에서는 언문풍월 대신에 국문풍월이라는 용어를 사용함으로써 언문풍월이 '국문으로 된 시'라는 인식을 보여주고 있었다. 『신한민보』 역시 국문풍월이라는 용어를 사용했으나, 『매일신보』나 『조선문예』 등은 언문풍월로서 이를 지칭

---

29  언문풍월이 주시경을 중심으로 하는 인적 네트워크의 범위 안에서 제시되었다는 점 역시 주목할 수 있는 부분이다. 언문풍월 창작의 최대 성과이자 집결체인 『언문풍월』(고금서해, 1917)의 심사(考試)를 맡은 사람은 이종일, 지석영, 유근 세 사람으로 되어 있다. 이종일은 『독립신문』에 이은 순국문신문인 『제국신문』의 사장 겸 주필이었으며, 1907년에 제국신문사를 그만두고 국문연구소의 위원이 되었다. 그는 사장 시절에 주시경 등 독립협회 출신자들을 영입함으로써 독립협회의 유지를 이어가고자 했던 사람이다(이종일과 『제국신문』, 주시경의 관계에 대해서는 최기영, 『대한제국시기 신문연구』, 일조각, 1991, 33~36쪽과 64~66쪽 참조). 또한 그는 『조선문예』 창간호부터 종간까지 「언문부」의 고정필자였으며, 「언문풍월법」과 같은 언문 문예는 이 「언문부」에 실려 있다. 지석영은 또한 주시경에게 「훈민정음」을 보여주고, 주시경의 국문론을 옹호하는 글을 쓴 사람이다(지석영과 주시경의 관계에 대해서는 김병문, 앞의 책). 1939년의 『동아일보』 한글풍월 공모의 심사자는 이병기, 이윤재, 임화였는데(『동아일보』, 1939.7.4), 이병기 역시 조선어강습소 1913년 졸업생으로 대표적인 주시경의 제자다. 또한 1939년에 「언문풍월법」을 실은 『한글』은 앞으로는 조선어연구회(1921)를 이어받고, 뒤로는 조선어학회(1931)에 연결되는 동인지였다.

30  「국문풍월현상모집」, 『신한민보』, 1910.3.9.

했다. 이는 단순한 용어 차이라고 보기 어렵다. '국문'이라는 개념 자체가 개화기의 국어국문운동의 일환으로 제시된 것이기 때문이다.

그러나 구어는 문장 단위로 끊어지는 경우가 거의 없이, 연결어미 등으로 계속 이어지게 마련이다. 주어와 서술어를 갖춘 문장이라는 단위를 의식하고 또 그 안에서의 자연스러운 구조를 염두에 둘 때[31] 비로소 국어의 통사구조를 갖춘 문장이 성립하는 것이다. 이러한 측면에서 주시경의 「언체의 변법」은 문장 층위의 발견이고 이는 주시경의 국어와 국문론이 조선어의 문법적 구조에까지 이르렀음을 보여준다. 이의 가용한 범위가 최남선이 만들어낸 국한문체인 것이다.

최남선이 『소년』에서 만들어낸 국한문체, 즉 시문체는 일종의 타협점이었으나 이 문체가 결국에는 살아남아 근대문학의 문장이 된다. 박영희가 『소년』에서 최남선과 이광수의 문체를 보면서 문사의 꿈을 키웠다고 했듯, 그리고 김동인의 언문일치체 소설이 국한문체였던 것과 마찬가지다. 물론 이들의 국한문체는 최남선이 주장했던 바 "아무쪼록 순국어로 하고 어의가 통키 어려운 것은 한자를 방부함도 무방"한 것이었다는 점에서 기왕의 한문체와는 차원이 다른 것이었다. 이 지점에서 언문풍월이 사실상 실패하고 소멸할 수밖에 없었던 점이 명확해진다. 우리말로서는 압운을 할 수 없었기 때문이거나 혹은 구형식의 답습에 지나지 않는 시대착오적인 형식이었기 때문이라기보다는 한문을 완전히 배제한 채로는 "두 마디 말로 어울려 말이 되도록 하"기가 거의 불가능했던 까닭이다.

---

31   김병문, 앞의 책, 235쪽.

지속적으로 강조했던 "순조선문"은 사실상 쓰기가 불가능했기 때문에 언문풍월은 압운법에 집중할 수밖에 없었던 것 같다. 1940년에 『동아일보』에서 모집한 한글풍월의 응모작의 면면이나 이 응모작에 대한 편집자들의 평에서 언문풍월이 말 맞추기에 불과해졌다는 점이 드러난다. 응모된 작품이 200여 편이 될 정도로 여전히 언문풍월은 대중의 호응을 받고 있었다. 편집자들은 이에 응모가 많은 것은 반가운 일이지만 "응모작품 중에는 아직 운 다는 법이라든지 글자 수가 맞지 않은 것이 상당히 많음은 유감"[32]이라고 하면서 당선작을 게시하고 있다. 주제는 모내기, 운자는 실, 질이었던 이 공모의 일등작은 "어화우리 농부들 모내기가 내구실 / 파릇파릇 줄맞춰 너른 벌판 누비질"이고 이등작은 "마른논에 물 괴어 엉덩춤이 두둥실 / 고루고루 모내니 없어젓다 물쌈질"이다. 여기에는 이미 『언문풍월』 일등작이자 대표작이 보여주었던 "옷업다는 말마오 솽만 만히 심으고 나를 힘써 기르면 치운 사름 잇겟소"의 서술 구조나 "가을에는 슬타가 여름되면 웨 찻나 챠고 더운 이 세상 너를 좃츠 알겟다"[33]와 같은 현실 인식을 결여하고 있다.

그러나 언문풍월은 바로 그러한 국문에 대한 인식과 우리말의 서술 구조에 대한 실험적 인식을 밀고 나갔던 결과 나온 것이었다. 이러한 측면에서 주시경 학파의 일원이었던 이병기가 시조의 문학적 형식을 언문풍월의 형식과 견주어가며 만들어가고 있는 것은 상당히 의미심장하다. 그는 1926년에 「시조란 무엇인고」라는 제목으로

32    「한글풍월 당선자를 발표」, 『동아일보』, 1940. 7. 27.
33    이종린 편, 앞의 책, 1쪽.

선 18회에 이르는 긴 글을 『동아일보』에 연재했다. 그는 이 글에서 시조의 명칭, 자수, 구조句調, 운율, 체재, 유래, 닝옴법朗吟法, 수사법, 신 운동의 항목을 나누어 설명했는데, 이는 당시에 조선문학으로서의 시조를 정립하기 위해 시조의 전면모를 해명하고자 했던 최초의 본 격적인 논의였다. 여기서 언문풍월은 시조의 구조句調와 운율을 해명 하는 장에서 다루어지고 있다.

이병기는 시조란 "조어식구조"를 따라야 한다며, "조어식구조朝語式 句調는 조선어의 근본미를 나타내는 순조선어로 된 구조句調를 이름이 니 순조선어로나 혹은 조선화한 외국어한문과 기타를 명사만으로 쓰기 로 한 것이다"[34]라고 설명한다. 이는 "조한식구조朝漢式句調나 결식구조 訣式句調"와는 다른 것으로 "나비야 청산가자 범나비 너도 가자"나 "봄 미날아 살진삼을 넘에게 들이과져"와 같은 조선의 민요체에서 비롯 한 것이라는 것이다. 이병기는 종래의 노래체를 긍정하면서, 시조가 이러한 노래체들이 지니고 있는 구조를 재현해야 한다고 주장한 것 이다. 그러나 이러한 조선어식 구조를 만들기 위해서는 용어가 필요 한데, 그 용어로서 세 가지를 들고 있다. 첫째는 표준어를 정하여 사 전을 간행하는 것이고 둘째는 문단적 표준어를 정하는 것이고 세 번 째로는 시어의 선택으로, "정취, 성향聲響, 신운神韻이 있는 말"[35]을 선 택해야 한다는 것이다. 이러한 말은 대체 어떤 말인가.

여기에 이병기의 운韻에 대한 새로운 해석이 놓인다. 운율 항목에 서 운율이란 "동일한 음이나 유사한 음이나 또는 다른 음이 서로 조

---

34    이병기, 「시조란 무엇인고(4)」, 『동아일보』, 1926.11.28.
35    이병기, 「시조란 무엇인고(17)」, 『동아일보』, 1926.12.12.

화되어 율격 있는 한 형식미를 나타낸 것"[36]이라며 그것은 "음의 성질에 기인"한 것이라고 설명한다. 그는 「율격과 시조」에서 한시의 평측법과 같은 것을 음성률音聲律, 운각법과 같은 것을 음위율音位律, 조구법造句法과 같은 것을 음수율音數律이라고 한다며, 우리말에는 평측이 없어 음성률이 없다고 하지만 그래도 완전히 없는 것은 아니라고 주장했다.[37] 그 주장은 이 글에서의 조선어의 음에 대한 설명에 기반하여 나온 것이었다.

「시조란 무엇인고(6)」에서 그는 조선어에 음이 없지 않다며 명백하게 존재하는 장단음이 있고 강약음 또한 존재하지 않는 것은 아니라고 설명한다. "강약의 음도로만 보아 강음, 격음, 약음, 평음 네 명칭으로 하"고, ㄱ ㄷ ㅂ ㅅ ㅈ ㅎ을 강음 ㅊ ㅋ ㅌ ㅍ들을 격음, ㄴ ㄹ ㅁ을 약음, 모음을 평음으로 정의하고 있다.[38] 이러한 구분은 각 음의 성격은 서로 다른 음도를 가진 음들이 만났을 때 자기 음을 내는 것과 내지 못하고 다른 음으로 변하는 것과의 구별을 통해 결정된다고 한다. 다음은 그 예이다.

| 서 | 리 | 찬 | 새 | 벽 | 바 | 람 | 에 | 울 | 고 | 가 |
|---|---|---|---|---|---|---|---|---|---|---|
| 강 | 약 | 반격 | 강 | 강 | 강 | 약 | 평 | 약 | 강 | 강 |
| 는 | 저 | 기 | 럭 | 아 | 추 | 야 | 장 | 깁 | 푼 | 밤 |
| 약 | 강 | 강 | 반약 | 평 | 강 | 평 | 강 | 강 | 반강 | 반강 |
| 에 | 님 | 의 | 방 | 에 | 들 | 엇 | 다 | 가 | | |
| 평 | 강 | 평 | 강 | 평 | 반강 | 강 | 강강 | 강 | | |

---

36    이병기, 「시조란 무엇인고(5)」, 『동아일보』, 1926.11.30.

37    이병기, 「율격과 시조(1)」, 『동아일보』, 1928.11.28.

이 예를 보면 이 강, 약, 평 삼음이 어떠한 간격을 두고 서로 향응響應하여 좋은 음운을 이뤘다. 그러면 운이란 것도 동일음이나 유사음이 어떠한 간격을 두고 향응한 것이니 시의 율격으로는 균일한 간격을 둔 것이 보통이지만은 운이란 꼭 일정한 간격을 둔 것만이 아니다. 그러므로 한시의 압운이나 첩음법 따위를 시조에서도 볼 수 있으니 (…중략…) 그러나 억지로 운을 달랴고 애쓸 것이 아니다. 만일 언문풍월과 가치 압운을 한대도 귀할 것이 없을 뿐 아니라 도리어 조선어의 자재自在한 성향聲響의 근본미를 잃기 쉽다.

쓰기를외올두올 실과골무네단골 사랑홉다그재조 쪽깐듯박이진솔
〈언문풍월-침-김금남〉

이 언문풍월은 그다지 나쁘지 않지만은 부자유 부자연한 운을 다느라고 애쓴 자최가 보이고 한시 그것과 같이 토를 달아야만 그 의미가 분명할 것이다.[39]


이병기의 사음四音에 대한 설명에 따라 이 예를 분석해 보면, "서리찬"에 "찬"은 격음 ㅊ과 약음 ㄴ의 결합이므로 반격음으로 이해할 수 있는데, "깁푼밤"의 "푼"은 격음 ㅍ과 약음 ㄴ의 결합인데도 반강음으로 설명되고 있다. "들엇다가"의 "다"는 "따"로 소리 나기 때문에 중첩된 강음이다. 이러한 설명이 어학적 근거의 뒷받침을 받을 수 있는지

---

38  원문에서는 강음에 유, ㅎ을 포함시키고, 약음은 "ㄴ들"이라고 표기하는 등, 각 음에 포함되는 자음과 모음을 혼란스럽게 표기하고 있다. 그러나 이하의 설명에 따라 한글 자모음을 배열해볼 때 이와 같이 분류될 수 있다.

39  이병기, 「시조란 무엇인고(6)」, 『동아일보』, 1926.12.1.

는 논외로 하더라도, 이해할 수 없는 부분들이 존재하는 것이다. 예컨대 "기럭아"의 경우 발음이 "기러가"로 나기 때문에 '아'의 경우는 앞에서 온 'ㄱ'음의 영향을 받았으니 강음이 되어야 한다.

음의 강도에 대한 이병기의 설명과 그 적용이 올바른지는 국어학의 도움을 받아야 하지만, 중요한 것은 이 설명의 적합여부가 아니다. 어쨌든 이 글에서 중요한 것은 이병기가 전통적인 율격의 토대였던 운韻을 어학적 지식을 바탕으로 새롭게 설명하고 이를 시에 적용하려 한 것이다. 그에게 운이란 "동일음이나 유사음이 어떠한 간격을 두고 향응한" 효과인 것으로, 단 하나의 음에서 성립하는 것이 아니라는 점이다. 그런 점에서 한시의 압운이나 첩음법 따위를 시조에서 찾을 때 "이런들 어떠하리 저런들 어떠하리 만수산 드렁츩이 얽어진들 어떠하리 우리도 이같이 얽어저 백년까지 하리라"에서는 '리'가 "녹이상제 살지게먹여 시내물에 싯겨두고 용천설악을 들게 갈아 들어메고 장부의 위국충절을 세워볼가하노라"에서는 '고'가 압운이라고 주장할 수 있는 것이다. 이는 엄격하게 동일한 위치에 있는 것만을 가리키지 않음은 물론이다.

그러므로 이병기가 언문풍월을 예로 들어 부정한 것은 '부자유부자연한 운' 그 자체다. "조선어의 자재自在한 성향聲響"을 고려치 않고 선택된 운을 억지로 고정시켜 그에 맞추어 구를 짜게 되면 필연적으로 조어식 구조를 훼손할 수밖에 없기 때문이다. 이병기에게 운은 앞뒤의 음들과 어울려 유동하는 음으로서 존재해야만 우리말의 올바른 음성音性을 드러낼 수 있는 것이기 때문이다. 그가 "정취, 성향聲響, 신운神韻이 있는 말"을 뽑아 써야만 "조어식구조의 전적미全的美"[40]를 나타낼 수 있다고 한 것은 그런 의미에서, 조어식 구조란 노래체에서 유래하는 우리말의 통사구조와 더불어 음의 조화까지 고려하여야 완성될 수 있다고 생각한 것이라 이해할 수 있다.

이 지점에서 이병기의 시조 율격론은 1909년에 신채호가 말한 동국시의 의미에 다가가고 있다. 그것은 노래체를 긍정하면서도 노래 자체로 남는 것이 아니라, 음의 조화에 기반하는 '운'의 형용이라는 시의 양식을 조선어로서 실현할 수 있는 유일한 가능성이기 때문이다. 그가 "진실로 시는 성형聲響이 좋아야 하나니 문文은 보는 것 읽는 것이라 하면 시는 읊조리는 것 노래하는 것이라 할 것이다"[41]라고 말할 때의 의미다. 이는 시조의 향유방식인 창唱을 부정하는 것은 아니지만 그것은 "좀처럼 사람마다 배우고 익혀 부를 수 없으"[42]므로 완벽히 이어받기는 어렵다. "훌륭한 문예품"[43]이자 "이상적 시형詩形"[44]으로써 국문-시는 조어식 구조에 음의 조화를 고려한 것으로서 새롭게 쓰여야 하는 것이다. 시조가 당대의 사람들이 계승해야 할 조선문학의 한 양식이어야 한다면 운의 형용, 음의 조화는 문자 텍스트로서 시조가 지녀야 할 문학성이었던 셈이다.

1926년의 시점에서 언문풍월은 사실상 장르적 영향력을 거의 상실하고 있었다. 언문풍월의 공모가 여전히 성황을 이루고 있었다고 하더라도, 한정된 계층이 향유하는 장르로 축소되어 있었기 때문이

---

40    이병기, 「시조란 무엇인고(17)」, 앞의 책.
41    이병기, 「시조란 무엇인고(9)」, 『동아일보』, 1926.12.4.
42    위의 글.
43    이병기, 「시조란 무엇인고(10)」, 『동아일보』, 1926.12.5.
44    이병기, 「시조란 무엇인고(18)」, 『동아일보』, 1926.12.13.

다. 그러나 가람이 국문-시로서 시조가 갖추어야 할 자연스러운 운과 언문풍월의 부자연스러운 압운을 대비시켜 논의하고 있는 것은 간과하기 어려운 측면이 있다. 언문풍월이 비록 교조화되기는 하였으나, 국문으로써 운韻의 가능성을 시험한 유일한 형식이었다는 점을 암암리에 인정하고 있다는 점이다. 시조의 자연스러운 율격은 언문풍월이 가진 부자연스러운 율격을 극복함으로써 얻어지는 것이다. 언문풍월은 지양해야 할 대상이 됨으로써 역설적으로 국문-시를 사유할 수 있는 가능성을 열어준 것이다.

## 4) 국문-시의 인식과 언문풍월의 근대시사적 의미

개화기에 전통적인 시와는 다른 '새로운 시'를 창안하려고 했던 시도는 적어도 두 개의 전통의 갈등 사이에서 도출되었다. 하나는 시는 한시라는 인식이고, 또 하나는 조선어로 된 시는 노래라는 인식이다. 여기에 국어국문운동이 열어 놓은 언문일치의 열망 또한 개입되어 있다. 서론에서 제시한 바, 최남선의 신체시와 『매일신보』의 신시로서의 한시, 그리고 신채호의 동국시는 이 갈등의 토대 속에서 제출된 것이다. 그들은 또한 이 새로운 시를 독자 대중들에게 교육하여 시대적 승인을 받아야 하는 과제를 안고 있었다. 이것이 이 새로운 시들의 시도가 현상 공모라는 제도를 통해 제출되었던 이유다.

언문풍월은 이러한 시대적 과제 속에서 '국문으로 가능한 시'를 모색하기 위해 시도되었던 장르다. 전통적인 한시를 시의 양식으로 이어받으면서도 그 언어를 순국문으로 정립하고자 했던 언문풍월은 결과적으로는 실패하여 죽은 장르가 되었다. 그러나 언문풍월이 열어놓은 국문-시의 가능성과 한계 속에서 가람의 시조 율격론이 제출되었던 것은 상당한 의의를 지닌다. 이러한 가능성은 1920년대에 김억의 「격조시형론」에서도 실험되었던 것이었다. 언문풍월이 궁극적으로 지향하고 있었던 바는 한시를 혁신하며 계승하는 시였으며, 이 국문-시의 이상은 1920년대 이후에 시조 혹은 격조시의 편에서 노래로 남지 않고도 우리말의 음성音性을 조화롭게 실현할 수 있는 시의 이상으로서 추구되고 있었다.

## 2. 최남선의 신시新詩에서의 율律의 문제

### 1) 신체시 율격론 재고

한국 근대시의 성립과정에서 최남선의 신시는 두 가지 차원에서 문제적이다. 하나는 논설의 율문화 혹은 지식의 율문화[45]라는 규정이 보여주듯, 노래가 지니는 강력한 흡수력을 통해 근대적 지식과 새로운 사상을 대중에게 보급하기 위한 하나의 전달 매개체로 활용했다는 점이다. 근대적 자유시가 자율적인 서정적 주체의 내면에 정초된다고 할 때, 최남선의 시 혹은 시가는 집단적 주체를 호명한다는 점에서 근대시로서 자격 미달에 해당한다고 할 수 있다. 또 하나의 문제는 신체시 양식 자체가 지니고 있는 문제다. 재래의 4.4조 운

---

45 논설의 율문화는 김현·김윤식이 『한국문학사』(민음사, 1997)에서, 지식의 율문화는 한기형이 「최남선의 잡지 발간과 초기 근대문학의 재편」(『대동문화연구』 45, 성균관대 대동문화연구원, 2004)에서 사용한 용어이다.

율을 탈피했으나, 7.5조를 기반으로 한 정형률에 의존한다는 점에서 일본 신체시의 모방이거나 혹은 복고적 지향을 지니고 있다고[46] 평가되는 것이다. 근대적 서정시를 자유시로 규정하고, 이의 형식적 특징이 내재율에 있다고 한다면 최남선의 시적 실험은 오히려 근대시에 반反하는 것으로 이해된다.

이런 관점들은 최남선의 시 혹은 시가의 핵심적인 요건이 율격律에 있음을 전제한다. 계몽담론의 매체로서 이를 이해하려는 관점에서는 율격을 창출하려던 최남선의 의도와 율격의 효과를 문제 삼는다.[47] 또한 근대시 양식의 차원에 서면 이 율격의 문학사적 위상을 문제 삼는다. 즉 최남선의 신시가 보여주는 율격의 문제는 전통시가에서 개화기 시가를 거쳐 근대적 자유시로 나아가는 근대시사의 양식적 발전 과정에서 가장 핵심적인 것으로 보인다. 그러나 이를 수긍하기 위해서는 먼저 이 율격이 최남선의 어떤 시적 실험을 가리키는 것

---

46  이는 주요한이 지적한(「노래를 지으시려는 이에게(1)」, 『조선문단』 1, 1924, 48쪽) 이래, 연구자들에게 공유되고 있는 견해이다(김용직, 『한국근대시사』 상, 학연사, 1986; 김윤식, 「개화기시가고」, 『한국현대시론비판』, 일지사, 1975 등). 그러나 최남선의 7.5조 율격이 일본 신체시의 율격에서 절대적인 영향을 받은 것은 사실이나, 그것의 무조건적인 이식移殖은 아님을 주장한 정한모의 견해(『한국현대시문학사』, 일지사, 1974) 이래, 최근의 연구는 7.5조 율격의 기원을 다양한 차원에서 찾으려고 한다(김병선, 『창가와 신시의 형성 연구』, 소명출판, 2007; 한수영, 『운율의 탄생』, 아카넷, 2008 등).

47  최남선의 「경부철도노래」를 분석하면서 구인모는 그의 실험이 독자가 묵독이 아닌 음송, 심지어 가창의 형식으로 텍스트를 공유하는 일종의 제창의 공통감각을 구현하고자 했다고 분석한다(구인모, 「가사체 형식의 창가화에 대하여」, 『동악어문학』 51, 동악어문학회, 2008). 그는 최남선의 계몽활동으로부터 소급하여, 시의 양식을 분석한 것이 아니라 시의 율적 양식을 통한 공통감각이 산출되는 지점을 지적하고 있다는 점에서 이 글에 시사점을 던져준다.

인지 명확히 할 필요가 있다. 정확히 보자면 앞의 관점에서는 실질적으로는 창가의 형식을 문제 삼고 있으며, 뒤의 관점에서는 소수의 신체시[48]를 문제 삼고 있기 때문이다. 최남선의 시적 실험은 창가, 신체

---

[48] 이 용어는 매우 문제적이다. 우선 최남선은 직접 자신의 시를 신체시로 거론한 적이 없으며, 신시라는 용어만을 사용했다. 그는 신체시라는 용어 대신에 최남선이 사용한 '신시(新詩)'라는 용어를 사용할 것을 제안했다(정한모, 앞의 책, 179~180쪽 참조). 이후의 연구자들은 신체시라는 용어가 최남선의 시적 실험의 다층성을 포괄하지 못한다는 점을 인지하면서도 정확히 규정할 수 있는 용어가 없다는 점, 관례적으로 사용되었다는 점을 들어 이 용어를 계속 사용해 왔다. 대표적으로 서영채는 "명칭 자체는 단순한 관례일 뿐"(「최남선 시가의 근대성에 관한 연구」, 『민족문학사연구』 13, 민족문학사학회·민족문학사연구소, 1998, 237쪽)이라며 신체시라는 용어 자체가 지닌 무게를 덜어 놓는다.

그러나 용어의 무게는 그렇게 가벼운 것이 아니다. 신체시라는 용어는 그것이 일본의 신체시를 즉각적으로 상기시킨다는 점에서, 최남선의 신시를 그 모조품으로 만들어버리는 효과를 낳는다. 일본의 신체시로부터 영향을 받았음은 사실이지만, 이 영향과 반영향을 실증적으로 구명하기 전에 그것이 이미 모방에서 출발한 것임을 전제하는 이상 그 영향력을 실제보다 더 과대하게 평가하는 선입견을 배제하기 어렵다. 대표적인 신체시로 불리는 「해에게서 소년에게」에서조차 이 7.5조 율격이 엄격하게 실현되지 않는다면, 과연 이 명칭이 유효한 것인지는 의심스럽다. 신체시라는 용어로 명칭할 수 있는 시의 실체가 존재하지 않으며, 나아가 그것이 최남선의 시적 실험을 포괄할 수 없다면 이 용어의 사용은 불필요한 것으로 보인다. 이에 대해서는 본문에서 다룰 것이다.

이런 점에서 소위 신체시를 포함하여 최남선의 『소년』지 소재 시가들을 문학사적 맥락에서 신시(新詩)로 명명하는 것이 더 나을 것으로 보인다. 이러한 명칭의 수정은 두 가지 효과를 낳는다. 하나는 신체시라는 용어가 최남선의 시에 부여했던 율격적 고정성 혹은 정형성을 재고할 수 있는 여지를 만들어 준다. 또 하나는 신체시라는 용어로 포괄할 수 없는 『소년』지 소재 시가를 포괄하여 논의할 수 있도록 해 준다. 이를 통해 하나의 문학사적 변종으로서가 아니라, 근대적 자유시의 원천으로서의 지위를 최남선의 신시에 부여할 수 있는 가능성을 열어줄 수 있다. 다만 이 신시라는 용어가 장르적으로 명확하지 않다는 점에서 전통적 시가와 이후의 본격적인 근대적 자유시와의 양식적 차이가 명확하게 규명되는 한에서 제한적으로 사용되어야 할 것이다. 명칭의 문제에 대해서는 양식사적 관점에서 좀 더 심도 있는 논의가 출현하기를 기대하면

시, 산문시, 국풍 등 다양한 양식을 오가며 수행되었고, 이 수행의 핵심적인 틀이 율律에 있었음은 틀림없어 보인다. 다만 앞의 관점에서는 비노래적 양식을 배제하며, 뒤의 관점에서는 몇 편 되지 않는 신체시로서 최남선의 시적 실험 전체를 설명하려는 난점을 지닌다. 그러할 때 『소년』지에 게재된 11편의 산문형 시는 매우 의외의 소산으로 여겨지며, 최남선의 시적 실험의 과정에서 왜 / 어떻게 탄생한 것인지를 설명하기 어렵다. 이 산문형 시들을 긍정적으로 평가한 경우에도, 이를 계몽적 집단 주체에서 벗어난 근대적 개인 주체의 내면을 보여준다고 평가하고,[49] 내용을 주로 분석함으로써 시의 형식적인 차원에 대한 논의는 간과하는 경향이 있다. 근대시의 근본적 요건이 서정적 주체의 미적 자율성에 있다는 점을 일단 배제하고[50] 한국 근대시의 성립 과정을 내재율을 기반으로 한 자유시 형식의 성립과정으로 이해하려고 한다면, 최남선의 신시의 율律의 문제를 전면적으로 재검토해야만 하는 것이다.

이를 위해서는 먼저, '7.5조 율격의 신체시'라는 관점을 재고할 필요가 있다. 일단 공식적으로 신체시는 통시적으로는 전통시가에서 근대 자유시로 넘어가는 전환 역할을 담당했으며, 공시적으로는 아

---

서, 이 글에서는 아쉬운 대로 신시와 신체시라는 용어를 상황에 맞게 사용하도록 한다. 신체시라는 용어는 선행 연구의 맥락에서 필요한 경우에 사용한다.

49  이에 대한 논의는 장만호, 「한국 근대 산문시의 형성과정 연구」, 고려대 박사논문, 2006; 신지연, 「재현의 언어와 최남선의 산문형 시」, 『한국근대문학연구』 16, 한국근대문학회, 2007 참고.

50  이러한 관점에서 최남선 시가의 근대성을 규명하려고 한 연구는 대표적으로 최현식, 「'신대한'과 '대조선'의 사이-『소년』지 시(가)의 근대성」, 『신화의 저편』, 소명출판, 2007 참조.

직 전통적 가歌, 즉 낭송의 형식에서 벗어나지 못했던 개화기 시가들의 양식적 이합집산의 와중에 본격적으로 인쇄된 시, 즉 눈으로 읽는 시의 형식을 모색했다는 의의를 확인받고 있다. 이 양식적 혁신은 전통시가에서는 없었던 분절적 정형성을 보여주었다는 데 있으며,[51] 이를 율격론으로 이해할 때 4.4조의 중첩으로 이루어진 전통적인 음보율[52]을 탈피하고 7.5조의 '새로운' 음수율로 이행한 것으로 평가된다.

확실히 음보율에서 음수율로의 전환은 개화기 시가의 일반적 경향이라고 할 수 있으며,[53] 이는 소리의 연속성에 의거하는 전근대적 시가 양식이 문자의 분절성에 의거한 근대적 시 양식으로 변모한 점을 보여주는 것이라 할 수 있다. 그러나 이 분절성은 찬송가나 창가의 곡에서 탄생한 것이므로[54] 텍스트 외부의 곡조를 상정하지 않고

---

51  정우택, 『한국 근대 자유시의 이념과 형성』, 소명출판, 2004, 89쪽.

52  여기서 음보율이라는 용어는 이를 율격적 휴지에 의해서 구분되는 율격적 토막의 일정한 반복으로 규정한 조동일의 견해를 따른다(조동일, 『한국민요의 전통과 시가율격』, 지식산업사, 1996, 219쪽). 이는 음절의 수보다는 율격적 휴지에 의한 구분을 더 중요하게 여긴다는 점에서 일종의 율격적 호흡 단위로 이해할 수 있다. 그는 우리 전통시가가 3음보와 4음보의 교체로서 이루어져왔다고 하면서, 민요와 시조의 율격을 2음보의 중첩으로서 4음보로 보고 있다. 우리의 전통시가의 율격을 음보율로 규정한 것에 대해서는 논란이 있지만, 대개 학술적으로 수용되고 있는 것으로 보인다. 이에 반대하여, 음수율의 용어를 사용하자고 주장한 경우에도 큰 범주에서의 음보율을 벗어나고 있지 않다는 점은 이를 반영한다(대표적으로 김정화, 「음수율과 〈음보율〉, 〈음량율〉의 거리」, 『민족문화논총』 34, 영남대 민족문화연구소, 2006).

53  권오만, 『개화기시가연구』, 새문사, 1989, 251쪽.

54  특히 행과 구의 분절에 관해서는 찬송가의 영향이 뚜렷하게 지적되어왔다. 외국의 곡조에 우리말 가사를 붙이는 과정에서, 한 음표에 한 음절을 대입시키는 방법이 확산되었고, 노래의 한 절은 연에, 한 소절은 행에 대응되는 방식이 일반화되었다. 김병철은 이를 음수율의 출현이라고 확언하지는 않지만, 한 음표

서는 이 음수율을 이해하기 어렵다. 말하자면 7.5조이든 6.4조이든 음절의 수만으로 음수율을 고정시키기 어렵다. 또한 음수율의 구성 단위인 음절이 문자 자체로서 독자적인 율독의 단위가 되기도 어렵다. 그럼에도 불구하고 최남선의 신체시에 대한 기왕의 연구들은 '음수율적 지향'을 그 원형에 놓고 논의를 해왔다.

최남선이 넓은 의미에서의 음수율적 지향을 지니고, 율격의 형식을 실험한 것은 틀림없어 보인다. 비교적 단순한 율조를 지니고 있는 다른 개화기 시가들과는 달리, 그는 매우 다양한 변격과 파격을 실험했기 때문이다. 그러나 이 변격과 파격의 다양성 때문에 오히려 그의 신체시를 율격론의 관점에서 고정시킬 수 있는가 하는 의문이 제기된다. 반복되는 음절의 수가 율격의 기본 단위를 형성하고 있다는 관점에서 율격을 이해할 때, 텍스트를 구성하는 것은 오직 음절로서만 이해된다. 그러나 "산ㅅ골中" 혹은 "뼈…대는"과 같은 경우들, 혹은 "텨……ㄹ 썩, 텨……ㄹ 썩, 텩, 쏴……아"와 같은 경우 무엇을 기준으로 음수율을 추출할 수 있을 것인가?[55] 말하자면 자수율로서 음수

---

에 한 음절을 대응시키는 방식에 찬송가가 절대적인 역할을 했음을 꼼꼼히 분석했다(『한국근대번역문학사연구』, 을유문화사, 1975, 120~151쪽 참조). 김교봉·설성경은 이에 동의하면서도, 개화기의 대부분의 시가에서 4음보 율격이 파괴된 것은 아니었다고 유보하고 있다(『근대전환기 시가연구』, 국학자료원, 1996, 93쪽). 이처럼 약간의 이견이 있기는 하지만, 대개 곡조에 가사를 붙이는 과정에서 호흡 단위의 율격이 음절 단위의 율격으로 변모한 것에 대해서는 대부분 동의하고 있다. 이에 관련한 상세한 연구로는 김병선, 앞의 책, 참고.

55  특히 이 문제는 7.5조로 규정된 「해에게서 소년에게」의 첫 행에서부터 확인된다. 이를 어떻게 7.5조로 이해할 수 있는가? "터어얼썩, 터어얼썩, 텩, 쏴아아아"로 읽으면 8.5조로, 자수율로 이해할 때는 "텰/썩/텰/썩/텩/쏴/아"로 7언으로 이해되며, 'ㄹ'을 독립된 음절로 이해하더라도 "텨/ㄹ/썩/텨/ㄹ/

율을 규정한다면 최남선이 사용하고 있는 음수율은 설명하기 어렵다. 이를 4.4조 율격이나 3.4조 율격의 파격으로 이해하더라도 이를 엄격한 의미에서의 음수율을 지향했다고 할 수는 없다. 더구나 이 율조를 7.5조로 고정할 수 있는가 하는 문제가 남는다.

이러한 난점 때문에 행 단위의 음수율로서 신체시를 이해하지 않고, 연 단위의 정형성을 찾으려는 견해들이 있었다.[56] 이 연구들은 그러나 어떤 형태로든 율격적 정형성을 신체시에 부과하는 동시에 율격의 문제를 소수의 신체시로 한정시킨다. 이런 경우 『소년』지 소재 시가를 통어하는 원리로서의 율격을 설명할 수 없으며, 신체시를 비롯한 최남선의 신시 실험은 여전히 설명할 수 없는 것으로 남는다.

음보율이 되었든, 음수율이 되었든 혹은 기타의 다양한 개념들로 설명하든지 간에, 기본적으로 율격론은 신시의 형식을 이해하는 데 큰 도움을 주지 못한다.[57] 율격이란 기본적으로는 소리의 감각이

---

석 / 턱 / 쏴 / 아"와 같이 6.3조가 된다. 달리 말해 무엇을 기준으로 율조를 추출하느냐 하는 문제가 남아버리는 것이다.

56  신체시를 한 행에서는 율격이 적용되지만, 각 행들 사이에 이를 규제하는 원리는 없으되 연 단위로 규제하는 원리가 있는 것으로 이해(정연길, 「「청춘」, 「학지광」 기타 잡지 시단고」, 『한성대학 논문집』 4권 1호, 한성대, 1980)하거나, 음수율이라는 개념 자체를 배제하고, 행 단위에서의 자유율과 연 단위에서의 정형성으로 이해(서영채, 앞의 글)하기도 하면서 행 단위가 아닌 연 단위 정형 시가(김교봉·설성경, 앞의 책, 316쪽)로 규정했다.

57  한국시의 특징적인 율격 원리를 규정하려는 많은 연구들이 있었다. 서양의 시에서 율격이 기본적으로 '강세'라는 음절의 자질로서 형성되는 데 비해 한국어는 이러한 율격이 불가능하므로, 어절 단위를 기본으로 하는 음보율이라는 개념을 발전시켰다(대표적으로 조동일, 앞의 책). 이 음보율에서 핵심적인 것은 성기옥이 지적한 바, 음의 지속량으로서 이는 각 음보들의 발화 시간의 동일성에 근거하고 있다(성기옥, 『한국시가율격의 이론』, 새문사, 1986 참조). 이러

기 때문이다. 율격은 늘 율독을 하는 낭송자의 감각에 의존한다. 쓰인 텍스트를 소리 내어 읽지 않는다면 문자적 차원의 율격이란 의미가 없다. 특히 각 음절 혹은 각 단어에 이미 악센트가 부여되어 있는 언어와는 다른 우리말에서 어떻게 '시에서의 리듬'을 재현할 수 있을 것인가에 대한 오래된 논쟁은[58] 율격론의 불가능성을 방증한다. 신체시 혹은 신시를 근대시사의 첫머리에 두면서도, 이 시가 취하는 양식의 문학사적 의의를 해명할 수 없었던 것은 이런 율격론 혹은 정형률의 자장 아래에 최남선의 시를 고정시켰기 때문이다. 그러나 율격의 가능성과 불가능성의 문제가 최남선의 신시 형식 실험을 관통하는 가장 중요한 문제임은 변함없어 보인다. 이 글에서는 『소년』지에 수록된 시가의 율격을 재분석함으로써, 최남선 시에서 율律의 위상을 점검하고자 한다.

---

한 음보율이 한국어에서 적절한 것인가는 차치하고서라도, 이 율격론은 율독, 다시 말해 발화자의 '소리 감각'에 의존한다는 점에서 과연 우리의 근대시에서 적절한 창작 원리로 작동하고 있는지는 의문스럽다.

58  표면적으로는 '서정'과 '주지' 혹은 전통적 서정시와 새로운 모더니즘 시 사이의 대립이었지만, 실제로는 리듬과 이미지 혹은 청각성과 시각성에 대한 대립을 중심으로 진행되었던 1950년대 시론의 전개 과정을 보아도 알 수 있다. 즉, 근대시(1950년대의 맥락에서는 현대시)를 성립시키는 근본적인 요건을 넓은 의미에서의 율격론에 두고 있다는 점은 우리 시에서 리듬의 문제가 얼마나 난해한 주제이며 또 반드시 정리해야만 하는 일종의 시사적 과제로 여겨지고 있다는 점을 보여준다. 이에 대해서는 박슬기, 「1950년대 시론에서의 '서정' 개념의 논의와 '새로운 서정'의 가능성」, 『현대문학연구』 28, 한국현대문학회, 2009 참조.

## 2) ×.5조, 외부적 율律을 호출하는 노래의 형식

『소년』지에 어떤 명칭을 붙여 놓았든, 산문이 아니라 운문으로 볼 수 있는 것은 시조국풍와 한시를 포함하여 총 65편에 이른다. 그리고 목차상으로 시로 분류한 것을 모두 근대적 의미에서의 시로 볼 수 있는 것은 아니다. 최남선은 명백히 창가로 볼 수 있는 것 역시 시라 명명했기 때문이다. 그러나 이러한 일반적인 양상과는 달리 『소년』 3년 5권에서 3년 8권1910.5~1910.8에 나타난 시가의 분류는 시와 창가, 그리고 시조를 명확히 구분하고 있다는 점에서[59] 주목을 요한다. 또한 이는 『소년』지 목차에 명시적으로 창가라는 명칭이 기재되는 것과 시기를 같이 한다. 즉 이 시기에는 빠짐없이 시, 창가, 국풍의 명칭이 들어가는데, 정간을 당한 지 3개월 만에 낸 3년 9권1910.12에서는 이 기간 동안 창가로 명명했던 형식을 도로 시로 표기하면서 이 구분은 무의미해지고 만다.

그러나 이 짧은 기간의 분류법에서 그가 시와 노래를 구분했던 기준의 일단을 엿볼 수 있다. 그가 명시적으로 창가의 양식으로 명명했던 작품은 「들구경」3년 5권, 「소년의 녀름」3년 6권, 「녀름의 자연」3년 7권, 「조상을 위해」3년 8권으로 총 네 편이다. 음수율의 관점에서 보자면 「들구경」은 4.4.5조, 「소년의 녀름」은 8.5조로 이루어진 행과 6.5조로 이루어진 행을 반복함으로써 율격의 단위로 삼는다. 「녀름의 자

---

59  이에 대해서는 권오만이 정확히 지적했다. 그는 이 시기에 장르의 삼분법이 나타난다고 하며, 이는 오늘날의 장르 구분에 비추어보아서도 손색이 없다고 주장한다. 그러나 약 4개월의 짧은 기간 동안만 지속된 이 삼분법은 그의 산문시의 실패로 말미암는다고 주장한다(권오만, 앞의 책, 215~232쪽).

연」은 8.5조로, 「조상을 위해」는 13자로 된 행이 4번 반복되면서 한 연을 이루는 형식을 지니고 있다. 띄어쓰기로 인한 휴지를 감안하면서 산출한 이 음수율조는 「조상을 위해」를 제외하고는 「경부철도가일절」년 2권과 거의 동일한 형식을 지니고 있다는 점이 먼저 눈에 띈다. 『소년』지에 게재된 「경부철도가일절」은 휴지를 감안하면 4.3.5조로, 일반적 관습을 적용하면 명백히 7.5조로 분석된다. 그러나 최남선은 「경부철도노래」초판의 서문에서 "이 노래는 예전부터 내려오는 '8자박이' 격조와 다르니 나는 이러한 격조를 '8에 5'라 이름코자 하노라"⁶⁰라고 하며 이를 8.5조로 명명하고 있다. 악보가 붙어 있지 않은 상태로 인쇄된 가사만 놓고 보면, 이를 4.3.5조로 분석하든 7.5조로 분석하든지 간에 음절 하나가 부족하기 때문에 8.5조로 보이지는 않는다. 이런 사정 때문에 최남선이 이를 8.5조로 명명한 것에 대해서 조지훈은 일본의 신체시의 영향을 받았음을 감추려 했다고 주장했으며 이 견해를 인용한 김병선은 신체시의 7.5조의 영향을 받은 것이라기보다는 일본 곡조의 영향을 받은 것이라고 주장했다.

이십사번 화신풍 부러올째에
째조타고 꼿피난 금성산인데

— 「경부철도가일절」 부분


우렁탸게 토-하난 긔덕소리에
남대문을 드ㅇ디고 써나나가서

— 「경부텰도노래곡됴」 부분

「경부텰도노래곡됴」에 실린 것을 보면, 최남선은 "토-하난"과 "드ㅇ디고"를 3자가 아니라 4자로 인식했음을 알 수 있다. 그렇다면, "-"와 "ㅇ"은 하나의 음절 단위로 이해할 수 있다. 이렇게 기호를 한 음절 단위로 사용하는 경우는 다른 곳에서도 나타난다. 가령 「소년대한」1년 2권에서는 "산ㅅ골中"을 4자 율격으로 사용하며, 「신대한 소년」2년 1권에서는 "뼈…대는", "힘ㅅ줄"을 4자 율격으로 사용한다. 이런 경우, "ㅅ", "…"라는 음운 혹은 기호를 하나의 음절 단위로 볼 수 있다. 문제는 이것도 일관되어 있지는 않다는 것이다. 「천만길깁흔 바다」1년 2권에서는 "물ㅅ결은"은 3자로, "눈ㅅ빗갓흔"은 4자 율격으로 쓰였다. 또한 「노작」2년 6권에서는 "배ㅅ바닥의밋헤는"과 "악귀갓히 배ㅅ전에" 등은 7자 율격으로 읽히며, 「조상을 위해」3년 8권에서는 "時間 은"이 4자 율격으로 읽히고 있다. 이런 점으로 볼 때 이들을 일관된 음절수로 이해하기는 어렵다.

　오히려 "-"와 "ㅇ", "…", "ㅅ" 등은 하나의 율격적 기호로, 더 정확히는 이 기호들이 주는 청각적 인상을 강조하기 위한 것으로 보인다. 그는 이음표를 자주 사용하고 있다. 『대한학회월보』에 실렸던 것을 수정하여 다시 수록한 「막은물」2년 6권에서는 "드러가던지", "마음대로"에서 보듯 이음표를 붙임으로써 이를 한 음절로 율독할 것을 표시한다. 「우리님」2년 7권에서는 "자랑하지아니하오", "난홀째에빗안내오" 등으로 나타나며, 특히 『소년』의 후반으로 갈수록 많이 나타나는 경향을 보인다. 이를 음절과는 구분되는 기호를 넣으면서까지 음수율

---

60　김병선, 앞의 책, 231쪽에서 재인용.

을 고집했다고 보기는[61] 어렵다. 글자 수를 맞추려고 했다면, 음절의 어느 부분에 이음표를 넣어도 상관없었을 것이다. 특히 곡보를 첨부한 「단군절」2년 10권에서 "공손히업듸여" 부분의 악보를 보면 " ♩ "에 대응하면서 "더-"로 줄어 있음을 알 수 있다. 이는 「경부텰도노래곡됴」에서 "-"와 " ○ "이 " ♪ "에 상응하는 것과 같은 역할을 하고 있다. 즉 이음표의 기능은 음절수를 맞추는 데 있었던 것이 아니라 그에 상응하는 곡조를 상기시키는 데 있었다고 할 수 있다.

곡조를 붙인 것보다는 붙이지 않았던 시가가 더 많았던 점, 전적으로 인쇄된 문자에 이 음악의 연상을 의존해야 했다는 점에서 이러한 율격 기호가 사용되고 있었던 것으로 보인다. 그러나 율격 기호들은 다만 부수적인 역할에 그쳤을 것이며, 더 중요한 것은 이러한 노래들의 '문자 배열' 자체가 외부의 곡조를 호출하고 있다는 것이다. 앞에 언급한 4편의 창가, 그리고 경부철도노래와 단군절의 공통점은 앞의 음절이 어떤 형식이든 간에, 끝은 '5자'로 맞추어지고 있다는 점이다. 5자율은 특히 노래적 성격이 강한 율격으로, 한 행이 5자로 끝나는 것은 전례에도 없었으며 당대에도 일반적이지 않았던 최남선 고유의 율격[62]이라 할 수 있다. 실제로 『대한학회월보』 소재 시가에서부

---

61  정한모, 앞의 책, 194쪽.

62  7자와 5자의 노래적 성격에 관해서는 김병선의 논의가 자세하다. 특히 그는 7.5조가 노래적 성격을 지니고 있음을 상세히 규명하고 있다. 그가 정리한 바에 의하면, 음악에서 있어서 중요한 것은 균형의 원리가 아니라 비균등 분할의 원리이며, 이것이 운동감 혹은 율동감의 느낌을 불러일으키는 중요한 요소라고 한다(김병선, 앞의 책, 235~238쪽). 그러나 그는 이 자수를 엄격하게 고집한 것을 최남선의 음수율적 강박으로 봄으로써, 이러한 문자의 배열이 외부에서의 곡조를 호출한다는 점을 간과했다.

터, 『소년』의 마지막 권에 이르기까지 대부분의 시가가 X.5조로 구성되어 있다는 것[63]은 이 시가들이 주로 노래를 호출하는 문자의 배열이라는 점을 알 수 있다. 말하자면 반복되는 행의 끝이 5자로 끝나면서 이를 읽는 사람들은 거의 자동적으로 당대에 유행했던 외국 민요나 찬송가, 혹은 창가의 곡조를 연상할 수 있었던 것이다.

최남선의 언급에서 또 하나 중요한 것은 그가 이 8.5조가 "8자박이" 격조와 다르다는 점을 강조했다는 것이다. "8자박이"란 주요한이 언급한 데서 보이듯, 당대에 일반적으로 공유되고 있던 민요의 율격[64]이며 오늘의 어법으로 하면 4.4조의 전통적인 율격을 가리킨다. 다소의 변격은 있으나, 『소년』지에 수록된 시가 중 이 4.4조의 율격을 따르는 시가도 존재한다. 2번 실린 「흑구자의 노리」[1년 1권, 2년 10권]가 이에 정확하게 일치하며, 율격의 단위를 음절의 수에만 고정시키지 않았다는 점을 감안하면, 3.4조로 이루어진 「천만길깁흔바다」[1년 2권]도 이 범주 안에 포함된다고 할 수 있을 것이다. 민요를 비롯한 전통시가의 율격이 음보의 중첩, 특히 2음보의 확장에 있음에 고려할 때 이 이들은 전통적인 노래의 영향 아래에 있는 것이라 할 수 있을 것이다.

그러나 X.5조로 된 것들은 '새로운 창가'이고, X.4조로 된 것은 '전통적인 노래'라고 분류하는 것은 별다른 의미가 없다. 중요한 것은 이렇게 율격을 엄격하게 지키는 시가들이 그 문자의 외부에서 음

---

63  총 23편(『소년』). 전통적 율격에 의거한 시를 포함하여, 문자의 규칙적 배열을 중요한 작시 원리로 삼은 시가가 33편 정도라는 점을 감안할 때 상당히 많은 편이다. 율격적 휴지를 띄어쓰기로 표시하지 않은 시가들의 경우에도, 관습적인 청각 기억에 따라 곡조를 연상할 수 있었다는 점에서 여기에 포함된다.

64  주요한, 앞의 글, 49쪽.

악을 호출하고 있다는 사실이다. 그것이 당대인들이 즉각적으로 연상하는 전통적 곡조이든, 외래적인 곡조이든 간에 이 시가들은 이 문자의 배열이 지니고 있는 청각적 기억을 상기하고 있다는 것이다. 이는 쓰인 시가의 율독에 의해서 현상하는 것이 아니라, 문자의 배열 자체가 자신의 외부에서 호출하는 일종의 곡조이다. 그런 한에서만, 이들이 노래의 영역에 속한다고 할 수 있을 것이다.

최남선에게 시와 가歌의 장르적 구분이 없었다는 것은 이런 점에서 제한적으로만 사실이다. 그에게 근대적인 의미에서 두 장르의 구분이 없었다고는 말할 수 있지만, 시가 문자의 내부에서 율성을 산출하며 노래는 문자의 외부에 덧붙여진 율성에 의존한다는 근본적인 차이 자체는 인지하고 있었기 때문이다. 그는 시, 창가, 국풍의 삼분법을 명시적으로 사용하기 훨씬 전인 2년 10권에 수록된 글의 끝에 시조를 3편 수록한다. 여기에서 그는 "시를 만일 노래할 것과 읽을 것 둘에 나눌 수가 있다 하면 읽을 것 편에 섞어 읽어주시기를 바라노이다"[65]라는 설명을 붙여 놓고 있다.

이 세 편의 시조에서 눈에 띄는 것은 종장 마지막구의 변격이다. 첫 번째 시조의 종장은 "모처럼 지나난손 눈물겨워하노라"이며, 두 번째 시조의 종장은 "오늘에 저모양된들 무삼한恨이 잇스랴"이며, 세 번째 시조의 종장은 "지금에 『북포동완北暴東頑』을 못드르니 울고자하노라"이다. 자수를 맞추지 않은 것도 그렇지만, "『』"와 같은 문장부호를 사용한 것과 더불어 마지막구의 변격은 이 시조가 당대의 시조창

65 「쾌소년세계주유시보-제4보」, 『소년』, 2년 10권, 1909. 11, 37쪽.

으로부터 독립된 시조임을 알려준다. 종장의 마지막 구는 생략하는 것이 시조창의 일반적인 관습이었다고 할 때, 이 구를 온전히 살려 놓은 것은 당시 개화 시조의 특징[66]이기도 하거니와 창으로 부르는 시에서 읽는 시로 옮겨갔다는 것을 의미하기 때문이다. 그런 의미에 서 이 시조를 '읽는 시'로 볼 것을 요청한 것은 자동적으로 시조의 양 식에서 상기되는 외부적 곡조를 배제하고자 했던 시도로 읽을 수 있 을 것이다.

### 3) 문자의 파편적 배열 율律의 소멸

이상과 같이, 배열된 문자 자체로서는 율성을 파생시킬 수 없으 며 외부의 곡조에 의존할 수밖에 없다고 지각한 것은 율律이 근본적 으로 소리의 감각임을 최남선이 인지하고 있는 것으로 보인다. 그 렇다면 눈으로 읽는 시, 다시 말해 인쇄된 문자가 어떻게 이러한 소 리의 감각을 전달해 줄 수 있을 것인가. 여기에 최남선의 또 다른 시 적 실험이 놓인다. 이는 '문자'의 형상성에 집중하는 것인데, 그 원형 은 『대한학회월보』 소재 시가에서 발견된다. 이 시들에서 독특한 점 은 띄어쓰기와 부호의 사용방식이다. 띄어쓰기를 어디에 사용하느 냐 부호를 어디에 붙이느냐에 따라 율격은 달라지고, 이 차이에 따라 호흡 단위에서는 동일하게 낭송되더라도 형태상으로는 전혀 다른

---

66  정기철, 「『대한민보』 소재 시조의 형식적 특성과 글쓰기 교육으로서의 함의」,
『시조학논총』18, 한국시조학회, 2002, 144쪽. 정기철은 『대한민보』의 시조들
이 대개 읽는 시로서의 형식을 가졌다고 하며, 당대의 이런 양식이 일반적이었
음을 보여준다.

율격이 탄생하는 것이다. 이런 점은 「모르네나는」의 마지막 11행의 배열 방식을 보면 확연히 드러난다. 5음으로 된 3구를 한 행으로 하여 반복하다가, 갑자기 5음으로 된 1구를 한 행으로 배열하는 방식은 확실히 파격적이라고 할만하다. 이는 곡조를 붙인다는 차원에서도 해명되기 어려운 것이다. 이러한 배열은 호흡적으로 가파르고 빠른 효과를 내지만, 이 배열된 문자열 자체가 보여주는 시각적 효과도 상당하다. 이 문자의 시각적 효과는 『소년』지 초반에 실린 시에서 한결 강도 높게 드러난다.

이 두 시는 문자의 형상성을 최대한도로 드러낸 경우에 해당한다.[67] 이 시들에서 정형적인 율격이란 오히려 부차적인 문제에 불과하다. 시를 율독하기 전에, 즉 읽기 전에 먼저 눈에 들어오는 것은 문자들의 배열이 이루고 있는 형상이기 때문이다. 특히 「성신」의 경우, 제목 뒤에 별표★星辰★를 달아서 시각적인 효과를 더욱 강조했다. 또한 각 행의 시작점이 점차적으로 뒤로 물러남으로써, 행의 앞에 놓여 있는 여백의 증가가 강조된다. 또한 세 연이 같은 방식으로 반복 배열됨으로써, 시형 자체에서 역동성이 산출되고 있다. 이 시가 7.5조로 이루어져 있기는 하나, 7자와 5자를 분리하는 여백이 사선으로 나타난다는 점이 더 눈에 띈다는 점에서, 7.5조의 문제는 여기서 별로 중요한 것이 아니다.

「우리의 운동장」의 경우, 배열의 규칙은 「성신」과 같으나 배열을 대칭적으로 반복함으로써 훨씬 강력한 역동적 이미지를 보여준다.

---

67  이 두 시는 『소년』지에서 세로쓰기 방식으로 인쇄되어서 그 형상성이 더욱 선명하다.

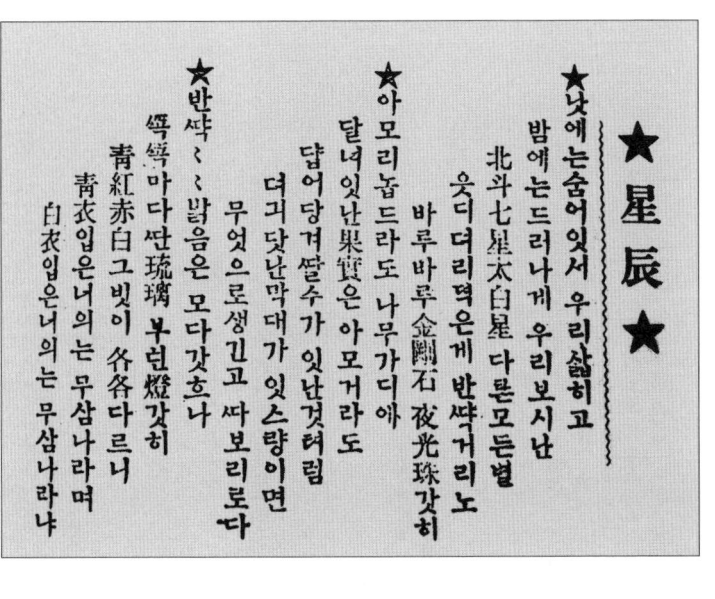

★낫에는숨어잇서 우리삷히고

　밤에는드러나게 우리보시난

　　북두칠성태백성 다른모든별

　　　웃디뎌리뎍은게 반짝거리노

　　　　바루바루금강석 야광주갓히

★아모리놉드라도 나무가디에

　달녀잇난과실은 아모거라도

　　답어당겨쌀수가 잇난것텨럼

　　　뎌긔닷난막대가 잇스량이며

　　　　무엇으로생긴고 싸보리로다

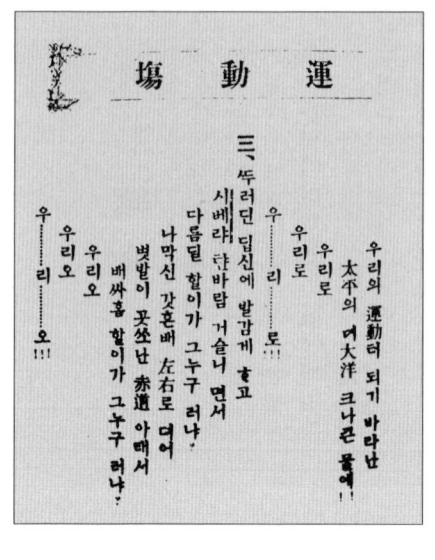

一. 우리로 하야곰 「풋쌜」도 탸고

우리로 하야곰 경주도 하야

생하야 나오난 날쌘 긔운을

내쏩게 하여라 펴게 하여라!

아딕도 데주인 맛나디 못한

태동의 더대륙 넓은 벌판에!!

우리로

우리로

우……리……로!!!

－「우리의 운동장」1년 2권 부분

특히 세로쓰기 방식에서 5개의 행은 점차 아래로 내려가면서 배열되고, 6행에서부터 다시 올라가면서 배열된다. 내려가고 올라가는 행의 배열이 반복되면서 산출되는 이미지는 가로쓰기 방식에서 양 옆으로 움직이는 것보다 더 역동적으로 보인다. 이러한 경우 이 시를 낭송하거나 읽었을 때 청각적으로 감각되는 소리의 운율이란 이 문자의 배열이 보여주는 시각적 역동성에 비하면 약하거나 미미하다고 보아도 무방할 것이다.

이러한 문자의 시각성을 강조하는 방식은 『소년』의 다른 글에서도 많이 드러난다. 한 문장 안에서 글씨체를 키우고 줄임을 반복하는 것이나 다양한 삽화 혹은 사진을 활용하는 것 등을 볼 때, 최남선은 인쇄된 문자가 주는 시각적 느낌에 예민했던 것으로 보인다. 이는 그가 일본에서 인쇄 설비를 들여와 당대로서는 최첨단의 감각으로 『소년』을 인쇄했을 때,[68] 가지고 있었던 것이다. 그런 면에서 볼 때, 이 시들의 형상성은 회화에 비견된다고도 할 수 있을 것이다. 그러나 최남선의 문자의 형상에 대한 감각은 다만 이런 시각적인 조형성에만 달려 있는 것은 아니다. 초기의 몇 편의 시를 제외하고는 이런 배열 형태의 시가 다시는 나오지 않았음을 볼 때, 시각적인 조형성은 최남선에게 크게 중요하지 않았던 것으로 보인다.

오히려 좀 더 본원적인 것은 「우리의 운동장」에서 느낌표의 독특한 사용에 있다. 최남선은 4행의 끝에는 하나를, 6행의 끝에는 두 개

---

68  『소년』지가 보여주는 현란한 시각성에 대해서는, 윤세진, 「『소년』에서 『청춘』까지, 근대적 지식의 스펙터클」, 권보드래 외, 『『소년』과 『청춘』의 창』, 이화여대 출판부, 2007 참조.

를, 그리고 가장 강조하고 있는 9행에서는 세 개를 연속해서 붙여 놓고 있다. 구두점으로 통칭되는 문장부호들이 문자로만 구성된 문장에 음성적으로 보충하는 역할을 한다는 점[69]을 감안할 때, 이 느낌표들은 문자로서는 드러낼 수 없는 어떤 '소리'를 대리해서 보여주고 있는 역할을 한다. 특히 이 느낌표를 하나, 두 개, 세 개를 연속해서 사용하는 것은 이 소리의 크기를 대리한다. 또한 물음표의 사용 역시, 의문을 표하는 소리의 억양을 생생하게 '보여'준다. 그러므로 이 시에서는 음절의 배열을 통한 소리보다는, 다양한 문장부호의 사용으로 청각적 소리를 시각적으로 재현하고자 하는 방법을 보여주고 있다. 동시에 이 문장부호들은 음절의 배열이 창출하는 율독의 효과를 순간적으로 중단하는 효과를 산출한다. 즉 음절의 배열이 호출하는 외부적 소리, 노래는 물음표와 느낌표라는 문장부호에 의해 중단된다. 최남선의 시가 매우 다양하고 많은 문장부호들을 사용하고 있는 점, 특히 이 문장부호들이 노래로서 환원될 수 없는 시편들에서 전면적으로 나타나고 있다는 점은 이를 암시하고 있다. 최남선의 시에서 이런 역할을 하고 있는 것은 문장부호만이 아니다.

> 나는 꽃을 질겨 맛노라,
> 그러나 그의 아리따운 태도를 보고 눈이 얼이며
>     그의 향긔로운 냄새를 맛고 코가 반하야
> 정신업시 그를 질겨 마짐아니라,

---

69     장소원, 「국어구두점문법 연구서설」, 『관악어문연구』 8, 서울대 국어국문학과, 1983, 388쪽.

다만 칼날갓흔 북풍을 더운긔운으로써

인정업난 살기를 깁흔사랑으로써

―「꼿두고」 2년 5권 부분

텨……ㄹ썩, 텨……ㄹ썩, 텩, 쏴……아.

싸린다, 부슨다, 문허바린다,

태산갓흔 놉흔뫼, 딥태갓흔 바위ㅅ돌이나,

요것이 무어야, 요게무어야,

나의큰힘, 아나냐, 모르나냐, 호통싸디하면서,

싸린다, 부슨다, 문허바린다,

텨……ㄹ썩, 텨……ㄹ썩, 텩, 쏴……아.

―「해에게서 소년에게」 1년 1권 부분

　「꼿두고」에서는 눈에 띄며 불규칙적으로 배열된 여백이, 「해에게서 소년에게」는 말줄임표와 쉼표가 그 역할을 하고 있다. 「꼿두고」에서 율격적으로도, 의미적으로도 아무런 역할을 하지 않는 이 여백은 연속되는 음절이 중단되는 순간을 현현한다. 이 여백으로 인해서 "그의 아리싸운 태도를 보고 눈이 얼이며"와 "그의 향긔로운 냄새를 맛고 코가 반하야"의 통사구조의 반복은 어떤 통일적인 율성을 지닐 수 없게 된다. 또한 「해에게서 소년에게」의 각 어절의 끝에 일일이 붙어 있는 쉼표는 각 행들이 하나의 율격을 지니기도 전에 이 율격을 중단시킨다. 쉼표는 비단 음수율로서 뿐만 아니라, 음보율로서 율독되는 것도 중단시킨다. 음보율에서 쉼표가 하는 역할은 일정한 양의 호흡 단위가 반복되도록 하기 위해서 너무 긴 어절 사이에서 적당히 율독하기 좋도록 짧은 율격적 휴지를 주는 데 있기 때문이다. 음보율이 한 단위 속의 음절수가 너무 많거나 적지 않도록 통제한다는 것은 그것이 기본적으로 음의 지속량의 등시성에 의존[70]하고 있기 때문이다. 그런데 이 시에서 쉼표는 지나치게 많이 들어가서 이 율격 단위들이 적정한 지속량을 지닐 수 없도록 방해하고, 음절수를 조절하지 못함으로써 율격 단위의 등시성도 파괴한다. 오히려 쉼표가 절대적으로 많이 사용됨으로써, 음절이 아니라 휴지 부분의 지속량이 길어지고 이는 결과적으로 소리 자체의 소멸로 이어진다.

최남선의 신체시의 대표작으로 꼽히는 이 두 시에서 율격은 생성되기 전에 소멸하고, 이로써 외부의 소리를 호출하는 일은 중단된다. 나열되는 것은 다만 통사적 규칙에 따라 배열된 문자일 뿐이며, 이 문자들의 배열과 문자의 의미 작용만이 남아 있는 것이다. 이 작업이 더욱 진척될 때, 산문시의 형태로 등장한다.


그러나 그는 간다,

그렇타고 사람모양으로 발이 잇다던지 새모양으로 날개가 잇다던지 고기 모양으로 지네미가 잇난 것도 갓지 아니하다.

그러나 그는 간다, 번듯하게 써다닌다.

수레는 넘어지난 일도 잇고 배는 업난 일도 잇고 기관氣罐은 쌔지난 일도 잇고 다리는 부러지난 일도 잇고 날개와 지네미는 써러지난 일도

---

70  김정화, 앞의 글 참조.

잇스나 그는 아모것도 업시 다님으로 이러한 걱정도 업고 또 이러한 재액으로하야 다니난 자유를 쌔앗기난 고통도 업도다.

평지에 다니난 것은 산위에 못하고, 물에 헤이난 것은 뭇헤 못하고, 쌍에 긔난 것은 공중에 못한다 ― 그럼으로 것치고 막히고 스치난도다.

그러나 그는 이 모든 불편이 잇지 안토다 ― 쌍으로 낫치 돌녀하면 안개가 되고 하늘로 놉히 쓰려하면 긔운<small>징수분자(微水分子)</small>이 되면 그만이로다
― 「녀름ㅅ구름」 3년 7권 부분


여기서 시를 통일적으로 규제하는 원리로서의 율격은 완전히 소멸된다. 한 행을 이루는 것은 한 문장이고, 이 문장이 다만 행갈이 되어 있다는 것 외에는 이를 시로 부를 수 있을 만한 것은 없어 보인다. 그러나 이 문장들의 집합체가 산문의 어법과 다른 이유는 비슷한 통사구조를 지속적으로 반복하고 있기 때문이다. "~가 잇다던지", "~일도 잇고", "~도 업고"와 같은 통사구조가 그것인데, 이렇게 반복되는 통사구조를 산문의 어법에서 사용하는 일은 거의 없기 때문이다. 그러나 이 시에서는 다만 통사구조가 '반복'만 될 뿐 이것이 어떤 율성을 재현하지는 않으며, 문자들이 배열되면서 나타나는 의미의 상호작용만이 나타난다.

그러므로 이 시들에서 보여주는 것은 문자의 파편적 전개, 그 자체다. 여기에는 이 파편들을 통일적으로 하나의 원리 아래 귀속시키려는 원리란 존재하지 않는다. 문자의 배열은 그것이 채 어떤 율성을 불러오기 전에 중단되고, 이 중단은 다시 문자의 출현으로 중단된다. 문자와 여백, 그리고 문장부호들의 연쇄적이고 파편적인 배열만

이 남아 있는 것이다. 그러니 문자를 읽는 순간, 읽힌 것 속에서 문자는 온전히 소리와 분리된 것으로서 형체로서 남는다.[71] 문자는 그런 방식으로서만 그 자신을 온전히 드러낸다. 벤야민은 이러한 파편적인 문자, 우의적으로 배열된 문자 속에서 그것이 원형적으로 보존하고 있는 기원적 소리의 풍경을 읽어낸다. 그것이 문자의 진정한 음향성에 해당한다는 것이다. 그러나 신의 말씀이라는 기원적 음성에 진리의 연원을 두고 있는 그의 견해가 최남선의 이 파편적인 문자의 배열에 직접적으로 적용될 수 있는 것 같지는 않다. 다만 여기서 확인 가능한 유일한 것은 외부의 소리에 의존하지 않고, 문자가 그 자체의 형상성으로서 시를 형성할 수 있는 어떤 가능성이 최남선의 이러한 시적 실험에서 최초로 등장하고 있다는 사실이다.

### 4) 율律의 가능성과 불가능성  소리와 문자에 대한 근대적 감각

이상과 같은 『소년』지 소재 시 분석에서 알 수 있는 바는, 최남선의 율격에 대한 인식이다. 처음부터 의도한 것이 아니라 하더라도, 그의 시적 실험은 두 가지 방향으로 진행되었다. 하나는 율격적 휴지와 음절의 반복을 통해서 문자 외부의 율성을 호출하면서 노래로서 통합하는 방식이다. 이러한 계열의 시 혹은 노래는 많은 연구자들이 지적했듯, 노래가 지닌 공동체적 파급력을 기대하고 있는 것으로 보인다. 이 글에서 ×.5조 혹은 노래의 형식이라 명명한 이 형식은 율격적 휴지와 음절의 반복을 통해서 문자 외부의 율성을 호출하면서

---

71    W. 벤야민, 조만영 역, 『독일 비애극의 원천』, 새물결, 2008, 287쪽.

문자와 소리를 '노래'로서 통합한다. 즉 이는 문자의 배열이 그 자체로 율성을 파생시키는 것이 아니라, 문자의 배열이 낭독자의 노래에 대한 감각을 불러일으킴으로써 음악을 외부로부터 불러들이는 성격을 지닌 것이다. 이를 외부적인 '율律'이라 할 수 있을 것이다.

그러나 이러한 시 혹은 노래의 창작을 통해서 최남선에게 발견된 것은 조선어의 문자가 그 자체로서는 율성律性을 파생시킬 수 없다는 것이다. 외부로부터 율을 불러들이지 않는, 그런 의미에서 소리로부터 완전히 분리된 '쓰인 문자'로서 가능한 시의 형식은 무엇이었을까. 이 시들에서는 율격적 휴지와 음절의 반복이 율격을 형성하지 못한다. 오히려 율격은 창출되는 순간 파괴되고 중단된다. 그렇다면 남는 것은 문자의 파편적 배열일 뿐이며, 이를 극단화시킬 때 11편의 산문형 시가 나타난다. 이 시를 산문시로 할 것이냐, 그냥 산문에 불과한 것으로 볼 것이냐 혹은 산문형 시라는 절충형 명칭을 사용할 것인가에 대한 논란[72]이 이어지는 것은 내재율의 관점에서 보아도 이 시의 형식이 해명되지 못하고 있음을 의미한다. 내재율이라는 개념이 외형적으로 뚜렷하진 않더라도 어떻든 율격이 존재하고 있음을 가정하는 개념이라 할 때, 최남선의 이 산문형 시들은 율격 자체를 파괴하는 형식을 띠고 있기 때문이다.

이 글에서 잠정적으로 확언할 수 있는 것은, 최남선의 시적 실험의 추동력이 율律의 원리에 있는 것은 맞지만 그것의 형태를 확정할 수 없다는 것이다. 그의 시적 실험에서 발견되는 것은, 율격을 생성하는

---

72　이에 대해서는 장만호, 앞의 글 참조.

어떤 원리가 아니라 인쇄된 문자로 된 시의 율격의 가능성과 불가능성에 대한 무의식적 인지다. 말하자면 소리의 감각인 율성律性이 쓰인 문자 자체로서는 현현될 수 없다는 것, 우리가 통합적으로 사유하는 소리와 그것의 표기graphie[73]의 불일치에 대한 인식이 최남선에게 나타나고 있다는 점이다.

한시이든 고유의 시가이든, 전통시가를 규율하던 율격적 원리로부터 이탈해 나가는 순간 그에게 발견된 것은 이러한 소리 언어와 문자 언어의 불일치였으며, 이 불일치의 감각이야말로 청각성에서 시각성에로 이행하는 근대시의 감각일 것이다. 물론 이 분리는 언문일치라는 과제에 부딪쳤던 전대의 곤혹스러움에 이어지는 것이다. 언문일치란 근본적으로 구어口語로서 존재하는 조선어를 기록할 수 있는 문어文語가 부재한다는 인식을 토대로 하고 있기 때문이다. 언문일치는 글쓰기와 읽기가 가능한 문법 체계를 발명하는 길로 나아갔으나, 이 도정에는 한글이 얼마나 낯선 문자인가에 대한 당황스런 발견이 아로새겨져 있다.[74] 말하자면 소리의 연쇄로서 이어지는 구어의 자연스러움을 문자의 공간적 배열에 의존해서 재현해야 할 때 이를 통어하는 원리를 새롭게 발견해야만 하는 과제가 놓였던 것이다. 이것이 언문일치에 걸려 있는 '글쓰기'의 과제였다고 한다면, 이러한 문자로써 '시 쓰기'가 최남선의 시적 실험에 걸려 있는 과제다. 말하자면 그의 시적 실험은 근원적으로 외부의 율에서 분리되었을 때 어떻게 시가 쓰일 수 있을 것인가에 놓여 있다.

---

73    J. 데리다, 김웅권 역, 『그라마톨로지에 대하여』, 동문선, 2004, 86쪽.
74    이에 대해서는 황호덕, 『근대 네이션과 그 표상들』, 소명출판, 2005, 참고.

그러나 이는 최남선 자신에게서는 큰 의미가 없는 문제였던 것 같다. 그가 『청춘』 이후 철저히 창가로만 나아갔다는 것, 그리고 실제로 곡조에 가사를 붙이는 일에 몰두했다는 것[75]은 그의 시적 실험이 전적으로 시의 노래화에 있음을 의미한다. 그리고 물론 이는 그의 계몽적 활동의 일부였을 것이다. 그러나 이는 동시에 시의 문자 자체로서는 율격을 창출할 수 없다는 점을 인식했다는 것을 암시하기도 한다. 최남선에게는 우연한 시적 실험의 소산이었던 산문형 시들이 열어놓은 토대 위에서, 우리의 근대시는 출발한 것이 아닐까. 귀로 듣는 시가 아니라 눈으로 보는 시의 가능성은 무엇보다 이 소리 언어와 분리된 문자의 형언figure에서 출발하기 때문이다.

## 3. 한국 근대시의 형성과 최남선의 산문시 '읽는 시'의 율적 가능성

### 1) '노래하는 시'와 '읽는 시'라는 구도

1933년에 이광수는 초창기 한국 시단을 "애국시가시대"에 이은 "최남선의 산문시시대"로 규정하고, 다음과 같이 설명했다. "이 최남선식 산문시로 후년의 조선의 신체시가 나온 것이다. 약언하면 단순한 4.4조나 7.5조의 천편일률적 애국시가에 대한 불만으로 최남선의 산문시가 나오고 그 산문시의 너무나 산문적 불만으로 좀 더 정리된

---

75  이 활동에 대해서는 구인모, 「최남선의 '시국가요'와 식민지 정치의 미학화」, 육당연구학회 편, 『최남선 다시 읽기』, 현실문화, 2009 참조.

좀 더 구속적인 신체시가 나왔다."[76] 이광수의 이러한 지적이 문제적인 이유는 그가 최남선이 창안한 형식이자 정형시와 자유시 사이에 놓인 과도기적 장르의 대표적 형식인 신체시가 아니라 산문시를 한국 근대시의 형성 과정에서 가장 핵심적인 장르로 놓았기 때문이다.[77] 이를 단순한 용어 착오로 보기 어려운 이유는, 1934년의 글[78]에서 이 논의를 동일하게 반복하고 있거니와, 신체시의 후계자로 주요한, 김안서, 박월탄, 김소월, 김파인을 거론하면서 명백히 신체시라는 용어를 신시이자 자유시의 함의를 지니고 있는 것으로 사용하고 있기 때문이다. 즉 이광수는 신체시를 육당의 창안 형식이 아니라, 새로운 시, 다시 말해 자유시의 의미로 사용하고 있으며, 이 자유시의 기원에 육당의 산문시를 놓고 있다.

1930년대의 시점이라면, 주요한이 자유시의 기원으로 창가와 신체시를 놓았던 이래로 자유시가 이 과도기적 형식을 타파하고 나타난 새로운 시로 확립되어 있었던 시점이다. 그렇다면 이광수의 이러한 발언은 당시에 일반적으로 받아들여졌던 한국 신시 형성 과정에

---

76  이광수,「조선의 문학」,『삼천리』5권 3호, 1933. 3, 13~14쪽.

77  여기에는 물론 용어의 문제가 걸려 있다. 이광수는 '신체시'를 육당의 창안 형식이 아니라 '새로운 시'라는 뜻으로, 즉 신시(新詩)와 동일한 뜻으로 사용하고 있다. 이는 신체시를 자유시(신시)의 기원으로 놓은 최초의 글인 주요한의 용어법에 정확히 반대된다. 주요한은 "신체시는 신시를 가리킨다"고 지적하기는 하였으나, 실제로 신체시라는 용어를 사용할 때는 명확히 육당의 창안형식으로 설명했다. 주요한은 자유시의 기원으로 성경과 찬미가, 창가와 신체시를 거론하며 이 신체시를 "소년잡지등에난 칠오됴(七五調)의 신테시"로 한정하고 있다(주요한,「노래를 지으시려는 이에게(1)」,『조선문단』1, 1924. 10, 47~48쪽).

78  이광수,「최근 조선의 전변 25년간-(문학) 조선문학의 발전, 경수 이래 25년간」,『삼천리』6권 7호, 1934. 6, 70쪽.

대한 몰이해이거나 문단의 주류에서 밀려나고 있다는 위기감에서 나온 다소 아집에 찬 발언인 것인가? 섣부르게 추측하기 전에 이광수의 이 글이 놓여 있는 맥락을 살펴볼 필요가 있다.

1920년대 중반 전통적 노래의 양식에 대한 재발견 이후, 1930년대에는 '노래하는 것으로서의 시'와 '읽는 시' 사이의 대립 구도가 암묵적으로 형성되어 있었다. 이는 1930년대 초반 대다수의 시인들이 유행가요를 창작하는 데 동참하며, 이때 그들에게 시가詩歌란 가창할 수 있는 시로서 인식되고 있었다[79]는 사실에서 확인할 수 있다. 동시에 신시 혹은 신체시라는 개념은 노래할 수 없는, '읽는 시'로서의 자유시라는 개념으로 정착하고 있었다.[80] 가령 김기진은 "조선에 있어서 재래의 자유시라는 것은 시가 아니라는 말은 빈빈히 여러 사람에 게시인 이외의 사람으로부터 들어오는 말이다. 그들이 소위 자유시를 시가 아니라고 하는 이유는 자유시는 창할 수가 없다 하는 것이다. 다시 말하면 음악적이 아니라는 것이다. 그들은 이와 같이 말하고서 직시直時시조를 가져온다"[81]라고 적고 있다. 김기진이 전하는 바에 따르면, 자유시는 노래할 수 없기 때문에 시가 아니라는 인식은 당대에 일반적이었던 것으로 보인다. 또한 유엽은 "소위 자유시라는 것이 생겨나

---

79 구인모, 「시인의 길과 직인(職人)의 길 사이에서」, 『한국근대문학연구』 24, 한국근대문학회, 2011, 243~244쪽 참조.

80 최문진은 신체시란 특정한 시적 형식을 가리키는 말이 아니라, 재래의 시에 대하여 새로이 나타난 시 모두를 가리키는 말이라고 지적한다. 그는 신체시나 자유시가 구속된 시형에서 벗어나 자유를 획득한 시라는 점에서 같은 것이라고 하며, 사실상 '신체시 = 신시 = 자유시'의 구도를 작동시키고 있다(최문진, 「신체시와 그 시형에 관한 사견(1)」, 『조선일보』, 1934.8.22).

81 김기진, 「문예시사감(2)」, 『동아일보』, 1928.10.28.

면서부터는 시가 점차 부를 수가 없게 되고 다만 읽을 수 있는 것만
이 되고 말았다"[82]라고 설명한다.

즉 신체시 = 신시<sup>자유시</sup>라는 용어를 이광수가 사용한 것은 전통적
인 노래로서의 '시조'와 이에 대립되는 시의 형식으로서 '새로운 시'
라는 구도를 1933년의 시점에서 작동시키고 있었기 때문이다. 이광
수의 구도는 노래로서의 시가<sub>詩歌</sub>와 읽는 시로서의 자유시<sub>自由詩</sub>라고
하는 개념적 분화가 확고해진 1930년대의 시점에서 초창기의 시단
을 돌이켜보았을 때 가능한 판단이었던 셈이다.

그러나 이 대립 구도는 1930년대의 시점에서 확고해진 것이지, 새
로 도입된 것은 아니다. 가창으로 향유되는 노래의 양식과 눈으로 읽
는 독서로서 향유되는 시의 양식의 구별이 개화기의 최남선의 시적
실험에서부터 드러나고 있었다는 점은 강조될 필요가 있다.[83] 말하
자면 가창 / 낭송에서 쓰기 / 읽기의 차원으로 시 향유의 지평이 변화
되었을 때, 어떻게 지면<sub>紙面</sub>에 인쇄된 문자 텍스트로 존재하는 시로
써 노래한다는 차원을 획득할 수 있는가 하는 문제가 최남선의 실험
과 1920년대 자유시론을 관통하는 고민이었다. 최남선은 노래적 양
식과 산문시를 오가면서 이를 보여주었고, 김억은 우리에게 주어진
언어가 "침묵하는 문자"[84]라면 이로써 어떻게 음악을 실현할 수 있겠
는가에 하는 고민에 휩싸여 있었다. 근대시의 형성 과정을 추동해 온

82  유엽,「신시에 대하야(7)」,『동아일보』, 1928.5.4.

83  이에 관해서는 제2장 제1절 참조.

84  김억,「작시법(2)」,『조선문단』8, 1925.5(여기서는 박경수 편,『안서 김억 전
    집』5, 한국문화사, 1987, 292쪽).

것은 '언어 / 문자와 노래 / 음악 사이의 관계'에 대한 인식이며, 1930
년대에 나타난 개념적 분화는 이 이념이 각각의 언어적 양상 속에서
실현되고 있었다는 점을 방증한다.

## 2) 최남선의 산문시, '읽는 시'의 율적 가능성

이광수는 '읽는 시'로서의 자유시의 기원에 최남선의 산문시를 놓
은 것이며, 이는 시와 노래의 관계 구도에 관한 최남선의 시적 실험을
고려할 때 상당한 설득력을 지닌다. 이광수의 구도를 다시 쓰자면, '애
국시가-노래 대 산문시-자유시'라고 하는 구도가 성립될 수 있을 것
이다. 이는 시가의 양식에 관한 인식의 계보를 추적하지 않더라도, 산
문시의 개념적 인식이 자유시의 개념적 인식에 비해 앞선다는 사실을
확인하는 것으로도 충분히 가능한 구도다. 가령 홍명희는 번역시의
앞부분에 "이 산문시는 파란문사 안도레에, 네모에푸스키이 씨"[85]의
작품임을 명시함으로써, 번역의 대상이 '산문시'임을 명확히 했다. 자
유시라는 용어가 1919년에 등장한 것에 비해, 산문시라는 용어의 도
입은 9년이나 빠르다. 또한 번역의 영향을 받지 않은 산문시의 효시로
일컬어지는 이광수의 「옥중호걸」이 『대한흥학보』 9호에 발표된 시기
는 1910년 1월이며, 최남선의 최초의 산문시 「쓰거운 피」는 1910년 3
월에 『소년』에 발표되었다.[86] 이는 최소한 산문시에 대한 인식과 창작

---

85  가인, 「사랑」, 『소년』 3년 8권, 1910.8, 42쪽.
86  이광수의 「옥중호걸」을 산문시로 규정할 수 있는가하는 문제는 논란거리다.
가사체 형식에 지나지 않는다는 견해와 번역의 영향을 받지 않은 최초의 창작
산문시에 해당한다는 견해를 정리하며, 장만호는 이 시는 가사의 형식에 해당
한다고 주장한다(장만호, 「한국 근대 산문시의 형성과정 연구」, 고려대 박사논

이 자유시의 인식과 창작에 비해 앞서 있다는 것을 의미한다.[87]

산문시의 창작과 산문시의 번역에 관한 많은 선행연구들은 산문시의 수용과 창작이 자유시론의 성립 이전에 활발하게 있어 왔음을 증명하고 있다.[88] 그럼에도 불구하고, 정형시가-신체시-자유시의 발전 도식은 매우 견고하게 유지되어 왔다. 이 도식에서 신체시를 개화기의 다양한 다른 장르로 대체한다고 하더라도, 최남선의 산문시가 한국 근대시의 발전 과정의 핵심에 놓인 적은 없다. 장만호는 신체시-자유시라는 도식을 산문시-자유시로 전환함으로써 근대시 형성 과정에서 산문시의 역할을 핵심적인 것으로 간주하였으나,[89] 그는 산문시가 1920년대 자유시의 기원을 이룬다고 평가하지는 않았다. 최남선의 산문시는 그의 시적 실험의 다층성이 간과되는 와중에

---

문, 2006, 113쪽). 장만호는 한국 근대 산문시의 형성 과정을 세밀하게 추적하면서, 최남선의 「쓰거운 피」를 '최초의' 산문시로 규정하지는 않았으나 사실상 가장 먼저 나타난 산문시로 논의하고 있다.

87  물론 최초의 자유시가 무엇인가 하는 문제는 자유시가 무엇인가 하는 개념의 정의에 따라 달라진다. 형식적 규정이 명확하지 않은 한에서, 다만 '행과 연이 구별되어 있지만 정형적이지 않은 형식'으로서 자유시를 규정할 수는 없기 때문이다. 이 글에서는 최초의 자유시가 정확히 무엇인가에 대해 논의하는 것은 유보한다. 이 글에서 더 중요한 것은 산문시가 용어의 수용과 함께 창작되었던 시적 양식이었다는 점에서 자유시의 양식보다 먼저 자각되고 있다는 사실이다. 산문시의 자각이 자유시의 자각에 앞섰다는 것은 한계전, 『한국현대시론연구』, 일지사, 1983, 33~36쪽 참조.

88  이와 관련해서 대표적으로 김병철, 『한국근대번역문학사연구』, 을유문화사, 1975; 정한모, 『한국현대시문학사』, 일지사, 1974 등.

89  그는 이 산문시가 근대시의 조건을 갖추었다는 점에서, 한국 근대시의 형성 과정은 신체시-자유시라는 점진적 개선형이 아니라 신체시-산문시라는 전복적이고 전면적인 대체의 방식을 통해 전개되었던 것이라고 주장한다(장만호, 앞의 글, 109쪽).

시로서의 성격을 지니지 못한 산문에 지나지 않는다는 평가를 받으며, 자유시 모색 과정에 나타난 하나의 실패로 간주되었다.[90] 시와 산문의 구별에 대한 장르의식의 미비[91]로 요약되는 이러한 평가의 기준은 그러나 둘을 구별 가능하게 하는 '시적인 것'이 무엇인가에 대한 명확한 규정 없이 이루어졌다는 점에서 문제적이다.

그러나 시적인 것이란 무엇인가? 전통적인 노래의 형식을 채용하고 있지 않은 시와 산문은 어떻게 구별되는가? 한국 근대시의 형성 과정을 정형시가-신체시-자유시로 이해하는 입장에 선다면, 자유시란 전통적인 정형률에서 얼마나 이탈했는지에 따라 성립하는 것이라고 할 수 있다. 다시 말해 신체시→자유시의 도식은 신체시라는 과도기적 정형성에서 완전히 탈피하여 자유를 획득하는 과정을 한국 근대시의 형성 과정으로 간주한다. 전통적인 정형성에서 얼마나 이탈했는가를 기준으로 삼는다면, 산문이야말로 가장 고도로 발전된 자유시가 아닌가? 그럼에도 불구하고, 시와 산문이 구별된다고 가정할 때 가장 중요한 개념으로 떠오르는 것이 내재율이다.

내재율 혹은 자유율이란 언제나 정형률을 상정하고서만 규정될 수 있는 개념이라는 점에서, 사실상 설명이 불가능하다. 음성의 규칙적 반복에 의한 감각적 효과로서 정형률이 쉽게 확인 가능한 것이라면, 내재율은 언제나 '그렇지 않은'이라는 방식으로만 확인되는 것이

---

90  "자유시의 가능성이 그대로 산문으로 확산"된 것이라는 정한모의 평가(정한모, 앞의 책, 198쪽)에 이어 "산문, 그것도 차원이 높지 못한 감상문"이라는 혹평(김용직, 『한국근대시사』, 학연사, 1986, 97쪽)은 이후의 연구에서도 그 정도를 달리하여 반복된다.

91  김영철, 『한국 개화기 시가 연구』, 새문사, 2004, 240쪽.

기 때문이다.[92] 내재율이 정형률의 결여로서만 규정될 수 있는 것이라면, 자유시는 산문과 본질적으로 어떻게 다른가? 최남선의 산문시가 한국 근대시의 발전 과정에서 배제되었던 이유는 이 도식으로는 그 존재 의미를 설명할 수 없었기 때문이다. 말하자면 최남선의 산문시는 어떤 다른 도식의 필요성을 제기한다. 그것은 내재율 / 정형률의 도식이 아니라, '시적인 것'의 본질을 전혀 다른 차원에서 성립시킬 것을 요구하는 것이다.

자유시의 최초 주장자들, 즉 1920년대 자유시론에 의거한다면 시란 '언어적 형식으로 비언어적 음악을 실현하는 것'이라 할 수 있다. 이때 시적인 것의 본질은 '언어와 음악의 조화로운 관계'이며, 이는 한국 근대시의 형성 과정을 추동하는 원리인 '율律'이라는 이념이다. 율은 시형詩形의 규범이라기보다는 문자로 창작된 시가 내포해야만 하는 이념이다. 노래하는 시와 읽는 시라는 1930년대적 구도는 이러한 율의 두 가지 언어적 실현태를 지시한다. 성률聲律, 음성적 율과 향률響律, 문자적 율이라고 명명할 수 있는 이 구도[93]에서 최남선의 산문시는

---

92  박슬기, 「한국 근대시의 형성과 율의 이념」, 서울대 박사논문, 2012, 5~6쪽 참조.
93  율(律)이라는 이념의 언어적 실현태를 성률과 향률로 정의한 바, 이는 서구의 리듬론과 함께 김억이 「격조시형론소고」에서 전개한 논의를 참고하여 도출된 것이다. 김억이 이 글에서 제기한 '연속과 중단의 반복'은 언어의 음성적 측면을 통해 실현될 때 유려한 음률을 산출한다. 그러나 이 음률을 낭송을 통해 실현할 수 없는 문자 언어 역시 어떤 율을 실현한다. 앞의 측면을 성률(聲律)이라는 용어로, 뒤의 측면을 향률(響律)이라는 용어로 규정하고자 한다.
외형률과 내재율이 텍스트의 표면적 차원에 나타난 언어의 배열 규칙만을 염두에 둔 것이라면, 성률과 향률의 개념은 시의 근본적인 음악성을 표현하는 언어의 성격을 가리키는 것이며, 또한 성률은 노래로 혹은 낭송으로 향유되는 전통시가의 소리의 율이라면, 향률은 소리의 흔적만을 간직한 근대시의 문자의

'읽는 시', 즉 독서로 향유되는 시의 음악적 가능성을 기초적으로 보여주고 있는 것이라 할 수 있다.

지면 위에 인쇄되어 유통되는 근대시의 음성적 효과는 낭송<sup>실제으</sup>로든, 심정적으로든으로 향유될 때 나타나는 것이며, 이러한 낭송의 음성적 효과가 완전히 없는 것은 아니지만 전통시가에 비해 근대시의 향유 방식은 확실히 독서가 절대적이다. 더구나 종이 위에 쓰인 시는 낭송 이전에 독서 경험에 매개된다. 이는 시 언어의 시간적 흐름이 언제나 공간적 이미지에 매개된 것으로 독자에게 경험된다는 것을 의미한다. 그런 측면에서 미첼은 읽는 시에서 리듬은 시간적인 흐름에 국한되는 것이 아니라, 문자 텍스트의 공간에 거주하는 것으로 간주해야 한다고 주장한다.[94] 근대시가 귀로 듣거나 노래로 부르는 방식이 아

---

율이다. 이 용어는 라꾸라바르트가 제시한 두 개의 용어, 소리의 현상(acoustic phenomenon)과 반향의 현상(catacoustic phenomenon)이라는 용어를 참조한 것으로 라꾸라바르트는 타이포그라피(typography)의 이면에서 울려나오는 원음악(haunting melody)를 강조하기 위해 이 용어를 사용했다.

성률(聲律)은 언어의 음성적 효과와 그 지각에 근거한다. 성률(聲律)은 낭송을 통해 실질적으로 실현될 수 있다. 향률(響律)은 문자의 율이며, 문자의 시공간적 배열에 의거한다. 문자로서의 시의 언어가 소리 / 음성을 청각적으로 환기하지 않으므로 이는 음성적으로 실현될 수 없다. 향률(響律)은 문자의 배후에서 존재하는 음성을 반향하는 방식으로, 즉 음악 / 노래를 재현할 수 없다는 방식으로만 율을 실현한다. 즉 문장의 통사론적 배열, 문법론적인 관계, 의미의 조응성을 모두 고려하는 것이다. 여기에서 특히 이 연속적인 문장의 배열 속에 끼어드는 공백들을 중요하게 여길 것이다. 문자의 배열에서 리듬은 통사론적이고 의미론적인 완결성을 중단하면서 그 속에 끼어드는 중단과 연쇄의 반복으로 이해할 수 있다. 통사론적 연쇄는 중단된다. 그리고 그 중단의 지점에서 다시 시작되는 것, 텍스트의 불균등한 지속이 향률의 기본 구조이다 (이 개념에 대한 자세한 논의는 위의 글, 제2장 참조).

94 W.J.T, Mitchell, "Spatial Form in Literature : Toward a General Theory", *Critical*

니라, 눈으로 읽는 방식으로 향유된다고 할 때, 이 산문적인 문자의 배열, 그 자체가 대체 어떤 방식으로 시적인 본질을 획득할 수 있는가 하는 문제가 걸려들게 된다. 최남선의 산문시가 한국 근대시의 양식적 형성에서 문제적인 이유는 이 산문시가 그러한 '문자의 율律'의 실험과 가능성을 보여주고 있기 때문이다.

### 3) 문자의 배열에 대한 감각의 탄생 시각적 휴지의 반복 구조

최남선이 문자의 형상성에 대한 감각을 보여주었다는 것은, 그가 문자의 다양한 배열 방식을 실험했다는 점에서 증명된다. 『대한학회월보』에 실린 「모르네나는」은 단순한 음수율적 정형성으로는 설명되지 않는 '문자의 배치'에 대한 의식이 발견된다. "밥만먹으면 배가 부름을 / 모르네나는"이라는 통사적 짝패로 계속적으로 반복되는 이 시는 마지막에서 5자행을 아래로 늘어놓는다. 이는 음수율적 정형성으로도, 혹은 노래의 양식으로도 해명하기 어려운데 여기에서는 이 배치 자체가 일종의 반복 효과를 대리하고 있기 때문이다.

운문의 구조에 대한 설명에서 야콥슨은 운문이란 "등가의 원리를 선택의 축에서 결합의 축으로 투사"[95]한 것임을 강조한 바 있다. 그는 통사론적 혹은 시간적 흐름에 계속해서 같은 것이 반복적으로 도입됨으로써, 전체의 구조가 동일한 것으로 환원된다고 설명했다. 이때 연속되는 행의 흐름 속에 도입되는 대표적인 표지는 운rhyme이며, 이때 운은 의미와는 별 상관이 없는 소리 그 자체의 성격을 지닌다.

---

*Inquiry* vol. 6 no. 3, 1980, pp. 542~548.
95   R. 야콥슨, 신문수 편역, 『문학 속의 언어학』, 문학과지성사, 1989, 61쪽.

의미와 분리된 소리가 통사론적인 연쇄에 개입됨으로써, 각 행에서의 서사적 확장을 종결하고 동일한 구조로 환원하는 것이다. 말하자면 반복이란 운문의 가장 중요한 리듬적 특성이자, 그것이 운문韻文, verse으로 칭해질 수 있는 유일한 표지다. 한국의 시에서라고 한다면, 한시의 전통을 이어받은 개화기의 언문풍월에서 이러한 형식의 창안에 대한 시도를 목도할 수 있다. 여기에서 동일한 혹은 유사한 소리는 행의 끝에서 반복적으로 도입되면서, 하나의 행의 흐름을 통해 확장된 구조를 종결하는 역할을 한다. 이는 서구의 시에서 라임이 하는 역할과 마찬가지다. 이때 반복되는 운은 시를 구성하는 모든 요소에 대해 상위에 있는 구조로, 즉 위계적인 질서를 부여하는 것으로서 기여한다.

전통적인 운문의 형식에서 그것은 소리의 반복이지만, 단순히 음운의 반복은 아니다. 야콥슨은 단순히 하나의 음운이 아니라, 시의 언어를 구성하는 프로조디에서 반복하는 하나의 단위를 모두 등가성의 구조를 창출하는 것으로 간주했다. 그는 공백은 공백으로, 휴지는 휴지로, 통사적 구조는 통사적 구조로 반복되어야 함을 지적한다. 즉, 야콥슨이 시를 "음형상figure of sound"의 반복[96]으로 간주했을 때, 소리sound는 그 전체 구성과 관계된 언어적 요소에 해당하며, 이 속에 내포되어 있는 차이와 동일성의 전체 체계다.

이 점이 최남선의 실험에서 중요한 이유는, 이 소리의 정형적 구조가 시각적인 것으로 전환되고 있기 때문이다. 한시나 언문풍월이 보

---

96    위의 책, 74쪽.

여준 바, 전체의 틀을 하나의 시로서 구성하는 것은 반복되는 소리의 형식이었으나 이는 그에게 그다지 가능한 것으로 보이지 않았다. 무엇보다도 최남선에게는 낭송되기 전에 읽히는, 즉 낭송 이전에 독서에 매개되는 것으로서 '쓰인 시'가 무의식적으로 발견되고 있었기 때문이다.

이 시는 물론 5음의 반복을 통한 율독의 가능성을 실현한다. "밥만 먹으면 배가부름을 / 모르네나는 / 물만마시면 목이축임을 / 모르네나는"이라고 율독할 때, 동일한 통사구조의 반복은 전통적인 정형시가에서 통사론적 단위의 반복과 같은 효과를 내는 것처럼 보인다. 그러나 이 시를 대하는 독자가 최초로 경험하는 것은 문자적 배열의 기묘함이다. 즉 읽기 전에 "밥만먹으면 배가부름을"과 "모르네나는" 사이의 기묘한 공간적 어긋남이 먼저 인지되는 것이다.

물론 여기에서 각 5음들이 통사적으로 동일한 방식으로 결합되어 있다는 측면은 배제되어서는 안 된다. 그러나 이 시에서 반복의 효과를 나타내는 가장 중요한 요소는 이러한 언어적 측면이 아니라, 비언어적 측면이다. 즉, "모르네나는"은 같은 위치에 배치되어 있는 "이뿐 아닐세"나 "중요로우나"와 같은 변격과 다른 것으로 간주되지 않는다. 이는 이 행들이 동일한 5음이기 때문이 아니라, 이 시의 공간적 구조에서 같은 위치를 점유하고 있기 때문이다. 반복적 5음의 공간적 배치는, 5음의 발음 시간이나 음성 효과 혹은 의미와는 별개로 같은 공간적 위치를 공유하고 있다는 측면에서 동일한 것이다. 따라서 이때 동일한 것으로 반복되는 것은, 쓰인 문자 자체라기보다는 문자를 둘러싼 여백이다. 이 '여백'이 반복을 구성하는 요소, 즉 프로조디의 구성적 요소인 리듬을 구현한다. 이 여백은 행의 차이에서만 드러나난다는 점에서 이 행들의 관계 속에 있는 요소들이라고 할 수 있다.

이러한 여백은 그것이 행의 연속적인 배열을 깨뜨리고 출현하고 있다는 점에서 일종의 '휴지'에 해당하지만, 전통적인 의미에서의 율격적 휴지를 의미하는 것은 아니다. 호흡적 등시성의 매개로서 율격적 휴지는 텍스트의 배열 원리라기보다는 공동체의 발화 관습에 해당하는 것이기 때문이다.[97] 여백은 낭송에도, 율독에도 매개되지 않는 전적으로 시각적인 요소이다. 이 시각적 휴지가 그의 시적 형식의 근간을 이룬다는 점은 이후에 발표된 대부분의 신체시에서 드러나는 시각적 양상을 살펴보면 잘 알 수 있다.

『대한학회월보』에 수록된 시보다 먼저 창작한 「구작삼편」은 이 시각적 휴지가 단순하고 우연적인 산물이 아니었다는 점을 보여준다. 최남선의 부기에 따르면, 이 작품들은 1907년경에 창작된 것이다. 그는 여기에서 "우리 국어로, 신시의, 형식을, 시험하던, 시초라"고 붙여놓았고, 이를 볼 때 이 형식의 창안은 다분히 의식적이고 의도적이었다고 할 수 있는 것이다.

이 시에서 음절적 정형성을 추출할 수 없는 것은 아니지만, 눈에 띄는 것은 마지막 두 행을 다른 행에 비해 한 칸 내려서 배치한 것이다. 또한 시 전체를 지탱하는 구조는 음절의 수라기보다는, 비문자적

---

97 조동일의 '율격적 토막', '호흡의 등시성'이라는 개념이 지칭하는바, 그는 율격이 창출되는 지점을 '휴지'에서 찾았다. 이 율격적 휴지는 한국어의 음절 단위, 통사적 단위, 그리고 독서 관습에 의해 결정되며, 이는 언어 공동체의 다각적인 관습에 매개되어 있다는 점에서, 공동체의 리듬 의식과 연결되는 것이다 (조동일, 『한국민요의 전통과 시가율격』, 지식산업사, 1996, 219쪽).

기호들이다. 여백 외에
도 줄표와 쉼표, 마침표
가 반복적으로 사용되
고 있다는 점을 확인할
수 있다. 이는 다른 두
편의 시에서도 나타나
는데 마지막 두 행의 배
치 방식이 각각의 시에

「구작삼편」, 『소년』 2년 4권

서는 다르지만, 하나의 시에서는 동일한 것으로 나타난다는 점에서
각 시에서 고유한 반복적 표지다. 이 세 편의 시에서 공통적으로 시
에 통일성을 부여하는 것은 이러한 시각적 기호들이며, 이는 소리의
차원이 아니라 문자의 형상의 차원에 있는 것이다.

이러한 '시각적 휴지', 즉 여백이나 부호 등이 그의 신시 형식에 있
어서 등시성과 위계성을 부여하는 역할을 하고 있다. 이 점은 최남선
이 소리의 율격을 시각적인 것으로, 즉 문자의 배열과 배치로서 전환
하고 있다는 점을 뜻한다. 말하자면 그의 시적 실험이 보여주고 있는
것은 음절적 정형성으로 인한 율격의 창출이 아니라 형태적 반복을
통한 운문화이며, 이것이 쓰인 시에서 가능한 유일한 리듬적 형식이
었다는 점이다.

이때 반복은 리듬의 핵심적 요소이자, 동시에 전통적인 노래의 방
식이기도 하다는 점을 지적해 둘 필요가 있다. 전통적인 노래에서 율
격은 기대와 만족의 반복이며, 이는 창작자의 창작 방법을 규제하는
일종의 원리다. 율격이 단순한 언어 패턴이 아닌 것은, 그것이 기본적

으로 이 가창 방식을 공유하는 공동체의 관습에 기대고 있기 때문이다. 그런 의미에서 율격은 일종의 관습이자, 사회적 코드다.[98] 가령 우리 전통시가에서 4.4의 반복이 일반화될 수 있는 것은 그것을 음송하는 사람이나 듣는 사람이 4 다음에는 4가 나올 것이라는 점을 기대하고 있기 때문이다. 창작자가 4자 어구 다음에 4자 어구를 사용하는 것은 듣는 사람의 기대를 충족시키고자 하기 때문이며 동시에, 그 자신이 이 사회적 코드에 종속되어 있기 때문이다. 그러므로 정형적 율격은 단순한 언어 패턴이 아니라, 음송자와 청취자의 관계에서의 관습이 언어적 현상을 규제하는 원리로서 나타난 것이라고 할 수 있다.

그러나 이는 음송자와 청취자가 동일한 낭송의 공동체를 구성할 수 있어야만 가능한 것이다. 낭송의 공동체가 소멸한 시기에, 쓰인 시에 도입되어 있는 '반복'은 소멸한 공동체의 불가능한 소환이라고 할 수 있다.[99] 따라서 최남선의 시적 실험에서 보여주는 바, 텍스트에 기입되어 있는 이 시각적 요소는 이 '소리'의 흔적 기호이며, 흔적 기호에서 음악은 일종의 유령 효과[100]로서 반향反響되고 있는 것이다.

---

98  Amittai F. Aviram, *Telling Rhythm,* Ann Arbor : The University of Michigan Press, 1997, p. 224.

99  물론 이러한 정형적 율격이 이후의 공동체에서도 살아남아, 절대적인 영향을 끼칠 수 있다. 그러나 이는 필연적으로 전대 공동체에 대한 향수와 결부된다. 이는 복원적인 것이 아니라, 복고적인 것이다. 그러할 때 한국시에서 전통적인 시가에서의 정형적 율격을 '기원화'하여, 그것의 변종이자 일탈로서 근대시를 설명하려는 시도는 율격이 태동하는 지점을 간과하는 것이다.

100  J. Roubaud, "Prelude : Poetry and Orality", trans. Jean-Jacques Poucel, *The Sound of Poetry / The Poetry of Sound*, ed. M. Perloff and C. Dworkin, Chicago : The University of Chicago Press, 2009, p. 19.

## 4) 문자의 파편적 전개  향률響律의 구조

이 '시각적 휴지'는 그의 시를 시로서 지탱하고 있는 구도였다. 즉 각 행의 구성이 다르더라도, 하나의 행의 의미가 다음 행에 유기적으로 연결되지 않는다고 하더라도 그와는 별개로 이 시에 통일성을 부여하는 것이기 때문이다. 그렇다면 이러한 시각적 공백을 배제하게 될 때, 시적 구조는 소멸하게 된다. 행 단위에서 실현되는 연쇄를 동등하고 위계적인 질서로 환기하는 '반복'이 없다면, 산문적으로 확대될 수밖에 없는 것이다.[101] 정형시의 특징인 반복의 불변성을 폐기한다면, 시는 필연적으로 산문화된다. 그렇다면 산문-시의 구별은 어떻게 성취될 수 있는가.

산문시의 규정에서도 가장 중요한 문제는 율적 산문metrical prose과 산문시prose poem를 어떻게 구별할 것인가 하는 문제다. 사전적으로 율적 산문은 낭송이 주는 리드미컬한 효과에 의존하는 산문이며, 산문시는 리듬적인 요소를 모두 파괴한 시이다.[102] 음성적 효과의 측면에서 본다면, 율적 산문이 더 산문시에 가까운 것이라 할 수 있다. 그러나 산문시는 모든 외적 형식을 폐기했을 때도 여전히 남아 있는 어떤 시적인 특성을 보여주는 것이고, 이는 역시 '반복'이 어떤 방식으

---

101  이러한 점 때문에 야콥슨은 자유시가 기왕의 율격적 관습을 타파하여 자유를 획득하였다고 하더라도, 그것이 '운문'으로서 지각할 수 있기 위해서는 이 연쇄의 와중에도 지속되는 '형식적 고정성'을 반드시 유지해야 한다고 지적한다 (R. Jakobson, & R.W. Linda, *The Sound Shape of Language,* Berlin : Mouton de Gruyer, 2002, p.219).

102  *The New Princeton Encyclopedia of Poetry and Poetics,* ed. A. Preminger and T. V. F. Brogan, Princeton : Princeton University Press, 1993, verse and prose 항목 참조.

로 이 산문시 속에서 실현되고 있는지에 달려 있다.

① 운수는 나로 하여곰 나라를 써나게 하도다

② 버틔려하면 손도 잇고 쌧듸려려하면 발도 잇스나 우리는 구태여 운
수의 식힘을 항거하랴아니하노니 그 소용업슴을 아난고라

③ 오천춘광五千春光에 한업시 번화하얏던 무궁화! 내가 웃더케 사랑하
던 것이뇨

④ 우리의 활개가 적은줄을 몰음이 아니나 너를 위하야는 대붕의 날개
갓히 덥허 주려하얏고 나도 사람의 자식이라 자연의 맹폭猛暴을 제
복制伏치 못할 줄은 알으나 너를 위爲하야는 보기좃케 이 몸을 바려
서라도 막을데까지는 막고자하지 아님이아니로라

⑤ 그러나 운수로다

⑥ 운수는 기어코 너를 한번 흔들어 쩔어터리고야 만다고 하난고나

⑦ 그리하야 나로하야곰 나라를 써나게 하난도다-젓썰어진 아해를 만
들게 너의 목숨은 이믜 너의 자유에 버서낫도다 그런데 너의 목숨
을 자유로 하난자는 너의 목에 칼을 언졌도다

⑧ 살기를 영화로히 하얏스니 지기도 영화로히 하여라! 살앗슬째에도
산 아희엿스니 질 째에도 산나희여라!

⑨ 저 천심天心에 달닌 달을 보니 이즐어질째에는 조곰도 원통하야지
아니하고 이즐어지난 대신에 둥글 째에도 거침업시 둥글어지난도다

⑩ 너로 하야곰 조락하게한 운수는 미구에 번영케할 운수가 아닌줄 누
가 담보한다더냐

⑪ 너의 온갓을 다 뭉치여 모다 「째」의 박휘에 실녀라 서으로 향하얏

던 것이 곳 동으로 향하게 되리라

⑫ 썰어져라 죽어라 나는 가노라

⑬ 피울째 살을째에 다시 오리라 다행히 미력이 남아 잇노니 동군東君

의 수레를 밀기에 쓰리라

— 「나라를 써나난 슯흠」, 『소년』 3년 4권번호 표시-인용자

이 시는 "운수는 나로 하여곰 나라를 써나게 하도다"라는 첫 행의
반복적 확장으로 진행되고 있다. 이 행은 각 ⑤행과 ⑫행에서 반복된
다. 구성상 완전히 동일한 통사구조의 반복은 아니지만, '운수-떠나
다'라는 의미의 결합체가 이 시를 지탱하는 의미적 구조라는 점은 명
백해 보인다. 즉 처음에 성립한 '운수-떠나다'라는 의미의 결합체가
다양한 방식으로 확대해 가는 방식을 취하고 있다. 그리고 이 결합체
는 의미적 확대를 겪은 다음에 ⑥행에서는 '운수'로, ⑬행에서는 '떠
나다'라는 것으로 재출현한다. 이 시는 그래서 ⑤행과 ⑫행의 사이에
서 의미론적으로 확대되었다가 ⑤행과 ⑫행에서의 ①행이 변격적으
로 반복됨으로써, 첫 행이 지니고 있는 위계적 질서를 시 전체 속에
서 성취하고 있는 것이다.

구체적으로 살펴보자. ③~④에서는 나라에 대한 애틋한 감정을
과장법으로 진술한다. ⑦~⑪행에서는 국운이 쇠락해가는 것을 운수
로 받아들이고, 다음에 올 때를 예비하라는 조언을 영탄적 어조로 펼
쳐 놓고 있다. 여기에서 하나의 행은 동일한 통사구조를 대략적으로
반복하고 있지만, 한 행에서 적용된 통사구조가 다음 행에서 같은 방
식으로 반복되는 경우는 없다. 가령 ④행의 경우, '-아니나, 하다 / 알

으나-아니로다'의 방식으로 역접과 연접의 방식을 교차적으로 사용하고 있다. 또한 ⑦행의 경우 "하는도다", "났도다", "었었도다"로 끝나는 세 개의 문장을 하나의 행 속에 배치함으로써, 이 문장들은 각각 종결어미의 사용에도 불구하고 종결되지 못하고 하나의 반복 단위로서 기능한다.

즉 이 부분에서는 의미론적으로 확대되는 동시에, 통사구조 역시 다양한 방식으로 변주됨으로써 하나의 구조로 수렴되지 못하고 확산되고 있다. 이 연쇄적인 확산 속에서 각각의 행들은 사실상 의미론적으로도 유기적으로 연결되고 있다고 보기 어렵다. 그러므로 이 행들의 연속은 연결되지 않으며 다만 앞뒤에 배치되어 있다는 차원에서만, 즉 인접성의 원리에 의해서만 결합되어 있는 것이다. 이 속에서 '운수-떠나다'의 결합체가 인접성 속에 반복적으로 끼어듦으로써, '운수-떠나다'라는 의미적 구조로 통일하는 역할을 하고 있다.

그러나 이 반복은 완전히 동일한 형태의 반복이 아니라는 점에서, 앞서 살펴보았던 최남선의 시에서의 반복 구조와는 다른 것이다. 더하여 이 반복은 사실상 이중적인 구조를 지니고 있다. ①행의 '운수-떠나다'의 구조는 ②행에서 한 번 더 의미론적으로 확장된다. 의미론적인 차원에서 보자면 이는 운수에 대한 부연으로, 운명의 불가항력을 강조하는 것이다. 이는 ⑤행에 인접한 ⑥행 역시 마찬가지다. 즉 ②행과 ⑥행은 반복을 확장적 차원에서 한 번 더 반복함으로써, 이 반복 구조가 단일한 것이 아니라 중층 결정되어 있다는 점을 보여준다.

말하자면 통사적이고 의미론적인 확장 구조 속에 등가적으로 개입되는 반복 구조가 존재한다. 그러나 이 반복 구조는 완전히 동일한 것의 회귀가 아니라는 점에서, 정형시의 그것에서처럼 완전한 구조를 성취하지 못한다. 더구나 반복은 확장된 형태로 또 한 번 개입한다. 그렇다고 한다면 이 시는 사실상 반복 구조가 위계적으로 작동하면서 완전한 구조적 통일성을 이루는 데 실패하는 것이다. 이 시에서의 ⑬행의 지위가 이를 암시적으로 보여준다. 중층적인 반복 구조가 일관성 있게 적용되려면, 마지막 행은 역시 '나는 가노라'의 확대여야 한다. 그러나 "피울째 살을 째에 다시 오리라 다행히 미력이 남아 잇노니 동군의 수레를 밀기에 쓰리라"에서 의미적 구조는 '나는 오리라'이며, 나는 '와서 하리라'이기 때문이다. 이는 ⑫행의 구조가 뒤집힌 채로 반복된 것이다. 그러나 이 행이 앞서 출현했던 그 어떠한 행과도 의미론적으로 연결되지 않는다는 측면에서, 이 행은 사실상 외부적인 것으로 보아야 한다.

이상과 같은 분석을 요약하면, 이 시는 첫 행의 의미론적 구조, '운수-떠나다'가 반복됨으로써 시적 구조를 성취한다. 그러나 이 반복 구조에 또다시 반복이 겹침으로써 반복은 중층 결정된다. 이는 하나의 반복 단위가 시 전체를 통일할 수 있는 단위로서 기능할 수 없다는 점을 의미한다. 이에 더하여 마지막 행은 첫 행에서 성립하였던 의미론적 구조를 뒤집으면서 도입된다는 점에서, 사실상 구조 전체를 흔드는 역할을 하고 있는 것이다. 이러한 기이한 반복 구조가 보여주는 것은 이 반복이 성립하는 순간 흔들리고, 파괴되는 순간이다. 앞서 이 글은 반복 기호가 소멸된 소리의 흔적 기호임을 강조한 바 있다. 시각적 휴지는 쉼표나 띄어쓰기의 여백처럼 '비어 있는 공간'으로서, 이 소멸한 소리가 부재하는 것으로 나타나고 있는 장소였다.

그런데 이 시에서는 끊임없이 같은 방식으로 되돌아오는 반복 구조보다는 이 반복을 방해하는 구조가 더욱 명확하게 드러나고 있다. 더 정확히 말하면, 반복이 실패하고 있다. 통사론적 연쇄에 반복이 끼어들지만, 이 반복은 곧 실패한다. 의미의 확대는 지속되지만 또 다시 반복이 끼어든다. 말하자면 여기에서 드러나는 것은 실패의 반복, 즉 연쇄되고 중단되는 구조가 반복된다고 할 수 있다.

그러나 이 시는 그럼에도 불구하고, 다른 산문시에 비해서는 반복 구조가 성공적인 편이다. 「태백의 님을 이별함」에서는 첫 두 행의 구도, "태백아 우리 님아 / 나간다고 슬퍼마라"에서 성립한 '님아 슬퍼마라-나는 간다'는 의미론적으로 계속 확대되어 지속되다가 단 한 번 "잘 있거라 나는 간다"로 도입된다. 총 24행으로 이루어진 이 시에서, 확대는 19행 동안 지속되지만 이를 통솔하는 반복은 단 한 번 도입된다. 심지어 「쓰거운 피」에서는 마치 두 개의 시가 결합한 것처럼 보일만큼 이질적인 것들이 결합되어 있다.

㉮ 세상사람이 말큼다 나불나불한 닙살과 산쯧산쯧한 생각과 귀처진
    눈과 싯들닌 수염을 가지고 분분하게 되고 못될것을 말하더라도
    그는 그오 나는 나다!
    나는 그런 과량過量이 당초부터 업슴을 다행으로 아노라.
    우리의 혈관으로 도라다니난것은 통장작通長斫 집힌 가마스물보담도
    더 쓰거운 피.
    우리의 흉우胸宇에 그득한것은 한업난 동력으로 거칠것업시 나가난
    기차와 갓흔 전진심이로다.

경영하고 착수하고 진행하다가 실패·성공하고 입신·살신하고 이
것이 우리의 생애를 결락한 사실이로다.

일이라고 잇스면 하리라!

어엿분것 잇스면 왼마음을 다밧쳐 상사하리라, 그가 어엿부니싼 날
노 상사할샌이지, 이루고 못이룸은 우리의 무를바도 아니오알바도
아니라.


㉴ 잘되면 살고 못되면 죽고, 너를 운명이라 하더구나,

　그런것은 내가 알아둘 소용 업서.

　우리는 다만 생각할샌 만들샌 할샌

　쓰거운피와 전진심이 잇기까지는 그러하지아니하랴하야도 아니할
　수 업서.

　송굿갓흔 바늘이 왼몸을 두루두루 씨를지라도 나는 원망하지아니
　하리라.

　가시잇난것이면 장미로만 알지.

　구린내어니 지린내어니 내면 다 마치한가지로 알겟다.

　차별이 잇기로 얼마 잇서.

　쓰거운 국에 맛알겠나냐 쓰거운 피는 온갓 차별의 날을 무되게, 아
　니라 아주 업시한다.

　아모것이고 다 조아.

　하지.

　피는 선동煽動, 마음은 조세助勢, 그리하야 두팔이 들먹들먹

　가만히 잇슬순 업다

대大한 세계는 소小한 나를 위하야 잇도다.

열ㅅ두번 죽어도 재조잇난 사람은 아니되여.

—「쓰거운 피」, 『소년』 3년 3권구별 표시—인용자

이 시를 임의적으로 ㉮와 ㉯라는 두 개의 부분으로 구별했을 때, 각 부분이 통일적으로 공유하고 있는 것은 '뜨거운 피'와 '전진심'이라는 의미다. ㉮ 부분에서는 이 "뜨거운 피"와 "전진심"을 열렬하고 영탄적인 어조로 예찬하고 있으며, 따라서 이 부분을 규율하고 있는 것은 이 영탄법이라는 수사법 자체다. "나다!"는 "하리라!"로 반복되지만, 이 의미적 구조가 A에 통일성을 부여하는 것이 아니라, 영탄법이라는 문채figure가 이 부분을 열렬한 감정의 토로로 연결하고 있다. 이를 변용하는 방식으로 반복되고 있는 것은 각 행의 끝에 불규칙적으로 붙어 있는 "아노라", "이로다", "하리라"와 같은 "라"체다. 그런데 B에서는 이 영탄법이 아예 사라지고, 종결의 방식 또한 바뀐다. 특히 "업서", "알지", "조아", "하지"와 같은 종결형의 변화는 영탄적 종결형과 완전히 다른 것이다. 이는 ㉮와 ㉯의 화자가 완전히 다른 사람인 것처럼, 이질적인 어조가 아무런 연결 고리 없이 붙어 있는 것으로 확인할 수 있다.

말하자면 이 시에서는 전체를 통일할 수 있는 구조란 전혀 존재하지 않는다. 있다고 한다면, "뜨거운 피"와 "전진심"이라고 하는 주제적 단어들인데, ㉮ 단위에서 이 두 단어는 화자의 열정을 가리키는 것으로 화자의 예찬의 대상이 되는 것들이었다. 그런데 ㉯ 단위에서 '뜨거운 피'와 '전진심'은 A 단위에서의 예찬과 영탄의 대상이 되지 못한다. 특히 전환 이후에 보여주는 의미론적 불연속성은 이 주제적 단어가 위계적 지위를 전혀 얻지 못하고 있다는 점을 보여주고 있다.

가령, "송굿갓흔 바늘이 왼몸을 두루두루 찌를지라도 나는 원망하지아니하리라. / 가싯잇난것이면 장미로만 알지. / 구린내어니 지린내어니 내면 다 마치한가지로 알겟다. / 차별이 잇기로 얼마 잇서. / 쓰거운 국에 맛알겟나냐, 쓰거운 피는 온갖 차별의 날을 무되게, 아니라 아주 업시한다. / 아모것이고 다 조아. / 하지"에서 "뜨거운 피"와 "전진심"은 "온갖 차별의 날을 없이 하는" 즉, 고난을 견디게 하는 원동력으로서 제시된다. 고난이란 여기서 "가시", "뜨거운 국"으로 변주될 수 있는데, 이 변주에 "장미", "구린내"와 같은 이질적인 은유가 뒤섞여 있다. '송곳 같은 바늘 = 가시 있는 것 = 장미 = 구린내와 지린내 나는 모든 것 = 차별 = 뜨거운 국'으로 변주되는 이 연쇄는 다만 앞뒤에 위치하고 있음으로써, 즉 위치의 선후성으로만 결합되고 있다는 것이다. 물론 여기에서 이 연쇄를 성립시킨 최초의 구조는 고난 = 송곳 같은 바늘이라는 은유적 구조다. '찌르는 것'이라는 유사성에 의해 성립한 이 구조는 비례적으로 확대되면서 환유적으로 연결되고 있다고 할 수 있다. 그러나 문제는 이 구조도 정확히 지켜지고 있는 것은 아니라는 점이다. '가시 있는 것은 장미'는 이 환유 구조에서도 그 지위를 보장받지 못하는 의미단위이다.

이 마지막 행들에서 보이는 것은 말 그대로의 의미에서 그 어떠한 인과성도 가지지 않은, 통사론적으로도 의미론적으로도 통일되기 어려운 단어들의 연속적 전개다. 여기서 "뜨거운 피"와 "전진심"은 고난을 견디게 하는 원동력이라는 본래의 의미적 지위를 잃어버

린다. 그러할 때, 마지막 두 행인 "대한 세계는 소한 나를 위하야 잇
도다. / 열ㅅ두번 죽어도 재조잇난 사람은 아니되여"에서 '큰 세계'와
'작은 나'라는 대립이나 재주 있는 사람이 못 된다는 의미는 이 시의
어느 부분과도 유기적으로 연결될 수 없다.

이 시가 보여주고 있는 것은 오직 인접성에 의해서만 지속되어 가
는 파편적 전개 그 자체. 그 전개의 와중에 ㉮ 단위를 규율하던 영
탄법은 완전히 소멸된다. 그렇다면 이러한 전개는 '산문'적인 것으로
볼 수 있는가? 산문은 의미론적 통일성을 논리성과 인과성을 통해
성취하는 것으로, 이 의미론적 통일성을 방해하는 것은 제거되어야
한다. 의미의 파편적 전개란 산문에서는 결코 용납될 수 없는 것이기
때문이다. 그러므로 이 파편적 전개 자체가 산문 속에 내포되어 있는
시적 특성이다. 즉 통사론적이고 의미론적인 체계 내에서 통일되지
못하고 파괴되어버린 고립된 단어들의 연속적인 전개는 오히려 이
시가 산문으로 완성되지 못하도록 저지하고 방해하는 역할을 하고
있다. 의미적 통일을 방해하는 것으로서 반복적으로 끼어들면서, 끝
없는 확산을 이루어 나가는 것이 이 산문시의 가장 중요한 특징[103]이
며 그것이 이 산문시에 고유한 리듬의 양상이라고 할 수 있다.

요점은 이러한 것이다. 정확히 무엇이 반복되는가는 그리 중요한
문제가 아니다. 그것은 통사론적 구조일수도 있고, 문채일 수도 있으

---

103  베일리가 보들레르의 산문시가 기왕의 산문시와 다른 가장 큰 특징이 연 구조
    의 폐기에 있는 것이 아니라, "무너진 어휘(lexical rupture)"에 있음을 강조한 것
    은 이런 점을 지칭한다. 보들레르의 산문시에서 가장 중요한 리듬 구조인 이
    '무너진 단어'는 일차적으로는 악센트의 구조가 소멸된 단어를 뜻하는 것이다.
    즉 프랑스어의 악센트와 장단이 다양한 방식으로 변주되는 와중에, 곳곳에 끼

며 어휘의 차원일 수도 있다. 의미의 통사론적 전개를 방해함으로써 등장하는 이 반복은 동시에, 확대에 의해서 또다시 반복의 효과를 성취하지 못한다. 반복적 도입은 계속해서 실패하고, 이 실패에도 불구하고 반복된다. 이것이 최남선의 산문시가 보여주고 있는 향률響律의 구조이며, 이 구조에서 통일성의 구조를 성취하지 못하는 반복이 이 시들에서 보이고 있다.

### 5) 자유시의 원천으로서 최남선의 산문시

최남선의 산문시는 노래하기와 시 쓰기의 양극을 오가는 시적 실험 속에서, 시 쓰기의 한 극단을 보여준 것이라고 할 수 있다. 이때 시각적 휴지나 언어의 파편적 전개는 쓰기의 차원에서 율律을 실현하고자 한 것이다. 이때 반복되는 것들은 '소리의 흔적 기호'들이며 이 기호들은 소리를 잃었다는 사실에서만 상실된 소리를 그 이면에서 울려주는 기호들이라는 측면에서, 잃어버린 음악을 부정적인 방식으로 소환하는 것이라는 점을 지적했다. 이는 낭송의 공동체, 기원적 음악을 겨냥하는 것이다. 그러나 최남선의 산문시에서 언어의 파편적 전개가 상실한 공동체를 쓰기를 통해 회복하고자 하는 것인지는

---

어들어 있는 이 단어들에서 악센트가 소멸함으로써 리듬적 공백을 야기하는 것이다. 벤야민과 베일리는 이 단어들을 단순히 악센트가 무너진 어휘로 보지 않고 전체의 통일적 전개를 방해하는 것, 말하자면 의미론적 공백으로서 이해함으로써 무너진 어휘의 범위를 확대하고 있다. Jean-Christophe Bailly, trans. Jan Plug, "Prose and Prosody : Baudelaire and the Handling of Genres," *Baudelaire and the Poetics of Moderninty*, ed. Patricia A. Ward, Nashvile : Vanderbilt University Press, 2001, p.128.

명확하지 않다. 이 점이 이후의 자유시들, 김소월이나 이상화의 시와 다른 점이다. 이들의 시에서는 불가능한 일임에도 불구하고 계속해서 반복하는 주체의 충동이 향률響律을 추동해나가는 원리임이 나타난다.[104] 그러나 최남선의 산문시에서는 이를 확인하기 어렵다.

이는 아마도 그가 근대시의 양식을 창안하거나 발견하고자 했던 것에 목표가 있지 않았기 때문으로 보인다. 그에게 중요한 것은 '실질적으로 가능한' 가창 공동체의 창조였기 때문이며, 그래서 그는 완전한 노래의 영역으로 이동한다. 『청춘』에 시라는 명칭을 달고 나온 시에 꼬박꼬박 악보가 붙어 있었던 것은, 음악의 공유를 통해 공동의 가창이 실현되기를 바란 것이 아니겠는가? 그러나 그의 산문시가 보여주고 있는 율의 구조는 음성적 효과가 아닌 것으로서의 리듬, 문자의 율의 가능성이다. 1920년대 자유시론은 최남선의 산문시가 실험했던 한계, 즉 '읽는 시'의 가능성과 한계를 계승하고 있는 것이다.

---

104  이에 관해서는 박슬기, 앞의 글 제4장 참조.

# 자유시 인식과
# 한국 근대시의 새로운 리듬

## 1. 한국과 일본에서의 자유시론의 성립 근대시의 인식과 선언

### 1) 자유시의 선언과 그 담론적 배경

황석우는 「조선 시단의 발족점과 자유시」에서 "우리 시단은 적어도 자유시로부터 발족치 않으면 안 되겠"[1]다고 선언했다. 이는 전대와는 질적으로 다른 새로운 시를 자유시로 정초한 본격적인 선언문이며, 아직 신시新詩로만 지칭되던 근대시의 지향을 자유시라는 용어로서 최초로 명확하게 한 글로서의 의의를 지닌다. 그러나 이 용어를 황석우가 최초로 사용한 것은 아니다. 이보다 1년 먼저, 백대진은 프랑스 상징주의 시를 소개하면서 "복잡한 표상파를 끊어 버린 것은 자유시의 기인旗印이올시다"라고 하고, 자유시를 "개성의 인상을 읊"음과 "각자의 표현법을 구하"여 "자기의 시풍을 수립"한[2] 것으로 이해했다. 김억 또한 자유시를 언급하며, 이를 "재래의 시형과 정규定規를 무시하고 자유자재로 사상의 징운徵韻을 잡으려하는 ─ 다시 말하면 평측이라든가 압운이라든가를 중시치 아니하고 모든 제약, 유형적 율격을 버리고 미묘한 '언어의 음악'으로 직접, 시인의 내부생명을 표현하려는 산문시"로[3] 정의했다.

백대진과 김억의 글에서 자유시가 산문시와 구별되지 않고 있다는 것은 그렇게 중요한 문제가 아니다. 그들은 자유시가 프랑스 상징주의의 시적 전개 과정 중에 기왕의 정형시를 타파하면서 발생된 것

---

1   황석우, 「조선 시단의 발족점과 자유시」, 『매일신보』, 1919.11.10.

2   백대진, 「최근의 태서문단」, 『태서문예신보』 9, 1918.11.30.

3   김억, 「프란스 시단(2)」, 『태서문예신보』 11, 1918.12.14.

이라는 점, 그리고 그것이 외적인 규칙을 벗어나 각 시인에게 고유한 형식을 창안하는 것이라는 기본적인 차원을 올바르게 이해하고 있었기 때문이다. 그럼에도 불구하고 황석우의 이 선언문이 중요한 것은 자유시론자들이 심정적으로 공유하던 시적 지향을 명확하게 자유시로 호명함으로써, 신시 = 근대시 =자유시라는 인식적 등가관계를 확보하였기 때문이다.

그러므로 황석우의 선언으로부터 한국의 자유시론이 본격적으로 출발했다는 사실은 중요하게 받아들여져야 한다. 이는 1919년 이전에 자유시 형태의 창작이 이미 있었다는 것을 부정하는 것은 아니며, 산문시의 개념과 혼동되기는 하였으나 자유시에 대한 인식이 있었다는 것 또한 부정하는 것은 아니다. 중요한 것은 이 선언으로부터 당시의 자유시론자들이 근대시에 관해 지니고 있었던 역사의식이 드러났으며, 이 의식이 한국시사의 발전 과정을 자유시로 수렴시키게 되는 인식론적인 파급효과를 가져왔다는 것이다. 그리고 그것은 황석우가 노리고 있던 효과이기도 했다. 그가 자유시를 정의하고자 한 것이 아니라, 용어의 적시를 통해 개념을 통일시키고자 했던 점에서 이는 명확히 드러난다. 그는 자신이 이 글을 쓰게 된 이유가 "시를 쓰는 것보담 먼저 우리 시단의 토대를 정"해야만 하기 때문이며 아직 한국의 시단이 "신체시"라는 용어를 쓰면서 일본에서조차 폐기된 신체시를 모방하고자 하고 있기 때문이라고 썼다. 그러나 당시에 산문시나 자유시가 창작되고 있었다는 점을 고려하면, 그의 지적은 시단의 새로운 시도에 대해 지나치게 가혹한 것이다. 황석우에게 문제는 창작된 결과가 아니라 용어였기 때문이다.

그렇다면 신체시 대신에 성립시켜야 할 자유시란 어떤 것인가. 그는 신체시는 일본의 『신체시초』에서 온 말이라 하고, 『신체시초』를 쓰던 당시의 일본의 시단과 지금 한국의 시단은 그 출발점이 다르다고 주장한다. "우리는 이미 서문시나 일문시에 의하여 시로의 완전한 형식을 배웠"고, "그것을 참작하며 완전한 시형의 시를 써갈 수 있"기 때문이다. 그가 모범으로 삼고 있는 "일문시"는 명백히 구어자유시론 이후에 성립한 일본의 시를 가리키는 것이다. 구어자유시야말로 『신체시초』 이후에 25년간 발전해 온 일본의 시형을 부정한 토대에서 주창된 새로운 시이기 때문이다. 또한 "자유시의 발양지는 더 말할 것 없이 피彼불란서입니다"라고 말할 때 그에게 "서문시"는 프랑스 상징주의자들의 시다. 이 지점에서 그는 『태서문예신보』에서 자유시를 소개한 이들과 같은 이론적 배경을 보여준다. 황석우는 구어자유시론 이후의 일본시를 하나의 모범으로, 프랑스 상징주의의 자유시를 또 하나의 모범으로 제시하고 있다.

황석우의 이 글은 자유시론이 성립한 두 가지 외적 배경을 보여주고 있다는 점에서 주목을 요한다. 일본과 프랑스의 예를 동시에 제시한 것은 한국의 자유시론이 프랑스 상징주의를 일본을 경유하여 받아들인 결과로 발생한 것이라는 일반적 견해[4]를 지탱하는 것처럼 보

---

4    자유시론에 끼친 상징주의의 영향을 강조할 때, 주로 이렇게 이해되었다. 우에다 빈의 번역시집 『해조음』의 영향이나 김억의 번역 작업 등을 고려해 보면, 자유시론자들에게 일본 시단의 움직임은 매우 큰 영향을 끼쳤음을 짐작할 수 있다. 이러한 관점에 선 대표적인 연구로는 구인모, 「한국의 일본 상징주의 문학 번역과 그 수용」, 『국제어문』 45, 국제어문학회, 2009; 박은미, 「일본 상징주의 수용 양상 연구」, 『우리문학연구』 21, 우리문학회, 2007 등이 있다.

인다. 말하자면 한국의 자유시론은 이중의 수용의 결과로 탄생한 것인데, 일본의 상징주의와 자유시론과의 관계를 고려할 때 이는 단언하기 어렵다. 구어자유시론자들이 자유시라는 용어를 성립시키기는 하였으나, 이는 전대의 문어정형시를 부정하고 성립한 것이며, 이 문어정형시를 그들은 상징주의 시로서 비판했다. 일본의 상징주의는 프랑스 상징주의와는 완전히 다르며, 더구나 그것이 아언雅言으로 된 정형시라는 측면에서 자유시의 근거가 되기 어렵다. 황석우는 일본의 상징주의 시가 근본적으로 정형시라는 점을 아마도 잘 알고 있었을 테지만, 그 점에 대해서는 언급하지 않았다. 말하자면 그는 프랑스 상징주의의 자유시와 일본의 전범을 여기에서 충돌시키고 있는 것이다.

이러한 지점에서 양국의 자유시론이 지니고 있었던 근본적 차이

---

다양한 정황을 고려할 때, 이는 확정적일 수 있다. 김억은 게이오 대학 재학 당시 스승이었던 오리구치 다이가쿠(堀口大學)에게서 프랑스 상징주의 시를 배웠을 것이며, 그의 「낙엽」은 스승의 번역을 중역한 것이었다(김병철, 『한국근대번역문학사연구』, 을유문화사, 1975, 406~407쪽). 주요한 역시 일본 유학 시절에 유행하던 상징주의 시를 접하였다고 고백하기도 하였으며(주요한, 「창조시대」, 『자유문학』, 1956.6, 134쪽), 황석우와 나란히 일본의 상징주의문학을 소개했다(황석우, 「일본 시단의 이대 경향」, 『폐허』, 1920.7; 주요한, 「일본 근대시초」, 『창조』, 1919.2~3). 이런 점에서 볼 때, 자유시론을 주장했던 대표적인 인물들인 황석우, 김억, 주요한이 일본 상징주의문학의 좌장에서 벗어나지는 않았던 것 같다.

그러나 전기적 사실과 작품 활동을 중심으로 하는 정황 증거가 한국 자유시론에 내포되어 있는 인식론적 계기를 명확하게 설명하기는 어렵다. 근대시는 자유시라는 분명한 인식을 막연한 영향 관계로 설명하는 것은 한국의 자유시론 자체의 논리를 불분명하게 만들 수 있다. 일본과 한국의 자유시론을 면밀히 검토함으로써, 한국 자유시론의 독자적 인식 체계를 고찰해야 할 필요가 있다. 이는 본론에서 논의하도록 한다.

를 감지하게 된다. 일본의 구어자유시론은 『신체시초』이후의 시적 발전 과정 전체를 부정했으며, 동시에 상징주의 시를 거부했다. 한국의 자유시론은 개화기의 시적 실험을 완전히 부정하지는 않았으며, 동시에 상징주의 시를 또 하나의 전범으로 간주했다. 그럼에도 불구하고 양국의 자유시론은 그 작품의 문학적 성과와는 별개로 근대시＝자유시라는 인식적 효과를 창출해내었다는 점에서 각국의 시단에 같은 영향력을 행사했다. 이 글은 양국의 자유시론의 논리와 그 논리가 태동하게 된 맥락을 비교함으로써 그 세밀한 차이를 검토해보고자 한다.

## 2) 시형과 시의 동일성, 시의 본질에 대한 근대적 인식

잘 알려져 있다시피, 일본에서의 자유시 선언은 와세다 시사의 구어자유시론의 제창에서 기인한다. 이 운동은 소설에서 먼저 시작된 자연주의적 풍조를 배경으로, 이를 시에서 실현하고자 하는 움직임에서 시작되었다. 소마 교후가 시마무라 호게츠의 「문예상의 자연주의」의 영향을 언급했을 뿐만 아니라, 그 자신의 주장인 "현대 생활에 밀접"한 "스스로가 가슴 속에 있는 '나' 그 자체의 목소리를 듣는 일"[5] 이란 자연주의적 요청의 핵심에 해당하는 것이기 때문이다. 그것은 일차적으로 현대인의 일상적 언어와는 괴리가 있는 문어文語나 아언雅言을 배척하고 구어口語를 시의 용어로서 채용하는 것이다.

소마 교후는 「시계의 근본적 혁신」에서 세 가지를 주장했다. 시의

---

5    相馬御風, 「自ら欺ける詩界」, 『早稻田文學』, 明治 41年 2月号, 10쪽.

용어는 구어口語로 하고, 절대적으로 자유로운 정서 주관 그대로의 리듬을 시조詩調로 하되, 행의 길이나 연의 수, 행수의 제약이 있어서는 안 된다는 것이다.[6] 이 세 개의 선언은 각각 다음에 오는 선언의 전제다. 제1은 구어며, 구어로 쓰더라도 시조詩調를 제약해서는 안 된다. 용어가 구어든지, 조調가 자유롭든지 간에 시의 형식에 제약이 있어서는 안 된다는 것이다. 이 선언의 목적은 "진실하게 정서를 발표"하는 것, 즉 시인의 진실한 "자기"를 드러내고자 하는 것이다. 그러므로 이는 '자기의 내부 생명'을 표현하고자 했던 상징주의 시론과도, 한국의 자유시론과도 결코 다르지 않아 보인다. 그러나 이들은 이 새로운 시를 처음부터 자유시라고 명명하지 않았다.

와세다시사의 설립을 알렸던 『와세다문학』의 「문예소식」에서는 이를 "침체된 현재 시단에 의의 있는 신운동"[7]이라고 일컬었고 그것의 최초의 선언문이라 할 수 있는 소마 교후의 「스스로 속이는 시계」나 「시계의 근본적 혁신」에서도 자유시라는 용어는 나타나지 않는다. 그들은 신체시를 부정한 후에 그것을 대체할 시를 다만 "새로운 시" 혹은 "구어시"라는 용어로 지칭했다. 구어시운동이 어느 정도 진행된 후에, 그들은 "신시풍"에 괄호를 달아 "자유시라고 가칭하는 쪽이 좋을지도 모른다"[8]라고 썼다.

즉 처음에 구어자유시론은 구어시론이었고, 논의의 진행 과정에 따라 자유시론으로 이행한 것이다. 이에 따르면 자유시라는 용어는

---

6    相馬御風, 「詩界の根本的革新」, 『早稻田文學』, 明治 41年 3月 号, 13~14쪽.

7    「文藝消息」, 『早稻田文學』, 明治 40年 4月 号, 17쪽.

8    「文藝界」, 『早稻田文學』, 明治 41年 8月 号, 97쪽.

vers-libre의 번역어로서 성립된 것이라기보다는 '정해진 형식으로부터 자유로운 시', '자유로운 형식의 시'라는 말이 와세다시샤나 시초사의 사람들에게서 자연스럽게 생겨나면서 출현한 것이라 할 수도 있다.[9] 구어자유시론이 처음부터 프랑스 상징주의적 의미에서의 자유시를 의식적으로 주장하지 않았다는 측면에서 세 번째 선언은 과하게 강조되어 받아들여졌던 것 같다. 구어시론의 선언이 나오자마자 그것은 시와 산문이 지니는 형식적 차이에 대한 논쟁에 휩싸였으며,[10] 이때 세 번째 선언은 첫 번째와 두 번째와는 별개로 논쟁의 중심축이 되었기 때문이다. 그러나 구어시론자들에게 세 개의 선언은 독립적인 것이 아니었으며, 오히려 형식의 자유는 제1과 2의 요청이 완료되어야만 요청될 수 있는 것이었다. 말하자면 그들은 단순히 형식의 혁신을 요구한 것이 아니다.

소마 교후는 신체시를 비판하면서, 그것이 현대인의 "복잡한 변화, 무한한 소위 주관의 반응감"[11]을 표현할 수 없는 형식이라는 점을 강조한다. 언문일치를 통해 현대인의 직접적인 주관적 반응을 묘사할 수 있게 된 소설에 반해, 신체시를 비롯한 일본의 시가가 일종의 냉담한 반응에 처하게 된 것은 형식과 내용이 그 일치를 이루지 못하고

---

9    成谷 麻理子, 「口語自由詩の發生－Vers libreをめぐって」, 早稻田大學比較文学研究室 「比較文學年誌」編集委員会 編, 『比較文學年誌』 46号, 2010. 그는 핫토리 요시카가 '자유시'라는 용어가 vers-libre의 번역어라고 주장했으나, 프랑스 상징주의 시와 일본의 구어시론이 지니고 있는 차이를 고려해볼 때, '자유시'를 원어 그대로의 의미로 수입하지는 않았을 것이라고 설명한다.

10   구어시 문제를 제기하자, 이와노 호메이나 『제국문학』의 RTO 등이 이를 '형식상의 문제일 뿐'이라며 비난을 제기했다(「文藝界」, 96~97쪽).

11   相馬御風, 「自ら欺ける詩界」, 7쪽.

있기 때문이라는 것이다. 즉 인위적으로 규정된 정형의 형식 자체가 문제이기보다는 "형식과 내용의 분열"이 문제인 것이다. 재래의 내용에 걸맞은 형식이 있을 수 있으며, 여기에서는 분열이 나타나지 않을 수 있다. 그러나 내용이 변했다면 형식이 변해야 하며, 이는 형식의 혁신을 통해서가 아니라 사실은 변한 내용을 받아들임으로써 가능한 것이다.

내용의 개방 — 할 수 있는 한 우리들이 바라는 바는 이것 외에는 없다. 그러나 그것으로는 시가 본래의 특질인 형식상의 제약을 어떻게 할까, 거기에서 근본적인 의문이 일어난다. 그러나 그것은 형식 그 자체를 이해하고자 하는 하나로 결정될 수 있어야 하는 것은 아닐까. 형식 그 자체의 진의만 이해되면 결정할 수 있는 것은 아닐까. 시가에 형식은 있다. 그러나 형식의 제약은 없다. 인간의 정서 그대로의 형식, 주관 그대로의 형식 이것이 즉 시가의 형식이다. 현대인이 생활의 객관 그대로의 형식을 소설에 있어 주장함과 동시에 시가에 있어 주관 그대로의 형식을 짜야하는 것 아닐까. 소설에 있어 일절의 사념을 배제하고, 자연 그 자체의 모습을 묘사하라고 주장하는 현대인은, 시가에 있어서도 역시 일절의 사념을 배제하여 '나' 그 자체의 소리를 듣는 것을 노래해야 한다는 것이다. (…중략…) 솔직히 자유롭게 자기중심 목소리 그대로의 형식 그것, 진정한 시가의 형식이 아닌가.[12]

이 지점에서 교후는 "내용의 개방" 자체가 "시가의 형식"임을 주장하고 있다. 여기서 그는 시가 산문에 대해 지닐 수 있는 차이, 혹은 시가의 본래적 특징이 형식상의 제약에 있다는 점을 인정하고 있다. 그러나 이때 형식은 시의 내용과 구별하기 위해 사용한 용어일 뿐, 내용을 표현하는 도구가 아니다. 진정한 의미에서의 형식은 주관 그 자체이기 때문이라는 것이다. 소설의 형식이 "객관 그대로"라면, 시가의 형식은 "주관 그대로"다. 소설이 자연 그 자체의 자태를 드러내는 것을 자기의 형식으로 한다면, 시가는 "자기" 그 자체의 소리를 형식으로 한다. 이는 엄격하게 말하면 형식이라고 보기 어렵다.

교후의 제안에서 중요한 것은 구어시의 문제가 단순히 형식 문제가 아니라는 것이다. 그것은 시가의 형식을 신체시의 형식으로부터 새로운 형식으로 발전 혹은 이행시키는 것을 의미하지 않는다. 즉 문어文語 대신에 구어口語로써 시를 쓰자는 문제가 아니다. 신체시는 형식상의 제약 때문에 문제를 지녔던 것이 아니라, 그것이 새로운 시대의 내면에 걸맞지 않은 재래의 형식을 반복했기 때문이다. "시가에 형식은 있다." 그러나 다만 그 형식이 내용 = 형식의 일치에 있었을 뿐이다. 교후는 구어시 반대론자들의 논의를 비판하며, "편의를 위해 구어시 문제로 부르고 있지만, 엄밀히 말하면 구어로 시를 창작한다고 하는 풍이라는 간단한 형식의 문제가 아니라, 차라리 시가의 근본 생명에 접촉하는 혁신운동이라고 보지 않을 수 없다"[13]라고 주장한다.

구어시운동이란 시어나 형식의 문제가 아니라 새로운 시가의 근

---

13 「文藝界」, 앞의 책, 98쪽.

본 생명에 접촉하는 것, 다시 말해 완전히 새로운 시를 새로운 토대 위에서 재정립하려는 시도였던 셈이다. 자유시란 이러한 근본적인 혁신 위에서 성립하는 것이다. 형식과 내용 사이의 거리, 분리 혹은 접속이라는 문제는 한국의 자유시론이 출발하는 문제이기도 하다.

황석우와 현철 사이에 벌어진 신시 논쟁에서 첫 번째 논점은 시형과 시의 차이였다. 황석우가 "시형과 시는 다르다"라고 했을 때, 현철은 "그 말이 무슨 말인지 알 수 없다"며 "시형과 시상이 달다는 말인 듯하다"[14]고 썼다. 현철에게 시는 시의 사상<sup>내용</sup>과 시의 형식이 일대일로 결합되는 것이었으며, 그러므로 올바른 시란 표현하고자 하는 사상에 걸맞은 적절한 형식을 갖춘 것이다. 그러나 황석우가 「시형詩形과 시는 다르다」는 것은 시형을 갖추지 아니한 시가 있다는 것이 아니요, 그 의의 곧 시의 의의와 시형의 의의가 다르다"[15]는 것이라고 했을 때 시의 형식은 사상을 표현한 껍데기에 불과한 것은 아니다. 그에게 시형은 시의 언어의 본질적 성격과 언어의 배열 문제가 복합적으로 얽혀 있는 형식이다. 황석우는 이 논쟁에서 시형과 시의 차이에 대해 더 설명하지 않았으며 곧바로 언어의 문제로 넘어간다.[16] 물론 이때의 시어는 시의 본질로서의 리듬에 관한 본질적 근거가 되는 것이기는 하지만, 지금 이 글의 맥락에서는 시형과 시의 차이에 대한 황석우의 생각을 좀 더 자세하게 고찰해볼 필요가 있다.

---

14  현철, 「비평을 알고 비평을 하라」, 『개벽』 6, 1920. 12, 104쪽.

15  황석우, 「주문치 아니한 시의 정의를 일러주겠다는 현철군에게」, 『개벽』 7, 1921. 1, 114쪽.

16  박슬기, 『한국 근대시의 형성과 율의 이념』, 소명출판, 2014, 134쪽. 시의 형식과 내용에 대한 현철과 황석우의 견해 차이에 대해서는 이 책을 참조.

자아 최고의 미를 훔키며, 그 미에 촉할 때의 느낌'을 보통 '영감' 혹은 '신흥神興'이라 한다. 더 강하게 말하면 '영감inspiration'은 신의 설백의 향기句로운 협類에 촉할 때, 그 손을 꽉 쥐일 때 일어나는 '혼의 정淨한 육감'일다. 이 육감의 적滴이 엉겨, '뜨거운 말'이 되야 전신경의 섬유의 현絃에 스쳐 떨어질 때가, 시 서정시의 낫는 경境일까. 시가 한 액체란 의의는 이곳에서 더욱 밝게 진盡하여진다.[17]

자유시 선언보다 한 달 정도 앞서 발표된 이 글은 시가 무엇인가에 대한 황석우의 생각을 집결하고 있는 글이다. 다분히 모호한 이 글의 첫머리를 그는 "시인의 감흥은 곳 신인神人과의 접촉—그 회화일다. 그러나 신의 말은 세균보다 섬미하다. 이 섬미의 광도壙圖가 곳 '표현表顯'일다"[18]라는 말로 시작했다. 이 모호한 말을 풀어보면, 시는 신과의 접촉의 결과이며, 세균보다도 섬세하고 포착하기 어려운 이 신의 말에 대한 그림이 곧 표현表顯된 시다. 말하자면 신의 말을 시인이 대리해서 받아 적은 것이거나, 시인이 자신의 모든 수단을 동원해 그것을 드러내 보이는 것이 아니라, 신의 말이 시인의 언어를 통해서 스스로 드러나는 것이다. 그에게 시인은 "신의 옥좌에 대좌하는 광영을 가"진 자이므로, 이 신은 곧 시인 자신이다. 즉 가장 본질적이고 깊은 자기 자신, 그 깊은 내면의 목소리의 자발적 드러남이 시다.

그러므로 시는 자기 자신과의 접촉에서 발발하는 어떤 감흥이며, 그 스스로가 언어 위에 드러날 때 시형이 된다. 이러한 감흥은 인용

---

17    황석우, 「詩話—시의 초학자에게」, 『매일신보』, 1919.10.13.
18    황석우, 「詩話—시의 초학자에게」, 『매일신보』, 1919.9.22.

문에서 "느낌" 혹은 "영감inspiration"으로 표현되었다. 이 모호한 용어들을 글의 첫머리에서 제시하고 있는 구도에 의거하여 정리해보면 이렇다. "자아 최고의 미"는 "신의 향기"이며 그것에 접촉할 때의 "느낌"은 "감흥"이자 "영감"이다. 그런데 이 영감은 초월적이거나 추상적인 관념의 영역이 아니라 "혼의 정한 육감", 다시 말해 영적인 것이라기보다는 육체적인 감각에서 경험될 수 있는 것이다. 이 "육감"은 다시 "뜨거운 말"이 되고, 이 "말"은 시인의 육체로 돌아와 신경의 끝에 와 부딪쳐 하나의 시가 된다.

황석우에게 시형은 감흥의 언어화이며, 감흥과 언어는 별개의 것이 아니지만 동시에 완전히 동일한 것도 아니다. 가장 신성한 "자아 최고의 미"는 시형과 별개로 존재하지만 그것은 시인의 언어를 통해서만 혹은 그 위에서만 본래 존재하는 것으로 드러난다. 자기 자신과의 접촉과 그로 인한 감흥이 일시적이라는 측면에서, 시의 형식은 고정되어 존재하는 것이 아니라 오직 순간적으로만 나타난다. 그러므로 황석우가 "시는 한 액체"라고 비유했을 때 이는 단순히 비유법에 불과한 것은 아니었던 셈이다. 흘러가버리는 감흥이 찰나에 드러나는 순간 그 자체가 시이며, 시의 형식이다. 김억이 시가를 "시인의 호흡을 찰나에 표현한 것"[19]이라고 정의했던 것 역시 마찬가지다. 김억에게 시의 형식이 시인의 호흡과 결코 구별되지 않는 것이었던 것처럼 이들에게 시의 형식은 시 그 자체였기 때문이다.

앞의 소마 교후의 글에 인용된 바, "절대적으로 자유한 정서 주관

---

19    김억, 「시형의 음률과 호흡」, 『태서문예신보』, 1919.1.13.

그대로의 리듬"으로서만 "진실하게 순수한 정서를 발표할 수" 있다고 한 것을 외적 제약을 타파하려는 주장으로만 보기 어려운 것은 진실하게 순수한 정서라는 내용사상이 형식과 완전히 다른 것이 아니기 때문이다. 어떠한 내용과 사상을 어떠한 형식으로써 잘 혹은 아름답게 표현할 수 있다. 구어자유시론자들이 인정했듯, 그 말의 아름다움이 "휘황찬란하게 가슴에 일어나는" "깨끗하고 절실한 느낌"[20]을 줄 수는 있다. 그러나 이를 배격할 수밖에 없는 이유는 현대인들의 진짜 감정이나 사상이 아니기 때문이다. 그리고 현대인들은 전대의 사람들과 완전히 다른 존재이기 때문이다. 「유명집 합평」이 "십 년 후의 사람들의 내적 생활을 엄격히 아는 것이 불가능한 것과 같이, 십 년 전의 사람들의 전부를 아는 것 또한 불가능"하다며 "시대와 시대의 차이가 두려운 암투가 되었다"[21]고 고백하면서 시작하는 것은 전대의 내면과 지금의 내면이 달라졌다는 것, 그 단절에 대한 의식이 있었기 때문이다. 시가 접촉해야 하는 혹은 시의 언어가 담아야 하는 내면이 다르다면, 언어 역시 달라야 할 것이다.

근대시의 성립과정에서 자유시론이 중요한 이유는 자유시론이 그 어떠한 시론보다 강하게 전시대의 시와의 단절을 강하게 인식하였기 때문이다. 말하자면 자유시가 진정한 의미에서 단절과 새로움을 표상하게 되는 것은 그것이 전대와 자기의 시대를 근본적인 차원에서 단절된 것으로 이해하는 의식이 근대시의 규정을 통해 표출된 것이기 때문이다. 다른 것은 그 무엇보다도 인간의 주관이며, 내면이

20    松原至文,「『有明集』合評」,『文庫』, 明治 41年 2月号, 261쪽.
21    松原至文 외,「『有明集』合評」,『文庫』, 明治 41年 2月号, 260쪽.

다르다면 그것을 담고 있는 형식이 달라야 한다.

따지고 보면 새로운 시가 반드시 형식적 제약의 타파 위에서 건설될 필요는 없다. 아리아케가 번민하며 말했듯이 어디까지나 그것이 산문과 구별되는 한에서 시의 형식인 이상 "고어를 현대의 것으로 살리고 새로운 숨결을 주어"[22] 새로운 형식으로 산문체가 아닌 현대시를 만들어내면 되지 않겠는가. 그러나 시와 시형이 구별되지 않는 입장에서 서면 그것은 완전히 다른 문제가 된다. 그러므로 시의 언어를 "현대어보다 아름답게, 보다 높게 개량하고자"[23] 하는 문제, 이것을 형식의 문제로 받아들일 수 없는 것은 언어의 형식 자체가 그 정서와 분리되어 존재할 수 없는 것이기 때문이다. 정서에 완전하게 일치하는 시형은 고정될 수 없으므로, 정해진 형식이란 있을 수 없다. 자유시론이 보여준 것은 자유시가 고정된 형식을 타파하면서 성립한 '자유로운 형식으로 된 시'를 의미하는 것이 아니라 '주관과 완전히 일치하는 시형'이며 그것이 시라는 것이다. 시형과 시의 동일성, 이것이 양국의 자유시론이 보여준 시에 대한 근본적으로 새로운 인식이다.

### 3) 자유시론의 상이한 토대  언문일치와 구어체 혹은 노래와 읽기

전대와의 단절 의식, 그것이 단순히 시의 형식에 국한된 것이 아니라 시의 본질적 정의를 새롭게 논의하고자 한다는 점에서 이는 근대

---

22  蒲原有明, 「詩についての斷想」, 『新世紀』, 昭化 27年 4月号. 여기서는 菅原
    克也, 「有明の沈默－詩論にみる口語自由詩運動との葛藤」, 『東京工業大學
    人文論叢』 18, 東京工業大學, 1992에서 재인용.

23  相馬御風, 「蒲原有明氏の新詩形觀に就て」, 『新潮』, 明治 41年 10月号.

시에 대한 역사적 의식을 불러왔다. 그러므로 양국의 자유시론은 10여 년의 시간적 낙차에도 불구하고 같은 담론적 영향을 가진다. 그러나 단절 의식과 선언이 사실상 동일한 과정을 예비하고 있었다고 하더라도, 양국의 자유시론이 동일한 토대에서 출발한 것은 아니다. 구어시론이 소마 교후가 강조했듯 단순히 용어를 문어에서 구어로 대체하는 문제가 아니었음에도 불구하고, 그 문제의식의 출발점이 정형시냐 자유시냐가 아니라 문어냐 구어냐 하는 시어詩語의 선택 문제였다는 점은 매우 중요하다. 그것은 결국은 언어를 통한 내면의 발견, 즉 이미 있는 내면의 표현이 아니라 언어의 창출과 동시에 발견되는 내면이라는 근대적 장의 성립을 보여주는 것이기 때문이다.

일본에서 구어시는 두 가지 시대적 요소를 배경으로 하고 나타났다. 하나는 소설에 있어서 이미 확립된 언문일치체, 즉 구어체가 근대문학의 표준적인 문체로 받아들여지고 있었음에도 불구하고, 시에서는 문어文語가 여전히 압도적인 지위를 차지하고 있었다는 사실이다. 또 하나는 소설의 변화를 이끌었던 자연주의의 영향력이 시단에도 미쳤으며, 구어시의 창도는 자연주의 표방과 분리될 수 없을 정도로 연결되었다는 사실이다.

그러나 사실 구어체란 『신체시초』가 표방했던 것이기도 했다. 시에 있어서의 언문일치운동은 실질적으로 메이지 15년의 신체시의 제창에 의해 시작되었다고 보아도 과언은 아니다.[24] 『신체시초』의 3명의 저자가 주장했던 것은 "용어의 범주를 확대하고, 속어를 자유롭

---

24    羽生康二, 『口語自由詩の形成』, 雄山閣, 1989, 5쪽.

게 받아들이고, 독자가 이해하기 쉽도록 하는 것"[25]이며 이는 기왕의
와카나 하이쿠, 한시가 같은 단시들이 현대의 사상과 감정을 표현할
수 없다는 인식에서 채택된 것이다. 말하자면 구어 자유시론자들이
부정했던 신체시 역시 새로운 언어, 기왕의 언어와는 다른 구어를 채
택하고자 했다.

그러므로 구어시론이 당면했던 것은 전대의 언어가 제 기능을 하
지 못했다는 것, 아니 소설의 장에서 일어났던 변화가 시에서는 일어
나지 않고 있다는 자각이기도 했다. 이는 신체시가 옛 형식을 실질적
으로는 답습하면서 새로운 내면을 담아내지 못했으며, 그리하여 내
용과 형식의 분열에 이르게 되었다는 비난에 담겨 있는 자각이다. 그
러나 어째서 소설에서는 가능했는데 시에서는 가능하지 않았던 것
인가. 소설의 언문일치에 의해서 근대의 내면이 발견되었다고 한다
면, 그러한 언문일치가 시에서는 묘사해야 할 내면이 공동에 있다는
것, 내면의 빈곤함을 일깨웠던 것이다.[26] 이는 내면의 발견에 이어진
다. 주관은 이제 발견되어야 할 것으로 주어진 것이다. 시마무라 호
게츠는 "시와 산문과의 구별은 사람이 머금고 있는 정情의 농담濃淡에
뿌리를 두고 있다고 믿는다. 시는 본래 주관적 정서적인 것이다"[27]라
고 말하며 시와 산문의 구별을 그 형식이 아니라 주관과 객관의 대립
으로 설정한다. 앞 절의 인용에서 교후는 "현대인은 생활의 객관 그
대로의 형식을 소설에 의해 주장하며 동시에 시가에 있어 주관 그대

---

25   위의 책, 5~6쪽에서 재인용.
26   坪井秀人, 『声の祝祭－日本近代詩と戦争』, 名古屋大学出版会, 2003, 74쪽.
27   島村抱月, 「情緒主觀の文學」, 『早稻田文學』, 明治 40年 7月号, 3쪽.

로의 형식을 주장한다"라고 주장했다. 여기에는 소설이 "객관"이라면 시는 "주관"이라는 이분법이 성립하고 있으며, 이는 동시에 소설을 객관으로 놓음으로써 시를 주관으로 발명해버린 것을 의미한다.

그러므로 구어시에 대한 이가타카미 텐겐의 의문은 어떤 의미에서는 타당한 것이었다. 그는 소위 자연주의 표상파들, 즉 구어시론자들이 "일체의 심적 활동이 혼융된 찰나, 그 순간의 감미심경感味心境을 쏟아내어, 이것을 한 편의 시가에 표현해야 하는 것"[28]이라고 주장한다며 이러한 점에 대해서는 적극적으로 동의한다고 한다. 그의 의문은 이런 것이다. "그렇다면 개개의 장구章句 그 자체를 가지고서는 도저히 표현할 수 없는 주관 본체의 반응적 감미가 이 감미를 표현하는 데에 족하지 않는 빈약한 언어를 가지고 나타내야만 하는 경우에, 또는 그 감미가 나타날 수 없을 때에는 결국 불가해한 것이 되는 것인가." 말하자면 주관이 빈약한 언어로 인해 드러날 수 없다면, 주관은 결국 알 수 없는 것이 되어 버린다. 구어시론자들이 주장하는 '주관 그대로의 형식'이란 주관이 알 수 없는 것인 한에서 불가능한 것이다. 텐켄은 모든 개인의 감응이 다르며, 그것의 표현을 완전히 획득하는 것이 불가능하다면 그러한 시가 가능하기는 할 것인가 하는 의문에 이른다.

텐켄의 의문은 결국 "주관 본체의 감미"와 이에 족하지 않는 "빈약한 언어"와의 관계를 설정하고 있다는 점에서, 구어시론자들이 단호하게 확신하고 있었던 내면과 언어의 관계를 의심하게 한다. 그러나

---

28    片上 天弦, 「詩歌の根本疑」, 『早稻田文學』, 明治 40年 6月号, 8쪽.

이러한 의문은 구어시론자들이 구어를 통한 내면의 표현을 주장하지 않았더라면 결코 나올 수 없는 의문이기도 했다. 시는 시형과 동일하다는 관점, 주관의 감정 혹은 내면의 양상이 유일한 시적 언어의 형식이라는 관점에서면 대체 그 주관이라는 것이 무엇인가 하는 문제가 떠오르지 않을 수 없다. 가라타니 고진이 말했듯, 일단 언어가 선택되자 내면의 문제가 환기되었던 셈이다. 일본의 구어시론에서 구어는 아무런 기교를 가지지 않은, 즉 꾸며내지 않은 인간의 맨 얼굴이었던 셈이며 이 맨 얼굴이 나타나는 순간 그 너머에 무엇인가 있을 것이라는 것을, 다시 말해 그 얼굴에 표상된 주관이 있을 것이라는 관념을 만들어낸다.[29] 텐켄의 의문은 일단 구어가 탄생하는 순간 만들어진 전도된 장에서만 가능한 고민인 것이다.

주관의 반응감이 대체 무엇인가. 주관이 일단 성립하자, 그것은 이미 언어에 있는 것으로 간주되었으며 언어를 통해 발견하는 대상이 되었다. 구어시가 기분시, 인상시 등으로 분화된 것은 주관의 감각과 기분 혹은 인상이라는 묘사 대상을 발견하는 과정을 거쳐 갔다는 것을 보여준다.[30] 그러나 의미를 조직하는 방식이나 주관의 대상을 묘사한다는 측면에서 소설에서 일어난 언문일치의 예를 따를 수밖에 없었기 때문에 그 결과로서 나타난 것은 산문과 구별되지 않는 형식이었으며, 그래서 그들은 필연적으로 시와 산문 사이의 구별의 문제에 마주치게 되었다.[31] 핫토리 요시카의 리듬론이나 미라이사의 리듬론이 보여주는 바, 주관의 정조로서 동시에 시의 형식으로서의 리

---

29   가라타니 고진, 박유하 역, 『일본 근대문학의 기원』, 민음사, 1997, 77쪽.

30   佐藤伸宏, 『詩の在りか―口語自由詩おめぐる問い』, 笠間書院, 2011, 56쪽.

듣의 문제가 제기된 것은 이 과정을 거치고 나서야 가능했던 셈이다.

그러나 한국의 자유시론은 '시는 음악'이라는 전제에서 출발했고, 시의 언어는 무엇인가 하는 문제는 그 결과로서 나타난 것이다. 가령 김억이 「시형의 음률과 호흡」에서 조선어로서 가능한 시의 형식을 물었을 때, 그에게 조선어는 당시에 그들이 선택할 수 있는 유일한 시의 언어였다. 여기에 구어냐 문어냐 하는 선택의 문제가 개입될 수 없었던 것은 일본 구어자유시론이 당면했던 상황, 문어로써 오랫동안 정련되어 온 시의 발전 과정이 한국에는 없었기 때문이다. 그들에게 주어진 언어는 한자가 아닌, 그리고 일본어가 아닌 민족의 언어였으나, 이 민족의 언어가 어떻게 시의 언어로서 기능할 수 있을지에 대해서 처음부터 고민하지는 않았던 셈이다. 이 고민은 시의 음악적 가능성을 실험한 이후에야, 시의 노래화가 불가능하다는 자각에서 도출된다. 한국의 자유시론이 배태되었던 토대는 '노래할 수 있는 시'와 '읽는 시'와의 차이라는 구도였으며,[32] 이 속에서 "시인의 호흡과 고동에 근저를 잡은 음률이 시인의 정신과 심령의 산물인 절대가치를 가진 시가 될 것"[시형의 음률과 호흡]이라는 선언, 즉 음률이 시 자체라는 선언이 가능했던 것이다.

시인에는 음악적 표현을 그 작품에 미여 음악이 주는 것과 같은 인상을 주게 하려는 새 경향이 생겼고, 화가에는 선과 색채와의 음악적 조화를 새 연구에 표현하게 되었다. 듣는 사람은 취미, 조화, 선명을 보는 밖에,

---

31　「文藝界」, 앞의 책, 98쪽.

32　제1장 제2절 참조.

음악의 나타내이는 색채의 미에 취하여 잡으려도 잡을 수 없는 환영의 연상裏想으로 이끌게 한다. 말라르메의 시가 즉 이러하다. 질서로 배열된 언어가 표현하는 대代에 암시와 배열과의 그 자신의 새에 경이의 색채와 선과의 미가 있다. 어찌 하였으나 음악처럼 진보된 예술은 없다. 모든 표현의 자연적 매개자는 음악밖에 없다. 유형시를 버리고 무형시로 간 상징파 시가의 음악과 같이 희미한 몽롱을 냉매冷罵한다. 그러나 이는 할 수 없는 일이다. 보들레르의 "음향, 방향芳香, 색채는 일치한다" 하는 말을 음미하면 할수록 근대적 예술을 생각하게 한다.[33]

김억은 오랫동안 시의 언어가 "의미와 음조의 혼일된 조화"[34]를 이루어야만 한다고 주장했다. 이는 그가 자유시란 결국 "미묘한 '언어의 음악'으로 직접, 시인의 내부생명을 표현하려하는 산문시"로 소개할 때부터 유지되고 있었던 시가詩歌에 대한 견고한 감각이다. 베를렌느의 「작시법」으로부터 시 = 음악이라는 등식을 이끌어내고 이를 자신의 모토로 삼았다는 것은 시는 근본적으로 음악이며, 노래할 수 있는 것이라는 의식을 김억이 처음부터 가지고 있었다는 점을 증명한다.

이는 또한 "과거의 모든 형식을 혁파하려는 근대예술의 폭풍우적 특색이 시인의 내부생명의 요구에 따라 무형적無形的되게 되었다"[35]라고 발언하게 했던 감각과도 일치한다. 말하자면 그에게 근대 예술은 내적 요구에 따른 형식의 혁파가 창출한 결과이며, 지금의 시가

33   김억, 「프랑스 시단(2)」, 『태서문예신보』 11, 1918.12.14.

34   김억, 「언어의 순수를 위하야(3)」, 『동아일보』, 1931.4.1.

35   김억, 「프랑스 시단(2)」, 앞의 책.

근대 예술인 이상, 근대시 역시 이 위에서 성립해야 하는 것이다. 이 글에서 김억은 음악이 모든 근대적 예술의 조건이라고 이해했다. 근대적 예술로서의 시는 음악에 근거해야 할 것이며, 모든 표현의 매개자인 음악을 표현하는 것이야말로 새로운 시가 추구해야 할 시다. 여기에서 그가 상징주의 시를 소개하면서 근대적 예술이라는 용어를 반복해서 사용하는 것은, 그 자신이 생각하는 근대시에 대한 인식을 드러낸 것이다.

김억의 인식은 상징주의 시의 영향에서 파생된 것일 수 있다. 이는 구어자유시론과는 달리 한국의 자유시론의 가장 중요한 토대였다. 그러나 시에 대한 서구적 관념에 의지해서만 발생한 것이 아닌데, '조선어로 된 시는 반드시 노래하는 것이다'라는 전통적 관념이 여전히 유효하게 한국의 자유시론자들에게 작동하고 있었기 때문이다. 시의 음악성, 혹은 노래 가능한 시의 이념이라는 율의 이념이 여전히 한국의 자유시론자들로 하여금 조선어로 가능한 노래로서 자유시를 정초하게 한 것이다.[36]

이 점은 강조해도 지나치지 않다. 말하자면 일본의 자유시론이 언어의 문제에 기반하고 있었다면 한국의 자유시론은 음악의 문제에서 출발했다. 그러므로 산문화의 경향이란 처음부터 한국의 자유시론에서는 문제가 되는 것이 아니었다. 오히려 한국의 자유시는 산문시로부터 발생한 것이다. 한국의 자유시론에서는 저항해야 할 전대의 형식이 없었으며, 최남선이 수행했던 다양한 시적 실험은 자유시

---

36    박슬기, 앞의 책, 21~25쪽 참조.

론자들에게 노래하는 시가 불가능한 시대에 '읽는 시'의 가능성과 한계를 던져 주었다. 음악은 근대 예술의 토대이지만, 인쇄된 문자로서는 이 음악을 근본적으로 실현할 수 없다는 자각의 과정이 김억의 자유시론이 나아갔던 과정이었다.

요컨대 일본의 구어자유시론이 문어와 구어 중에서 선택을 해야했다면, 한국의 자유시는 노래와 읽기 사이의 길항 관계 속에서 탄생한 것이다. 「유명집 합평」에서 시초사의 시인들이 아리아케의 시를 비판했던 중요한 논점은 그것이 현대인의 일상생활과 유리되어 있다는 것이었다. 그들에게 시는 당대의 사람들의 내면을 '그대로' 그려내어야 하는 것이었으며, 이는 구어의 선택으로서만 가능한 것이었다. 그러나 김억과 황석우의 논의에서 보듯, 일상의 언어 혹은 사람의 직접적인 생활의 반영이라는 일본의 구어시의 출발점은 한국의 자유시론에서는 더 이상 고려되지 않고 있다. 오히려 '자기의 직접성'과는 거리가 먼, 이상적 영혼과 완전한 자연이 머무르는 곳에 도달하고자 하는 것이 시의 과제였기 때문이다. 『장미촌』의 발간사에서 시는 이제 "정신의 은둔소"이자, '볼 수 있는 세계'로서 도달할 수 있는 "정신의 세계", 즉 "장미촌"으로 이해된다.[37] 이 세계가 황석우가 「시화」에서 말한 "영률"의 세계며, 김억에게 "제1의 시가"[38]다. 이 완전하고 영원한 영역으로 도달할 수 있는 유일한 길이 언어와 음악의 조화로서의 리듬이다.[39]

---

37    변영로, 「장미촌」, 『장미촌』 창간호, 1921.5, 1쪽.
38    김억, 「시단의 일년」, 『개벽』 42, 1923.12, 41쪽.

## 4) 근대시로서의 자유시 선언의 의의

한국의 자유시론이 1919년에 「조선 시단의 발족점과 자유시」로 본격적으로 성립하였다면, 일본의 자유시론은 이보다 10여 년 앞서, 메이지 41년의 와세다 시사의 시운동에서 성립하였다. 양국의 자유시론은 전대와는 다른 전적으로 새로운 근대시란 무엇인가에 대한 인식에서 출발하였으며 근대시는 자유시라는 등식을 이후의 시사 전개 과정의 출발점이자 도달점으로 제시하였다는 점에서 양국의 시사에서 동등한 담론적 지위를 지닌다. 이 때문에 양국의 자유시 선언이 10여 년의 시간적 거리를 지니고 있음에도 불구하고, 양국의 자유시론의 논리는 상호 동등하게 비교될 수 있다.

자유시 선언이 프랑스 상징주의 시에서 토대한 것이기는 하지만, 한국의 자유시론은 프랑스의 상징주의를 일본을 경유하여 수용한 결과 성립한 것이 아니라 독자적인 토대 위에서 성립하였으며 상이한 과제를 바탕으로 전개되었다. 즉 상징주의를 부정하며 성립한 자유시론과 상징주의를 토대로 성립한 자유시론이 지니고 있는 근본적인 차이가 시간적 낙차에 의해 비롯된 것은 아니라는 것이다. 한국의 자유시론자들이 일본 시단의 영향 아래 있었다는 작가론적 관점과는 별개로, 한국의 자유시론이 일본의 구어자유시론과 이후의 시단의 발전 과정의 영향에 의해 성립하였다고 단언하기 어려운 차이가 양국의 자유시론에 내재되어 있다.

일본의 구어자유시론이 언문일치와 구어체가 열어 놓은 주관성의

---

39    이에 대한 자세한 논의는 제3장 제2절 참조.

영역을 시에서 확보해야 했었다면, 한국의 자유시론은 노래하는 시의 전통을 계승하면서도 산문시로 실험될 수밖에 없었던 한계 속에서 출발했다. 즉 한국의 자유시론이 음악 혹은 리듬의 문제에서 출발하여 이를 수행할 수 없는 언어와 문자의 한계에 대한 사유로 이행했다면, 일본의 자유시론은 언어로서의 구어가 지닌 산문적 한계를 해결하기 위해 리듬의 문제로 나아갔다.

그러나 양국의 자유시론은 시와 시형을 동일한 것으로 간주함으로써, 시의 내용과 형식에 관한 논의의 토대를 완전히 바꿔 놓았다. 자유시는 고정된 시의 형식을 타파하고 창조된 새로운 시의 형식이 아니다. 나아가 자유로운 형식의 시 또한 아니다. 그들에게 자유시는 시형과 시가 일치되어 있는 시, 그러므로 사실상 '시인의 내면 그 자체'다. "자유로운 정서 주관의 리듬 그 자체"소마 교후 혹은 "시인의 호흡을 찰나에 표현한 것"김억이 시라는 주장은 사실상 시의 본질에 대한 논의에서 내용과 형식이라는 항목이 더 이상 작동할 수 없게 되었다는 것을 보여준다. 즉 관건은 '형식의 타파'가 아니라 '형식의 중지'며, '내용의 표현表現'이 아니라 '내용의 표현表顯'이다. 이것이 자유시론이 지니고 있던 중대한 의의이자, 이들의 자유시론이 실질적인 근대시의 선언이 된 이유다. 이들에 의해 시는 근본적으로 새로운 본질을 지니게 된 것이다.

## 2. 김억의 번역론, 조선적 운율의 정초 가능성

### 1) 김억의 번역관 창작적 의역이라는 개념의 문제성

1924년 봄, 번역을 어떻게 할 것인가를 두고 안서와 무애 사이에 논쟁이 벌어졌다. 포화는 김억이 열었다. 그는 『금성』 창간호에 실린 「근대불란서시초」에 대해 오역을 일일이 지적해가며 번역을 비판했다. 자못 나긋나긋한 어조로 일관했던 이 글에 대해 무애는 『금성』 3호의 지면을 빌려 즉각 반격했는데, 그는 자신의 번역이 옳음을 주장하면서 역으로 김억의 번역 태도를 문제 삼았다. 여기서 김억은 '창작적 의역'을 양주동은 '충실한 직역'을 주장하며, 둘 사이의 선명한 번역관의 대립을 보여주었다. 두 번역관의 대립은 근대문학사에서 최초의 번역 논쟁[40]에 해당하며, 단순히 내용을 전달하는 차원에서의 번역을 넘어서서 하나의 '문학'으로 번역을 정립하려고 했던 번역적 자의식이 선명하게 드러나는 순간이라고 할 수 있다.

김억은 「근대불란서시초」 앞에 실린 양주동의 글에서 "역譯은 극히 충실하게 축자역으로 되었습니다. 충실한 직역이 되지 않은 의역보다는 낫다는 역자의 미의微意를 양해하기 바랍니다"[41]라는 구절을 놓고 충실한 직역을 공격한다. 김억은 이 글에서 밝혔다시피, "지금 시단에 되는대로 하는 역시를 볼 때에, 꽤 많은 불만"[42]을 가지고 있었

---

40 김병철, 『한국근대번역문학사연구』, 을유문화사, 1975, 476쪽.

41 양주동, 「근대불란서시초(1)」, 『금성』 1, 금성사, 1923.11, 15쪽.

42 김억, 「시단산책」, 『개벽』 46, 1924.4(여기서는 박경수 편, 『안서 김억 전집』 5, 한국문화사, 1987, 223쪽).

제3장 / 자유시 인식과 한국 근대시의 새로운 리듬    239

으며, 그래서 양주동이 축자역을 선언한 데 대해 비판한다. "도로혀 축자이니 직역이니 하는 것보다도 창작적 무드로 의역하여서 그 시 혼과 정조를 옮기는 것이" 낫겠다는 것이다. 이에 대해 양주동은 김 억의 창작적 의역관을 공격한다. 그는 창작적 의역이 김억의 말대로 오역을 시인하는 차원의 것이라면 이는 번역의 기본을 모르는 자세 라는 것인데, 의역과 직역 중 어느 쪽이 "외국시를 소개함에 다달아 정당하다"[43] 할 수 있겠냐는 것이다.

사실 전통적인 번역론에 따르면 양주동의 번역 태도가 한결 성실 하고도 올바른 것이라고 할 수 있는데, 번역의 이상은 원문의 언어 를 모르는 독자들을 위해, 원문의 내용과 형식을 손실 없이 번역문 으로 옮기는 것[44]에 있기 때문이다. 이러한 전통적 관점에 따라, 송욱 역시 "내용과 표현이 원시에 가까우면서도 번역 자체가 어떤 예술성 을 지닌 경우"[45]가 훌륭한 번역이라고 말하며 김억을 비판한다. 그는 김억이 말하는바 "번역이 창작"이라면, 또한 번역의 불가능성과 그

---

43  양주동, 「『개벽』 4월호의 『금성』평을 보고 – 김안서 군에게」, 『금성』 3, 1924. 5, 68쪽.

44  일반적인 의미에서 번역이란 이질적인 언어 사이에서, 한 언어텍스트가 다른 언어텍스트로 옮겨지는 것을 가리킨다. 이때 번역의 목표는 원문이 어느 정도 까지 완벽하게 수용언어로 재현될 수 있느냐에 있다고 해도 과언은 아닐 것이 다. 그런 맥락에서 이상적 번역이란 조지 스타이너가 그의 책 『바벨 이후』에서 주장했듯이 "손실 없는 교환(exchange without loss)"이다(G. Steiner, *After Babel : Aspects of language and translation*, Oxford University Press, 1975, p.302). 슈타이너는 무엇보다도 번역은 '이해'이며, 원문이 우리에게 보여지기 전에 지녔던 의미를 손실해서는 안 된다고 강조한다. 즉 번역의 전통적 목표는 의 미의 등가적 교환에 있는 것이다. 번역이론에서 오랫동안 문제가 되었던 직 역 / 의역의 문제는 바로 이 지점을 성취하기 위한 번역자들의 노력의 결과다.

45  송욱, 『문학평전』, 일조각, 1969, 179쪽.

불가능한 작업을 가능하게 만들고자 하는 고통에 시달리고 있다면, "오히려 번역 대신에 창작을 하는 것이 낫지 않겠는가"라는 질문을 던진다.

송욱의 의문은 신랄하지만 정당한 것인데, 사실상 창작적 의역을, 원문으로부터 "독립된 존재와 가치가 인정"[46]되는 역문의 가능성을 주장한다면, 나아가 "역자 고유의 개성의 표현"[47]인 역문을 주장한다면 대체 번역자로서의 김억에게 원문은 어떤 권위를 지닐 수 있겠는가. 원작과 번역작의 구도에서는 번역은 원작의 충실한 재현을 목표로 한다. 즉 여기서 권위를 지니는 것은 원작이며, 원작만이 진품성 originality을 지닌다. 무수한 번역들은 모두 원작의 모방에 지나지 않으며, 직역 / 의역의 문제는 모두 이 원작의 진품성을 얼마나 충실하게 전달했느냐 따라 평가를 받기 때문이다. 그러나 김억의 창작적 의역으로서의 번역관은 애초에 번역 행위에 있어서 원작의 권위를 박탈한 자리에서 출발한다.

이 점에서 김억의 번역 활동에 관련한 일반적인 이각二角 구도를 탈피할 필요가 생긴다.[48] 원문과 번역문이라는 두 항의 관계에서만

---

46    김억, 「이식문제에 대한 관견(1)」, 『안서 김억 전집』 5, 370쪽.

47    위의 글.

48    김억의 번역에 관한 연구는 두 가지 차원에서 이루어져 왔다. 하나는 김억의 '번역관'에 관한 것이며, 또 하나는 실제적으로 그가 산출해 낸 번역작에 초점을 맞추는 것이다.
      번역관에 대한 연구는 사실 활발하게 이루어지지 않았는데, 그 이유는 그의 창작적 의역이라는 개념의 공과가 너무나 분명하게 확인되어 왔기 때문일지도 모른다. 이 개념은 오역을 심각하게 여길 필요가 없으며, 첨삭이 얼마든지 가능하다는 단서를 달고 있다는 점에서 부정적으로 평가받았다. 즉 번역과 창작의 경계를 허무는 방향으로까지 발전되었다는 점에서 이는 번역의 기본적인

번역을 파악한다면, 김억의 번역작들은 원작을 얼마나 충실히 재현했는가 아닌가로 평가받게 된다. 그러나 송욱이 지적한바, 김억 번역의 최종 목표는 "원시보다 나은 역시"[49]를 창작하는 데 있었다는 점에서, 그의 번역은 단순히 외국문학을 조선어로 수용하는 것을 목표로 하지 않았다. "원작의 시는 비록 값 높은 것이 못되는 것이라도, 그

---

범주를 허물고 있기 때문이다. 대표적으로 김효중은 오역을 등한시한 것은 김억의 매우 큰 과오라며, 충실한 직역을 주장한 양주동 쪽이 더 충실한 번역에 가깝다고 보았다(김효중, 「한국의 문학번역이론」, 『비교문학』 15, 한국비교문학회, 1990, 177~205쪽 참조). 김효중의 견해는 한국 번역문학사의 관점에서 김억의 번역관을 바라볼 때, 일반적으로 공유되고 있는 견해이다. 그러나 최근에 박성창은 '충실성'이란 무엇인가에 대한 분석을 통해, 김억의 '창작적 의역'관의 중요성을 인정한다. 그러나 그 역시 김억이 지나치게 오역을 관대하게 보았다며, 이 한계를 극복하고자 한 것이 해외문학파의 번역론으로 보고 있다(박성창, 「한국근대문학과 번역의 문제-해외문학파의 번역론을 중심으로」, 『비교한국학』 13권 1호, 국제비교한국학회, 2005). 이는 여전히 번역작은 원작을 충실히 '모방'해야 한다는 이각 구도 속에 놓여 있다.

이와는 별도로, 그의 창작적 의역이라는 번역관을 인정하면서 번역작을 고찰하려고 했던 연구들 역시 원문이라는 항을 배제하지 못하고 있다. 일역의 중역이냐, 원어에서 직접 번역하였느냐하는 문제에서부터 그의 번역과 창작과의 관계 고찰에 이르기까지, 김억의 번역은 늘 원문의 자장 아래 놓여 있는 것으로 고찰된다. 특히 그의 번역시가 무엇의 영향을 받았나, 즉 번역의 '진짜 원문'은 무엇인가를 묻는 것은 전적으로 김억의 번역을 '원문'과의 관계 속에만 놓음으로써, 번역론과 번역, 창작에 이르기까지 김억의 작업을 오직 '원문'의 권위에만 의지하여 그의 작업의 독창성이나 내적 일관성을 삭제해버리는 효과를 낳는다. 대표적으로 구인모는 베를렌느 번역의 원문 추적 작업을 통해, 김억을 "근대의 이중 수신자"로 위치시킨다(구인모, 「베를렌느, 김억, 그리고 가와지 류코-김억의 베를렌느 시 원전비교 연구」, 『비교문학』 41, 한국비교문학회, 2007). 이외에도 김억의 번역시가 베를렌느를 비롯한 상징주의 시와 그 운율, 시어의 측면에서 얼마나 닮았나 닮지 않았나를 평가하는 많은 논의들 역시, 이 계열에 놓여 있다.

49  송욱, 앞의 책, 180쪽.

것이 시적 황홀의 풍부한 소유자의 손에서 옮기게 되면 진주가 되며, 보옥이 됩니다"[50]라는 주장도, 실은 번역은 원문보다는 번역자의 예술적 소질 여하에 따라 그 예술적 가치가 결정되며, 나아가 원문보다 뛰어난 번역시가 가능함을 인정하는 것이다. 그것도 직접적인 창작이 아니라 번역 행위를 통해서 말이다. 다시 말해 번역을 통해 뛰어난 시가 창작된다는 의도를 내포하고 있는 "창작적 의역"이라는 개념은 원문과 번역문 사이에 또 하나의 항을 도입할 것을 요청한다. 왜냐하면 그것은 원본을 지니고 있으며, 이 원본을 가급적 모방해야만 하는 숙명을 지닌 역譯인 동시에 원본이 없는 상태에서 완전히 새로운 것을 만들어 내는 창작創作이라는 두 개의 모순된 항을 한 몸에 지니고 있는 것이기 때문이다.

원문으로부터 독립된, 별개의 생명을 지닌 예술품으로서의 번역문을 인정한다면, 그리고 그 결과가 예술품으로서는 뛰어나지만 원문과는 그 어떤 외형상의 유사성도 지니지 않는다면 이를 어떻게 번역문이라고 부를 수 있겠는가. 이에 대해 김억은 원문과 역문은 "형제라고 볼 수가 있어", "같은 혈통을 가진 것으로 말하자면, 작품의 근저를 흘러가는 사상의 본질이 서로 같다는 사실 하나뿐이겠고, 그 이상 외에는 조금도 같은 것이 없는 것이다"[51]라고 단호히 주장한다. 즉 '어떤 무엇'을 모방하지만, 그것은 원문과 동일한 것이 아니다. 원문이 내포하고 있지만 원문 그 자체는 아닌 무엇, 이것을 따르는 것이 번역의 행위라면, 이 번역의 행위를 통해 창조된 번역시가 원문과

---

50    김억, 「시단산책」, 앞의 책, 220쪽.
51    김억, 「이식문제에 대한 관견(1)」, 앞의 책, 370쪽.

는 전혀 다른 어떤 것이라도, 이 둘은 동일한 '어떤 무엇'을 공유하고 있다는 점에서 그 유사성이 성립된다. 이 '어떤 무엇'이란 김억의 표현으로 하면, "작품의 근저를 흘러가는 사상적 본질"일 것이고, 벤야민의 언어로 하면 이념[52]에 해당하는 것일 터이다.

이것이 원문과 번역문 사이에 도입되는 새로운 제3항이며, 이들은 평면적인 이각 구도가 아니라 이념을 꼭짓점으로 하는 삼각 구도를 그린다. 말하자면 원문과 번역문은 둘 다 그것을 가능하게 한 사상적 본질을 지향하며, 이 이념의 재현태라는 점에서 원문과 번역문은 동등한 위상을 지니기 때문이다. 이때 원문은 번역문에 대해 진품성을 지닐 수 없다. 번역문은 다만 원문의 모방이 아니기 때문이다. 이들은 동등한 양상으로서 서로 상호적으로 귀속될 수는 있으나, 이들 사이에 위계질서는 성립하지 않는다. 그들은 서로가 별개의 창작이기 때문이다. 그런 한에서 번역과 창작을 동일한 층위에 놓는 김억의 창작적 의역이라는 개념은 이 사상적 본질을 번역하는 창작을 의미한다. 이때 창작은 번역과 다른 차원에 있는 행위가 아니다. 말하자면 작품이 사상적 본질, 혹은 이념을 현상하게 되는 것은 번역translating을 통해서이며, 이는 원문의 번역이 아니라 본질의 번역을 의미한다. 그러므로 김억에게 있어 번역translation 개념은 좀 더 행위 개념으로 끌어당겨 해석할 필요가 있다. 이러한 번역 행위를 통해 번역문은 단순

---

52  이 용어는 벤야민이 『독일 비애극의 원천』 서문인 「인식 비판 서설」에서 전개한 이념론의 맥락에 따라 사용한다. 그는 이념이 현상의 내포이며, 현상에 각인되어 있지만 현상과는 독립적으로 존재하는 것으로, 현상들의 형세를 통해 드러나는 일종의 '존재'로서 파악한다. W. 벤야민, 조만영 역, 『독일 비애극의 원천』, 새물결, 2008, 21~29쪽 참조.

히 원문의 번역이 아니라, 이념의 번역으로서 원문과 동등한 차원의 창작품으로 인정받게 되는 것이다.

그렇다면 이 새로운 항, 이념은 김억에게 정확히 무엇을 의미하는 가? 김억은 번역을 계속했음에도 지속적으로 번역 불가능성을 천명했다. 그는 『오뇌의 무도』 서문에서도, 두 번째 역시집 『잃어진 진주』의 서문에서도 시란 번역할 수 있는 것이 아니라고 말하며, 그 불가능한 작업을 하고 있는 번역자의 고충을 토로한다. 그 이유는 두 가지로 요약되는데, 하나는 원문의 언어의 의미를 온전히 내포할 수 있는 문자가 없다는 것이고, 또 하나는 시라는 장르 자체의 번역 불가능성이다. 다시 말해 각각 언어론과 예술론과 밀접한 관계를 맺고 있는 것이다. 김억의 번역론을 둘러싸고 있는 언어론과 예술론이 그의 번역이 궁극적으로 무엇을 지향하는지를 밝혀 줄 열쇠다.

## 2) 번역과 언어 ‘진정한 직역’으로서의 “창작적 의역”

김억은 『잃어진 진주』 서문에서 “그 말을 그려내일 문자가 내게는 하나도 없음”을 한탄한다. “원문의 미음옥운美音玉韻은 고사하고 그 다치면 스러질 듯도 하고 바람에 풍기며 고운 노래를 짓는 그 고운 말!”[53]을 그려낼 문자가 없다는 것인데, 그 이유로 특히 형용사와 부사의 부족을 들고 있다. 의역을 주장한 그가 품사의 부족을 한탄하고, 품사를 엄격하게 지켜서 번역해야 할 것을 강조한 것은 언뜻 납득하기 어렵다. 그러나 의역에 대한 강조보다 이 ‘문자’에 대한 강조

---

53    김억, 「서문대신에」, 『안서 김억 전집』 2-1권, 446쪽.

에서 김억의 번역관이 더 잘 드러날 수 있으리라고 보인다. 안서와 무애 사이의 대립은 창작적 의역과 충실한 직역이라는 번역관의 대립이었지만, 실질적으로는 문자 번역의 정확성을 둘러싸고 벌어졌기 때문이다.

안서와 무애는 서로 상대방의 번역을 비난했는데, 이들이 주고받는 포화를 잘 들여다보면 서로 자신의 주장에 반대되는 논의를 하고 있다는 점이 발견된다. 「시단산책」에서 김억은 양주동의 오역을 일일이 지적하면서, "결국 형용사는 형용사로, 부사는 부사로 할 것이고, 형용사를 부사로 또는 부사를 형용사로 하여서는 아니 될 것"[54]이라고 말한다. 양주동이 부사로 할 것을 형용사로 하고, 형용사로 할 것을 부사로 번역했다는 것이다. 이는 그야말로 1 : 1의 충실한 직역관이 아닐 수 없다. 양주동이 반박에서 응수했듯, "평소의 소위 창작적 무-드로 된 '의역'을 주장하는 정반대로, 사실상 졸렬한 직역밖에 안 되는, 말하자면 자가당착"[55]적인 발언이라고 할 수 있다. 이렇게 직역을 공격받은 양주동은 오히려, "원문이 퍽 자유로운 산문시에 가까운 것이기 때문에, 자유로운 의역으로 된 것"이며, 시에는 문의文義, 즉 문법 이상의 권위가 있기 때문에 아무리 축자역이라 할지라도 문법에 들어맞기만 해서 되는 것은 아니라고 주장한다. 양주동의 경우 이 발언은 어느 정도 자신의 오역을 인정한 것으로 보이며, 오역을 오역으로 인정치 않기 위해서 자유로운 의역의 가능성을 내세운 것이다.[56]

---

54  김억, 「시단산책」, 앞의 책, 221쪽.
55  양주동, 앞의 글, 70쪽.

문제는 김억인데, 김억은 창작적 의역을 주장하면서 실제 번역에
서는 매우 직역에 충실했다.[57] 그러나 이때 직역은 다만 의미를 충실
히 옮기는 것을 의미하지 않는다. 가령 "영어의 '파더'를 '아부지'라고
번역하여도 이것은 오역이라고 할 수가 있으니 영어의 '파더'는 눈이
노랗고 머리털이 누런 것이지만은 조선의 '아부지'는 눈알이 검고 머
리털까지 검은 것이어니 이것으로 보면 오역이라고 하지 아니할 수
가 없는 것"[58]이라고 주장할 때, 그는 의미를 단어의 뜻으로 여기지
않는다. 왜냐하면 기본적으로 우리의 단어들은 그 하나하나의 고정
된 의미를 가진 것으로 형성된 것이 아니라, 다른 단어들과의 관계
속에서 그 의미를 규정받는 것이기 때문이다.[59] 영어의 father와 조선

---

56 물론 양주동의 충실한 직역이 말 그대로 모든 자구의 일대일 대응관계를 의미
   하지는 않는다는 점에서, 어느 정도 자유로운 의역의 가능성을 내포하고 있다.
   이는 일반적으로 좋은 번역자라면 따르는 원칙일 것이다.

57 이는 김억의 번역시를 원문과 꼼꼼하게 대조했던 김병철의 지적에서도 잘 드
   러난다. 김병철에 의하면, 김억은 프랑스 시와 영시에 관한 한 일본어역을 거
   치지 않고 원문에서 직접 번역했으며, 특히 시의 의미를 손상시키지 않고 번역
   하는 데 매우 세심한 노력을 기울인 것으로 평가된다. 그리하여 그는 김억의
   주장과는 달리 실제로 그의 역시를 보면 상당히 축자역에 가까운 편이라고 평
   가했다(김병철, 앞의 책, 401쪽). 또한 조재룡은 「가을의 노래」의 원문과 번역
   문의 대조를 통해 김억이 원문의 형식과 율격을 최대한으로 번역하려고 했다
   고 밝힌다(조재룡, 「번역을 통한 상호주체성」, 『앙리 메쇼닉과 현대비평』, 길,
   2007, 279쪽).

58 김억, 「번역」, 『안서 김억 전집』 6, 225쪽.

59 벤야민은 이를 의미된 것과 의미하는 방식의 차이로 설명한다. 그는 빵에 관
   한 독일어 단어 brot와 프랑스어 단어 pain을 예를 들어, 의미하는 방식의 차이
   때문에 뜻은 같더라도, 그것을 둘러싸고 있는 서로 다른 의도를 내포하게 된다
   고 설명하고 있다. W. Benjamin, "The Task of the Translator", *Walter Benjamin
   : Selected Writings, Volume 1, 1913~1926*, ed. Marcus Bullock, Michael W.
   Jennings, Cambridge : Belknap Press of Harvard University Press, 1996, p. 267.

어의 아버지는 동일한 뜻을 지니고 있지만, 그 단어를 둘러싸고 있는 방식은 전혀 다른 것이어서 이 단어를 일대일로 옮길 수는 없다.

그러나 'father'라는 단어를 '아버지'라는 단어로 번역하지 않는다면, 원래의 언어가 지칭했던 의미는 사라지는 것이 아닌가? 이것을 오역이라고 단호히 말하는 데에는 그가 지칭하는 의미가 한 단어 한 단어의 충실한 재현에서 실현되지 않는다는 전제가 깔려 있다. 그가 양주동의 번역을 지적하면서, "'고운 꽃이 피었다' 할 것을 '곱게 꽃이 피었다' 하여서는 엄청나게 그 뜻이 다"[60]르다고 한 것은 양주동이 반발한 것처럼 다만 문법적 규칙을 엄수하는 차원을 가리키는 것이라고 보기는 어렵다. 문법이 '꽃'이라는 한 단어를 둘러싸고 있는 방식을 규정한다는 점에서 "고운 꽃"과 그냥 "꽃"은 전적으로 다르며, "피었다"와 "곱게 피었다"는 다른 것을 나타내는 표현이기 때문이다. 이렇게 볼 때 김억이 특히 형용사와 부사에 대해 민감했던 것은 의미를 둘러싸고 있는 방식의 미묘한 차이를 드러내는데, 이 품사들이 매우 효과적이며 의미의 보조를 담당하는 이러한 품사들을 모두 고려하여야만 진정한 의미가 드러날 수 있다고 보았기 때문이다. 이를 고려하지 않는 충실한 직역은 "한 개의 작품으로서 가져야 할 모든 것을 잃어버리고 무미한 想의 뼈다귀만 남고 말"[61]게 될 것이라고 경고하고 있는 것이다.

그러므로 김억이 주장하는 번역은 사실상 완전히 자유로운 의역을 가리키지 않는다. 그는 오히려 충실한 직역을 중시한 편이었는데,

---

60   김억, 「시단산책」, 앞의 책, 221쪽.
61   김억, 「번역」, 앞의 책, 225쪽.

다만 그가 직역하고자 했던 것은 한 단어의 의미가 아니며, 나아가 한 문장이 담고 있는 의미의 충실한 재현이 아니었던 것이다. 그는 단어들이 제시되는 '방식'을 그대로 재현하고자 했다. 그리고 그것은 한갓 문법적 차원이 아니다.

감정의 표현에서 우리는 언어의 의미 이외에도 감정의 표현을 여실하게 돕기 위하야 몸짓과 손짓과 얼굴짓과 또 양음揚音 같은 것을 사용하니 가령 '듣기 싫어!'하는 말 같은 것을 맨 처음 '듣'에다가 힘을 주어 얼굴을 찡그리고 할 때와 맨 나중 '어'에다가 힘을 주고서 손짓을 할 때의, 이같은 두 가지 말의 의미는 그 음조로의 감정적 표현 때문에 현저하게 달라지는 것을 볼 수 있지 아니합니까. 꼭 같은 말이언마는 이렇게 그 의미가 달라지는 것은 언어란 그 의미 이외에도 음조로의 감정적 한 방면이기 때문이외다.[62]

"듣기 싫어"라는 말이 있다. 물론 이는 의미적으로도 "듣기 싫다"이다. 그런데 김억은 "듣"에 강세를 두느냐와 "어"에 강세를 두는 것은 전적으로 다른 의미를 나타낸다고 말한다. "듣"에 강세를 둘 때는 "얼굴을 찡그리는" 몸짓이 수반되고, "어"에 강세를 둘 때는 "손짓을" 하는 몸짓이 수반된다. 똑같은 뜻을 가진 문장이 그것을 둘러싸고 있는 강세와 몸짓에 따라 그 의미는 현저하게 달라진다는 것이다. 정확히 어떻게 뜻이 달라지는지는 확실치 않지만, "듣"에 강세를 두고 얼굴

---

62    김억, 「언어의 순수를 위하야(4)」, 『동아일보』, 1931.4.2.

을 찡그리는 것은 "어"에 강세를 두고 손짓을 하는 것보다는 좀 더 소극적인 표현이 된다. 왜냐하면 끝에 강세를 두게 되면 상대방에게 좀 더 공격적으로 들릴 뿐 아니라, 여기에 거부하는 손짓이 추가됨으로써 듣기 싫다는 의도를 확실하게 표현하는 것이기 때문이다. 여기서 의미는 동일하지만 듣기를 거부하는 감정의 강도 차이가 발생하며, 이는 이 말을 하는 발화자의 의도, 즉 소극적 거부이냐 적극적 거부이냐를 결정하게 되는 것이다.

물론 이 두 차이가 정확하게 무엇을 의미하는가는 중요한 문제가 아니다. 중요한 것은 김억이 의미를 단어에 고정되어 있는 것으로 여기지 않았다는 것이며, 언어 혹은 문자를 둘러싸고 있는 여러 다른 요소들과의 관계 속에서 언어가 내포하고 있는 진정한 의도가 드러난다고 생각한 것이다. "듣다"와 "싫다"는 두 단어의 의미는 이 단어를 둘러싸고 있는 요소들 속에서 유동한다. 그리고 이 유동적인 흐름을 포착하는 것만이 작품의 표면적 의미가 아니라 원문의 내적 의도 intention를 드러낼 수 있게 된다.[63] 즉 그는 의역이라는 용어를 사용하지만, 그것은 단어를 일대일로 옮기는 것에 대한 거부를 의미할 뿐이지, 본래 원문이 지니고 있는 본질적인 의미를 거부하는 것은 아니다. 오히려 그에게 그것은 관습적인 의미에서의 충실한 직역에 대립되는, '진정한 직역'[64]에 해당한다. 그러므로 "의미만을 더구나 꼬부라

---

63　W. Benjamin, "The Task of the Translator", op. cit., pp. 259~260 참조.

64　이 용어는 벤야민이 「번역자의 과제」에서 사용한 맥락에 따라 사용한다. 벤야민은 진정한 직역이라는 용어를 직접적으로 쓰지는 않지만, 원문이 내포하고 있는 본질적인 영역에 도달하기 위해서는 직역만이 그 방법이라고 말한다. 즉 그는 직역을 원문의 (본질적인) 언어에 도달하는 일종의 통로(arcade)로 이해

진 직역체로 옮기고 원문의 가진 바, 고유미는 돌아보지 아니하는"[65],
소위 충실한 축자역을 그는 거부한 것이다.

김억은 수차례, 언어란 단순히 의사 표현의 수단이 아니라는 점을
강조했다. 언어는 "감정의 표현"이며, 의미와 음조音調가 통일적으로
결합되어야만[66] 그 역할을 제대로 수행할 수 있다. 즉 언어는 의미를
지향하는 것이 아니라, 감정을 지향한다. 언어가 전달 혹은 재현하는
것은 "감정"이다. 그러나 이때 감정은 언어의 외부에 있는 것이 아니
라, 언어 속에 내포된 것으로 존재한다. 즉 언어는 감정이 내포된 형
식 자체다. "언어의 임무는 의사표시에만 있지 아니하고 의미 이외의
고유미에 있으니 음향이 이곳에 있고 감정이 이곳에 있는 것"[67]이라
말할 때, 그는 언어의 고유미라는 용어로써 이 점을 확언한다. 그런
의미에서 감정을 내포하는 형식으로서의 언어, 즉 감정의 진정한 직
역으로서의 문자, 이것이 김억의 언어론의 핵심에 해당한다.[68] 그렇

하고 있다(Ibid., p.260). 그러나 그는 이때의 직역을 관습적인 의미에서의 직
역과 구별하고 있고, 이 직역은 진리를 지향하고 내포하는 직역을 의미하므로,
이 글에서는 '진정한 직역'이라는 용어로 이를 지칭하고자 한다.

65    김억, 「언어의 임무는 음향과 감정에까지(1)」, 『안서 김억 전집』 5, 612쪽

66    김억은 이를 "의미와 음조 두 가지의 혼일된 조화"로 표현한다(「언어의 순수를
위하야(3)」, 『동아일보』, 1931.4.1).

67    김억, 「언어의 임무는 음향과 감정에까지(1)」, 앞의 책, 612쪽.

68    그는 이후에, 언어를 두 가지 차원으로 구분한다. 하나는 신성한 언어(聖語)이
고, 또 하나는 불완전한 문자다. 신성한 언어는 태초에 신이 세상을 창조하던
'말씀'의 언어를 가리키며, 이 언어는 또한 시의 언어이기도 하다. 그러나 우리
의 문자는 불완전하기 때문에, 이 신성한 언어를 표현하는 것은 매우 어렵다.
그의 언어론은 문자론과 성어(聖語)론으로 나누어 고찰해야 할 것으로 보이
며, 이는 율격의 문제와 밀접한 관련이 있다. 이는 이 글의 맥락에서 매우 중요
하지만, 별개의 논의로 다루어야 할 과제이다.

다면 언어가 내포하고 있는 것이면서, 동시에 전달하는 것이기도 한 이 감정이란 어떤 것인가. 언어론이 김억의 예술론과 관계하는 지점은 이곳이다.

### 3) 김억의 예술론 "절대적 시"의 번역으로서의 "상대적 시"

김억의 "창작적 의역"이라는 개념은 절대적 의미에서의 번역이 불가능하다는 인식에서 나온다. "있을 수 없는 것을 있을 수 있게" 하기위해서, 번역에는 "새로이 만들어내는 창작적 노력"[69]이 개입되어야만 한다. 왜냐하면 앞 절에서 살펴본 것처럼 원시原詩에서 언어가 지니는 생명은 아무래도 다른 문자로 옮기기 어려운 것이기 때문이다. 그래서 번역은 "원문에서 상想을 따다가 역자가 다른 말로써 창작"[70] 하는 과정, 즉 원시의 언어가 표상하고 있는 원문의 "상"에 직접 주목하는 것이며, 이 상을 자신의 언어로 표현해 내는 것을 가리킨다. 그러나 원시의 상이라는 것은 다만 개별적인 시인들의 내면의 고립된 발로가 아니다. 왜냐하면 김억에게 이 "상"은 '감정'과 밀접하게 연관되어 있지만, 감정이 단지 외적 세계와 단절된 개인의 반응을 의미하는 것은 아니기 때문이다. 그렇다면 번역이 지향해야만 하는 "상"이란 정확히 무엇을 의미하는가? 이를 이해하기 위해서 김억의 예술론을 살펴볼 필요가 있다.

그에게 예술은 먼저 자연의 모방으로 정의된다. 그러나 이 모방은 자연의 흉내 내기가 아니라, 자연과 인생이라는 현상적 세계를 넘어

---

69    김억, 「이식문제에 대한 관견(1)」, 앞의 책, 370쪽.
70    김억, 「언어의 임무는 음향과 감정에까지(1)」, 앞의 책, 612쪽.

선 곳에 존재하는 "인생의 실재에 대한 감동"[71]을 의미한다. 그런 한
에서만 예술은 "표현"이되, "인생의 표현"이다. 이때 인생은 단순히
인간의 실제적인 삶을 의미하는 것이 아니라, "생명력"이며, 이 "생명
력"은 인간에게서 뿐만 아니라 모든 자연의 사물들이 지니고 있는 본
질적인 영역을 가리킨다.[72] 또한 김억은 생명력을 온갖 물상物像에 내
재한 "표현에의 요구"로 정의한다. 이는 단순히 자기 존재를 유지하
는 의미에서의 생명력이 아니라, 생을 "확장하며 강고케 하라"는 것
이며, 그런 의미에서 생명력은 또한 "자기의 내적 요구를 표현"하고
자 하는 것이다. 말하자면 온갖 물건에 내재한 본질이자 본성은 "생

---

71    김억, 「예술대인생문제(4)」, 『안서 김억 전집』 5, 318쪽.

72    김억의 '인생'이라는 용어에서 공리주의적인 예술관을 도출해서는 곤란하다.
      왜냐하면 그는 예술과 인생이라는 두 차원의 행위를 자연의 본성을 모방하는
      것으로서 동일한 층위에 놓고 있기 때문이다. 「예술적 생활」은 "인생과 예술
      은 한걸음 더 깊은 근저의 의미는 합일이며, 일치며, 동일적"(『안서 김억 전집』
      5, 11쪽)이라는 말로 시작한다. 인생은 예술이 없으면 무의미하며, 예술은 진
      인생을 기조로 삼아 서는 것이라는 것이다. 그래서 인생의 최고 목적은 예술
      적이 되는 데 있으며, 나아가 예술의 의미는 "생명의 파편을 모아 완전케" 하는
      것에 있다고 주장한다. 언뜻 보기에 모순되어 보이는 이 결합은 예술의 미를
      진으로 놓을 때 가능해진다. 즉 예술이 추구하는 미와 인생이 추구하는 선은
      진의 영역에서 통합된다. 「요구와 회한」은 이렇게 추구하는 미라는 진리의 '요
      구'이며, 이 '요구'를 자신의 생명이 지니고 있지만, 결코 그 진리에 도달하지
      못하는 자의 '회한'을 얘기하고 있다. 그리하여 그는 보들레르의 예를 들어, 보
      들레르가 악과 추를 추구한 것이 아니라 '절대자'를 구했으며, 다만 그 절대자
      에 대한 동경이 너무나 강렬했기 때문에 역설적으로 악과 추를 표현할 수밖에
      없었다고 주장한다. 그는 동일한 명제를 토대로 자신의 문학관을 구성했던 이
      광수가 이러한 미를 진으로 환원하려고 시도했던 데(박슬기, 「이광수의 문학
      관, 심미적 형식과 조선의 이념화」, 『한국문학이론과 비평』 30, 한국문학이론
      과비평학회, 2006 참조) 비해, 이 예술적 진리 혹은 예술적 미의 성격을 규명
      하려는 방향으로 나아간다.

生", 즉 생명력이되, 모든 물상들은 이러한 생명력을 "표현"하고자 하는 본성을 지니고 있는 것으로 이해하고 있다. 그리하여 예술은 이러한 물상들에서 그 고유의 생명력을 포착하고, 그것을 표현한다는 점에서 인생에 대한 해석인 동시에 본질을 발견하는 작업이 될 수 있는 것이다. 그래서 예술가를 "인생의 해석자"이자 "물건의 실상을 보는 사람"[73]으로 논의할 때 그는 무엇보다도 예술을 모든 사물의 본성을 포착하고 표현하는 것으로 이해한다.

생명을 표현하는 것으로서의 예술이라는 예술관을 이해하기 위해서는 두 가지 전제가 필요하다. 하나는 모든 자연의 사물들 — 생물이든 무생물이든 — 이 표현하고자 하는 요구를 지니고 있다는 점에서 이들을 언어적 존재로 간주한다는 것이다. 표현이란 자신의 정신적 본질을 전달하고자 하는 것이며, 전달하고자 하는 본성을 가지고 있다는 점에서 모든 사물들은 언어[74]이기 때문이다. 물론 이때의 언어는 김억이 지속적으로 그 불완전성을 강조했던 언어 / 문자와는 다른 것으로 그 자신의 생명력을 내포하는 자연의 존재들 자체이므로, 일종의 존재로서의 언어다.

그러나 벤야민이 강조하듯 이러한 언어는 결코 발화될 수 없다. 왜

---

73  김억, 「예술대인생문제(4)」, 앞의 책, 316쪽.

74  W. Benjamin, "On Language as Such and on the Language of Man", op.cit., pp. 62~63 참조. 벤야민은 모든 사물들은 전달하고자 한다는 점에서 언어로 이해된다고 설명한다. 그러나 그것은 사물이 자신을 전달하는 매체로서의 '언어'가 아니라, 자신을 표현하고자 하는 내적 요구를 본성으로 지니고 있다는 점에서 그러하다는 것이다. 그런 한에서 벤야민이 '사물의 언어'라고 말할 때는, 일반적인 언어학에서 말하는 전달의 매체로서의 언어를 의미하는 것이 아니라 언어적 존재로서의 사물, 즉 '존재로서의 언어'를 가리킨다.

냐하면 인간만이 유일하게 자신의 언어를 발화하는 존재[75]이기 때문이다. 말이 없다면 그 언어는 어떻게 우리에게 전달되는가. 그것은 우리의 언어 속에서, 즉 사물의 언어를 듣고 그것을 번역하여 발화하는 우리의 언어를 통해 전달된다.[76] 벤야민에게 번역 개념은 이러한 근본적인 영역에서 도출된다. 사물의 언어는 그 자체로는 침묵이며, 그 전달가능성으로서의 본성을 전달할 수 없다는 모순에 빠져 있다. 그러할 때 번역을 통해, 정확히는 번역 행위translating 속에서 이 사물의 언어는 비로소 드러나게 되는 것이다.

그러나 김억이 예술이 "인생의 표현"이라고 했을 때는 다만 자연과 사물들의 언어를 잘 듣고, 표현한 것만을 의미하지는 않는다. 두 번째 전제는 여기에 걸린다. 왜냐하면 그는 여기에 하나의 항을 더 도입하고 있기 때문이다. 그에게 예술 작품은 자연의 모방, 즉 진정한 모방이기도 하면서 동시에 예술가의 개성의 표현이기도 하기 때문이다. 그러니 김억의 "표현"의 함의는 좀 더 복합적이다. 즉 여기에는 사물의 생과 예술가의 생이 결합되어 있으며, 이 결합의 사태가 "감동"이다.

예술이란 "인생의 실재에 대한 감동의 표현"이라든가, "작자 개인

---

75    Ibid., p.65.

76    언어에서 사태는 이렇다. "모든 사물의 언어적 본질은 그것들의 언어이다." 이는 동어 반복이 아닌데, "모든 정신적 존재에서 전달 가능한 것은 그것의 언어이다"로 표현되기 때문이다. 이 "is"에 모든 것이 걸려 있다. 말하자면 언어 속에서 전달 가능한 것으로서의 정신적 존재가 명백히 '드러나'는 것이 아니라, 번역에 의해서 말해지며, (번역하는 행위 속에서 드러나며 전달될 수 있다는) 가능성이 언어 그 자체인 것이다(Ibid., pp.63~64).

의 내부적 생명의 감동을 표현한 것"이라든가 하는 설명은 이 지점을 가리킨다. 그러나 이 감동은 자연과 사물의 생명력에 공명함으로써 발생하는 것으로, 그것은 작가 개인의 주관적인 감정이지만 자연의 감정을 온전히 자신의 내부로 받아들일 때 일어나는 것이다. 그리고 나아가, 이 "감동의 표현"을 통해서 자연과 사물은 본래 그러했던 것 보다 더 "순수하게 더 조화롭게 더 균형 있게" 그 본질적 형상[77]을 드 러낸다. 다시 말해 자연과 사물들의 "생명력"은 그에 공명하는 예술 가의 표현에 의해서만 그 본질적인 형상을 드러낼 수 있게 되며, 이 는 그 예술적 표현의 과정 속에서 그 과정과 함께 드러나게 되는 것 이다. "시란 문자의 표정과 음악의 음조를 빌지 아니하고는 그 감정 의 '그 자신의 소리'를 들을 수가 없습니다"[78]라고 말할 때, "그 자신 의 소리"로 강조한 것은 바로 이 지점을 가리키는 것이다. 즉 감정의 소리란 문자와 음악을 통해 번역되지 않고서는 드러날 수 없다. 그러 할 때 김억의 예술적 표현은 일종의 번역행위인 것이다.

그런 점에서 앞 절에서 논의한 바, 진정한 직역이 그 원문으로 삼 는 것이 "감정"이라 할 때, 그것은 예술작품의 너머에 있는 자연의 본 질적인 본성을 가리킨다. 그러나 이 본성은 그 자체로 드러날 수 있 는 것이 아니라 번역, 진정한 직역을 통해 가능하다. 직역이 가리키 는 대상, 원본은 "절대적 시"로 설명된다.

제일의 시가는 시혼의 황홀이 시인 자신의 마음에 있어, 시인 자신만

---

77   김억, 「예술대인생문제(4)」, 앞의 책, 318쪽.
78   김억, 「작시법(1)」, 『안서 김억 전집』 5, 287쪽.

이 느낄 수 있고 표현은 할 수 없는 심금心琴의 시가라고 할 만한 것입니다. 그러고 제이 시가는 심금의 시가가 문자와 언어의 약속 많은 형식을 밟아, 표현된 문자의 시가라고 할 만한 것입니다, 또 제삼의 시가는 문자의 시가를 일반 독자가 완상하며, 각자의 의미를 붙이는 현실의 시가라고 할 만한 것입니다. 어떠한 독자를 물론하고 작자 자신과 같은 그만한 이해와 심정으로 작품을 완상할 수는 없습니다. 더구나 시를 설명한다는 것은 작자 자신도 어렵은 일이기 때문에, 그 작품의 완성자가 설명한다는 것은 무의미한 일입니다. 시라는 것은 이지의 산물이 아니고, 감정의 황홀인 까닭입니다. 이 점입니다, 그러기에 시가가 예술품 중의 가장 높은 예술품 되는 것만큼 그만큼, 소위 미적 가치의 탐색인 비평은 제일의 시가에서는 절대 불가능합니다, 그것은 시가의 깊은 성당에는 시인 자신의 시적 황홀만이 겨우 들어 갈 수가 있고 그 이외에는 어떠한 사람의 시적 황홀이라도 들어갈 수가 없는 까닭입니다. 시혼詩魂 시상詩想을 문자라는 표현에 담아 놓은 제이의 시가에 대한 가치의 탐색도 또한 어렵습니다, 그것은 그 시혼을 완전한 표현이 없는 문자의 매개로는 닿아볼까, 말까한 경역境域 밖에 이해와 감상력이 이르지 못하는 까닭입니다.[79]

여기서 그는 시를 세 층위로 구분한다. 제1의 시가는 시인의 마음 속에서만 존재하는 "심금의 시가"이며, 제2의 시가는 1의 시가를 문자와 언어로 표현한 "문자의 시가", 제3의 시가는 2의 시가가 독자

---

79  김억, 「시단의 일년」, 『안서 김억 전집』 5, 205~206쪽.

의 감상을 통해 의미를 지니게 되는 "현실의 시가"라는 것이다. 결국 우리가 접할 수 있는 문자로 된 시가는 제2의 시가일 뿐이며, 그것은 제1의 시가의 표현이자, 그것의 언어적 형상에 지나지 않는다. 그러나 제2의 시가는 제1의 시가의 완전한 재현이 되기 어려운데, 왜냐하면 제1의 시가는 시인 자신의 "시혼의 황홀"이므로, 인간의 불완전한 문자로는 그것을 전적으로 표현하기 어렵기 때문이다. 다소 혼란스러운 용어를 간단히 정리해보자면, 결코 우리의 언어로는 형상화될 수 없는 절대적인 영역이 있다. 이는 앞의 논의에 비추어 보았을 때, 사물의 본성을 가리키는 것이다. 이 본성을 문자로써 표현한 것이 일반적인 시詩다. 우리 문자의 한계로 인해서, 이 사물의 본성은 온전히 표현될 수 없다. 그리고 마지막으로 문자로 된 시를 읽고 느끼는 독자가 수용하여 의미화한 것으로 나타난 시가 존재한다.

이 세 단계의 시는 단계를 거칠수록 가치 하락을 겪는다. 여기서 가치 하락이란, 심금의 시가라는 본질적인 시혼의 영역이 그만큼 더 훼손되는 것을 뜻한다. 독자가 볼 수 있는 시는 타락한 시가, 혹은 훼손된 시가인 "문자의 시가"일 뿐인데, 그나마도 그 시의 이해는 불완전한 매개인 문자로 표현된 '훼손된 영역'까지밖에 이를 수 없다. 이러한 점은 『잃어진 진주』에서도 나타난 바 있는데, "시가 문자라는 형식의 길을 밟게 되면 벌써 그 표현될 바의 표현을 잃은 제2의 시"에 지나지 않으며, "가슴속에 '시상'으로 있는 그때의 시가 진정한 시"[80]라는 것이다. 그러므로 그는 "상대적 시" 즉, 제2의 시는 존재할

---

80    김억, 「서문대신에」, 앞의 책, 463쪽.

수 있으나 "절대적 시"는 존재할 수 없다고 주장한다. "절대적 시"는 결코 언어화될 수 없는 본질적인 시의 영역이며, 우리가 보고 읽고 느낄 수 있는 시는 모두 이 시를 번역한 것으로서 "상대적 시"에 해당하는 것이다.

이와 같은 분류에서 보이는 바는 김억에게 창작이 다만 낭만주의자들의 그것과 같이 내면의 자유로운 발로에 해당하지 않는다는 것이다. 앞서 살펴본 바와 같이 생명력 혹은 사물의 본성이라는 영역이 개별적인 시인의 창작에 앞서 존재하고 있다고 할 때, 창작의 관건은 어떻게 우리에게 주어진 제한된 문자로써 이를 표현해 낼 수 있을 것인가에 달리기 때문이다. 말하자면 창작이란 이 사물의 본성을 번역하는 일로서 이해된다. 제2, 3시가의 이념으로서의 제1시가, 즉 시의 본질이 존재하며, 이 절대적 시를 번역함으로써 시의 창작은 이루어진다. 그렇다면 시의 가치는 얼마나 이 절대적 시를 손실 없이 번역했느냐에 달릴 것이다. "시의 용어는 인생의 문자나 언어에는 없는 성어聖語"[81]이므로, 그것을 나타낼 문자란 존재하지 않는다. 그렇다면 그 시적 본질은 어떻게 문자로 옮겨 놓을 수 있겠는가.

「시형의 음률과 호흡」에서 김억은 "시인의 호흡과 고동에 근저를 잡은 음률이 시인의 정신과 심령의 산물인 절대가치를 가진 시가 될 것"[82]이라고 주장한다. 즉 결코 문자로는 존재할 수 없는 절대적 시가 그 본질적 영역을 가지고 있는 '음률'로 재현될 때, 그 시는 가치를 인정받을 수 있다. 다시 말해 "시라는 것은 순간의 감상, 또는 순감純

---

81 위의 글.
82 김억, 「시형의 음률과 호흡」, 『안서 김억 전집』 5, 34쪽.

感의 황홀으로만 생기는 것입니다, 하기 때문에 시혼과 정조情調, 리듬과 기교 그 자신들이 한덩이가 되야 자연의 창조물과 같이, 호흡하며 춤을 춥니다"[83] 말할 때, 시란 그 정조의 표현이다. 정조는 시적 본질로서의 시상과 그것을 표현하는 문자의 결합, 달리 말해 시적 본질이자 이념으로서의 시를 문자로 번역하는 일이다. 그리고 이 정조가 시적 본질을 내포하는 형식이다. 그의 "정조" 개념이 단순히 "정의문학"이거나 "기분"[84]을 가리키는 것이 아님은 이 때문이다.

### 4) "정조", 조선적 운율의 이념

지금까지 이 글은 김억의 창작적 의역이라는 개념이 실은 직역이며, 이 직역은 원문을 원본으로 하는 번역이 아니라 원문에 내포되어 있는 시적 본질을 원본으로 하는 번역 행위임을 논의했다. 시적 본질을 번역하는 행위는 그것을 내포하고 있는 진정한 시를 창작하는 행위와 동일하다는 점에서, 번역인 동시에 창작이라는 김억의 번역 개념은 모순적이지 않다. 그런 의미에서 『잃어진 진주』의 서문이 번역론과 시론의 결합으로 구성되어 있다는 점은 시사적이다. 김억은 『잃어진 진주』의 서문을 쓴 1922년 1월 25일의 시점까지, 두 가지 작업을 진행해 왔다. 하나는 서구문학의 수입과 관련된 실제적인 번역 작업[85]이며, 또 하나는 예술과 문학의 원론에 관한 저술[86]이다. 말

---

83  김억, 「시단의 일년」, 위의 책, 211쪽.

84  송욱은 이 "정조"를 무드의 번역어로 봄으로써, 정조의 함의를 크게 축소했다. 결국 감정과 마음의 상태에 해당하는 '기분'이라는 것이다. 그럼으로써 그는 김억의 시학을 '기분의 시학'으로 명명한다(송욱, 앞의 책, 180쪽).

하자면 그의 번역론은 실제 번역과 문학 원론에 대한 연습이라는 두 가지 토대 위에서 도출된 것이며, 시론에서도 사정은 동일하다.

『잃어진 진주』 서문에서, 김억은 확고하게 시를 "찰나찰나의 영의 정조적 음악"[87]으로 정의한다. 이때의 "정조"는 다만 "정의문학"을 가리키는 것이 아니라 시적 본질을 내포한 언어의 형식을 가리키는 것이며, 시인의 시상 혹은 시혼 — 즉 "정情" — 은 오직 잘 조화된 "조調"에만 위치할 수 있다. 김억이 자신의 시를 문자적 유희의 시, 기교적 시라고 평한 월탄에게 "무드는 시상과 리듬의 합일로 생기는 것입니다"[88]라고 항의했을 때 그는 이 무드를 정확히 정과 조의 결합태로 파악하고 있다. 그는 계속해서 항변한다. "사상을 표현하기에 가능의

---

85  확인 가능한 범주 안에서, 김억의 첫 번역은 1916년 9월에 『학지광』 10호의 「요구와 회한」 속에 실린 베를렌느 시의 발췌역이며 제대로 번역시로 발표한 것은 1918년 『태서문예신보』 4호에 실린 투르게네프의 시 두 편이다. 그는 이 시기에, 『오뇌의 무도』와 『잃어진 진주』에 실린 대부분의 번역시들을 발표했고, 외국 작가들을 소개하고 그들에 대한 평론들을 번역했다.

86  물론 김억 최초의 공식적인 저술인 「예술적 생활」이 『학지광』에 발표된 1915년에서 1922년 사이, 그리고 그 직후에 에스페란토어 관련 저술이 다수 발견된다. 이 에스페란토어 관련 저술은 넓은 의미에서 번역론에 포함시킬 수 있으나, 아직 이 시기에는 이를 번역론과 밀접하게 관계시키는 의식이 명백하게 표면화되지는 않는다. 이 글들은 조선 최초의 에스페란토어 학습자로서, 또한 에스페란토어 강습자로서의 활동의 일환으로 에스페란토어를 조선인에게 알리려고 하는 교육적 목적을 띤 것이었다. 김억은 1916년에 오사카 켄지(小坂狷二)에게서 에스페란토어를 배운 최초의 조선인 중 한 명이었으며(박노균, 「안서김억연구」, 서울대 박사논문, 1982, 9쪽), 1920년에 에스페란토어 강습회를 연 교사이기도 했다(『동아일보』, 1920.6.17). 에스페란토어와 번역을 밀접하게 관련시키는 의식은 1925년에 발표된 「에쓰페란토와 문학」(『동아일보』, 1935.3.16)에서 본격화되는 것으로 보인다.

87  김억, 「서문대신에」, 앞의 책, 463쪽.

88  김억, 「무책임한 비평」, 『안서 김억 전집』 5, 201쪽.

문자를 우리가 가졌다고 생각합니까." 이 시상은 — 여기에서는 사상
으로 표현했지만 — 완전한 것이지만 우리의 언어와 문자는 너무나
불완전하여 그것을 손실 없이 옮길 수는 없다는 것이다. 그러므로 그
에게 기교란 월탄의 이해처럼 다만 "말 만들기"에 국한되는 것이 아
니라, 이 시상을 위해서 언어를 고르는 일을 가리킨다. 그런 점에서
김억의 말을 그대로 받아서, "시상이 없고 리듬이 없다는 말을 통괄
적으로 무드가 없다 말한 것이 무엇이 틀림 있는 말이오니까"[89]라고
반박한 월탄의 시에 대한 인식은 김억에 비해 너무나 협소하고 피상
적이다. 김억에게 "정조"는 시적 기교에 국한되는 것이 아니라, 절대
적 시의 문자적 형상이며 불완전한 언어로서 가능한 시의 최대치에
해당하는 것이기 때문이다.

　정과 조의 결합, 시상과 기교 / 리듬의 결합은 그러나 쌍방이 동등
한 위치에서 합치될 때 나타나는 결과가 아니다. 마치 사물의 본성이
라는 본질적 영역이 예술이라는 표현을 통해서만 비로소 드러날 수
있는 것처럼, 여기에는 일종의 사후적 과정이 개입한다. 사물의 본성
이 본래 없는 것은 아니었지만, 예술이라는 표현이 존재하지 않는다
면 그것은 본래 있었던 것으로 파악될 수 없다. 마찬가지로 시적 본
질로서의 정情은 유구하고도 초월적인 시공간에 존재하지만, 그것은
조調를 통해 또한 조調의 구성을 통해 조調 속에 내포된 것으로서 드
러난다. 그렇다고 한다면 이 정조는 실로 이념적 성격을 띤 것이 아
닐 수 없다. 이념이란 현상들 속에서, 그리고 파편적인 현상들의 유

---

89　박종화, 「항의 갓지 안혼 항의자에게」, 『개벽』, 1923. 5, 75쪽.

동적인 관계 속에서 떠오르는 진리의 형상[90]이기 때문이다. 달리 말해 음조의 조화, 음과 조의 움직임 속에서, 그리고 그 관계 형상 속에서 정조는 그 이념으로서의 형상을 드러낸다.

물론 김억은 이 둘의 관계에 대해서 명확하게 언술화한 적은 없다. 그러나 그의 운율론이 언어론을 바탕으로 하고 있고, 이때 언어론이 번역론에서 도출되었다는 것은 이 점을 시사한다. 즉 언어는 감정의 표현을 지향하는 것인 동시에, 그 감정을 내포하고 있는 언어다. 이 언어가 여러 단어 및 몸짓, 그리고 음의 높낮이와 같은 다른 요소들과 함께 구성될 때, 비로소 어떤 명확한 감정이 하나의 형상으로 떠오르는 것이기 때문이다. 이는 마찬가지로 그의 운율론에도 이어진다. 음과 리듬, 기교들이 서로의 관계 속에서 움직이며 결합되고 조화될 때, 비로소 절대적인 것으로서의 시적 본질은 하나의 형상으로 떠오를 수 있다. 그는 시혼과 그것의 표현으로서의 리듬이 상호 의존적인 것처럼 말했지만, 그의 구체적인 시평이 온전히 그 리듬과 언어 분석에 천착하고 있다는 것은 이 점을 시사한다. "보드라운 문자 속에만 고운 시혼이 보금자리를 잡습니다, 거친 문자 속에는 서정의 시혼이 자리를 못 잡고 늘 뒤볶입니다"[91]라고 표현한 것은 하나의 전형적인 예라고 할 수 있을 것이다. 또한 주요한에게 자신의 시의 율조를 해명하는 가운데, "옷이 몸에 꼭 맞아야 하는 모양으로 시적 요소의 어떠함을 따라서 그 그릇인 시형과 언어를 먼저 선택하지 않을 수 없"[92]다고 주장한 것 역시 이를 보여주고 있다.

---

90    W. 벤야민, 조만영 역, 앞의 책, 21~29쪽 참조.
91    김억, 「시단산책」, 앞의 책, 218쪽.

이렇게 시적 본질로서의 정이 리듬과 문자를 떠나서 존재할 수 없으며, 그것의 조화나 구성을 통해 떠오르는 형상이라고 할 때, 정의 존재 자체가 언어와 문자를 떠나서는 온전히 형상화될 수 없다. 이러한 것의 총체가 김억에게 운율이며 이념이다. 그리고 엄밀하게는 조선적 운율이다. 이 결합, 즉 시의 보편적 가치로서의 음악성과 그것의 내포로서 지방적이고 특수한 조선심의 결합은 매우 이상해 보인다. 이 지점은 김억의 연구에서 일종의 단절과 결렬의 지점으로 해석되어 왔다. 간단히 말해 서구시의 모방으로서의 보편적인 음악성의 추구에서 민족적 시형의 모색으로 이행[93]하는 과정에서의 단절이다. 그러나 김억에게 이 조선과 운율은 분리되었던 것이 아니라 결합이었다는 점을 상기할 필요가 있다.

㉑ 우리의 주위의 시작詩作에는 우리의 주위를 배경잡은 사상과 감정은 하나도 없고 남의 주위를 배경잡은 사상과 감정을 빌어다가 우리의 시작詩作을 삼는 경향이 있음에 따라 진정한 '조선 현대의 시가'를 얻어 볼 수가 없게 됩니다. 이에는 외래 시가의 영향을 받음에도 관계되겠습니다. 만은 담기울 물건과 그릇을 생각지 아니한 까닭인 줄 압니다.[94]

---

92    김억, 「조선시형에 관하야를 듣고서」, 『안서 김억 전집』 5, 381쪽.
93    대표적으로, 김용직은 김억의 민요시 창작 노력을 "적지 않은 궤도의 이탈"로 표현했으며(『한국근대시사』 상, 학연사, 1986, 314쪽) 조동구 역시 "정형시로의 방향 전환"이라 평가했다(조동구, 「안서김억연구」, 연세대 박사논문, 1989).
94    김억, 「조선심을 배경삼아」, 『안서 김억 전집』 5, 215쪽.

㉯ 언어 또는 문자의 형식을 알게 되면 시미詩味의 반분半分은 없어진 것
이오. 언어의 문자는 충동을 그려낼 수 없지요. 사람마다 같지 아니
한 문체와 어체語體를 가지게 된 것도 이것인줄 압니다. 또한 그것이
단점이라고 하는 것 보다 장점되며 특색되는 것이라 생각하여요. 호
흡의 장단에는 생리적 기능에도 관계되는 것이지요만은 다시 말하
면 즉 마음이 육체의 조화인 이상에는 그 문장도 그 조화를 구체화
된 것인 것을 말씀하여야 하겠습니다. 인습에 기인되기 때문에 불문
시와 영문시가 다른 것이요. 조선 사람에게도 조선 사람다운 시체
詩體가 생길 것은 물론이외다. 내부와 외부의 생활이 다른 것만큼 고
동鼓動도 달라지지요. 심하게 말하면 혈액 돌아가는 힘과 심장의 고
동에 말미암아서도 시의 음률을 좌우하게 될 것임은 분명합니다.[95]

㉮와 ㉯는 같이 읽을 때 그 의도하는 바가 명확해진다. ㉮는 1924
년 김억의 조선시로의 전향을 선언하는 글로 이해되어 왔으며, ㉯는
1919년 김억이 최초로 발표한 시론이다.

㉮에서 김억은 현재 조선 시단에는 "주위조선—인용자를 배경잡은 사
상과 감정"은 하나도 없어서, 진정한 "현대조선의 시가"를 얻을 수가
없다고 한탄한다. 즉 이런 시는 "어찌말하면 구두를 신고 갓을 쓴 듯
한" 시여서 조선시가 될 수 없다는 것이다. 이 글은 자유시에서 민요
시로의 전향, 서구 지향에서 조선 지향으로의 변화를 극적으로 보여
주는 글로 평가받았다. 그러나 이 글을 전체적으로 살펴보면, 내용상

---

95    김억, 「시형의 음률과 호흡」, 앞의 책, 34쪽.

세 부분으로 구분된다. 먼저 김억은 예술은 인생을 미화美化시키는 것이라는 자신의 예술론을 압축적으로 제시한다. 고전시가에 대한 비판이 나오는 부분은 두 번째 의미 단락인데, 여기서 그는 조선심을 배경삼지 않은 작품이 많다는 것과 주의나사상을 먼저 내세우는 시가 많다는 것을 비판한다. 말하자면 이러한 시는 첫 단락에서 제시한 예술의 의미에 부합하지 못하는 시가라는 것이다. 세 번째 의미 단락에서는 생명의 시가를 써야 할 것을 당부하면서, 시가에서의 문자의 중요성을 강조한다.

전체적인 맥락에서 볼 때, 이 글의 강조점은 오히려 "담기울 물건과 그릇" 즉 언어와 문자에 놓이는 것으로 보인다. 조선어로 된 시가는 조선심을 담아야 한다. 그러나 이는 조선심이 시가의 근본적인 토대로서, 그에 맞는 형식을 요청하고 있기 때문이 아니다. 역으로 조선어라는 문자의 한계와 가능성이 외국어와는 다른 "조선심"이라는 시적 본질을 형상화하게 될 것이기 때문이다. 그런 의미에서 이 두 글은 전혀 다른 맥락에도 불구하고 동일한 지점을 공유하고 있다. 그것은 조선 시체詩體의 형성과 관련된 문제다. ㉮에서 그것은 조선심에 걸맞은 문자와 언어이고, ㉯에서 그것은 호흡에 걸맞은 음률이다. 즉 처음부터 김억은 조선의 상황, 조선의 사람들, 조선의 호흡에 걸맞은 조선적 운율이 무엇인가에 대해 고민했다. 이는 "조선심"으로의 전회가 일종의 전향이거나 변화를 의미하지 않는다는 것을 의미한다. ㉯에서 제기되었던 것은 조선 사람에게 맞는 운율이라야만, 그 운율이 그 문자를 사용하는 조선인의 시혼과 온전히 조화를 이룰 수 있는 것이다. 영어를 사용하는 이들의 영문시나, 불어를 사용하는 이들의 불어시가 전혀 다른 운율을 가지고 있는 것과 같은 이치다.

물론 ㉯를 발표한 후, 김억은 번역론을 거치면서 조선어의 가능성과 한계에 대해 깊이 자각했다. 그러므로 조선어라는 문자와 언어가 형상화할 수 있는 것은 그 가능성과 한계 때문에 다른 서구의 언어가 형상화하고 있는 시적 본질과는 다른 것일 수밖에 없다는 인식에 이른다. 이때 "정조"가 구체적으로 "조선적 운율"을 의미하게 되는 것이며, "조선심"을 전면화하게 되는 것이다. 그런 의미에서 그가 말하는 정조란 애초에 서구시의 운율과 감정을 지향하는 것이 아니며 서구시의 그것을 조선어로 '재현'하는 것을 의미하지 않는다. 조선의 언어와 조선의 문자가 우리에게 주어져 있다면, 그리고 그 언어와 문자를 통해, 그리고 그 속에서 드러날 수 있는 시적 본질은 조선적인 것일 수밖에 없다. 그러므로 그에게 "조선적 운율"은 조선의 언어와 조선의 문자로 된 시가 내포할 수 있는 유일한 이념인 것이다.

## 5) 내셔널리즘에 속박되지 않는 시, 번역의 이상理想

김억은 긍정적이든, 부정적이든 한국 근대시 형성의 장場에서 거의 절대적이라 할 역할을 감당했다. 그는 시인이자 시론가였으며, 무엇보다도 번역가였다. 이 세 작업은 서로 뒤섞여 있으되 단 하나의 이념, '조선적 운율의 창출'이라는 과제에 복무한다. 한국문학사에서 김억의 공과를 평가할 때, 늘 문제되는 것은 조선과 운율이다.

조선과 운율을 분리해서 이해할 때, 김억의 기획은 단절과 회귀로 이해된다. 즉 초기의 상징주의 시의 모방을 통해 얻어진 호흡률에 대한 인식에서, 1920년대의 민족주의의 영향과 김억의 운율론 자체의 모순으로 인해 경직된 음수율로 나아갔다는 것이다.[96] 이에 비해 최근의 논의는 조선과 운율을 통합적으로 이해하려고 했다. 그러나 이 논의들은 음악성이라는 보편적인 시의 이상을 실현하는 과정과 조선의 국민문학을 보편적인 문학의 영역에 올려놓으려는 과정이 일치한다고 봄으로써, 김억의 운율이라는 이상이 국민국가 이데올로기에 매개되고 포섭된다고 여긴다.[97] 그러나 이 두 경우는 모두 김억의 번역 행위 혹은 번역 작업을 서구문학이라는 보편적인 문학을 조선의 언어와 문자로 재현하려는 시도로 고정시킨다. 여기에서는 번역의 원본을 서구문학이라는 원작에 묶어 두고, 김억의 번역 작업을 이 원작의 모방으로서만 이해한다. 확실치 않지만 아마도 이 구도에서라면 근대시 형성의 장에서 김억의 번역 행위가 지니는 역할은 매

---

96  김억의 운율에 대한 강조는 많은 경우, 단순한 음수율에 속박된 격조로서 이해되어 부정적으로 평가받아 왔다. 이는 두 가지 차원, 즉 상징주의 시에 대한 오해라는 차원과 조선적인 것에 대한 강조라는 차원에서 부정적으로 이해되었다. 전자의 경우 상징주의 시는 이전의 정형률을 파괴한 자리에서 형성된 것인데, 오히려 김억은 다소 엄격한 운율을 강조했던 베를렌느 시의 운율을 조선어로 재현하고자 했기 때문에 정형률을 지나치게 강조할 수밖에 없었다는 것이다. 후자의 경우, 김억이 호흡으로서의 음률이라는 내재율을 강조했으나, 민요시와 격조시로 이행하는 과정에서 내재율을 파괴하고 도식적인 음수율로 이행했다는 것이다.

97  대개 탈식민주의적 논의를 바탕에 깔고 있는 이러한 논의들은 대개 김억의 이러한 이상이 "서구의 근대 문명에 대한 '동일화'를 실현하고자 하는 욕망"(심선옥, 「근대시 형성과 번역의 상관성 – 김억을 중심으로」, 『대동문화연구』 62, 성균관대 대동문화연구원, 2008)이거나 혹은 이 '조선적'이라는 것 자체가 일본의 국민문학 논의를 수입한 것이기 때문에 한계를 가진다고(구인모, 『한국 근대시의 이상과 허상』, 소명출판, 2008, 119~192쪽 참조) 평가한다(구인모, 「시, 혹은 조선시란 무엇인가 – 김억의 「작시법」(1925)에 대하여」, 『한국문학연구』 25, 동국대 한국문학연구소, 2002).

우 축소될 수밖에 없을 것이다. 또한 그의 에스페란토어 작업 또한 논외로 남겨진다.

김억의 번역관이 창작적 의역이라는 점에서 이는 원문과 번역문 사이의 위계질서를 거부하고, 원문과 번역문의 상위에 있는 예술적 이념이라는 존재를 상정한다. 즉 그에게 번역은 이 원문과 번역문이 함께 공유하고 있는, 이상적 예술을 언어와 문자에 현상시키는 작업인 것이다. 김억은 이를 "절대적 시"나 "시혼" 등 다양한 용어로 설명했다. 그러나 이 이상은 우리의 언어와 문자를 떠나서 존재할 수 없는 것이며, 언어와 문자 속에 내포되어 있는 것이다. 그러할 때 이는 "정조"라는 형상으로 현현한다. 김억에게 번역은 이러한 이념을 현상시키는 작업 자체를 가리키며, 다시 말해 이념적이다.[98] 김억의 번역이 번역 행위라는 개념에 더 가깝게 이해되어야 하는 것은 이 때문이다. 시는 "절대적 시"의 번역으로, 문자는 "성어聖語"의 번역으로 여겨지며, 이 번역을 통해 혹은 번역 속에서만 상대적 시와 불완전한 문자는 다시 완전한 시로서의 "정조"를 떠오르게 할 수 있다.

이런 점에서 김억의 번역 및 창작 활동을 조선주의라는 내셔널리즘에 구속된 것으로 이해하는 것은 재고해 볼 필요가 있다. 그의 "정조"는 그것이 조선의 언어와 조선의 문자로 형상화되는 한에서, 조선적인 것이다. 만일에 언어의 제한이 없다면, 그것은 조선이라는 테두리를 넘어설 수도 있는 것이다. 즉 조선과 조선어 혹은 조선심과 조선시의 관계는 전자가 후자를 요청하는 것이 아니라, 후자가 전자

---

98    W. Benjamin, "The Task of Translator", op.cit., p.259.

를 파생시키는 것이기 때문이다. 김억의 에스페란토어 창작과 번역은 이 지점에서 이해된다. 에스페란토어는 보편어라는 점에서, 진정한 보편적인 "정조"가 가능할 수 있으리라고 여겼던 것이고, 아마도 이는 김억의 번역 행위가 궁극에 가서 산출하게 된 진정한 언어<sup>pure language</sup>였을지도 모른다.

## 3. 한국 근대시의 새로운 리듬론, 리듬 음성중심주의를 넘어서

주요한의 「불노리」에서의 내면과 언어의 관계

### 1) 자유시 리듬론  언어학적 관점에서 시학적 관점으로의 전환의 필요성

한국의 근대시를 자유시로 설명해 온 이유는 전대의 시와는 전적으로 다른 차원에서 시를 창작하고자 하는 의식이 자유시를 지향하고 있었기 때문이다. 전대와는 전혀 다른 형태의 시가 나타나기 시작한 시기와는 별개로, 자유시에 대한 이론적 인식이 본격적으로 나타난 것은 1919년의 일이다. 황석우는 "우리 시단은 적어도 자유시로부터 발족"해야 한다고 주장하며, 자유시라는 용어를 의식적이고도 본격적으로 사용했다. 그에게 자유시란 "그 율의 근저를 개성에 직直"[99]한 것이라는 측면에서, 그보다 10개월 먼저 제출된 김억의 '새로운 시'와 거의 일치한다. "시인의 호흡과 고동에 근저를 잡은 음률이 시인의 정신과 심령의 산물인 절대가치를 가진 시가 될"[100] 것이라고

---

99　황석우, 「조선 시단의 발족점과 자유시」, 『매일신보』, 1919.11.10.
100　김억, 「시형의 음률과 호흡」, 『태서문예신보』, 1919.1.13(여기서는 박경수 편,

주장할 때 김억은 시란 "개인의 주관"에 맡겨져 있다는 점[101]을 명확히 하고 있기 때문이다.

　개인의 주관이나 개성을 시 창작의 근본 토대로 삼았다는 점에서 이들은 사실상 근대적인 의미에서의 서정시lyric를 선언한 것이라고 할 수 있다. 황석우와 김억의 논의가 와세다시사의 구어자유시론과 이후의 일본 시단의 움직임의 영향을 받은 것과는 별개로, 이들의 주장이 낭만주의적인 관점에 뿌리를 두고 있다는 점은 명확해 보인다. 그들은 블룸이 강조한 바, 워즈워드 이래 좋은 시가 반복해 온 내면 정향성Wordsworth's inward turning[102]을 조선어로써 최초로 선언한 것이기 때문이다. 말하자면 이들이 주장한 개인의 주관이나 개성은 단순히 집단적 의식과 분리된, 개별적이고도 자율적인 문학의 창작 주체만을 의미하는 것이 아니라, 일종의 낭만주의적인 신비한 내면과 밀접한 관계를 맺고 있다. 따라서 그들에게 언어는 내면성의 표상이자 형

----

『안서 김억 전집』 5, 한국문화사, 1987, 35쪽).

101　물론 김억은 시인 개인을 '조선인'이라는 집단으로부터 완전히 분리하지 않았다. 김억에게 중요한 것은 프랑스인과 영국인에게 고유한 시형(詩形)이 존재하는 것처럼, 조선인에게도 조선인에게 고유한 시형이 존재할 것이라는 믿음이다. 그가 시를 개인의 주관에 맡겨야 한다고 주장한 것은 아직 조선인의 고유한 시형이 발견되지 않았기 때문이다. 이러한 유보사항 때문에 「시형의 음률과 호흡」을 완전한 근대적 자유시의 선언으로 간주하기 어렵다. 그러나 그가 개인과 조선인을 분리하지 않았던 것은 시어로서의 조선어에 대한 인식이 있었기 때문이다. 말하자면 조선인의 내면은 조선어로 표현되며 조선어를 사용하는 한에서 개별 시인은 조선인의 내면을 공유하고 있다는 측면에서 개인은 조선인과 분리되지 않는다. 이 글에서는 주관과 음률의 관계에 대해서만 다룰 예정이므로, 이에 대한 논의는 생략한다.

102　H. Bloom, *Agon : Toward a Theory of Revisionism*, New York : Oxford University Press, 1982, p. ⅱ.

상이다. 많은 근대문학사의 첫머리에 근대시는 개성의 발견에서 출발하고 있다는 점이 지적되고 있는 것처럼 시 창작의 토대가 주관성으로 이행했다는 점, 시의 언어가 내면성의 표상이자 형상이라는 선언은 단순하고 상식적인 것처럼 보이지만, 이 사실은 한국시 리듬론을 논의할 때 가장 중요한 전환으로 다루어져야 한다. 이제 개별 시의 언어의 특성은 개별 언어에 내재한 특성에 의거하는 것이 아니라, 이 언어가 토대하고 있는 시인의 주관성에 의거하는 것이기 때문이다.

김억과 황석우의 논의에서 김억은 시를 음률과 일치시키고, 황석우는 율과 일치시킨다. 개성과 주관에 근거한 율이 시라는 것인데, 여기에서 율은 시어의 특징이라기보다는 시의 본질적 속성이다. 시인의 생명과 호흡의 언어화를 가리키는 것이기는 하지만 시어의 배열 원리를 가리키는 것은 아니라는 것이다. 음률 혹은 영률은 시를 시이게 하는 어떤 본질, 시인의 비언어적인 내면의 언어화다.[103] 황석우와 김억의 글에서의 보이는 시와 율의 일치, 이것이 한국시에서 리듬을 말할 때 대면하게 되는 패러독스다. 율은 내면의 언어화이긴 하지만, 언어 그 자체의 속성에 근거하고 있는 것은 아니다. 내면의 언어화를 가능케 하는 것, 내면의 호흡과 고동에 완벽하게 언어가 일치할 때 성립하는 것이 율이라 할 때, 율을 논의하기 위해서는 반드시 주체성이라는 율의 근본 토대를 논의하지 않으면 안 된다. 율격 혹은 운율이라는 개념적 패러다임이 자유시에서 그 실체의 규명에 실패했던 이유는, 자유시에서 율은 언어학적 차원이 아니라 시학의 차원

---

103  박슬기, 『한국 근대시의 형성과 율의 이념』, 소명출판, 2014 참조.

에 놓여 있는 것이기 때문이다. 음률 혹은 영률이란 결국 주체의 내면의 언어적 형상이며, 이를 증명하는 일은 언어 그 자체가 아니라 언어 이면의 어떤 실재혹은 부재를 더듬어 가는 일이다.

기왕의 한국시 율격론은 한국어 음운의 음성적 자질에 의거하여, 율격 체계를 세우려고 했으며 이는 서양의 그것처럼 하나의 강고한 작시 규칙으로 작동하지 않았다는 점에서 율격 체계를 사실상 '발명'하고자 했던 시도다. 이러한 시도가 개별적인 시의 특성을 하나의 추상적인 기계적 단위로 변모시킨다는 점을 지적하고 새로운 리듬론을 제기한 최근의 연구들은 실제적인 분석에서 언어의 음성적 자질에 근거한다는 점에서 여전히 리듬을 언어학적 관점에서 정초한다.[104] 한국어의 특성상 율격과 운율의 구조를 확정할 수 없으므로, 이 개념은 한국시의 음악성을 설명할 수 없다. 기본적으로 소리 패턴인 프로조디 역시 마찬가지다. 율격과 운율을 한국시에 고유한 음악성을 설명하기 위한 방법론으로 채택하기 어려운 이유는 그것이 기계적이고 추상적이기 때문이 아니라, 없거나 미약한 자질을 토대로 구축된 것이기 때문이다.[105] 한국시에서 율격과 운율의 구조가 리듬

---

104 장철환, 『김소월 시의 리듬 연구』, 소명출판, 2011. 이에 대한 자세한 논의와 비판은 박슬기, 「율격론의 지평을 넘어선 새로운 리듬론을 위하여」, 『민족문학사연구』 48, 민족문학사학회, 2012.

105 한국시 율격론은 대개 음보율과 음수율이라는 두 개의 개념이 상호 부정 / 보충의 과정을 반복함으로써 전개되어 왔다. 표면적으로 음보율은 음운의 자질이 아니라 동일한 등장 단위의 반복에 의거한 율격으로, 음수율은 음운이 아니라 음절에 근거하여 성립된 체계로 보인다. 그러나 음수율이 음절의 '개수'를 율격의 단위로 확정한 것이 아니며, 음보율 또한 그 기층 단위로서 음운 / 음절의 토대 위에서 성립 가능한 것이라는 점에서 음보율과 음수율은 본질적으로 구분 불가능하다. 이 두 개념은 음절의 음성적 효과에 근거하고 있다는 점에

형식과 혼용되는 경향이 있었으며, 이를 엄격하게 분리하여 율동律動이라는 용어로서 리듬을 지칭한다고 했을 때조차, 언어의 음성적 특성은 리듬을 학문적으로 설명할 수 있는 유일무이한 기준으로 간주된 경향이 있다.[106] 이러한 경향에서 리듬은 알려진 음성적 구조와 알려지지 않은, 애매하고 설명 불가능한 영역을 그 배후에 가진 '어떤 무엇'으로 간주되어 왔다.

문제의 요점은 이런 것이다. 한국어의 음운이 지닌 음성적 자질이 시의 율격이나 운율의 기초단위가 될 수 없다는 점은 끊임없이 지적되어 왔으며, 이를 승인하면서도 왜 여전히 음운의 음성적 자질에 기초하여 리듬을 정초하고자 하는가 하는 것이다. 음운의 음성적 효과가 의미와 연결된다는 주장 역시, 개별 음운의 음성이 보편적인 한국어 사용자들에게 어떤 의미와 분위기를 전달하는가에 대한 실증적이고 통계적인 연구를 통과하지 않는다면, 음운의 음성적 효과에 대한 자의적 해석에서 결코 벗어날 수 없다. 가장 중요한 것은 자유시는 이미 전회했다는 것이다. 개인의 주관이나 개성, 내면이라는 영역으로 진입했으며, 그렇다면 율은 이제 언어 그 자체의 속성이 아니라 언어 이면에서 그것을 추동하는 주체의 의식 / 무의식이다. 그러나 이 전환이 바로 내면의 '표현'으로서의 언어를 의미하는 것은 아니다. 이후에 서술하겠지만, 내면은 사실상 언어를 통해서 발생하는

---

서 음운론적 관점을 공유한다. 이에 관한 자세한 논의는 박슬기, 앞의 책, 제1장 제2절 참고.

106  성기옥은 율격과 율동을 엄격하게 구별하여, 율동은 율문의 속성이 아니라 발화 자체의 속성이며 발화된 모든 음성 요소들은 율동의 요인일 수 있다고 설명한다. 성기옥, 『한국시가율격의 이론』, 새문사, 1986, 56쪽.

것이다. 창작의 심층에서 창작을 규율하는 것은 외적인 규칙도 시인의 의도도 아니라, 다른 어떤 무엇이다. 이 글은 주체의 심층에서 창작을 강제하는 어떤 무엇을 리듬으로 간주한다.

## 2) 주체의 자기 서술 충동으로서의 리듬

율, 혹은 시에서의 리듬은 음악과 밀접한 관계를 맺고 있다. 이는 서양과 동양의 고대에서부터 시와 음악이 일치되어 있었음을 증거하는 수많은 문헌들을 일일이 들지 않아도 일반적으로 받아들여지는 바다. 시를 읊고 노래하며 춤추고 연주하는 종합예술의 근원이 하나라는 『시경』의 전언이나 그리스의 서정시인들이 동시에 음악가였다는 사실은 멜로디에 얹어 말을 읊는 일이 곧 시이자 노래였다는 사실을 알려준다. 그러므로 인간의 언어 예술에서 시는 가장 음악과 친숙한 장르이며, 이 음악성이 곧 시의 리듬의 특징을 이룬다고 할 수 있다.

고대의 시의 향유가 오늘날의 시의 향유와 동일하지 않으며, 무엇보다도 시가 더 이상 노래로 향유되지 않는다는 측면에서 시와 음악이 장르적으로 결별했다는 것은 명확한 사실이다. 가락에 얹어 가창되지 않음으로써 시가 상실한 것은 음의 유려하고 변화무쌍한 고저 장단이되, 개별 음운이 지닌 음성적 특징으로서의 강세와 장단이 음악성을 물질적으로 그러나 부분적으로 재현한다. 서구의 시학에서 운rhyme이나 율격meter의 규칙 체계가 근거하고 있는 것은 이러한 음운의 음성적 자질이며, 이 음운의 조합과 반복의 규칙에 의해 프로조디prosody가 결정된다. 이는 서정시가 음악과 공유하고 있는 소리 구조이며, 시의 음악적 기원에 대한 근거다. 말하자면 시가 음악적이라고 할 때, 문자 그대로 멜로디를 재현하고 있다거나 쓰인 시가 노래된다는 의미가 아니라, 어조나 음의 강세 등의 음악적 특성을 시의 언어가 여전히 지니고 있다는 것을 의미한다.[107] 이러한 시어의 특징이 시를 다른 언어 예술과 구별 짓는 자질이며, 러시아 형식주의자들과 구조주의자들이 시어에 음성음운학적으로 접근했던 것은 바로 이 지점에서 시적인 것의 본질이 구명될 수 있다고 보았기 때문이다.

그러나 야콥슨이 강조한 바, 낭송에서 음악적인 효과를 낸다는 이유만으로 운rhyme의 반복이 운문의 구조로 승인될 수 있는 것은 아니다. 운의 반복을 통해서 시의 언어는 의미로부터 벗어나 물질성 그 자체로 환기되며, 이로써 언어의 통상적인 사용이 파괴되고 (무의미한) 소리의 반복이라는 등가적 구조가 형성되는 것이기 때문이다. 즉 운문의 구조는 등가적 반복의 위계질서로 이해되는데, 이는 시 텍스트 자체에 내재되어 있는 구조이지, 낭송의 효과가 아니다. 야콥슨은 운문의 구조와 낭송의 구조를 혼동해서는 안 된다며, 중요한 것은 이 반복으로 인한 차이의 전체 체계라는 점을 강조한다.[108] 그렇다면 운문의 구조의 지표로서 도입되는 것은 사실상 표기된 모든 것이다. 운문의 구조가 문장의 통사론적 연쇄를 종결하여 하나의 동일한 체계로 환원하는 구조라는 야콥슨의 전제를 승인한다면, 이제 시가 지니

---

107   *The New Princeton Encyclopedia of Poetry and Poetics*, ed. Alex Preminger and T.V.F. Brogan, Princeton : Princeton University Press, 1993, 'lyric' 항목 참조.

108   R. 야콥슨, 신문수 편역, 「언어학과 시학」, 『문학 속의 언어학』, 문학과지성사, 1989, 73~74쪽 참조.

고 있는 음악적 기원은 음성 효과에서가 아니라 반복되어 표기되는 모든 문법적 / 반문법적 표지들에서만 드러날 수 있을 것이다.

야콥슨은 은유와 환유라는 시의 이중적 구조를 지적했으나 이를 주체 구성의 문제와 연결시키지는 않았다. 그러나 언어의 질서를 구성하는 차이의 공시적 체계로서의 은유가 발화의 환유적 구조에 도입되는 이 이중적 구조는 기표들의 연쇄 속에서 한번 의미를 상실한 기표들이 의미를 상실한 소리의 반복을 통해 한 번 더 의미와 멀어지게 된다는 측면[109]에서 시의 구조는 이제 언어의 구조로, 다시 말해 언어에 의해 구성되는 주체의 문제로 확장될 수 있게 된다. 반복되는 것은 여전히 소리sound다. 다만 그것은 소리의 흔적으로서의 소리이며, 상실된 소리를 반향하는 문자 기호들이다.

시원적 음성과 그것의 결여로서의 문자에 대한 형이상학적 고찰의 전통과 이에 대한 해체론자들의 재구성을 참조하면,[110] 소리란 주체에 근본적으로 외재하는 것이면서 동시에 주체가 그 구성에서부터 의지하는 것이다. 말하자면 주체의 구성은 '들은 것'에 대한 응답으로부터 출발하며,[111] 근원적으로 주체는 언제나 이 타자에 의해 파괴될 위험에 처해 있는 존재다. 라꾸 라바르트는 이러한 주체의 원초적 상태가 일종의 자기 서술에 대한 강박을 낳게 된다고 설명한다.

---

109  J. Fineman, "The Structure of Allegorical Desire", *Allegory and Representation,* Baltimore : The Johns Hopkins University Press, 1981, pp.32~34 참조.

110  이에 관해서는 J. 데리다, 김웅권 역, 『그라마톨로지에 대하여』, 동문선, 2004, 제2장 「언어학과 문자학」 참조.

111  P. Lacoue-Labarthe, *Typography,* Standford : Stanford University Press, 1989, p.160.

주체는 자기에 대해 말하면서 자기를 만들어낸다. 자기 소멸에 대한 불안에 맞서, 이 근원적인 불안을 빠져나가는 진리로서 자기를 서술하고자 하는 것이 글쓰기이며,[112] 따라서 모든 글쓰기란 기본적으로 자기-글쓰기auto-biography다. 이때 완결된 자기 서술을 방해하는 것으로서 반복적으로 끼어드는 타자의 목소리가 음악haunting melody이며, 이 글쓰기는 음악적 강박과 자기 서술의 강박이라는 두 개의 강박이 추동[113]하는 것이다. 라꾸 라바르트에게 이 글쓰기를 추동하는 강박과 충동 그 자체가 리듬이며, 그것의 언어적 현상이 타이포그라피다.

서구의 형이상학에서 전개되어 온 리듬에 대한 방대한 논의에 비추어 볼 때 다소 소략하게 요약하였지만 한국시에서 리듬에 대한 논의를 언어학적 관점에서 시학적 관점으로 전환하고자 하는 이 글이 주목하고자 하는 지점은 상실된 소리와 그 흔적으로서의 문자라는 구도다. 이러한 관점에서 시가 상실한 음악은 문자가 상실한 소리에 대응하고, 문자의 연쇄에 반복적으로 도입되는 소리 구조라는 야콥슨의 언어학적 구도는 주체의 서술과 타자의 침입이라는 주체성의 문제로 전환된다. 그렇다면 시 창작을 규율하는 것은 바로 이러한 충동이다. 리듬의 언어적 구조가 연속과 중단의 반복이라 할 때, 문자의 연속은 자기 서술에, 중단은 타자의 침입이자 도입에 대응된다.[114] 타자는 주체의 자기규정에 작동하는 자기의 근원에 해당하므로 리듬의 충동은 결국 일종의 죽음 충동이다. 주체는 이 '중단'의 표지 속

---

112  Ibid., p.129.

113  Ibid., pp.140~146 참조.

114  박슬기, 『리듬의 이론』, 서강대 출판부, 2018, 96~97쪽 참조.

에서 자신의 죽음과 마주친다.

니체는 "음악은 형상과 개념의 거울에 어떠한 것으로 나타나는 가?"라고 물으며, "음악은 의지로서 나타난다"[115]고 말했다. 이때의 의지란 결국 자기 바깥에 서는 것, 나의 죽음 속에서 나와 마주하는 것이다. 음악은 주체를 자기 바깥으로 끌어내면서 동시에 자기 자신에게로 되돌리는 것이다. 근대시에서 가능한 '음악성'이란 쓰인 시에 외부적인 근원으로, 자기 서술에 실패함으로써 이 실패를 통해서만 드러난다는 방식으로 즉 그것이 여기에 부재하는 방식으로 드러난다. 주체의 자기 구성은 자기 파괴에 끊임없이 마주치며, 한국의 근대적 자유시에서의 '내면으로의 전회'는 이러한 자기 파괴적인 과정에 매개되어 있다.

### 3) 「불노리」에서의 내면 고백과 주체의 이중적 지위

이 지점이 가장 선명하게 드러난 것으로 주요한의 「불노리」를 들 수 있다. 일반적으로 최초의 근대적 자유시로 평가받는 이 작품의 문학사적 지위에 대한 수많은 논란에도 불구하고, 「불노리」가 지니는 그 형식적, 내용적 문제성에 대해서는 일반적으로 합의가 이루어지고 있는 것으로 보인다.[116] 일반적으로 정형시가의 창작을 규율하는 율적 규범이 부재하는 형태의 시를 자유시로 이해한다고 한다면,

---

115  F. 니체, 박찬국 역, 『비극의 탄생』, 아카넷, 2007, 106쪽.
116  「불노리」를 둘러싼 산문시 / 자유시 논쟁에 대한 정리는 장만호, 「한국 근대 산문시의 형성과정 연구」, 고려대 박사논문, 2006, 156~158쪽 참조. 이 논의를 정리하면서 장만호는 「불노리」를 산문시로 확정하고 논의한다.

「불노리」는 산문시로 간주될 수 있을 정도로 형식에 있어서 고도의 자율성을 획득한 시에 해당하기 때문이다. 그러나 「불노리」가 산문시인가 자유시인가 하는 장르적 실체의 확인보다 중요한 것은, 이 시가 자유시를 창작하고자 하는 분명한 의도에서 창작된 것이라는 사실이며 나아가 이 시가 발생시킨 어떤 인식론적 파급력이다.

주요한은 이 시가 "다 새로운 시를 지으려는"[117] 의도에서 실험했던 "아주 격을 깨트린 자유시의 형식"이었다고 회고했으며, 그 자신은 이 작품에 대한 평가를 유보했으나 신시운동을 회고했던 당대의 논자들은 자유시의 본격적 출현이라는 자리에 이 시를 놓았다. 비록 최초의 것인가에 대한 논란은 있다 하더라도, 「불노리」는 일종의 실험적 형태가 아니라 완성된 작품으로서 인식되었던 것이다.[118] 따라서 「불노리」가 형태상 최초의 자유시라는 점에는 논란의 여지가 있을 수 있으나, 최초의 자유시라는 인식적 지위를 획득하고 있다는 점에서는 의심할 여지가 없다. 말하자면 이 시가 자유시인가 아닌가 다만 산문으로 극단화된 율적 산문에 불과한 것인가 혹은 내면의 리듬을 잘 살려낸 자유시에 해당하는 것인가를 실체적으로 평가하기 이전에, 이 시가 당대의 자유시 리듬에 관한 어떤 인식 위에서 창작된 것은 틀림없다는 점을 강조해야 한다.

무엇보다도 「불노리」는 대동강의 불놀이라는 외적 풍경과 이에 대

---

117 주요한, 「노래를 지으시려는 이에게」, 『조선문단』 1, 1924.12, 63쪽.
118 가령 박팔양은 조선 최초의 자유시는 최남선의 「구작삼편」으로 꼽고 있지만 (「조선신시운동사」, 『삼천리』 7권 11호, 1935.12, 256쪽), 자유시로서의 확고한 지위를 확보하게 된 것은 「불노리」라고 평가한다(「조선신시운동사」, 『삼천리』 8권 2호, 1936.2, 198쪽).

립되는 고독한 내면을 형상화함으로써, 고독한 개인이라는 근대적 자아의 탄생을 형상화한 시다. 이는 1910년대 후반에서 1920년대 초반에 이르는 자아 담론과 밀접한 관계가 있으며, 신비한 영혼으로 고양되는 자아의 심미적인 형상이 이 시에 나타나 있다.[119] 앞서 언급한바, 율의 문제가 단순한 언어의 배열 문제가 아니라 시적인 것, 내면의 언어적 형상이라는 시적 본질과 일치한다고 할 때 이 시는 바로 이러한 내면과 언어의 길항관계에 대해 가장 잘 보여줄 수 있는 텍스트가 될 수 있을 것이다.

아아날이저믄다, 서편하늘에, 외로운강물우에, 스러져가는 분홍빗 놀 ……⒜ 아아 해가저믈면 해가저믈면, 날마다 살구나무 그늘에 혼자 우는밤이 쏘오것마는, 오늘은사월이라패일날 큰길을물밀어가는 사람소리는 듯기만하여도 흥성시러운거슬 웨나만혼자 가슴에 눈물을 참을수없는고?

아아 춤을춘다, 춤을춘다, 싯벌건불덩이가, 춤을춘다. 잠々 한성문우에서 나려다보니, 물냄새 모랫냄새, 밤을깨물고 하늘을깨무는횃불이 그래도무어시부족하야 제몸까지물고쓰들새, 혼차서어두운가슴품은 절믄사람은 과거의퍼런쑴을 찬강물우에 내여던지나, 무정한물결이 그

---

119  조영복은 「불노리」의 테마가 전근대적 삶으로부터 벗어나 각성된 주체의 '홀로 있음'의 발견이자, 그것에 대한 몰입이라고 주장하며(『1920년대 초기 시의 이념과 미학』, 소명출판, 2004, 117쪽), 여기서 나타난 고독한 개인의 형상을 당대의 예술적 주체와 긴밀하게 연동되고 있는 것으로 논의한다.

기름자를 멈출리가이스랴? (가) ——— 아아 썩거서 시들지안은 꼿도업
것마는, 가신님생각에 사라도죽은 이마음이야, 에라 모르겟다, 저불씰
로 이가슴태와버릴가, 이서름살라버릴가 어제도 아픈발 쓸면서 무덤
에가보앗더니 겨울에는 말랏던꼿이 어느덧피엇더라마는 사랑의 봄은
쏘다시 안도라오는가, 찰하리 속시언이 오늘밤이물속에 ……(B) 그러
면 행여나 불상히 녀겨줄이나이슬가 ……(C) 할적에 퉁, 탕, 불씌를날니
면서 튀여나는매화포, 펄덕정신을차리니 우구구 쎠드는구경꾼의소리
가 저를비웃는듯, 쑤짓는듯. 아々 좀더강렬한정열에살고십다, 저긔저
횃불처럼 엉긔는연기, 숨맥히는불꼿의고통속에서라도 더욱 쓰거운삶
을살고십다고 쑷밧게 가슴두근거리는거슨 나의 마음 ……(D)


사월달 다스한바람이 강을넘으면, 청류벽, 모란봉 노픈언덕우에, 허
어혀케흐늑이는사람쎄, 바람이와서 불적마다 불비체물든물결이 미친
우슴을우스니, 겁만흔물고기는 모래미테드러백이고, 물결치는뱃슭에
는 조름오는「니즘」의형상이 오락가락 (나) ——— 얼린거리는기름자,
널어나는우슴소리, 달아논등불미테서 목쳥쩟 길게쌔는 어린기생의노
래, 쑷밧게 정욕을잇그는 불구경도인제는겹고, 한잔한잔쏘한잔 씃업
슨술도 인제는실혀, 즈저분한뱃미창에 맥업시 누우면 까닭모르는눈물
은 눈을데우며, 간단업슨쟝고소리에겨운남자들은 쌔々로 불니는욕심
에 못견듸어 번듯이는눈으로 뱃가에쒸여나가면, 뒤에남은 죽어가는촉
불은 우그러진치마깃우에 조을째, 쑷잇는드시 씨걱거리는배젓개소리
는 더욱 가슴을누른다 ……(E)

아々 강물이웃는다, 웃는다, 괴상한우슴이다, 차듸찬강물이 껌껌한 하늘을보고 웃은 우슴이다. 아아배가 올라온다, 배가오른다, 바람이불 적마다 슬프게슬프게 쎄걱거리는배가오른다 …….(F)


져어라, 배를, 멀리서잠자는 능라도까지, 물살쌔른대동강을 저어오 르라. 거긔 너의애인이 맨발로서서 기다리는언덕으로 곳추 너의뱃머 리를돌니라. 물결씃에서 니러나는 추운바람도 무어시리오, 긔괴한우 슴소리도 무어시리오, 사랑일흔청년의 어두운가슴속도 너의게야무어 시리오, 기름자업시는 「발금」도이슬수업는거슬━━━.(다) 오々다만 네 확실한 오늘을 노치지말라. 오々사로라, 사로라! 오늘밤! 너의발간햇 불을, 발간입셜을, 눈동자를, 쏘한너의발간눈물을 …….(G)

　　　　　　　　― 주요한, 「불노리」, 『창조』 1, 1919<sub>알파벳, 가나다 표시―인용자</sub>


이 시는 대동강의 불놀이라고 하는 대상과 그에 상응하는 화자의 내면의 고백이라는 구도로 되어 있다. 화려하고 흥겨운 불놀이 축제 는 연인을 잃은 나의 고독과 상실감을 강화하고, 나의 고독에 대응되 어 축제는 더욱더 즐거운 것으로 비춰진다. 4월 초파일의 날이 저물 자 불놀이가 시작되어 절정에 달하는 시간적 과정이 하나의 축을 이 루고, 불놀이의 전개 과정에 따른 내면적 변화가 또 하나의 축을 이 루면서 전개된다. 즉 "웨나만혼자 가슴에 눈물을 참을수없는고?"에 서 즐거운 군중에 대비되는 나의 고독한 마음이 "찰하리 속시언이 오 늘밤이물속에" 뛰어들고 싶다는 절망으로 심화되었다가, "기름자업 시는 「발금」도이슬수업는거슬" 깨닫고 삶에의 의지를 다짐하는 것으로 전환되는 변화가 일어나고 있는 것이다. 이 과정에 맞추어서, 대동강의 불놀이라는 풍경을 구성하는 두 가지 요소인 횃불과 어두운 강물은 화자의 감정이 이입되는 대상으로서 발견된다. 이러한 관점에서 "찬강물"은 절망스러운 화자의 마음의, "횃불"은 삶에 대한 갈구라는 마음의 대리 표상에 해당한다.

그러나 이 내면의 변화를 화자의 일관된 고백으로 볼 수 있기 위해서는 1연에서의 발화자 '나'의 확고부동한 발화 주체로서의 지위가 보증되어야만 한다. 1연에서의 "웨나만혼자 가슴에 눈물을 참을수없는고?"라는 언표의 발화자가 이 언표의 주어인 '나'와 일치해야 하는 동시에, 이어지는 모든 행과 구절에서 언표의 발화 주체로서 성립해야만 하는 것이다. 이 일치가 성립한다면, 2연의 "가신님생각에 사라도죽은 이마음이야"라는 구절이나 "가슴두근거리는거슨 나의 마음"이라는 구절에서 "마음"은 발화자 '나'의 것으로 간주되며, 3연에서 "찌걱거리는배젓개소리는 더욱 가슴을누른다"에서 "가슴" 역시 발화자의 마음의 상태로 여겨진다. 말하자면 이 구절들을 화자의 열렬한 감정의 표출로 이해하기 위해서는 이 모든 마음의 상태가 단일한 발화자의 고백에 의거하는 것임을 전제해야 하는 것이다.

그렇다면 5연에서 갑작스럽게 등장하는 '너'는 누구인가? "져어라, 배를, 멀리서잠자는 능라도까지, 물살빠른대동강을 져어오르라. 거긔 너의애인이 맨발로서서 기다리는언덕으로 곳추 너의뱃머리를돌니라"라는 구절에서 발화자는 배를 저어 대동강을 오르라는 명령을 '너'에게 내리는 주체다. 그는 또한 "네확실한 오늘을 노치지말라"고 명령함으로써, 절망에 빠져 있는 '나'에게 생명에의 의지를 환기하여

2연에서 망설이는 형태로 제시되었던 "뜨거운 삶"에 대한 열망을 보다 확실한 행위로 실현하도록 촉구하고 있는 것이다. 말하자면 이 시에서의 내면의 변화, 즉 절망에서 삶의 추구로의 변화가 발생한다는 것은 이 발화자의 내면이 단일하다는 점을 전제하고서야 가능한 것인데, 1~4연의 발화자와 5연의 발화자는 일치하지 않는다는 점에서 문제가 발생한다.

5연에서의 발화 주체가 정확히 누구인가에 대한 문제는 접어두더라도 '너'의 전면적 등장은 상당히 문제적이다. 언표 행위 주체 '나'가 언표의 목적어인 '너'와 일치함으로써, 발화의 주체로서의 지위를 상실하고 있기 때문이다. 이로써 1~4연을 이끌고 왔던 발화 주체 '나'의 서정적 권위가 소멸한다. 일반적으로 시에서의 1인칭 주어가 지니는 권위란 언표의 주어인 '나'와 발화자 '나' 사이의 동일시를 전제하고, 주어인 '나'를 확고 불변한 주체로 고정시킬 때 생겨난다. 만약에 이 동일성이 성립하지 않는다면 언표의 주어인 '나'가 발화자 나의 내면을 고백하고 있는 것이라고 할 수가 없고, 고백을 부정한다면 발화자 나의 '내면'의 존재 여부가 불투명해지기 때문이다. 여기에 걸려 있는 것은 내면이 먼저 있어서 고백이 생겨나는 것이 아니라 고백을 통해서 내면이 생겨나는 일종의 전도다. 즉 화자의 내면 고백이 가능하기 위해서는 역설적으로 언표의 주어인 '나'라는 기표가 그 이면에 '나'를 발화하는 주체라는 기의와 일치해야만 한다. 이것은 다른 모든 언어 기호와는 달리, 인칭 대명사 '나'와 '너'가 항구적이고 객관적인 지시 대상을 갖지 않는다는 특성에서 기인한다.

'나'라는 대명사는 언제나 발화의 현실 속에서만 즉, 발화하는 그 순간에만 고유한 지시대상을 가지고 그 유일한 존재에 매번 대응[120] 하는 것이다. 그러므로 우리가 '나'라는 기호를 해명하기 위해서는 이 인칭 대명사가 내포하는 언표의 주어로서의 '나'라는 기표와 그것의 기의로서의 '나'라는 이중적 대상을 동시에 고려해야만 한다. 모든 개별적인 발화의 순간에도 끈질기게 유지되고 있는 것은 '나'라는 기호가 가리키는 지시대상, 즉 주체가 아니라 '나'라는 기호 그 자체다. 언제나 지배적인 지위를 유지하고 있는 것은 기호 자체, 라깡이 끈질기게 자기를 지속시키는 '문자'[121]라고 불렀던 기표다.

5연에서의 '너'에도 역시 같은 설명을 적용할 수 있을 것이다. '너'가 지시하는 대상은 발화 주체가 아니다. '너'라는 2인칭 대명사의 지배적 권위를 인정한다면, '너'는 주체가 아니라 타자를 가리키는 것이기 때문이다. 그러나 이 시에서 '너'를 발화 주체를 가리키는 것으로 해석하지 않는다면, 이 시에서의 고백은 성립할 수 없다. 말하자면, '나'와 '너'라는 인칭 대명사의 전환이 보여주는 것은 5연이 지니고 있는 문제적 지위, 내면의 고백으로서의 「불노리」를 위협하는 타자의 출현이다.

그러나 시의 의미적 연관관계에서는 '너'는 여전히 '나'다. 발화 주체 나는 언표에서 '너'로 이동했으나, 나는 "(나는) 너의 뱃머리를 돌

---

120  E. 벤베니스트, 황경자 역, 『일반 언어학의 제문제』 1, 민음사, 1992, 362쪽.

121  라꾸 라바르트와 낭시는 *Écrits*에 수록된 "The Instance of the Letter in the Un-conscious, or Reason Since Freud"의 해석에서 이 문자의 지배적 권위를 이끌어 낸다. 여기서 강조되는 것은 권위를 가진 것은 주체가 아니라 문자라는 것이다(P. 라쿠 라바르트 & J. L. 낭시, 김석 역, 『문자라는 증서』, 문학과지성사, 2011, 34쪽).

리라(고 말한다)"의 방식으로 언표 아래에 숨어 있기 때문이다. 이러한 측면은 청자인 '너'를 화자인 '나'와 동일화시키면서, 화자의 일방적 발화로 전환되는 특징을 보여주는 것으로 이해되기도 했다. 이는 또한 「불노리」에 만연한 과잉 수사들과 연결되면서, 1인칭 화자의 감정적 고양을 전면화한 것으로 간주된다.[122] 여지선은 이를 비판하며, 「불노리」에서의 나의 정서적 혼란과 정체성의 혼돈을 주목했다. 그는 타인에 의한 깨달음이 시적 자아의 자기 확립에 긴밀하게 연동되고 있다는 점을 지적하고, 이러한 균열과 혼란이 근대적 세계에 대한 비판적 인식을 담보할 수 있다는 점을 주장한다.[123] 그러나 이 글에서 더 중요하게 간주하는 것은 지시대명사의 성격이 가리키는 바, 5연에서의 '나'와 '너'의 교체는 1~4연에서의 '나'의 지위를 또한 흔들어 놓는다는 것이다. '나'는 '무엇'인가에 의해 발화를 방해받는다는 점과 '나'를 강제적으로 '너'의 위치에 옮겨 놓는 어떤 위협이 5연에서 전면적으로 돌출하고 있다는 점을 고려할 필요가 있다. 다시 말해 「불노리」가 확고부동한 화자의 고백으로 진행되기 위해서 제거 혹은 은폐해야만 하는 어떤 것의 지위가 여기에 있기 때문이다. 이러한 전환이 어떤 의미를 지니고 있는지 이해하기 위해서, '나'에서 '너'로 이르는 과정을 자세히 분석해 볼 필요가 있다.

---

122 장석원, 「주요한 시의 발화 특성 연구—시의 二元的 양상과 계몽적 문형」, 『상허학보』 7, 상허학회, 2001, 270~271쪽. 장석원은 「불노리」의 화자 분석을 통해 이러한 결론을 도출하면서, 이러한 특징이 주요한의 시 전반을 관통하고 있는 계몽적 의지의 발현으로 분석한다.

123 여지선, 「『창조』에 나타난 초기 주요한 시 고찰—시적 자아의 양상을 중심으로」, 『동아시아문화연구』 49, 한양대 동아시아문화연구소, 2011, 337쪽.

## 4) 「불노리」에서의 리듬의 언어적 형식,
## 언표의 지속과 중단의 반복

「불노리」가 산문시인가 자유시인가 하는 논란은 여전히 진행 중이지만, 그것이 산문이 아니라 시의 편으로 분류될 수 있는 것은 그 언어적 특성에 힘입은 바가 크다. 장만호가 면밀한 분석을 통해 밝힌 바, 쉼표와 말줄임표 등 다양한 문장부호가 문법적 기능과는 별개로 사용되며 이를 통해 문장을 통사적 연관관계를 약화시키면서 의미를 지연하거나 강화한다는 점에서 「불노리」는 시로서 성취되고 있기 때문이다.[124] 그러나 그는 5연에서의 '너'의 돌연한 출현이 「불노리」가 그 의미전개와 시적 형상화에서 중대한 결점을 지니고 있다는 증거[125]라며, 문장부호의 사용과 시적 주체의 문제를 분리해서 이해했다. 그러나 문장부호 자체가 발화 주체의 분열을 드러낸다는 점에서 이는 결부시켜 이해할 필요가 있다.

시적 주체의 자리바꿈과 가장 긴밀하게 연결되어 있는 것은 말줄임표…와 줄표⁻ 다. 이 시에서 말줄임표는 7번ᴬ …ᴳ, 줄표는 3번가 ⁻ 다 사용되어 있다. 한글맞춤법에 따르면, 말줄임표는 안드러냄표 중 하나로 할 말을 줄였을 때나 말이 없음을 나타낼 때에 쓰는 것으로, 줄표는 이음표의 일종으로 이미 말한 내용을 다른 말로 부연하거나 보충할 때에 쓰는 것으로 정의된다. 이는 현대적 정의로 당시의 문장부호에 대한 정의는 현재의 정의와 조금 차이가 있다. 말줄임표의 경우, "글자나 또는 글귀를 줄이었을 때", "의미가 다 마치지 아니할

124  장만호, 앞의 글, 161~163쪽.
125  위의 글, 166쪽.

때"[126] 사용하는 것으로 정의하며 이는 현재의 정의와 거의 같다고 보아도 무방하다. 다만 줄표는 크게 차이 나는데, 줄표는 "① 인명, 지명의 고유명사를 표시할 때, ② 위와 아래가 같은 의미이거나 또는 같은 성질임을 표시할 때, ③ 의사가 갑자기 바뀔 때, ④ 연속되지 않는 말이나 소리를 표시할 때"[127]로 정의된다. 이 중에서 ①의 경우에는 고유명사 아래에 사용된 밑줄예:神誌이므로 제외하고, ③을 한글맞춤법에서 정의하는 바, 앞의 말을 정정 또는 변명하는 말이 이어질 때와 같은 것으로 간주하면 ②와 ③이 현재의 용법과 같은 것으로 이해할 수 있다. ④의 경우는 현행 한글맞춤법에는 정의되어 있지 않으나, 소리를 길게 늘이라는 뜻이므로 소리 표시에 해당하는 것이라 할 수 있다.

그러나 현행 한글맞춤법에 의거해 보아도 당시의 규정에 비추어 보아서도 「불노리」에 사용된 두 개의 문장부호는 이상해 보인다. 일단 줄임표의 형태상 길이가 지나치게 늘어나 있다는 점을 감안하더라도, 줄임표 세 개 중에서 규정에 적절하게 사용된 것은 (나), "오락가락 ─ 얼린거리는기름자" 하나뿐이다. 여기서 '어른거리다'는 '오락가락'의 의미를 보충하는데 사용되고 있기 때문이다. (가)의 경우에는 "멈출리가이스랴 ─"로 부호 '?'에 뒤에 사용되어 이미 문장이 종결된 다음에 쓰인 것으로, 이 줄임표의 문법상 기능을 짐작하기 어렵다. "이슬수업는거슬 ─"(다)의 경우에는 오히려, 뒤에 오는 말을 생략했다는 점에서 말줄임표의 역할을 하고 있다. 말줄임표의 경우에

---

126  양명, 「신문학 건설과 한글 정리」, 『개벽』 38, 1923. 8, 17쪽.
127  위의 글.

는 절반 정도의 비율로 문법적 기능을 하고 있다. A, B, D, G의 경우에는 뒷말이 생략된 것으로 이해 가능하지만, C, E, F의 경우에는 역할을 짐작하기 어렵다. 이러한 점에 비추어볼 때, 「불노리」에서 말줄임표와 줄표는 조금 다른 각도에서 논의될 필요가 있다. 이때 줄표(다)의 경우 말줄임표와 같은 것으로 이해하고, 논의의 편의를 위해 같은 역할을 하고 있는 문장부호를 분류하여 논의하도록 한다.

이 시의 첫 문장은 "아아날이저믄다, 서편하늘에, 외로운강물우에, 스러져가는 분홍빗 놀………"이며, 분홍빛 노을 다음에 말줄임표가 삽입되어 있다. 사실상 여기서 생략된 말이 무엇인지 판단하기 어려운데, 왜냐하면 말줄임표 자체가 날이 저무는 풍경이라는 외적 대상에 대한 묘사와 함께 사용되었기 때문이다. 즉 서편 하늘과 강물 위에 내린 노을을 묘사하면서 삽입되어 있는 것인데, 맥락상 여기에 들어갈 수 있는 것은 지금 여기에 있는 화자가 대상을 보고 느끼게 되는 기분이나 감상이다. 이 감상을 명료한 발화로 표현하지 않고, 말줄임표를 사용한 것은 그것이 명료한 언어로 포착될 수 없는 것이기 때문이다.

이는 '지금, 여기'에 주관에 마주쳐 오는 단편적인 지각이 리더 ―, ……로써 빈번하게 삽입[128]되고 있는 일본 구어자유시의 현상과 닮아 있다. 외적 세계와 적절한 거리를 유지한 채, 객관적으로 대상을 묘사할 수 있는 소설의 언어와는 달리 시에서는 외적 세계와 나 사이에 거리가 확보되지 않으므로 세계는 대상화되지 못하고 자기화된

---

128  佐藤伸宏, 『詩の存在りか―口語自由詩をめぐる問い』, 笠間書院, 2011, 55쪽.

다. 말줄임표나 줄표의 빈번한 사용은 이러한 세계의 자기화를 가리
키며, 이는 일본의 구어자유시가 정형시를 폐기하고 산문으로 경사
될 위험에 처했을 때, 최소한의 시적 양식으로 규정하고 소설의 객관
적 언어에 대립시켜 놓았던 것이다. 그렇다면 이러한 문장부호는 말
해질 수 없는 나의 말, 혹은 말할 수 없는 나의 말을 대신하는 기호다.
외적 세계의 인상들은 통일적으로 나에 의해 재구성되지 못하고, 찰
나찰나의 침묵으로서만 발화될 수 있게 된다. 이 단편적 인상 자체를
"충실하고 절실한 주관의 호소"[129]라고 한다면, 엄격한 의미에서의
나의 주관은 이 말줄임표 속에서 말하지 않은 것으로서만 존재할 수
밖에 없다. 이 시에서 인상의 나열을 위해 사용되는 쉼표나 "더욱 가
슴을누른다………"(E)나 "쎄걱거리는배가오른다………"(F)에서의 말
줄임표 역시 마찬가지다.

　더욱 문제적인 것은 2연에서의 전개다. 분석의 편의를 위해, 1연에
서의 '나'가 발화자 나를 가리키는 것이며 "웨나만혼자 가슴에 눈물
을 참을수없는고?"에서의 '나'는 화자인 나의 고독한 내면을 고백하
는 것이라고 전제하자. 이어지는 2연에서 나는 "잠잠한성문우에" 올
라가 대동강을 바라보며 불놀이를 구경한다. 타오르는 횃불을 바라
보며, "혼자서어두운가슴품은 절믄사람은 과거의퍼런꿈을 찬강물우
에 내여던지나, 무정한물결이 그기름자를 멈출리가이스랴?"는 의문
을 발화하는 사람 역시 '나'라고 할 수 있을 것이다. 그렇다면 이 구절
은 잠잠한 성문 위에서 바라다보며 내가 하는 독백에 해당한다. "이

---

129　川路柳紅,「自由詩形 强烈なる印象」,『新潮』, 1909.1(여기서는 佐藤伸宏, 앞
　　의 책, 60쪽에서 재인용).

스랴?"라는 반문의 종결어미는 자기 스스로에게 하는 반문이 된다. 문제는 이 반문의 종결어미 다음에 도입된 줄표다.

2연에서 문장부호는 네 군데에 도입되어 있는데, 첫 번째의 줄표⁽가⁾는 풍경을 구경하는 현실로부터 생각에 잠기는 과정을 나타내는 것이고, 두 번째의 말줄임표⁽ᄃ⁾는 바로 그 다음에 "할적에 퉁, 탕, 불씌를날니면서 튀여나는매화포, 펄덕저신을차리니"라는 구절로 보아 현실로 돌아오게 하는 역할을 하고 있다. 그렇다면 두 개의 문장부호 사이에 있는 언표들, "아아 씩거서 시들지안은 곳도업것마는"에서 "그러면 행여나 불상히 녀겨줄이나이슬가"까지의 구절은 내면의 직접 인용이다. 동시에 두 번째의 말줄임표⁽ᄃ⁾ 다음에 오는 "숨맥히는불곳의고통속에서라도 더욱 쓰거운삶을살고십다고 쯧밧게 가슴두근거리는거슨 나의 마음……" 역시 나의 고백이라고 할 수 있으므로, 사실상 2연에서 독백은 문장부호를 기준으로 세 개의 단위로 구별될 수 있다. 불놀이를 구경하고 있는 현실에서의 독백-내면의 직접 고백-현실에서의 독백이 그것이다. 마지막 독백에서 "두근거리는 것은 나의 마음"이라고 했으므로, 사실은 두 번째의 독백은 나의 마음이 '직접 말하는 것'에 해당한다.

문제는 이 독백이 구별되는 방식이다. 말줄임표는 말이 생략된 기호다. 말줄임표는 말하지 않음으로써, 거기에 원래 말이 있었음을 나타낸다. 이 기호는 쉼표나 마침표와는 달리, 명백하게 말의 부재상태를 보여준다. 2연에서의 세 개의 말줄임표 가운데, 말줄임표의 문법적 기능에 충실한 것은 첫 번째 말줄임표⁽B⁾밖에 없다. "찰하리 속시언이 오늘밤이물속에" 다음에 쓰인 말줄임표는 '뛰어들어 죽을까'라는 말이 생략되었음을 나타낸다. 그러나 이 말은 실제로 표기되지 않았으므로 과연 그 말이 맞는지 확인할 수 없다. 다른 모든 의미가 들어올 수 있음에도 불구하고, 첫 번째 말줄임표[B]가 지시하는 생략된 말이 '강물에 뛰어들어볼까'라는 것임을 보증하는 것은 바로 뒤에 오는 구절인 "그러면 행여나 불상히 녀겨줄이나이슬가" 하는 구절이다. 말하자면 이 말줄임표 안에 생략된 말은 "물속에"라는 장소 부사어에 더하여, 남들이 그 사정을 알고 불쌍히 여길 만한 행위에 대한 것이라고 추측 가능한 것이다.

그러나 나머지 두 개의 말줄임표는 생략된 말의 지시나 의미의 보충의 역할을 하지 않는다. 그것은 오히려 말없는 말, 침묵이다. 이 말줄임표는 무엇인지 이해하기 위해, 피분석자의 발화에 관한 라깡의 분석을 참고할 수 있다. 피분석자의 발화에서 잠시 끊기는 것은 고도로 치밀하게 구성된 이중부정과 연계되며, 어떤 것이 말해지지 않았다는 것을 표시한다.[130] 무엇이 말해지지 않은 것인가? 그것은 화자가 마주치고 싶지 않은 실재, 주체인 나가 존재하지 않는 장소[131]다.

말하자면 「불노리」에서 문장부호들은 사실상 말해질 수 없는 무엇이 이 언표의 바깥에 있다는 것을 드러낸다. 이 시에 만연한 쉼표 역시 마찬가지다. 여기서 쉼표는 끊어 읽기 혹은 호흡상의 휴지를 위해 도입된 것이 아니며, 동시에 의미론적인 분절을 위해 도입된 것이 아니다. 이 시에서 쉼표는 오직 앞의 말과 뒤의 말 사이의 단절만을 표상한다. 앞서의 논의를 참고하면, 이 중단되고 단절된 지점 속에 나

---

130  B. 핑크, 김서영 역, 『에끄리 읽기』, 도서출판 b, 2007, 144쪽.

131  J. Lacan, *Écrits*. trans. B. Fink, New York : W. W. Norton & Co. 2005, p. 421.

의 주관성이 존재한다. 언표의 연속, 즉 고백으로서의 자기 서술은 고백되지 않는 지점에 의해 중단되며 이 중단의 지점에서 언표는 매번 새롭게 시작한다.

「불노리」가 5연을 제외하고는 발화자의 고백이라는 점을 부인하긴 어렵다. 그러나 이 자기 서술은 끊임없이 방해받는다. 발화는 매끄럽게 연결되지 못하고, 쉼표와 말줄임표에 의해 중단되고 다시 시작된다. 따라서 「불노리」의 서술 구조는 나의 말과 말해지지 않은 무엇의 말이 반복되며 서술되는 구조이며 이 말이 중단되는 지점에서 열리고 드러나는 것은 본질적으로 어긋난<sup>상실된</sup> 현실,[132] 절대적으로 나에게 외부적인 타자성의 지점이다. 그러나 그것은 동시에 '나'이자 언표화되지 않는 나, 즉 나의 심연이다. 말줄임표가 단순히 말이 사라졌음을 뜻하는 것이 아니라 그보다 더한 어떤 지점 즉 상실을 표시[133]한다고 했을 때, 상실은 사실상 말하고 표현하는 언어 주체의 상실에 근접하게 된다. 이러한 측면에서 5연의 발화를 다시금 이해해 볼 수 있다. 발화 주체 '나'는 "오々다만 네<sup>확실한</sup> 오늘을 노치지 말라"라고 말하는 발화자를 대리하는 존재, 이중의 심연 속에 숨겨진 존재다. 5연은 이러한 발화 주체 '나'의 이중적 지위, 언표의 주어와 일치하는 언어 주체로서의 나와 이러한 나를 상실한 나라는 지위를 드러내준다. 언표의 지속과 중단의 반복은 이 주체의 이중적 지위가 이끌어가는 것이며, 이러한 측면이 「불노리」에서 리듬을 산출하는 원동력에 해당하는 것이다.

---

132  J. 라깡, 맹정현·이수련 역, 『자크 라캉 세미나』 11, 새물결, 2008, 95쪽.
133  P. Lacoue-Labarthe, op.cit., p.18.

## 5) 자유시에서의 리듬, 주체의 구성과 상실의 반복 강박

한국의 자유시가 '개인 주관의 호흡'을 시의 리듬과 일치시켰다는 사실은 이들의 리듬 개념이 전통시가와는 전적으로 다른 차원에 놓여 있다는 것을 의미한다. 이 리듬은 공동체의 가창 관습에 의거하는 것이 아니며, 노래와 분리된 언어의 배열규칙을 의미하는 것도 아니다. 시의 언어는 창작 주체의 내면에 긴밀하게 연동하고 있으며, 이 내면의 언어화가 리듬 그 자체이기 때문이다. 말하자면, 내면과 언어는 리듬을 구성 / 창조하는 가장 중요한 두 가지 요소다. 그러므로 한국 근대시의 리듬에 대해 말하기 위해서는 언어학적 관점에서 시학의 관점으로 이행할 필요가 있다. 시에서의 언어의 특성은 언어 자체의 성격에 의지하는 것이 아니라, 이 언어를 발화하고 쓰는 주체에 의해 규율되는 것이기 때문이다. 리듬의 차원에서 주체의 내면은 언어의 의미가 아니라 형식 속에서 드러나며, 이러한 관점에서 이 글은 「불노리」에서의 발화 형식과 문장부호 분석을 통해 내면과 언어의 관계를 추적하고자 했다.

이 글에서는 주체의 자기 서술 그 자체를 리듬으로 간주하고, 리듬의 언어적 구조를 연속과 중단의 반복으로 제시했다. 문자의 연속은 문장부호의 중단에 대응된다. 「불노리」에서 화자의 내면은 확고부동한 주체의 일관된 고백으로 발화되지 못한다. 이 시에서 보여주는 무수한 '중단'의 표지들은 시적 주체가 자기 구성과 파괴의 반복적 과정에 매여 있다는 점을 보여준다. 말하자면 「불노리」는 먼저 성립한 내면을 언어로 표현한 텍스트가 아니라, 언어를 통해 내면을 창출하고 이로써 자기를 구성하고자 하는 주체가 끊임없이 자기 파괴의 순간을 대면하는 과정의 연속이다. 완결된 자기 서술은 끊임없이 중단되고, 중단된 자리에서 다시 재개된다. 언어화하는 주체의 의식 / 무의식, 즉 창작의 심층에서 규율하는 일종의 명령이 리듬이며, 그것은 언제나 언어 주체의 실패로서 언어의 표면 위에 드러나는 것이다.

# 자유시라는 이념과
# 그 실천적 과정의 시사적 의미

이 책은 서론에서 한국 근대시의 유일한 형식으로서 자유시를 설정했던 담론이 처했던 인식론적 곤경을 다루었다. 그 곤경이란 근대 자유시와 전통 정형시를 규정하기가 어려웠다는 점이다. 서구의 근대문학 개념에 비추어볼 때, 전통시가에서 근대시의 이행이라는 보편적 발전 과정이 한국시사에서는 뚜렷하게 드러나지 않았다. 자유시란 정형시를 전제로 하는 개념이지만 우리의 전통시가가 정형성을 확고하게 담보하고 있지 않기 때문이다. 서론에서 전개한 자유시의 두 가지 담론은 자유시의 기원을 창출하고자 하는 시도다. 시와 음악의 관계에 대한 전통적 인식은 개화기를 거쳐 자유시론에 영향을 미쳤고, 그런 차원에서 자유시가 무엇인가를 묻기 위해서는 시에 관한 전통적인 그리고 근대적인 인식이 교호하는 개화기의 장으로 돌아가지 않을 수 없다.

한국 근대시 연구에서는 개화기의 시적 실험에 크게 주목하지 않았다. 무엇보다도 당시의 시들이 아직은 전근대적이고 덜 발달한 양식들, 즉 근대시의 함량미달 형식이었기 때문이다. 그러나 그보다 더 중요한 이유는 근대문학을 '자기의 표현'으로 보는 관점, 즉 근대적 주체의 내면 표현으로서의 근대문학이라는 관점에서 본다면 개화기의 시들에서 근대적 개인 주체로서의 '나'를 발견하기가 쉽지 않다는 점이다. 그러나 이러한 관점은 어떤 차원에서는 1920년대 이후에 성립한 근대문학 담론을 개화기에 적용하여 개화기의 여러 현상들을 아직 미달한 것으로 보는 사후 평가적 관점이 아닐 수 없다. 만약에 이러한 관점을 덜어내고, 당시의 문학 담론의 장을 미시적으로 살펴본다면 이러한 관점이 과연 정당하게 증명될 수 있을 것인가? 이 책의 1장에서 『소년』과 『청춘』이 전개한 문학적 담론의 장을 살펴본 것은 이러한 이유에서이다.

한국 근대시 연구에서는 최남선과 이 잡지들이 만든 문학-장에 크게 주목하지 않았지만, 이 책에서는 이 장이야말로 근대문학이 그리고 그 하위 범주로서의 근대시가 출현할 수 있었던 가장 중요한 계기였다고 바라본다. 이 장은 언문일치운동과 시문체, '나'라는 근대적 주어와 편지로서의 문학, 그리고 매체의 물질성을 통해 근대문학의 가장 중요한 주체인 '나'가 텅 비어 있는 중심으로 탄생하는 장이다. 편집자 최남선은 지식을 수집하고 그것을 잡지의 지면에 배치함으로써 실제로는 이 『소년』이라는 매체를 텅 빈 물질적 기호로 만들었다. 독자인 소년은 『소년』의 현실태이자 『소년』 그 자체이며, 『소년』이 전달하는 지식은 역시 『소년』 그 자체다. 즉 배우고 알아야 할 독자 소년과 그들에게 전달할 지식은 모두 『소년』과 함께 탄생하고 『소년』 안에서만 존재하는 것이다. 『소년』은 그러나 실제적으로 근대적 지식 공동체를 탄생시켰고, 이러한 측면에서 텅 빈 매체로서의 『소년』은 이 현실적 장을 탄생시키고 규율하는 유일한 실체물질적 매개, 즉 심급으로서 작동한다고 볼 수 있다. 이러한 장에서 인칭 대명사 '나'와 근대적 주체는 다만 이 네트워크의 배치 속에서 텅 비어 있는 중심으로서밖에 존재하지 않는다. 그렇다면 근대적 주체인 '나'의 내면 표현인 근대문학은 어떻게 되는가? 통상적으로 본격적인 근대문학은 1920년대 동인지문학으로부터, 즉 전대의 계몽문학을 극복하고 나를 절대적 주체로 세움으로써 나타난 것으로 간주한다. 그러나 『청춘』을 검토해 보면 1920년대 동인지문학 즉 본격적인 근대문학은 계몽의 체계를 거부하고 완전히 새로운 체계를 세움으로써가 아니라 계몽의 체계 속에서 그것을 전도함으로써 탄생하고 있음이 발견된다. 『청춘』은 예술과 문명, 문학과 문명을 등가 교환의 체계 속에 놓음으로써 이 교환을 가능케 하는 '근면'을 발견했다. 근면은 마음의 윤리라는 점에서 근대적 주체의 내적 준거다. 이러한 점에서 근대문학의 주체, 즉 근대적 주체는 '내면을 가진 개인'으로 독자적으로 성립한 것이 아니다. 근대문학의 '나'는 『소년』과 『청춘』이 수행했던 배치, 그 장의 한 장소로서 나타난 것이다.

이러한 문학장의 재검토 위에서만 개화기의 시적 실험을 제대로 이해할 수 있게 된다. 한국 시사에서 대체로 개화기는 전통적 장르에서 새로운 근대 장르로 이행하는 과도기로 간주하는데, 이때 전통적 장르는 결과적으로는 근대 장르로 대체될 수밖에 없는 소멸하고 도태될 것으로 바라본다. 그러한 관점에서라면 시에 대한 전통적 인식은 혁신되어 타파되어야 할 것으로, 근대의 자유시에서 배제되어야 할 것으로 간주될 수밖에 없다. 그러나 개화기의 이러한 앙상한 장르들 속에서 확인되는 것은 이 전통적 인식을 고수하려던 것이야말로 근대 자유시를 성립시키는 원천적 인식이라는 것이다. 가령 한시의 저급한 패러디양식으로 간주되었던 언문풍월은 개화기의 국문 의식과 신시 의식의 교차 속에서 국문-시의 한 가능성으로서 추구되었으며, 전통적인 시의 이상을 이어받아 새로운 시의 양식을 창안하고자 했던 1920년대 시 담론의 한 기원으로서 자리 잡고 있었다. 형식과 언어, 내용의 차원에서 각각 전통을 계승하고 결별하는 지점을 달리 설정했던 개화기의 세 가지 신시 의식의 토대 위에서 언문풍월은 '순국문으로 쓰인 한시'라는 '신시'로 창안되었다. 언문풍월은 대중의 언어유희에 그친 것이 아니라 새로운 시의 당당한 한 양식으로서 그 지위를 확고히 하고자 했던 지식인들의 의지에 의해 추인된 장르였음을 보여준다. 그러나 언문풍월은 그럼에도 불구하고 한시의 패러디 양식으로서, 전통적인 시 인식의 영향 아래에 있었다. 새로운 인쇄 문화의 시대에 걸맞은 시의 창안이나 실험은 최남선에 의해 이루어진 것으로 보인다.

노래의 형식과 신체시의 형식, 그리고 기타의 형식을 아우르는 최남선의 시적 실험을 가능케 한 원동력으로서 '율律'에 대한 의식이 존재하고 있음을 확인하고, 이 율의 양식적 양상을 중심으로 최남선의 『소년』지 소재 시가를 재분류하였다. 이를 통해 확인되는 바는 최남선에게 소리와 문자의 분리에 대한 무의식적 인지가 있었다는 점이다. 이는 전통적인 시가 원리인 율격을 근간으로 하면서 그것을 낭송에 의해서가 아니라 읽기默讀의 방식으로 향유할 수 있는 것으로서 만들고자 했을 때 부딪혔던 문제다. 그러한 점은 소위 신체시가 아니라 산문시가 근대 자유시의 원천으로서 성립될 수 있다는 점과 이어진다. 한국 근대시는 노래하는 시와 읽는 시라는 두 개의 계열로 나뉘어 성립해 왔으며, 이때 노래하는 시는 전통적인 형식으로 읽는 시는 새로운 형식으로 이해되었다. 노래하는 시가 리듬의 음성적 실현을 기반으로 하고 있다면, 독서의 방식으로 향유되는 읽는 시에서는 리듬이 문자적으로 실현된다. 최남선의 산문시는 시각적 휴지의 반복과 문자의 파편적 전개를 보여줌으로써 1920년대 자유시가 보여주었던 문자의 율律의 구조를 선취하고 있다.

개화기에 일어난 여러 시적 실험들은 음악성이라는 전통적인 인식을 어떻게 문자로 실현할 수 있을 것인가에 결부되어 있었으며, 이 실험들은 전통시가와 결별한 자유시의 관점에서 본다면 설명하기 어렵다. 전통시가의 노래적 성격은 이 실험들 속에서 점점 소멸해 갔으되, 어떤 이념적인 지위를 지니고 1920년대 자유시 담론에 결정적인 영향을 미치게 된다. 자유시 담론은 먼저 서양의 근대문학을 받아들여 근대문학 담론을 펼쳤던 일본의 절대적 영향에 있었다고 보기는 어려운 것이다. 통상 자유시 개념이 vers-libre라는 서양어의 일본어 번역으로부터 도입되었다는 사실로부터, 자유시 담론까지 일본의 영향을 받은 것으로 알려져 왔다. 그러나 한국과 일본의 자유시 담론을 비교하여 고찰하여 보면, 근본적인 차이점이 있다는 점이 발견된다.

서구의 근대시 인식이 한국과 일본의 양국에 영향을 미친 것은 사실이나, 둘의 인식과 전개 과정은 매우 다르다. 자유시의 리듬 문제는 한국에서는 출발점이었고, 일본에서는 귀결점이었다. 토대의 차이가 과제의 차이를 낳긴 했으나, 근본적으로 양국의 자유시론은 자유시를 근대시로서 선언했다는 중대한 의의를 지니고 있다. 이들은 시와 시형을 동일한 것으로 간주함으로써, 시의 내용과 형식에 관한 논의의 토대를 완전히 바꿔 놓았다. 그들은 자유시를 '고정된 형식을 타파'하면서 성립한 '자유로운 형식으로 된 시'가 아니라 '주관과 완전히 일치하는 시형'으로 보고 이를 곧 시로 간주함으로써, 시의 본질을 근본적으로 새롭게 인식했다. 그러나 그 출발점은 완전히 다른 것이었는데 일본의 구어자유시론이 언문일치와 구어체가 열어 놓은 주관성의 영역을 시에서 확보해야 했었다면, 한국의 자유시론은 노래하는 시의 전통을 계승하면서도 산문시로 실험될 수밖에 없었던 한계 속에서 출발했다. 즉 한국의 자유시론이 음악 혹은 리듬의 문제에서 출발하여 이를 수행할 수 없는 언어와 문자의 한계에 대한 사유로 이행했다면, 일본의 자유시론은 언어로서의 구어가 지닌 산문적 한계를 해결하기 위해 리듬의 문제로 나아갔다.

한국의 자유시 개념은 여전히 전통시가의 노래적 성격을 어떻게 실현하는가에 달려 있었다는 것이다. 그런 차원에서 한국의 자유시 담론에 대한 연구는 일본의 영향력을 과대평가하지 않으면서 진행할 필요가 있는 것이다. 그런 차원에서 한국의 자유시 담론을 가장 본격적으로 전개하고, 자유시의 리듬을 본격적으로 탐구했던 김억의 경우는 매우 중요하다. 그가 주장했던 '조선적 정조'는 사실상 그대로 조선어로 가능한 한국시이며, 문자로 가능한 음악을 지향하는 것이다. 이는 역설적으로 그의 번역론과 예술론을 통해 조명될 수 있는데, 김억의 번역관은 "창작적 의역"이라는 점에서 이는 원문과 번역문 사이의 위계질서를 거부하고 원문과 번역문의 상위에 있는 예술적 이념이라는 존재를 상정한다. 즉 그에게 번역은 이 원문과 번역문이 함께 공유하고 있는 이상적 예술을 언어와 문자에 현상시키는 작업인 것이다. 그러나 이러한 이상은 언어와 문자 속에 내포되어 있는 것으로, 김억은 이를 "정조情調"로 명명했다. 번역을 통해 산출된 이 정조의 개념을 통해 김억은 조선적 운율의 가능성을 모색한 것이다.

김억의 조선적 운율은 무엇보다도 시인의 주관에 조응하는 리듬의 가능성을 제시한다. 이러한 지점은 한국시의 리듬을 논의할 때 가장 중요한 전환으로 다루어져야 한다. 말하자면 이 리듬 개념은 전통 시가에서의 공동체의 가창 관습이나 언어의 자질에 근거한 시어의 배열 규칙이 아니라, 시의 언어가 시적 주체의 내면과 긴밀하게 연동하고 있다는 사실 자체를 적시하는 것이기 때문이다. 이러한 논의에 따르면 더 이상 자유시의 운율 혹은 리듬은 음절 혹은 어절의 규칙적인 배열이나 낭송의 효과가 아니라 시 쓰기와 주체 사이의 긴밀한 관계의 문제로 전환된다. 최초의 자유시라는 담론적 지위를 획득한 주요한의 「불노리」는 이 지점을 분명하게 보여준다. 「불노리」에서 내면은 언어로써 손실 없이 '표현'될 수 없으며, 주체의 자기 구성은 언제나 자기 파괴의 지점과 마주친다. 이 시에서 보여주는 무수한 '중단'의 표지들은 시적 주체가 자기 구성과 파괴의 반복적 과정에 매여 있다는 점을 보여준다. 리듬은 이 서술을 계속해 나가는 주체의 충동에 상응한다. 언어화하는 주체의 의식 / 무의식, 즉 창작의 심층에서 규율하는 일종의 명령이 리듬이며, 그것은 언제나 언어 주체의 실패로서 언어의 표면 위에 드러나는 것이다.

# 참고문헌

## 서론 _ 자유시라는 기호, 기원의 은폐 혹은 상징화 – 근대 자유시에 관한 두 담론

### 1. 대상 자료

김억, 박경수 편, 『안서 김억 전집』 5, 한국문화사, 1987.

양주동, 양주동전집간행위원회 편, 『양주동 전집』 11, 동국대 출판부, 1998.

조윤제, 도남학회 편, 『도남조윤제전집』 1·4, 태학사, 1988.

### 2. 참고 자료

류준필, 「형성기 국문학연구의 전개양상과 특성」, 서울대 박사논문, 1998.

박슬기, 『한국 근대시의 형성과 율의 이념』, 소명출판, 2014.

신지연, 『증상으로서의 내재율』, 소명출판, 2014.

윤덕진, 『전통지속론으로 본 한국 근대시의 운율 형성 과정』, 소명출판, 2014.

Saussure, F., 최승언 역, 『일반 언어학 강의』, 민음사, 1990.

Ricoeur, P., 김동규·박준영 역, 『해석에 대하여』, 인간사랑, 2013.

Culler, J., "Lyric, History, and Genre", *The Lyric Theory Reader : A Critical Anthology*, ed. Jackon, V. and Prins, Y., Baltimore : Johns Hopkins University Press, 2014.

Jakobson, R., "Zero Sign", *Semiotics : Critical Concepts in Language Studies* vol.2, ed. Stijernfelt, F. and Bundgaard, P.F., New York : Routledge, 2011.

## 제1장 _ 교호하는 장, 『소년』과 『청춘』의 장

### 제1절

### 1. 대상 자료

『소년』.

## 2. 참고 자료

권두연, 『신문관의 '문화운동' 연구』, 연세대 박사논문, 2010.

권보드래 외, 『소년과 청춘의 창』, 이화여대 출판부, 2007.

박진영, 『책의 탄생과 이야기의 운명』, 소명출판, 2013.

윤석환, 「근대문학 시장의 형성과 신문·잡지의 역할」, 성균관대 박사논문, 2013.

이경현, 「1910년대 신문관의 문학 기획과 한국 근대문학의 형성」, 서울대 박사논문, 2013.

한기형 외, 『근대어·근대매체·근대문학』, 성균관대 대동문화연구원, 2006.

Benjamin, W. 최성만 역, 『역사의 개념에 대하여 외 ─ 발터 벤야민 선집』 5, 길, 2008.

Lacoue-Labarthe, P. & Nancy, J. L., 김석 역, 『문자라는 증서』, 문학과지성사, 2011.

Genette, G., *Paratexts : Thresholds of Interpretation*, trans. Lewin, J., Cambridge University Press : New York, 1997.

Lacan, J., *Écrits*, trans. Fink, B., New York : W.W. Norton & Co. 2005.

Smiles, S., *Character,* The Pioneer Press, 1889.

## 제2절

### 1. 대상 자료

『소년』.

### 2. 참고 자료

곽승미, 「『소년』 소재 기행문 연구 ─ 글쓰기와 근대문명 수용 양상을 중심으로」, 『현대문학이론연구』 46, 현대문학이론학회, 2011.

권두연, 「『소년』, 문체 실험의 장」, 『민족문학사연구』 36, 민족문학사학회, 2008.

권보드래, 『한국 근대소설의 기원』, 소명출판, 2000.

김병문, 『언어적 근대의 기획 ─ 주시경과 그의 시대』, 소명출판, 2013.

김영민, 『문학제도 및 민족어의 형성과 한국 근대문학(1890~1945)』, 소명출판, 2012.

김윤식, 『한국 근대소설사 연구』, 을유문화사, 1986.

문성환, 「최남선의 글쓰기와 근대 기획 연구」, 인하대 박사논문, 2008.

신지연,『글쓰기라는 거울』, 소명출판, 2007.

윤영실,「최남선의 근대적 글쓰기와 민족담론 연구」, 서울대 박사논문, 2009.

_____,「'경험'적 글쓰기를 통한 '지식'의 균열과 식민지 근대성의 풍경」,『현대소설 연구』38, 한국현대소설학회, 2008.

이광호,「후기 중세국어의 종결어미 '~다 / ~라'의 의미」,『국어학』12, 국어학회, 1983.

임상석,『20세기 국한문체의 형성과정』, 지식산업사, 2008.

임형택 외,『흔들리는 언어들-언어의 근대와 국민국가』, 성균관대 출판부, 2008.

정선태,「번역과 근대 소설 문체의 발견-잡지『소년』을 중심으로」,『대동문화연구』 48, 성균관대 대동문화연구원, 2004.

황호덕,『근대 네이션과 그 표상들』, 소명출판, 2005.

柄谷行人, 김경원 역,『마르크스 그 가능성의 중심』, 이산, 1999.

_____, 박유하 역,『일본근대문학의 기원』, 민음사, 1997.

_____, 송태욱 역,『트랜스크리틱』, 한길사, 2005.

酒井直樹, 후지이 타케시 역,『번역과 주체』, 이산, 2005.

Banfield, A., "The Name of Subject : The 'Il'?", *Yale French Studies* no.93, 1998.

Benveniste, E., 황경자 역,『일반 언어학의 제문제』, 민음사, 1992.

Lacoue-Labarthe, P., *Typography*, Stanford : Stanford University Press, 1989.

_____, & Nancy, J-L., *The Literary Absolute*, trans. Barnard, P. and Lester, C., Albany : State University of New York Press, 1988.

## 제3절

### 1. 대상 자료

『소년』,『청춘』,『창조』.


### 2. 참고 자료

권두연,『신문관의 출판 기획과 문화운동』, 고려대 민족문화연구소, 2016.

김동식,「철도의 근대성-「경부철도노래」와「세계일주가」를 중심으로」,『돈암어문 학』15, 돈암어문학회, 2002.

노지승, 「1920년대 초반, 편지 형식 소설의 의미」, 『민족문학사연구』 20, 민족문학
  사학회, 2002.

박슬기, 『리듬의 이론―시, 정치, 그리고 인간』, 서강대 출판부, 2018.

_____, 「1920년대 초 동인지 문인들의 예술론에 나타난 예술과 자아의 관계」, 『개
  념과 소통』 12, 한림과학원, 2013.

_____, 「이광수의 문학관, 심미적 형식과 '조선'의 이념화」, 『한국문학이론과비평』
  30, 한국문학이론과비평학회, 2006.

박진영, 「편집자의 탄생과 세계문학이라는 상상력」, 『민족문학사연구』 51, 민족문
  학사학회·민족문학사연구소, 2013.

신지연, 『글쓰기라는 거울』, 소명출판, 2007.

윤영실, 「'경험'적 글쓰기를 통한 '지식'의 균열과 식민지 근대성의 풍경―최남선의
  지리담론과 『소년』지 기행문을 중심으로」, 『현대소설연구』 38, 한국현대소
  설학회, 2008.

이광수, 「문학이란 하오」, 『이광수 전집』 1, 삼중당, 1971.

이근호, 「독일 고전낭만 시대의 경제적 변혁과 그 문학적 반영」, 『뷔히너와 현대문
  학』 45, 한국비휘너학회, 2015.

이은정, 「세계문학과 문학적 세계」 I, 『세계문학비교연구』 55, 세계문학비교학회,
  2016.

전용숙, 「세계문학의 탄생과 『청춘』의 문학적 기획」, 『우리말글』 59, 우리말글학회,
  2013.

최현희, 「해석자의 과거, 편집자의 역사―최남선의 『소년』과 매체의 물질성」, 『사이
  間SAI』 20, 국제한국문학문화학회, 2016.

한기형, 「최남선의 잡지 발간과 초기 근대문학의 재편」, 『대동문화연구』 45, 성균관
  대 대동문화연구원, 2004.

황종연, 「문학이라는 역어」, 『동악어문논집』 32, 동악어문학회, 1997.

Goethe, J. W., 안삼환 역, 『문학론』, 민음사, 2010.

_____, 장희창 역, 『괴테와의 대화』 I, 민음사, 2008.

Marx, K & Engels, F., 권화현 역, 『공산당 선언』, 펭귄클래식코리아, 2010.

Weber, M., 박성수 역, 『프로테스탄티즘의 윤리와 자본주의 정신』, 문예출판사,
  2006.

Benveniste, E., 황경자 역, 『일반 언어학의 제문제』, 민음사, 1992.

Saussure, F., 최승언 역, 『일반언어학 강의』, 민음사, 1990.

P. Lacoue-Labarthe, *Typography*, Stanford : Stanford University Press, 1989.

_____ & Nancy, J-L., *The Literary Absolute*, trans. Barnard, P. and Lester. C., Albany : State University of New York Press, 1988.

## 제2장_개화기의 신시 의식과 시적 실험의 양상

### 제1절

#### 1. 대상 자료

『동아일보』, 『대한매일신보』, 『매일신보』, 『신한민보』,

『제국신문』, 『조선문예』, 『청춘』, 『태극학보』.

『언문풍월』, 고금서해, 1917.

이병기, 「시조란 무엇인고」 1~18, 『동아일보』, 1926.11.24~12.13.

이병기, 「율격과 시조」 1~4, 『동아일보』, 1928.11.28~12.1.

#### 2. 참고 자료

김병문, 『언어적 근대의 기획-주시경과 그의 시대』, 소명출판, 2013.

김영철, 「언문풍월의 장르적 특성과 창작 양상」, 『한중인문학연구』 13, 한중인문학회, 2004.12.

박슬기, 『한국 근대시의 형성과 율의 이념』, 소명출판, 2014.

이규호, 『개화기 변체 한시 연구』, 형설출판사, 1986.

_____, 「황산 이종린편 언문풍월 연구」, 『인문과학연구』 33, 대구대 인문과학연구소, 2009.

임재욱, 「새로 발견한 육담풍월 「팔정시」 연구」, 『어문연구』 156, 한국어문교육연구회, 2012.

조동일, 『한국문학통사』 4, 지식산업사, 2005.

진갑곤, 「언문풍월에 대한 연구」, 『문학과 언어』 13, 문학과 언어연구회, 1992.

최기영, 『대한제국시기 신문연구』, 일조각, 1991.

홍신선, 「국문풍월에 대하여」, 『기전어문학』 3, 수원대 국어국문학회, 1988.

황호덕, 『근대 네이션과 그 표상들』, 소명출판, 2005.

Benjamin, W., 조만영 역, 『독일 비애극의 원천』, 새물결, 2008.


## 제2절

### 1. 대상 자료

『소년』, 『청춘』.


### 2. 참고 자료

권보드래 외, 『『소년』과 『청춘』의 창』, 이화여대 출판부, 2007.

권오만, 『개화기시가연구』, 새문사, 1989.

구인모, 「가사체 형식의 창가화에 대하여」, 『동악어문학』 51, 동악어문학회, 2008.

김교봉·설성경, 『근대전환기 시가연구』, 국학자료원, 1996.

김병선, 『창가와 신시의 형성 연구』, 소명출판, 2007.

김병철, 『한국근대번역문학사연구』, 을유문화사, 1975.

김용직, 『한국근대시사』 상, 학연사, 1986.

김윤식, 『한국현대시론비판』, 일지사, 1975.

김정화, 「음수율과 〈음보율〉, 〈음량율〉의 거리」, 『민족문화논총』 34, 영남대 민족문화연구소, 2006.

김현·김윤식, 『한국문학사』, 민음사, 1997.

박슬기, 「1950년대 시론에서의 '서정'개념의 논의와 '새로운 서정'의 가능성」, 『한국현대문학연구』 28, 한국현대문학회, 2009.

서영채, 「최남선 시가의 근대성에 관한 연구」, 『민족문학사연구』 13, 민족문학사학회·민족문학사연구소, 1998.

성기옥, 『한국시가율격의 이론』, 새문사, 1986.

신지연, 「재현의 언어와 최남선의 산문형 시」, 『한국근대문학연구』 16, 한국근대문학회, 2007.

육당연구학회 편, 『최남선 다시 읽기』, 현실문화, 2009.

장만호, 「한국 근대 산문시의 형성과정 연구」, 고려대 박사논문, 2006.

장소원, 「국어구두점문법 연구서설」, 『관악어문연구』 8, 서울대 국어국문학과, 1983.

정기철, 「『대한민보』소재 시조의 형식적 특성과 글쓰기 교육으로서의 함의」, 『시조학논총』 18, 한국시조학회, 2002.

정연길, 「「청춘」, 「학지광」기타 잡지 시단고」, 『한성대학 논문집』 4권 1호, 한성대, 1980.

정우택, 『한국 근대 자유시의 이념과 형성』, 소명출판, 2004.

정한모, 『한국현대시문학사』, 일지사, 1974.

조동일, 『한국민요의 전통과 시가율격』, 지식산업사, 1996.

주요한, 「노래를 지으시려는 이에게(1)」, 『조선문단』 창간호, 1924.12.

최현식, 『신화의 저편』, 소명출판, 2007.

한기형, 「최남선의 잡지 발간과 초기 근대문학의 재편」, 『대동문화연구』 45, 성균관대 대동문화연구원, 2004.

한수영, 『운율의 탄생』, 아카넷, 2008.

황호덕, 『근대 네이션과 그 표상들』, 소명출판, 2005.

Benjamin, W., 조만영 역, 『독일 비애극의 원천』, 새물결, 2008.

Derrida, J., 김웅권 역, 『그라마톨로지에 대하여』, 동문선, 2004.

## 제3절

### 1. 대상 자료

『소년』, 『조선문단』, 『삼천리』, 『동아일보』.

박경수 편, 『안서 김억 전집』, 한국문화사, 1987.

### 2. 참고 자료

구인모, 「시인의 길과 직인의 길 사이에서」, 『한국근대문학연구』 24, 한국근대문학회, 2011.

김병철, 『한국근대번역문학사연구』, 을유문화사, 1975.

김영철, 『한국 개화기 시가 연구』, 새문사, 2004.

김용직, 『한국근대시사』, 학연사, 1986.

박슬기, 「한국 근대시의 형성과 율의 이념」, 서울대 박사논문, 2012.

장만호, 「한국 근대 산문시의 형성과정 연구」, 고려대 박사논문, 2006.

정한모, 『한국현대시문학사』, 일지사, 1974.

조동일, 『한국 민요의 전통과 시가율격』, 지식산업사, 1996.

한계전, 『한국현대시론연구』, 일지사, 1983.

Jakobson, R., 신문수 편역, 『문학 속의 언어학』, 문학과지성사, 1989.

Aviram, A. F., *Telling Rhythm*, Ann Arbor : The University of Michigan Press, 1997.

Bailly, J. C., trans. Plug, J., "Prose and Prosody : Baudelaire and the Handling of Genres", *Baudelaire and the Poetics of Moderninty*, ed. Ward, P. A., Nashvile : Vanderbilt University Press, 2001.

Jakobson, R. & Linda R. W., *The Sound Shape of Language*, Berlin : Mouton de Gruyer, 2002.

Mitchell, W. J. T., "Spatial Form in Literature : Toward a General Theory", *Critical Inquiry* vol.6, no.3, spring, 1980.

Roubaud, J., "Prelude : Poetry and Orality", *The Sound of Poetry / The Poetry of Sound*, ed. Perloff, M. and Dworkin, C., Chicago : The University of Chicago Press, 2009.

*The New Princeton Encyclopedia of Poetry and Poetics*, ed. Preminger, A. and Brogan, T.V.F., Princeton : Princeton University Press, 1993.

## 제3장 _ 자유시 인식과 한국 근대시의 새로운 리듬

### 제1절

#### 1. 대상 자료

『태서문예신보』, 『매일신보』, 『창조』, 『폐허』, 『장미촌』, 『개벽』.

『早稻田文學』(明治 40年~41年), 『新潮』(明治 41年 10月号), 『文庫』(明治 41年 2月号).

#### 2. 참고 자료

구인모, 「한국의 일본 상징주의 문학 번역과 그 수용」, 『국제어문』 45, 국제어문학회, 2009.

박은미, 「일본 상징주의 수용 양상 연구」, 『우리문학연구』 21, 우리문학회, 2007.

주요한, 「창조시대」, 『자유문학』, 1956.6.

김병철, 『한국근대번역문학사연구』, 을유문화사, 1975.

박슬기, 『한국 근대시의 형성과 율의 이념』, 소명출판, 2014.

柄谷行人, 박유하 역, 『일본 근대문학의 기원』, 민음사, 1997.

菅原克也, 「有明の沈默－詩論にみる口語自由詩運動との葛藤」, 『東京工業大学人文論叢』18号, 東京工業大学, 1992.

成谷 麻理子, 「口語自由詩の発生－Vers libreをめぐって」, 早稲田大学比較文学研究室「比較文学年誌」編集委員会 編, 『比較文学年誌』46号, 2010.

羽生康二, 『口語自由詩の形成』, 雄山閣, 1989.

坪井秀人, 『声の祝祭－日本近代詩と戦争』, 名古屋大学出版会, 2003.

佐藤伸宏, 『詩の在りか－口語自由詩おめぐる間い』, 笠間書院, 2011.

## 제2절

### 1. 기본 자료

『금성』, 『개벽』.

박경수 편, 『안서 김억 전집』5, 한국문화사, 1987.

### 2. 참고 자료

구인모, 「베를렌느, 김억, 그리고 가와지 류코－김억의 베를렌느시 원전비교 연구」, 『비교문학』41, 한국비교문학, 2007.

_____, 「시, 혹은 조선시란 무엇인가－김억의 「작시법」에 대해」, 『한국문학연구』25, 동국대 한국문학연구소, 2002.

_____, 『한국 근대시의 이상과 허상』, 소명출판, 2008.

김병철, 『한국근대번역문학사연구』, 을유문화사, 1975.

김용직, 『한국근대시사』상, 학연사, 1986.

김효중, 「한국의 문학번역이론」, 『비교문학』15, 한국비교문학회, 1990.

박성창, 「한국근대문학과 번역의 문제－해외문학파의 번역론을 중심으로」, 『비교한국학』13권 1호, 국제비교한국학회, 2005.

박슬기, 「이광수의 문학관, 심미적 형식과 조선의 이념화」, 『한국문학이론과 비평』30, 한국문학이론과비평학회, 2006.

송욱, 『문학평전』, 일조각, 1969.

심선옥, 「근대시 형성과 번역의 상관성 – 김억을 중심으로」, 『대동문화연구』 62, 성균관대 대동문화연구원, 2008.

조동구, 「안서김억연구」, 연세대 박사논문, 1989.

조재룡, 『앙리 메쇼닉과 현대비평』, 길, 2007.

Steiner, G., *After Babel : Aspects of Language and Translation*, Oxford : Oxford University Press, 1975.

Benjamin, W., *Walter Benjamin : Selected Writings, Volume 1, 1913~1926*, ed. Bullock, M. and Jennings, M.W., Belknap Press of Harvard University Press.

_____, 조만영 역, 『독일 비애극의 원천』, 새물결, 2008.

## 제3절

### 1. 대상 자료

주요한, 「불노리」, 『창조』 1, 1919.

### 2. 참고 자료

김용직, 『한국근대시사』, 학연사, 1986.

박경수 편, 『안서 김억 전집』 5, 한국문화사, 1987.

박슬기, 『한국 근대시의 형성과 율의 이념』, 소명출판, 2014.

_____, 『리듬의 이론』, 서강대 출판부, 2018.

_____, 「율격론의 지평을 넘어선 새로운 리듬론을 위하여」, 『민족문학사연구』 48, 민족문학사학회, 2012.

박팔양, 「조선신시운동사」, 『삼천리』 7권 11호, 1935.12; 『삼천리』 8권 2호, 1936.2.

성기옥, 『한국시가율격의 이론』, 새문사, 1986.

양명, 「신문학 건설과 한글 정리」, 『개벽』 38, 1923.8.

여지선, 「『창조』에 나타난 초기 주요한 시 고찰 – 시적 자아의 양상을 중심으로」, 『동아시아문화연구』 49, 한양대 동아시아문화연구소, 2011.

오세영, 『한국 낭만주의 시 연구』, 일지사, 1980.

장만호, 「한국 근대 산문시의 형성과정 연구」, 고려대 박사논문, 2006.

장석원, 「주요한 시의 발화 특성 연구 – 시의 二元的 양상과 계몽적 문형」, 『상허학보』 7, 상허학회, 2001.

장철환, 『김소월 시의 리듬 연구』, 소명출판, 2011.

정한모, 『한국현대시문학사』, 일지사, 1974.

조영복, 『1920년대 초기 시의 이념과 미학』, 소명출판, 2004.

주요한, 「노래를 지으시려는 이에게(1)」, 『조선문단』 1, 1924.12.

황석우, 「조선 시단의 발족점과 자유시」, 『매일신보』, 1919.11.10.

Bloom, H., *Agon : Toward a Theory of Revisionism*, New York : Oxford University Press, 1982.

Benveniste, B., 황경자 역, 『일반 언어학의 제문제』 1, 민음사, 1992.

Derrida, J., 김웅권 역, 『그라마톨로지에 대하여』, 동문선, 2004.

Fineman, J., "The Structure of Allegorical Desire", *Allegory and Representation*, Baltimore : The Johns Hopkins University Press, 1981.

Fink, B., 김서영 역, 『에끄리 읽기』, 도서출판b, 2007.

Jakobson, R., 신문수 편역, 『문학 속의 언어학』, 문학과지성사, 1989.

Lacan, J., 맹정현·이수련 역, 『자크 라캉 세미나』 11, 새물결, 2008.

_____, *Écrits*, trans. Fink, B., New York : W.W. Norton & Co. 2005.

Lacoue-Labarthe, P. & Nancy, J-L., 김석 역, 『문자라는 증서』, 문학과지성사, 2011.

_____, *Typography*, Standford : Stanford University Press, 1989.

Nietzsche, F., 박찬국 역, 『비극의 탄생』, 아카넷, 2007.

*The New Princeton Encyclopedia of Poetry and Poetics*, ed. Preminger, A. and Brogan, T.V.F., Princeton : Princeton University Press, 1993.

佐藤伸宏, 『詩の存在りか―口語自由詩をめぐる問い』, 笠間書院, 2011.